U1074259

大鱼

有爱的青春陪伴者

许灵约 / 著

江苏凤凰文艺出版社
JIANGSU PHOENIX LITERATURE AND
ART PUBLISHING

图书在版编目（CIP）数据

野火久溺 / 许灵约著. -- 南京：江苏凤凰文艺出版社，2024.3
ISBN 978-7-5594-8122-1

Ⅰ. ①野… Ⅱ. ①许… Ⅲ. ①言情小说-中国-当代 Ⅳ. ①I247.5

中国国家版本馆CIP数据核字(2023)第229731号

**野火久溺**

许灵约 著

| | |
|---|---|
| 责任编辑 | 王昕宁 |
| 特约编辑 | 张 磊 |
| 出版发行 | 江苏凤凰文艺出版社 |
| | 南京市中央路165号，邮编：210009 |
| 网 址 | http://www.jswenyi.com |
| 印 刷 | 长沙鸿发印务实业有限公司 |
| 开 本 | 880mm×1230mm 1/32 |
| 印 张 | 10 |
| 字 数 | 338千字 |
| 版 次 | 2024年3月第1版 |
| 印 次 | 2024年3月第1次印刷 |
| 书 号 | ISBN 978-7-5594-8122-1 |
| 定 价 | 42.80元 |

江苏凤凰文艺版图书凡印刷、装订错误，可向出版社调换，联系电话025-83280257

# 目录

c o n t e n t s

# 目录

c o n t e n t s

# Chapter 01
# 噩梦

“周氤！

“快跑！

“别回头！”

冷雨如刃。

周氤感受到自己的心脏在胸腔中剧烈跳动，像是要冲破血肉禁锢活生生从里面蹦出来一样。

“咚！咚！咚！”

雨水顺着周氤的皮肤纹理滑过脸颊，最后汇总于下巴处流下来。

她的下嘴唇已经被自己咬出了血痕，而与此同时身后那道凄厉的女声呼喊着让她快跑。

她想跑，可是脚就像是在地上生了根一样。

她跑不了！

周氤听到铁制刀具摩擦水泥地面发出的响声，在漆黑雨夜里格外刺耳，由远及近，最后在她身后停下。

她的心跳声骤然停止。

然后一只沾满血液、柔弱无骨的手从她后背蜿蜒而上，越过她的肩膀，直至狠狠扼住了她的喉咙。

…………

周氤猛地从床上坐起来，喘着粗气，浑身发颤，额头上也覆了一层密汗。

她环顾四周，是自己的房间，床边一盏夜灯幽幽散发着微弱橘光。

又做噩梦了。

从回江州市开始，她每隔几天就要做一次噩梦，梦境可怕。一开始她还要心悸好几十分钟才能缓过来，可如今只要三五分钟，她便能完全摒弃恐惧心如止水了。

噩梦做多了，自己竟然已经习惯了。

由此可见，习惯比噩梦更可怕。

她白皙纤细的手指扶住额头，擦去汗珠，然后掀开被子走到窗边。

外面正下着雨，淅淅沥沥珠链似的不间断。

周氤伸手去接，雨水打湿她的指尖，冷得刺骨。

她打了个寒噤。

真冷！这鬼天气！

她暗自抱怨。

周氤将指尖的雨水擦拭在自己的袖子上，想在衣柜里找件厚外套穿上，转身之际突然感受到一抹视线。

——自己好像正被什么人注视着。

她瞬间警觉起来，透过窗户往外看去。

底下是一条小巷，有撑雨伞的行人来来往往，相对而立的是一排老房子，一楼是商铺，因为下雨，店前门可罗雀。她的视线慢慢往上，落到与她家相对的那户人家的窗户上。

窗户是关着的，窗帘并未拉上，由于反光，周氤并不能看清里面。

里面好像有人看着她，而她正注视着那扇窗户。

两人似乎目光相对，但周氤看不见他。

和窗户“僵持”三十秒后，周氤败下阵来，关上窗又拉上窗帘。

哪有什么人在看自己？纯粹是自己太敏感了。

她换了身衣服，在衣柜里找了件厚外套穿上，又抬眼看了下墙上的挂钟，时针指着“6”。

才六点多，时间还很早，她的晚自习七点才开始。

周氤在江州市名校致一高级中学当数学老师，这里也是她的母校，她现在带两个班，都是高一。

一个是高一（1）班，重点班中的重点班，学生聪明自律，几乎不需要她多操心，只需要上好课就行。

另一个是高一（9）班，平行班中的平行班，里面的孩子对什么都很感兴趣，唯独对读书这事兴致缺缺，几乎都是由望子女成龙凤的家长靠关系花钱塞进来的，一个个调皮得很，很难管，周氤不仅要教课，还将兼任班主任。

唉，头疼。

周氤叹气，走到洗脸台前洗了把脸，然后看向面前的镜子。

里面那个女人也正看着她，披肩长发，发尾微微弯曲。

她皮肤白皙，嘴唇红润，眼尾微微上翘，鼻尖精致秀气，五官单拎出来没有一处特别出彩的，但组合起来却清丽雅致，别有风情。

周氤擦了些保湿霜，拎着包走到门口，又想起了什么，走回来取了垃圾桶里的一袋垃圾走到门口，然后换鞋开门走了出去。

与此同时，对门那户居然也开了门。

没完全打开，只开了一条缝。

周氤手指一紧，呼吸急促，脚步也停下了。

他们家难道还住在这里？

她回来大半年了，为什么这户之前一直没有动静？

然后门被推开，走出来一个抱着孩子的中老年妇人。她面色和蔼，看着周氤，高声道："周老师，出门啊？"

周氤诧异于此人认识自己，但她端详这位妇人的脸，却很陌生，完全没印象。

"您是……"她开口问。

妇人脸上挂着笑容，和煦如春风，让周氤稍微卸下些戒备。

她说："我是食堂刘阿姨啊。周老师可能还不认识我，但我知道周老师，你们新来的这批老师我都认识。"

周氤礼貌地笑着，客套道："原来是食堂刘阿姨。"

她说完咽了口口水，嗓子眼里堵得慌，向妇人打听："刘阿姨，我记得这户之前住着的是……"

周氤话没讲完就被这刘阿姨的大嗓门儿打断："对，这户之前住着一家姓江的是吧？"

听到"江"这个字，周氤心中似乎有什么东西在啃噬血肉一般。

她笑容勉强，点头。

刘阿姨喋喋不休："听说这家好像是要移民美国，所以房子就卖给我们了，就在你妈妈出事一年多之后……"

话还没说完，就看着周氤脸色有些不对，她神情懊恼，又连连摆手："说错了说错了，不好意思周老师，我不该在你面前提那回事，我这人嘴上没个把门的，你不要介意。"

周氤笑容更加勉强，低头宽慰："没事，提我妈也不要紧，都过去这么多年了，生活总得继续。”

“对，生活总要继续的！”刘阿姨附和完顿了几秒，又满脸探究，“你妈的事我也是搬来后听周围邻居讲的。对了，周老师，我听说那凶手还没归案是吧？”

周氤喉间涌出苦涩，点头：“没有。”

“唉！都好多年了。”刘阿姨长长地叹气，“想开点，过去的事最好就让它过去，自己的生活最重要。”

“没事，我看得很开。”周氤又转移话题，稍微走近捏了捏孩子的脸，问道，“真可爱，几岁啦？”

刘阿姨脸上都是笑，笑容得意：“男孩儿，两岁多啦！是我大儿子的，这是大的，还有个小的，刚出生，我媳妇儿还在坐月子，前段时间我都去照顾她了。”

周氤恍然大悟：“我说我回来这么久怎么一直没见过您呢。”

两人边说边走，很快到了楼下。

周氤将垃圾扔在了楼下的垃圾回收处，然后转身，稍微抬头看天。

阴云翻涌，雨雾迷蒙。

有风吹来，料峭刺骨，将她披肩的柔顺长发吹乱。

她打了个寒噤，撑开伞走进雨幕。

雨不大，但气温很低，周氤撑伞的那只手被冻得冰冷。

许是做梦梦到了母亲，又许是刘阿姨刚刚提到了母亲，走在路上时周氤自然而然也想到了母亲。

母亲名叫周世兰，同周氤一样，都是致一中学的老师，与周氤不同的是，她教语文。

周世兰年轻时听从姥爷的安排嫁给了父亲——一个家里有钱但不学无术的浪荡子。

他长相俊朗但极不本分，爱赌博又爱拈花惹草，甚至在周世兰孕期出轨。

周氤出生后，他就更加肆无忌惮了，甚至扬言：“我为什么出轨？就因为你生的不是儿子。”

周世兰性格刚烈，受不了这样的侮辱，不顾所有人的劝阻果断和他离婚，含辛茹苦独自抚养周氤长大。

周世兰能力出众、吃苦耐劳，是个值得尊敬的母亲，但她毛病也很多。

她脾气暴躁，对周氤寄予厚望的同时又异常严苛。

但周氤从小就不是个规矩听话的孩子，她活泼好动，脑子灵活，聪明是聪明，却爱惹祸，这些都让周世兰极度头疼。

青春期的周氲遇上更年期的周世兰，大概就是火遇炮仗，一点就燃。

出事那天是十年前，也是这样的阴雨日。

快入冬了，天冷得很。

周氲和周世兰因为一件小事又吵了起来。两人吵得不可开交，周世兰气急，伸手打了周氲一巴掌。

周氲也恼了，伞都没拿就往外跑，并口不择言："我一辈子都不会回来了！"

周世兰被她的话气得浑身发抖，一拍桌子，恼怒道："不回来就不回来，谁稀罕，你最好是死外面！"

周氲淋着雨在外面狂奔，无处可去，最后去了教室暂时避雨。

她还记得那天学校压根儿没几个人，天冷，她身上全湿了，便蜷缩在座位底下。

就这样挨到了晚上十一二点，终于困得挨不下去了，周氲做了个很没骨气的决定，也是她此生最后悔的决定。

——回家。

那天晚上风雨潇潇，周氲从教室走出，下楼，穿过中心校道，走出校门，经过学校门口的小吃巷，再穿过马路，又拐个弯，进入一条幽深又七拐八弯的暗巷中。

巷子狭窄，灰色的长围墙，两边都是老旧民居，背向而建。

从这条小巷回家最近，周氲以往上学放学都喜欢走这里，它还有个很好听的名字，叫梨花巷……

回忆在这里戛然而止。

周氲的脚步骤然停下，她已经走到了梨花巷中，杏眼微微眯起，细细打量这条小巷。

冷雨打在伞面上，汇集到雨伞珠尾处落下，滴滴答答不间断。

她长发披在脑后，双唇被冻得发白，撑着伞的手指也在微微颤抖。

周氲眸中水雾朦胧，眼前出现了一个梳着马尾辫的清丽女孩儿。

女孩儿浑身湿透了，正对着周氲走来，脚步急促，嘴里还哼着歌，似乎想以此来驱赶恐惧。

巷子又长又黑，孤零零的一盏路灯洒下微弱的灯光，周氲看清了那女孩儿的面容，和十年前的自己长得一模一样。

女孩儿越走越觉得不对劲，身后好像有脚步声，她不知道身后是谁，也不敢回头看。

但与她相对的周氤却看清了，女孩儿身后是一团黑影，紧跟着她，然后一只男人的手轻轻搭在她肩膀上。

周氤想阻止这一切，想喊她，想提醒她——周氤快跑！

可这四个字都到了嗓子口，眼睛突然清明起来，再仔细看，眼前没有女孩儿，没有黑影，女孩儿肩膀上也没有那只手。

一切都不过是幻象而已。

周氤自嘲：哪有什么女孩儿，什么黑影，什么手？不过就是自己的心魔罢了！

她深吸一口气，紧闭双眼。

突然，自己左肩处好像有什么覆了上来。周氤屏息，心脏剧烈跳动。

她猛地睁眼侧过头看，肩膀处搭着一只手。

手指粗长，指腹粗粝。

她看清了——

那也是一只男人手。

“周老师晚上还有课啊？”

周氤转身，眼前是个样貌俊朗的男子，肤色有些黑，很高，他穿着黑色外套黑色长裤，没打伞，头发都湿透了，笑容飞扬。

很眼熟，周氤认识，是和她一起进校的新老师，教体育的，叫吴辙。

“原来是吴老师！”周氤笑容勉强，脸色不佳。

吴辙见她脸色惨白，忙问：“周老师是不是被我吓着了？”

周氤抿了抿唇，诚实地点头：“确实有些吓到了。”

他脸上泛红，很不好意思地挠了挠头，说：“我刚刚叫了几声，周老师没听到，我没想那么多就……真不好意思。”

周氤大度地笑笑：“没事。”说完又看向吴辙。

他没撑伞，头发衣服都被雨淋湿了。

周氤连忙伸手将伞举高帮吴辙遮雨，她客气地开口：“吴老师这个点还要去学校？怎么没打伞？天气冷，你前段时间又受了伤，再淋雨感冒就不好了。”

吴辙面露羞赧，如实回答：“有点儿东西落在办公室想去拿，出来得急就忘了拿伞，我又是个嫌麻烦的人，就索性淋雨来了，反正雨也不大……”

他没讲完周氤也明白了，没再问，只说：“那一起去吧。”

吴辙见周氤还高举着伞，忙说：“周老师，我个子高，我来拿伞吧。”

周氤点头，将伞递给吴辙。

吴辙接过，心情有些激动，面上也飞上红云，和周氤同撑一把伞缓步往前走去。

与此同时，他们身后不远处站了一个男人。

男人很高，穿一身黑色风衣，窄腰长腿，颀长挺拔。

他手里撑着一把做工精致的黑伞，伞面微微抬起，露出脸来。

江准头发稍长，肤色冷白，面容英俊冷冽，眼睛黑沉狭长凌厉，左眼眼尾有一颗泪痣，鼻梁上还架着一副金丝眼镜。

他眸光深沉，凝视着前方共同撑伞的男女，两人似乎在说笑，但隔得远又下着雨，他看不清也听不到。

最终，他的视线还是定格在那个清丽婉约的背影上。

他能感觉到自己胸腔里面有什么东西在撕扯，疼痛袭来，他伸手捂住。

他深吸口气，声音喑哑磁沉：“氤氤，我们真是好久不见了。”

十年了，疼痛感依旧如此鲜活。

到教室外，周氤收了伞，然后抖落雨水，跨上台阶将伞挂于窗台。

晚自习时间已到，自己班里还是吵嚷一片，再看旁边的班级，静得跟没人一样。

周氤进来故意板着脸，往讲台上一站，也不说话，就一直沉默着。

她心里清楚，对这群叛逆孩子来说，刻意的沉默往往比直接发怒更有威慑力。

事实证明，她的判断很正确。

不到一分钟，讲台下就静了。

目的达到，周氤脸上的神色稍微缓和。

她转身看了眼黑板，上面满满的物理公式。

周氤拿起黑板擦将之擦干净，落了点灰在身上，她伸手拍落，然后双手撑在讲台上笑着说：“同学们停下手上的事，我有点儿事要和大家说。”

她话音落下，底下的学生投来齐刷刷的目光。

周氤微笑着，声音悦耳舒缓：“王老师休产假，她不在的时间由我担任大家的班主任，希望未来这几个月我们能好好相处、共同进步，好吗？”

“好！”

话音才落，后排那几个男生便配合地喊了一声。

周氤抿唇："今天晚上作业挺多的，晚自习大家自主安排。"

她说完走下讲台，双臂环抱摆出一副老师架子巡视了一圈，在教室最角落发现了一个空位。

周氤皱眉。

以前做任课老师，周氤只管好好上课就是了，学生因为什么没来与她关系都不大，可现在她是班主任，看见空位总要问个明白。

周氤走到那空位旁翻开课本，扉页用黑色马克笔写了个很大的歪歪斜斜的不雅英文单词。

她眉头皱得更深，问前桌男生："这个同学是谁，怎么没来上晚自习？"

前桌男生："周老师，她是沈熙，很少来上课的。"

沈熙？

周氤在心里默念了一遍这个名字，突然记起王老师交接工作时拉着她的手苦口婆心地交代："班里这个沈熙啊，你就别管了，别给自己添堵，她叛逆得很，留三级了，天天就喜欢在校外和那些小混混玩。"

周氤对沈熙有印象，沈熙来上过几次课，长发、浓妆、举止张狂，一副不良少女的打扮。

她没做太出格的举动，学校也是睁一只眼闭一只眼，逃学什么的也随她去了。

毕竟，她爸给学校捐了一栋楼。

周氤"嗯"了一声："行，我知道了。"

出门前又叮嘱班长管好纪律，然后她才走出教室。

要说以前，周氤真没这么多闲心，可现在身份不同了，她认为自己得负责。

周氤走到自己办公桌前开始找学生资料表，找了半天没找到，隔壁八班班主任陈春华正好端个保温杯进来。

陈春华教语文的，高瘦，光头，留两撇小胡子，四十多了，曾经还和母亲共事过，算周氤的长辈。

他进来看见周氤在找东西，忙殷切地询问："周氤啊，你找啥呢？"

周氤没抬头，手依旧翻动着学生资料表："找沈熙父母的电话，她没来上晚自习。"

陈老师"嗐"了一声："她？你就别操闲心了，家里都不管了。"

周氤置若罔闻继续寻找，终于找到了沈熙的资料表。

她先拨了沈熙父亲的电话，很久也没人接。

又拨了沈熙母亲的，这次倒是有人接，可惜电话那头的声音嘈杂得很，叮里哐当的，然后是一道尖厉的女声：“谁啊？打麻将呢，挂了！”

“嘟嘟嘟……”

手机里传来忙音。

周氤放下手机，愣神很久，最终说服自己放弃了。

到九点，晚自习结束，周氤拿上雨伞回家。

进门，打开壁灯，橘黄灯光照亮一室孤寂。

周氤有些困了，一回来便瘫倒在沙发上。

她拿出手机刷刷新闻，刷了十分钟又放下了。

都是些闲杂琐谈，没什么大事发生。

周氤闭上眼，倦意汹涌而来。

意识迷糊之际，她好像听到有人在叫自己。

他的声音熟悉而喑哑，喊她：“氤氤。”

周氤惊醒，猛地从沙发上坐起来，环顾四周——

泛旧的墙壁，熟悉的摆设，昏暗的壁灯，紧闭的门窗。

一切与平日并没有什么不同。

周氤揉着太阳穴，深吸了一口气，起身去厨房倒了杯水一饮而尽。

喝完水，她浑身无力，拿着杯子的那只手臂直直垂下来。

水珠沿着玻璃杯壁蜿蜒流下，流到周氤脚上，渗透长袜。

冷。

周氤恍惚着，慢腾腾地走到房间里。

她拉开抽屉，从里面翻出一张报纸。

报纸皱皱巴巴，纸张泛黄，有些年代了，触目惊心的大标题很是显眼——

**惊！雨夜红伞连环杀人案！**

十年前的报纸。

报纸极力渲染紧张恐怖的氛围，标题不仅大，还用了刺目的红色字体，字体底部尽是血滴图案。

有够夸张的。

周氤手里拿着报纸，就那样站着，昏暗的台灯灯光照在报纸那蚂蚁大小的铅字上，她看得不太真切。

其实也不用看，这篇报道，她已经翻来覆去看过无数遍了。

无非就是说本市一桩悬案，凶手雨夜出没，非常猖獗，专挑年轻漂亮的女性下手，连续作案三起，将受害者先打晕再奸杀，手法老练手段残忍，案发现场不留线索，亦无人目击。凶手作案到第四起时却突然失手，过程恰好被受害者母亲撞见并阻止，受害者逃过一劫，受害者母亲却因此惨死，据受害者也是唯一的目击者称，凶手作案时手撑红伞。

周氤摇头，看着这份报纸冷笑。

标题起得很好，让人看见便有读下去的欲望，可惜无良媒体为博眼球，报道内容失真，说起来也不过是捕风捉影的信口胡诌罢了。

因为周氤就是那起案件的受害者，同时也是目击证人。

可她从未说过凶手作案时手撑红伞。

周氤和凶手周旋过，在他手里挣扎过，还亲眼看到了凶手杀害周世兰的全过程。

可惜……

她什么都不记得了。

这段记忆就像是活生生从她脑子里被剥离了一般。

周氤很多次尝试回忆凶手的身形面貌，可出现在她脑海中的永远只有一团黑影。

一团无神无形的黑影。

再深想下去，便只会头痛欲裂。

她也曾寻医问药，但医生告诉她：“没用的，你这是创伤后应激综合征，大脑对自身本能的保护让你出现了选择性遗忘。”

她不甘心：“那我还能想起来吗？”

医生给了个模棱两可的答案：“你走得出，就想得起；走不出，它在你大脑里就永远都是一团黑影。”

周氤没走出。

当然，她也没想起来。

尽管她现在已经克服了很多心理障碍，对经常性的噩梦心如止水，别人谈起这件事时她也无波无澜，甚至回到这个城市，每天坚持走当年那条出事的小巷上下班。

可想不起就是想不起。

周氤把报纸放回抽屉，手突然触碰到一个硬状物体，她指尖动了动，鬼使神差地将之拿了出来。

是一个奖杯，玻璃的，内侧嵌着烫金大字——

全国学校记忆锦标赛青少年组冠军

很讽刺。

她是当年的记忆冠军。

看到这个奖杯，周氲突然坐下来，将抽屉拉得更开，从里面翻出一张照片来。

照片泛黄，也是很多年前的了。

照片主角是一男一女，少年模样，两人都手捧奖杯，女孩儿笑容灿烂，男孩儿面无表情。

周氲看着这张照片突然低头笑了，是很开心的笑容。她愣愣地看了很久，直到客厅里的手机突然响了起来。

像失魂之人突然惊醒般，周氲止住笑，将照片和奖杯放回原处，然后关好抽屉跑到客厅，脚步急促。

她拿起手机看了眼来电显示，屏幕上疯狂跳动着“张亚丽”三个字，她连忙接了起来。

“周氲，我妈让你周六晚上来家里吃饭。”对方声音爽朗。

张亚丽是周氲的表姐，两人从小一块儿长大，关系非常好。

她从小就一副男孩儿样，性格非常直爽，如今也在致一中学当老师，教体育。

周氲捏着酸痛的脖颈回答：“行，正好周六没课。”

张亚丽语速很快：“你第一天当班主任感觉怎么样，班上那群丫头小子不好管吧？”

周氲：“才第一天，他们对我还算客气。”

张亚丽拍着胸脯：“要是有谁欺负你你就告诉我，当姐姐的帮你揍他！”

其实张亚丽只比周氲大了半个月，可只要周氲有事，她都会以姐姐的姿态站出来维护周氲。

周氲笑：“他们还没那个胆子。”

挂了电话，周氲终于收拾好心情走进浴室。

她洗了个澡，任由温暖的水流从头开始淋遍全身。

洗完浑身舒畅，忙碌了整整一天的周氲困顿异常，头刚沾枕头便睡着了。

外面风雨交加，周氤也睡得很不安稳，她再一次于深夜醒来。

周氤从床头柜上摸出手机看了一眼，才凌晨三点十五分。

台灯开着，橘色灯光盈满卧室。

周氤翻来覆去睡不着，索性起床走到窗边看起雨景来。

搁平时这个点，对街应该是漆黑一片的，可今日与她家窗对窗的那户人家的灯还亮着，窗口还站了一个人。

周氤有些近视，眯起眼来想看清楚些，可由于灯光原因，她能看到的只是一个黑影。

从身形看，他是个男人；从动作看，他正在喝东西；从角度看，他现在应该也正看着自己。

周氤心里一惊，连忙拉好窗帘躺回床上。

似乎还不心安，周氤开了卧室的大灯，就这样辗转反侧了整整一夜。

天亮时分，她又小心翼翼地起了床，将窗帘拉开一条缝看了眼对街与她家窗对窗的那户人家，灯是熄灭的，窗口也没有人。

周氤身上那根紧绷的弦骤然松开了。

——可能只是自己太敏感了，估计人家那时也和自己一样睡不着，所以站在窗边看风景呢。

周氤转身走到客厅，连打了好几个喷嚏，头又昏昏沉沉的。

她翻出感冒药随便吃了几粒，洗漱完便急匆匆出了门，在楼下早点店里买了份包子豆浆。

到学校，进办公室，周氤将早餐放到办公桌上。

旁边，陈春华和政治老师刘晓英正在聊天，两人都热衷于养生，在热切讨论吃生姜的好处。

周氤对养生没有兴趣，对生姜更没有兴趣，她打完招呼便坐下来看课表。

整个上午都有数学课，一二节是九班的，三四节是一班的。

周氤吃完早餐不到三分钟，上课铃便催魂夺命般响了起来，她拿上课本急匆匆往九班教室赶。

里面吵吵嚷嚷的，周氤进去了还不得安静，她面无表情，用课本狠拍了几下讲台，这才安静下来。

周氤放眼望去，今天的后排空了两个座位。

她头昏沉着，还是提高了音量问："后面那两空桌是谁的？"

刚说完，后面便有个叫高展的男生大声回答："老师，是沈熙和何露华。"

沈熙没来她知道，怎么今天这个何露华也没来？

周氤皱眉，面露疑色，问班长：“何露华怎么没来，请假了吗？”

班长是个性格外向的女孩儿，叫刘妍，她站起身来摇头：“老师，我不知道何露华为什么没来，她也没请假。”

周氤扬了下手示意刘妍先坐下，看了眼时间，已经耽误好几分钟了。

九班的进度本来就慢了，周氤思忖几秒后决定先把课上了，沈熙和何露华的事课后再说。

她轻咳一声润了润嗓子，然后强撑着高声说道：“同学们把课本翻到七十九页，今天我们来讲直线与方程……”

第一节课结束后，周氤再次拨打了沈熙父母的号码，这次倒好，两个人都关机了。

周氤没有办法，又翻出何露华母亲的号码拨过去，终于有人接了。

何露华的母亲是个细声细气的女人，她歉疚地和周氤解释：“对不起啊周老师，何露华昨天淋了雨，晚上烧了一夜，还没来得及请假。”

周氤问了下情况，得知何露华没什么事后便体谅地表示让其在家好好休息。

满满当当一上午的课，周氤讲得口干舌燥嗓子冒烟，回办公室后喝了好几口水才缓过劲儿来。

刚放下水杯，吴辙便风风火火进了门，但他的办公室并不在这间。

吴辙径直朝周氤走来，面上的笑容有些羞涩，他结巴着开口：“周……周老师，一起去食堂吃饭吗？”

周氤不太舒服，笑着拒绝了：“我没胃口，就不去了。”

吴辙关切地询问：“周老师哪里不舒服，要不要我陪你去医务室看看？”

“不用。”周氤声音温柔，“小感冒而已，我吃了药，没什么大问题。”

“周老师，要不要……”

他话没讲完便被周氤打断：“真不用，吴老师你去吃吧。”

周氤话中的拒绝之意非常明显，吴辙也不好再坚持，他叮嘱：“那周老师一定一定要注意休息，身体是最重要的。”

周氤笑着：“好。”

下午头更痛了，好在没课，周氤请了假打算回家好好睡一觉。

睡到半夜，意识迷糊之际，床头柜上的手机突然响了。

周氤本不想理会，但手机铃声响了一阵又一阵，估计是有什么要紧事。

周氤强撑着爬起来看了看了眼来电显示，是教务处刘主任。

周氤哑着嗓子有气无力地问："刘主任，您有什么事？"

刘主任的声音又凶又急："周氤啊，你班上出事了！"

周氤背上冷汗渗出："出什么事了？"

"那个沈熙出事了！警局那边刚打电话过来，说是死了，被害了，被人扔在了离学校一两公里远的那石惠桥下的涵洞里。"

周氤的胸腔里像是卡了什么异物，很难受。

她颤抖着声音问："被……什么人害了？"

刘主任叹气："具体情况我也不清楚，警察那边还在查呢。"

周氤坐起身，手指捏紧被角。

刘主任继续："周氤，你现在是沈熙的班主任，我估计明天他们就会过来找你问话，你这边做好准备啊！"

他说完见周氤半天没讲话，以为她被吓到了，又连忙安慰："周氤啊，你别害怕，也别太紧张了，毕竟你才接手这个班，有什么情况如实说就行了。"

周氤长长吁气："行，刘主任，我明白的。"

电话挂断，周氤迟迟没有缓过神来，她起身在床边坐着，心悸很久。

时间一点点流逝，周氤也逐渐平复了心情，她起身去厨房倒了一杯水，端着回了卧室。

习惯性地，周氤又来到窗边，她下意识看向对街对窗的那户人家，对面窗户紧闭着，灯是亮着的，窗边并没有站人。

周氤抿了一口水，昂头看着天空。

黑云如墨。

她咳嗽了几声，将水放在床头柜上，躺回床上辗转反侧了整整一夜。

翌日，天还灰蒙着，周氤便起了床。

可能是吃了药的缘故，周氤的头没昨天那么昏沉了，但咳嗽症状却没有减轻。

她心里着急，洗漱完就匆匆忙忙赶到了学校。

才刚进办公室的门，陈春华便冲她走过来急切地询问："周老师，你知不知道你们班那个沈熙出事了啊？"

他话音落下，刘晓英也凑了过来，声音尖厉："听刘主任说，沈熙被害了！"

周氤将包放下，神情很凝重。她点头回答："我知道的，昨晚刘主任特地给我打过电话了。"

陈春华又自顾自说了起来："听说沈熙的死状挺惨，尸体旁还放了一把红伞，这多瘆人啊！我一下就想起了十年前那起红伞连环杀人案……"

说到此处，陈春华突然想到了什么，话音骤停，先是小心翼翼瞥了周氲一眼，然后求救般地看了眼刘晓英。

片刻后，他神情懊恼、语气自责："周氲……这真对不起，我不该在你面前提这茬儿的，我忘了你妈妈就是那起红伞案的受害者……"

周氲手指瞬间捏紧，她很激动，语气急切地问陈春华："陈老师，你刚刚说什么？"

刘晓英连忙过来打圆场，她拍了拍周氲的肩膀，宽慰道："周氲，你别激动，陈老师也是……"

周氲睁大双眼："不是，我问陈老师刚刚说什么？"

陈春华看着周氲严肃的面孔，拿着保温杯的手抖了一下。

他回答："我说……你妈妈就是那起红伞杀人案的受害者……"

她咬紧嘴唇又松开："不是，上一句！"

陈春华思忖了几秒："我说沈熙死状挺惨，尸体旁还放了一把红伞，这多……"

陈春华话还没说完就被周氲打断："沈熙的尸体旁放了一把红伞？"

他愣了下，点头。

"什么样的红伞？"

陈春华摇头，解释道："这个我也不清楚，我是听学校门口那个卖手抓饼的大婶说的，她说昨天警方勘查现场时她过去围观了。"

喉咙里像卡了鱼刺，吞不下弄不出，咽口水都疼。周氲的呼吸都不畅快了，她指尖被自己捏得发白，站在原地神情恍惚了好一阵。

刘晓英看着她这副失魂落魄的样子很担心："周氲啊，你没事吧？"

周氲这才回神，脸色很差，额上已经覆上了一层细汗。但她很勉强地抿了下唇："我没事。"

周氲浑身的力气像被吸干了一般，她直愣愣地坐下来，冷汗从后背渗出，一阵接着一阵，把里衣都汗透了。

她深吸了好几口气，强迫自己稍微平复了心情。

没三分钟，教务处刘主任便从外面疾步走进来。

他扬了下手对周氲说："周老师，警察来了，都在教务处呢，你现在赶快过去。"

周氲整个人都紧绷着，站起身来："好，我现在就过去。"

刘主任安慰似的拍了下周氲僵硬的肩膀："小周啊，放松些，别太紧张了，和你关系不大。"

周氲勉强笑了笑："我知道的。"

她说完便心事重重地出了办公室的门，连脚步都是虚浮的。

经过走廊，有路过的学生向周氲打招呼，周氲恍惚着回应。

到了教务处，门紧闭着，周氲整理好情绪，轻轻敲了几下。

紧接着，里面传出一个清冷的声音。

"请进。"

周氲深吸口气，伸手推门而入，然后低头将门带上。

她转身，双手交握在身前，有些局促。

"你是周老师吧？请坐。"

周氲循声望过去，对她说话的是一个高大挺拔的男人，挺年轻，长脸浓眉，看上去正气凛然。

他继续说："我是负责沈熙案子的警察，穆野。关于沈熙有些情况要向你了解，麻烦了。"

周氲点头，心里的不安稍微缓和了些。她回答："不麻烦，应该的。"

话音刚落，周氲便瞥到不远处的沙发上还坐了一个人。

那人一身西装，面容冷峻，戴着一副金丝眼镜，嘴角似乎有些玩味的笑意，细看之下又好像只是自己的幻觉。

周氲觉得很眼熟，侧过脸多看了几眼，然后，那人的目光利刃一般投来。

太眼熟了！

这个人她一辈子都不会忘记。

刻骨铭心。

周氲没站稳，小小地往后趔趄了一下。好在后面就是门，她很快扶住，才没有在那人面前丢脸地跌坐在地上。

江准这才起身，脸上神情淡漠，他的视线很随意地在周氲身上落了下，又很快挪开。

好几秒后，江准才开口和周氲说话，他声音很低沉，不带一丝温度与感情。

江准问她："周老师，您没事吧？"

他问这句话的时候直勾勾地盯着周氲，像是要看穿她的内心。

周氲脸色难看，唇也苍白，她没回答，刻意低头躲避江准的视线。

但江准不同，他一直盯着周氤，视线炽热而放肆。

穆野向周氤介绍："这是我们局新聘请的犯罪心理学专家江准江教授，协同我办理此案。"

周氤咽了咽口水，点了点头。

穆野似乎看出了两人之间的暗潮汹涌，但他什么也没说，只是关切地询问周氤："周老师看上去很不舒服，要不要我们……"

周氤勉强笑了笑："我没事。"她说完抬腿走上前来，"有什么情况需要了解，现在开始吧。"

"好，周老师，你坐这里就行。"穆野指了指桌前那张黑色的座椅。

周氤手指攥紧衣角，拘谨地坐下。她没抬眼，双手放在桌上，头一直低垂着。

然后，是椅子被拉开的声音，紧接着，她眼前落下一片阴影。

江准和穆野都坐在她对面。

穆野先开口说话，他的声音很清朗："你是沈熙的班主任？"

周氤咽了咽口水，并没有抬头："是……"

穆野旋开笔盖，低头写着字，又抬眼问："沈熙平时在班上和谁关系比较好？"

周氤停顿片刻，摇头："我不清楚。"

穆野写字的手不停，又问："沈熙的性格怎么样？"

周氤又给了个不确定的答案："我不太清楚……"

笔尖骤停，穆野停下，狐疑地打量了一下周氤，又问："你不是沈熙的班主任吗？"

"是……"周氤咬紧下嘴唇，"但我是因为同事休产假临时接手这个班的，接手不到两天，只对几个同学比较熟悉。沈熙的事我真的不太清楚，更具体的情况你们应该去问王秀渠老师，她是沈熙之前的班主任。"

穆野上上下下打量了周氤几眼，试探性问道："我这边了解到，你是十年前'9·27 雨夜连环案'的幸存者？"

周氤："是。"

"你还是那起案子唯一的目击证人？"

周氤："是。"

穆野停顿几秒，向旁边的江准投去一个请示的目光。

江准轻咳一声。

"周小姐，你作为十年前'9·27 雨夜连环案'唯一的目击证人，我想让你再次向我描述当年的场景。”

周氤这才抬眼，与江准视线相交。

眼前的男人早已褪去了少年稚气，现在的他西装革履，面容英俊冷冽。他伸手推了推鼻梁上的金丝眼镜，透过镜片的目光太过凛然。

周氤不敢直视。

她开始回忆，然后像个机器人一般机械地开口：“红伞，雨衣，怪物，面具，Q……”说到这里，她咽了下口水，“其他的我忘了。”

“忘了？”他尾音扬起，语气里怀疑的意味非常明显。

周氤一怔，点头：“是，忘了。”

江准冷笑一声：“我了解到你曾经拿过全国学校记忆大赛的冠军，一副扑克牌打乱放你手里，你只用看三分钟就能将顺序完整地说出来，现在你告诉我，你忘了？”

周氤有些恍惚：“是……”

江准后背随意往后靠去，他看着周氤，视线阴沉。他说：“而那几个词你在十年前就对办案人员说过了，没有其他的了？”

周氤额上全是冷汗，她低下头：“有。”然后又抬眸凝视江准，掷地有声，“案发时，我还看到了你。”

江准双手交握撑在桌上，面有嘲讽之意，问：“你说你还看到了我？”

周氤眼帘掀起：“对。”

“很好。”江准淡笑，“那你再说说，你在哪个地方看到我的？”

周氤梗着脖子：“从案发地梨花巷逃出来后的第一个路口。”

江准敛笑，语气咄咄逼人：“什么路口？”

周氤对答如流：“建群路口。”

“哪个位置？”

“第一个红绿灯那里。”

“当时是晚上几点？”

“十一点？十二点？我不太清楚。”

江准眸光阴沉：“然后呢，看到我之后呢？”

周氤沉默了。

江准逼问：“看到我之后呢？”

周氤深吸一口气，语速极快：“当时我浑身是血，差点儿晕倒在那里，是你把我背到医院的，你一路上都在问我发生了什么，到医院，我发了高烧昏迷不醒，两天之后才醒过来。”她紧盯着江准，高声问，“你还有什么想知道的？”

说完，周氤突然剧烈咳嗽起来。

样子窘迫，她觉得有些丢脸，连忙转身，左手紧捂胸口。

咳嗽声还未停止，在封闭室内尤其刺耳。

穆野见状稍稍起身，语气关切地询问：“周老师，你真没事吧？”

好几分钟后，周氤才缓了过来，她咳得脸色通红，头发也凌乱着。

周氤清了清嗓子：“没事。”

下一秒，面前递上来一张纸巾。

周氤愣了下，视线在纸巾上落了几秒。

又往上，拿纸巾的那只手很好看，骨节分明，手指修长，手背的浅青筋脉如盘虬缠绕而上。

周氤手指微动，垂眸，没接。

江准拿纸巾的手动了动，冷声提醒：“周小姐，纸巾！”

她这才伸手去接，不经意间，手指触碰到他的。周氤意识到了什么，触电一般缩了回来，果断拒绝了：“谢谢，我不需要。”

江准的手在半空中僵了几秒，然后缩回去推了下眼镜，盯着周氤，语气嘲讽：“我当真以为你什么都忘了，原来你记得很清楚嘛！”

周氤红唇紧抿，坦言：“但这之前的事情，我都不记得了。”

江准目光锐利：“哪之前的事情？你说具体点！”

周氤：“案发时的细节，凶手的身形面貌，我都不记得了。”

江准的语气非常不客气：“那案发之前的事情呢？”

周氤皱眉，有些不明白他的意思。

江准眸光敛起，颇有些咬牙切齿的意味：“高中初中的那些事情，您还记得吗？周老师！”

周氤张了张嘴，眼神很飘忽。她不敢直视江准，也不敢回答。

江准擅长察言观色，见她这副表情，心里便有了答案。他冷嗤：“原来你也还记得啊。”

周氤脸色苍白地低垂着头，一句话也没说。

江准稍微收敛了情绪，身体坐正，将话题拉回到案子上来。

“红伞，雨衣，怪物，面具，Q，这几个词是什么意思？”

周氤轻声道：“我不知道。”

江准试探性问：“凶手出现时手上撑着红伞？”

周氤回忆了几秒，无奈地摇头：“我不知道。”

江准继续做尝试："他身披雨衣戴着面具？"

周氤攥紧的手又松开了，还是之前的答案："我不知道。"

江准："既然你什么都不知道，十年前，你为什么要和办案人员说这几个词？"

周氤咽了下口水，坦白道："关于这起案件，我能想起的就这几个词。这几个词代表什么意思、是我的臆想还是与案件有关，抱歉，我真的不记得了，并且，那件事情之后，我的记性很差了，从前的事……也忘了很多。"

她话音落下后又咳嗽起来。

这次她没咳太久，只十几秒就停了下来。

周氤眸中血丝密布，抬头问："你们还有什么情况需要了解的吗？"

穆野将她所说尽数记录下来，然后看了眼身边的江准，小声问："江教授？"

江准声音冷沉："暂时没有了。"他说着起身。

穆野见状也收拾了东西起身，椅子摩擦地面发出非常刺耳的声音，他补充道："周老师，我们稍后会去联系这个王老师，但后续有情况可能还需要你的配合。"

周氤点头："行，我明白的，一定配合。"

穆野的目光在周氤和江准之间睃了几秒，声音里的探究意味很明显："江教授和周老师原来认识啊？"

两人异口异声——

"认识。"

"不熟。"

听到这句"不熟"，江准眉头紧皱。

感受到他锐利的目光，周氤连忙起身往外走。

这地方她是一刻都待不下去了！

周氤拉开教务处的门，刚走出就遇上了神色慌张的张亚丽，她很明显是跑过来的，满头大汗喘着粗气，蛮横地拽住周氤的手："周氤，你怎么在这里？我找你半天了！"

周氤问："发生什么事了？"

张亚丽气都没喘匀，神情很激动："周氤！周氤！你猜我之前在校门口看见谁了？我好像看到江准了，江准……"

后面的话突然卡嗓子里了，看到那个从教务处走出来的高大男人，张亚丽当场愣住了。

“我知道。”周氤语气很平静，同时用余光示意了一下身后。

张亚丽眼一翻，差点儿没背过气去，她连连拍着胸口咽了好几下口水才缓过劲儿。

江准走到周氤身边轻轻瞥了张亚丽一眼，然后向她打招呼：“张亚丽，好久不见。”

张亚丽怔住。她看了看周氤又看了看江准，嘴紧抿着露出假笑：“嗨，江准，好久不见啊。”

她说完拿手指戳了戳周氤，周氤却没反应。

张亚丽保持假笑继续寒暄：“对了，江准，你什么时候回来的啊？我们这些老同学都不知道呢。”

江准扯唇：“回来有段时间了。”

张亚丽探究的目光在江准和周氤之间流转，疑惑地发问：“但是江准，你怎么会在这里呢？还……”后面的话她没问完。

江准的语气很是漫不经心：“昨天石惠桥下发现一具女尸，死者是周老师班上的学生，我们来找周老师了解情况，顺便问问十年前那起连环案的细节。”

说到这里的时候他突然停顿，然后居高临下地睨了周氤一眼，刻意加重了语气问道：“是吧，周老师？”

# Chapter 02
# 调查

周氤脸上的笑容有些勉强，她点头，也故意加重了语气：“江教授说得没错。”

音落，江准神色微僵。

张亚丽终于将视线从两人之间收回来，满脸都写着惋惜。她口无遮拦说出一句：“我还以为你俩旧情……”

剩下的话都到嗓子口了还是被张亚丽生生咽了下去，她小心翼翼地瞥了眼周氤，连忙换了说辞，尴尬地笑着：“我还以为你是来逛母校的呢，毕竟你离开江州这么久才回来。”

江准声音很冷：“我很忙，也没这个闲心。”

说完，他的目光在周氤身上停留了很久。

冷漠又深邃。

周氤自然注意到了江准的视线。

她表面无波无澜，心里也尽量做到平静如水，然后，很刻意地忽视掉他。

周氤侧身，目光越过江准看向后面的穆野，眉拧着，显然是有疑惑。

她开口问道：“穆警官，关于沈熙案件我有问题。”

穆野客气点头：“你问。”

“沈熙是怎么死的？”

穆野语气平静：“谋杀，身上多处淤青，死前曾激烈反抗过。”

周氤皱眉：“沈熙是在石惠桥下被谋杀的？”

穆野：“不是，她是死后被抛尸到石惠桥下的涵洞里。”

“她的死因是什么？”

“抱歉周老师，案件还在侦破中，私密细节我们无法向你披露，希望你能理解。”穆野单手插进裤兜。

周氤长睫颤动，有些气馁，体谅地回答：“我能理解。”

她垂眸沉默片刻，又看向穆野：“穆警官，我听说沈熙尸体旁边放着一把红伞，我想知道是什么样的红伞？”她顿了顿，又急切补充，“案发现场有民众围观看到过，这应该不算案件私密细节吧？”

穆野点头，刚准备说话却被一旁的江准抢了先。他眸中情绪晦暗不明，很快开口：“暗红色的直骨伞。”

周氤心悬着，声音也颤抖得厉害：“沈熙的案子和十年前那起连环案有关系吗？”

“不清楚，案件还在调查中，”他说着，语气宽慰，“要是真有结果了我们也会第一时间通知你的。”

张亚丽听着几人的对话还一头雾水着，她伸手拉过周氤，急声询问：“周氤！什么案件什么红伞？十年前害小姨那畜生有消息了？”

周氤有些无力，摇头：“还没。”

刚说完，上课铃声骤然响起，惊得周氤一哆嗦。

与此同时，刘主任也脚步急促地走了过来，见几人聚在走廊上，高声问：“穆警官，情况这是都了解完了？”

穆野挠了挠头，为难地看了周氤一眼，说：“了是了解完了，可是没一点进展，周老师说她才接手，对沈熙的情况不了解。”

刘主任叹气：“周氤确实才接手九班没多久，沈熙之前的班主任王秀渠老师休产假回老家了。”

“您这边给个王老师的联系方式吧。”穆野说着从兜里掏出纸笔。

刘主任连连点头：“这个没问题。”

很快给完号码，刘主任的目光落在了江准的身上，然后上前拍了拍江准的肩膀和他寒暄：“江准，你什么时候回国的？”

江准礼貌颔首：“回来有一段时间了。”

刘主任一脸欣慰：“我可是听说了，你现在是江州大学最年轻的教授，年轻有为啊！”他说着还瞟了一眼周氤，“我还记得当年你们2005级，就数你和周氤最出色，强强联合，给学校拿的荣誉那可是……”

周氤呼吸停滞，及时打断了刘主任回忆往昔：“刘主任，我还有课，要没别的事我就先回班里了。”

说完，她又看向穆野：“穆警官，沈熙的情况我马上去班里询问，有什么进展我随时告知你，可以吗？”

江准适时开口：“那就一起去吧。”他声音清冷，“这是命案，时间很宝贵，我们不可能等周老师了解完情况再反馈。”

刘主任若有所思地点头：“对对对！沈熙这事太大了，毕竟是命案，耽误不起。周氤啊，你现在陪同着江准还有穆警官一块儿去班里了解情况。”

周氤稍显迟疑，但还是回答：“好。”

张亚丽见周氤脸色很差，连忙提议：“刘主任，我没课，又闲得很，我去帮忙行吗？”

刘主任犹豫了一下还是同意了。

周氤用余光扫了一眼，开口：“江教授和穆警官跟我们过去吧。”

说完，她转身。她脚步有些虚浮，张亚丽很快挽住她，压低声音询问：“周氤，你没事吧？”

周氤咬了下唇回答：“没事。”

周氤和张亚丽走在前，江准和穆野走在后，几人脚步很快，没几分钟就到了九班门口。

上课铃早已响起，可里面还是闹哄哄的。

沈熙死亡的消息不胫而走，在致一中学的学生里可谓是炸开了锅，周氤进来时还听到前排两个女生在热火朝天地讨论。

她让张亚丽带着江准和穆野去了自己办公室，然后直接走进教室用手拍了拍讲台，白色粉笔灰被震得飘扬。

教室里吵闹的学生们瞬间噤声，周氤环视了一眼，何露华今天依旧没有来上课。

她心有愠怒，指着黑板上的时钟冷声质问：“上课多久了？”

底下的学生都低着头，没一个回答她的。

周氤继续：“讨论什么讨论得这么开心？”

学生们依旧静默。

“还有什么要说的，直接上来说！”

教室里鸦雀无声。

周氤此举不是真想知道他们在讨论什么，她单纯就是为了摆出老师架子来威慑这群吵闹的孩子，想让他们有所顾忌。

目的达到，周氤也不拐弯抹角：“保持安静，这节课改成自习，刘妍来我办公室一趟。”她说完看了眼第一排那个面色红润的马尾辫女孩儿，然后抬腿往外走。

伴随着短暂的桌椅碰撞声，刘妍起身走到了周氤身后。

两人到了教室外。

“周老师，找我什么事啊？”刘妍忐忑地问了一句。

周氤侧身等刘妍与自己并肩，声音温柔舒缓：“沈熙死亡的事情你应该已经听说了吧？”

刘妍忙不迭地点头：“听说了。”

“别紧张，警察来学校调查沈熙死前的情况，找你问问话，你知道什么如实说就行了。”周氤柔声安慰。

刘妍“哦”了一声，两人走进办公室。

周氤转身将门带上，然后轻推刘妍的肩膀走上前，目光下意识落到了江准身上。

他就坐在办公室旁边的简易沙发上，黑色西装让他更显气质矜贵，腿随意跷起，姿势很散漫，那双眼睛却直勾勾地看着周氤，眸中情绪被他极好地藏匿在镜片后。

周氤看不清也琢磨不透。

当然，她也无暇琢磨。

“刘妍，你坐这里。”周氤指着面前那张椅子。

刘妍一改平日里的开朗大方，看见江准和穆野，整个人明显拘谨了起来，她双手交握在身前，手指不停地互相拉扯。

“没事，放轻松些。”周氤安慰。

刘妍闻言吁气坐下来，身体的僵硬稍微缓解了一些。

江准的目光这才从周氤身上挪到了刘妍身上来，随便地晃了几眼。

“姓名？”江准言简意赅。

“刘妍。”她对答如流。

穆野接着：“刘同学，没事，就是有些情况向你了解，别太紧张。”

刘妍这才收拾好紧张情绪。

穆野又问：“沈熙平时和谁玩得比较近？”

刘妍望着天花板思考了下，声音脆生生的：“她和谁玩得都不太好，在学校里也是独来独往的，家也不回，自己一个人在校外租房子住，还经常逃课，和旁边机电的人玩得比较多。”

致一中学旁边有个职校，全名叫江州机械电子职业中学，简称“机电”。

穆野很快记录下来，又问：“你怎么知道沈熙在校外租房子？”

“听人说的啊，她就租在匀果路那里。”

周氤对匀果路并不陌生，那里距离致一中学两三公里，是江州市有名的酒吧一条街。

穆野继续："沈熙的性格怎么样？"

刘妍脱口而出："很烂。"她又补充，"特别拽。她在机电认了个哥哥，打架很厉害，反正学校里的人都不敢惹她，惹了她肯定没好果子吃。"

穆野又问："在学校有和人交恶过吗？"

"交恶？没吧，她倒是经常欺负别人，特别是——"刘妍说到这里的时候突然停住了。

穆野停笔抬头，疑惑地询问："特别是谁？"

刘妍不假思索："何露华。"

办公室里很安静，只能听到笔尖在纸张上游走时窸窸窣窣的声响。

记录完后穆野抬头看了眼周氤，面带疑惑："这个何露华是？"

周氤当任课老师时关注过何露华，她是个小个子的圆脸女生，长相娇憨可爱，数学成绩非常好，只不过性格有些内向，不是很爱说话。

周氤开口："何露华也是班上的学生，人有些内向。"她说到此处时声音骤停，然后又说，"对了，何露华这两天没来学校上课。"

江准身体稍微后倾，面上做思考状，几秒后又问："什么原因没来？"

周氤如实回答道："昨天我给她妈妈去了电话，说是前天晚上淋雨生病了。"

"淋雨生病？"江准重复了一遍，又看向刘妍，"沈熙经常欺负何露华吗？"

"经常，并且最近只对她一个人，还特别过分。"

"怎么过分的？"

刘妍吞了下口水，没第一时间回答。

江准换了个问法："对何露华是什么程度的欺负？"

"就……"刘妍语气微顿，眸中透出些胆怯，但还是如实说了，"她们把她带去厕所……上次我还碰见过……"

听到刘妍的回答，周氤深吸一口气，她对此完全不知情。

江准皱起眉头："沈熙霸凌何露华的情况你有向老师反映过吗？"

刘妍回答道："这么大了谁还告老师啊？"说着又补充，"其实我也不敢说，我害怕沈熙啊，万一她不针对何露华改针对我了怎么办……"她声音越说越小。

江准："你知不知道沈熙为什么要欺凌何露华？"

“知道，”刘妍很干脆，“因为武嘉志。她喜欢高三的武嘉志，这个学校里应该没人不知道吧？”

周氤没教过武嘉志，但听说过他的大名。他算是致一中学的风云人物，长得帅成绩也好，老师们对他很器重，毕竟是学校的重点苗子。

穆野猜测：“武嘉志喜欢何露华，所以沈熙要欺凌她？”

刘妍摇头：“不是啊，武嘉志很讨厌何露华。”

穆野被学生之间这些“喜欢讨厌”的恩恩怨怨搅得一头雾水，他眉头紧拧：“这个武嘉志又为什么讨厌何露华呢？”

刘妍小心翼翼地瞥了眼周氤：“我是听三班的人说的，说是因为何露华妈妈给武嘉志爸爸当小三。”

穆野将之尽数记录下来，江准便开始询问其他方面的问题：“你说沈熙在外校认了个哥哥，你认识她认的这个哥哥吗？”

“不认识，”刘妍语速很快，“但我知道是谁。就是机电那个黄毛，之前经常骑个摩托车在校门口接沈熙，学校里很多人都看到过的。”

“知道他的姓名吗？”

刘妍摆头：“不知道，我只知道别人都喊他‘盛哥’‘盛爷’。”

江准又问了些其他的，刘妍都说不知道。

问话结束，刘妍出了办公室门，下课铃就响起了，外面突然喧嚣起来，门口有学生跑来跑去，脚步声震耳欲聋，周氤有些头疼。

穆野看了眼笔录，转头看向江准：“江教授？”

江准盯着周氤：“何露华今天也没来学校吗？”

周氤点头。

江准：“麻烦周老师叫一下这个武嘉志。”

他话音刚落，一直没说话的张亚丽“噌”地站起身来，她拉住刚准备出门的周氤：“我去叫，你在这里。”说完也不等周氤回答，就出了办公室的门。

张亚丽走后，三人一同陷入沉默，谁也没有先开口说话。

但周氤始终觉得，有一抹幽深视线一直紧随着自己，躲避不掉。

她抿了下唇，反倒大胆地迎视上去。

江准修长的手指动了下，他终于开口打破了沉默，叙旧般的语气问：“这十年你过得怎么样？”

周氤犹豫，但还是回答：“挺好的。”

江准紧盯着她，冷嗤一声："眼神飘忽，语气犹豫，身体紧绷，你在撒谎。"

周氤摸了下耳朵，往地上看去，否认："我没撒谎。"

江准拆穿她："撒谎时摸耳朵的习惯一直没改。"

周氤一怔，张了张嘴还是什么都没说出来。

"被我说中了？"

周氤不言语。

他不依不饶，忽视了身边还有穆野，问出深埋心底十年的问题："当年出事后，你为什么要和我……"

问题没问完，就被突然进门的张亚丽给打断了。她走进门，身后还跟了个长相俊秀的高个少年。

张亚丽喘着气，大大咧咧地说道："我把武嘉志给找来了。"

武嘉志穿着校服，背挺得笔直，不卑不亢地问道："有什么事情吗？"

穆野打量了一眼武嘉志，解释道："就是沈熙被杀害这事向你了解下情况。"

武嘉志一脸的莫名其妙，疑惑道："我和她又不熟，找我问什么情况？"

穆野指了指那张椅子："你先坐下说话。"

武嘉志没有犹豫，抬腿走过去坐下。

江准很快开始验证刘妍所说的真实性："沈熙喜欢你？"

武嘉志咽了下口水，表情很不耐烦："算是吧。"

江准看着武嘉志这副表情便猜到了个大概，他直言："你并不喜欢沈熙，你很烦她，没错吧？"

武嘉志大方承认："是，我现在只想好好读书考个好大学，她一直对我死缠烂打，天天在外面混，都留三级了，我可看不上她。"

江准继续："你知道沈熙欺凌何露华的事吗？"

听到"何露华"三个字时，武嘉志下意识瘪了下嘴，神情还有些厌恶。

江准狭长的眸微微眯起。

看来刘妍所说确有其事。

但武嘉志否认了："她们都是高一的，我怎么可能知道。"

江准"哦"了一声："你认识何露华吗？"

武嘉志继续否认："不认识。"

江准目光锐利，质问他："你们学校这么多人，不认识你还知道何露华是谁，甚至知道她是高一的？"

武嘉志的手指动了动，没说话。

江准推动眼镜："你知道沈熙欺凌何露华的事，对吧？"

武嘉志连续眨了三次眼，刻意逃避江准的目光，与此同时，手指在轻轻摩挲裤腿——

他被说中了！

江准身体前倾，继续试探："你不止知道，你可能还授意她这样做。"

武嘉志小动作不断，但没回答。

江准语气平淡，话里却有些咄咄逼人的意味："半分钟里，你咽口水两次，眨眼二十次以上，手攥紧了又松开，武同学，你的紧张表现得太明显了。"

武嘉志继续咽口水。

江准垂眸："第四次咽口水了。"

武嘉志终于败下阵来。他垂头丧气，声音里有被看穿的恼羞成怒："是！是我让沈熙别对她客气的，她妈妈不要脸，破坏别人的家庭，我就让沈熙教训了她一下，仅此而已。"

"那你最后一次见沈熙是什么时候？"

武嘉志自知瞒不过江准，如实说了："前天。"

"前天什么时候？"

"吃完晚饭那会儿，还没上晚自习。"

"她主动找的你？"

"嗯，她来我们班给我送奶茶。"

"她没和你说什么？"

"说了，说了挺多……"

他说到这里没往下说了。

江准追问："说了什么？"

"不记得了，我当时在做题，她像只蚊子一样在我面前'嗡嗡嗡'，烦死了！我让她别烦我，她就被我气走了。"

"你知道她被你气走之后去了哪里吗？"

武嘉志摇头："不知道，可能和机电那群人出去玩了吧。"

"你认识沈熙在机电认的那个哥哥吗？"

"谁认识他！"武嘉志的神情有些鄙夷。

"真不认识？"江准又问。

武嘉志换了说辞："见过，很多次。一群打流的，拽得很，天天骑着摩托在我们学校门口飙车。"

张亚丽听到此处时突然开口问：“咦，他们是不是被刘主任撵过几次，头发染得五颜六色像野鸡？”

武嘉志回忆了一下，点头。

张亚丽一拍大腿，很激动：“这群人我见过啊！”

穆野被她的描述逗乐：“头发有多像野鸡？”

张亚丽摸着下巴，说：“反正红的红绿的绿，隔远看还以为顶着个鸡毛掸子。”

问完话，武嘉志也回了自己班级。

江准起身问周氤：“何露华的家庭地址你这里有吗？”

周氤点头说“有”，她快步走到自己办公桌前拉开抽屉拿出厚厚一沓学生资料表。

翻找时没注意碰掉了桌上的一摞作业本，周氤手忙脚乱，忙蹲下身子去捡，却没来得及。

那摞黄色封皮的作业本被一双修长宽厚的手捡了起来。

周氤晃神，但很快反应过来，起身继续翻找。

江准将那摞作业本整齐地放在桌上，什么也没说，倒是周氤轻声说了一句：“谢谢。”

一分钟不到，何露华的资料表便找到了，上面不仅有她的家庭地址，还有基本的身份信息。

周氤开口：“何露华是单亲家庭，父亲很早就去世了，和母亲相依为命。她家离学校不远，建章路月华小区 6 栋 703 室。”

她说完又问：“穆警官你们现在是要去找何露华了解情况吗？”

穆野回答：“是。”

江准看着她，语气云淡风轻：“周老师一起去吧，你是她的班主任，于情于理应该陪同。”

出门时，江准脚步一顿，突然转身问周氤：“能带我去看下沈熙的座位吗？”

周氤缓慢地掀起眼皮，视线和江准相触，只一瞬，又刻意挪开。

“跟我过来吧。”和江准说话时，周氤尽量做到语气如常，眉眼里也带着疏离。

她说完抬腿往九班教室走去。

江准并未着急跟上，他单手插进裤兜，默默凝视周氤的背影。

只不过，她看不到。

片刻后，身边的穆野才小声提醒："江教授，你怎么不走？"

江准敛去眸中的隐忍与炙热，低头，声音有些暗哑："现在走。"

周氤到门口时还听到教室里有人在窃窃私语，她一露面，那群孩子便立刻噤了声。

周氤昂头环视了一眼教室，除了沈熙和何露华不在，一切与往常无异。

没多久，穆野和江准也出现在了教室门口。

十五六岁，正是闲不住的年纪，学生们见两个陌生人出现在教室门口自然被吸引走了注意力，紧接着教室里又传出些细碎的讲话声。

周氤清了下嗓子，声音不大语气也很舒缓："保持安静。"

她话音一落，教室里又没了声，只有齐刷刷的目光投向江准和穆野。

江准看着讲台上的周氤，微微怔住，突然想起很多年前两人一同参加记忆大赛时的场景。

周氤那时模样秀美笑如暖阳，浑身都是傲骨，一副天不怕地不怕睥睨一世的模样，和他一起从市赛打到全国赛，最后打败他站在领奖台上拿到冠军，在后台时还一脸得意地跳起来勾住他的脖子："我说了我会赢你的。赌约是什么，你应该还没忘吧？"

往事种种皆历历在目。

江准低头，唇角勾起弧度，很快又恢复如常。

思绪回暖，他迈开长腿走了进去。

周氤也走下讲台轻声对他说道："沈熙的座位在最后一排最后一个。"

江准轻轻"嗯"了一声，往沈熙的座位走去，然后站定，随手拿起桌上的一本书翻开。

扉页赫然是一个刺目不雅的英文单词，江准又往后翻了翻，书很新，里面什么笔记都没有。

翻书时，周氤也到了江准身侧，淡淡清香萦绕在他鼻尖，江准眸光幽深。

翻完一本又拿起一本，书本依旧干净，江准神色淡漠，继续翻找，在书的最后一页发现了几行大字。

字迹潦草，是用黑色马克笔写的，可以明显辨认其内容。

周氤皱起眉头念出声来，声音很轻："沈弘亮何淑慧沈炀死死死死……"

周氤昨日简单了解过沈熙的基本家庭情况，她父亲沈弘亮做建材出口生意，非常有钱，有钱到给致一中学捐栋实验楼都不带眨眼的，而这个何淑慧是沈熙的继母，沈炀是沈熙同父异母的弟弟。沈炀只比沈熙小几天，之前也在致一中学读书，成绩很好，去年高考考了省重点大学，而沈熙则留级三年，现在还在念高一。

江准将这页拍了照，又侧过脸问：“何露华坐在哪里？”

周氤指了指沈熙不远处那个空位：“这里。”

江准走过去又翻了起来。

何露华与沈熙不同，她书上满满当当都是笔记，字迹也娟秀端正，看起来是个态度认真的学生。

看完沈熙和何露华的座位，三人一同出了教室门。

穆野脸上带着笑，微微昂起头颅：“车停在学校门口，还得麻烦周老师和我们一起走过去。”

“麻烦什么，又不远。”周氤也报以笑容。

雨虽已停，可天边依旧翻涌着无际黑云。

三人也没磨蹭，下楼穿过校道很快走到了学校门口。

穆野率先走到驾驶位上坐了进去，而江准则拉开后座车门用眼神示意周氤。

周氤稍显犹豫，深吸一口气，还是躬身进了车。

江准垂首目视周氤坐好了，这才关门绕到另一边开门坐了进去，然后拉上车门，动作一气呵成。

周氤没料到江准会坐她旁边，狭小逼仄的车内空间里，他轻缓的呼吸声就在耳边，车内温度都好像飙高了几摄氏度。

周氤不自在，觉得喘不过气，封闭不流通的车内空气让她头昏脑涨。

她很刻意地远离了江准一些，然后摇下车窗透气，冷风吹进，她这才感觉好受些。

江准看着她这副如临大敌的模样，脸上浅淡的笑容骤然消失，取而代之的是眼底的阴鸷，他故意侧过脸看着周氤，目光轻佻且放肆。

驾驶位上的穆野早已通过后视镜看到了车后座两人的波云诡谲，他凭借之前的几次对话大胆猜测：“周老师和江教授认识挺多年了吧？”

周氤紧抿红唇不发一言，江准则神色疏离地笑了下，语气带讽：“是！我和周老师认识很多年了。”

“多久了？”

“从七岁到现在，应该快二十年了。”

穆野心底的八卦之火熊熊燃烧，他好奇地追问：“你们不只是同学吧？”

江准轻轻说了两个字："当然……"

没讲完，下面的话就被周氤快速打断："我们还是邻居，仅此而已。"

话毕，江准很不客气地否认了，他声音里尽是嘲弄："不只是邻居，曾经我还差点儿和周老师谈恋爱呢。"说着他冷笑一声，"不过看来周老师是全忘了。"

周氤面无表情却如坐针毡。

话说到这份上，穆野才终于明白这两人为何从见面之初就处处弥漫着硝烟味，敢情这是老情人见面啊！

他又小心翼翼从后视镜里瞥了一眼两人。

看这架势，估计当年两人应该闹得挺不愉快的。

穆野很识相，没继续问下去，而是发动了车。

车窗没关，冷风肆意朝她袭来，周氤感冒未好，突然不受控制地猛烈咳嗽起来。

然后一只骨节分明的手从周氤身前伸过来果断关上了车窗。

做完这一切，江准坐正身体目不斜视，散漫语气中似乎有些关切意味："感冒了？"

周氤抿唇，还是轻轻"嗯"了一声。

江准皱起眉，没说话，似乎在思考什么，但周氤并不想知道。

她将身体朝自己车窗这边侧了些，然后偏头靠上椅背，许是昨晚没睡好的缘故，刚闭眼便有困意席卷而来。

周氤开始做梦。

梦里的她还在读高中，那件事还没发生，周世兰尚在人世，她还是风光无二的天才少女，拿了记忆大赛冠军后，采访她的人从教室排到了校门口。她得意扬扬地接受众人的夸赞，甚至有同学高声叫喊着让她给他签名。

她拿过纸笔郑重其事地签上了自己的名字，然后抬头看向那人时，那同学熟悉的脸孔瞬间变幻，紧接着黑影袭上，一只男人的手狠狠掐住了她的脖颈。

周氤瞬间惊醒。

她额上覆着细密汗珠，抬眸往旁边看去，自己正靠在江准肩上。

周氤不知晓自己睡着这段时间发生了什么，也不知道自己为什么会靠在江准肩上，她只觉得窘迫，连忙坐正身体，刚准备说些什么时，面前突然递过来一张纸巾。

江准提醒："你额头上全是汗，擦擦。"

“谢谢。”她非常客气。

周氤接过纸巾，擦汗擦得很是心不在焉，似乎还沉浸在刚才的噩梦里。

然后车速渐缓，穆野喊了句：“到了。”

月华小区处于老城区中，修成于上世纪九十年代，建筑老旧但树木繁茂，进入其中，颇有静谧复古之感。

找到 6 栋，三人进了楼道。

楼梯扶手锈迹斑驳，墙壁上还有雨水渗入的大片黑色污渍，周氤轻戳上去，墙皮掉了一地，楼道里阴暗潮湿，似乎还弥漫着一股霉味。

周氤下意识捂了下鼻子。

何露华家在七楼，又没电梯，三人只能爬楼上去。

到了 703 室，门是紧闭着的，周氤上前敲了几下，没人应。

按理说何露华请了病假，此时应该正休息着，家里肯定有人。

周氤加大力道又敲了好几下门，依旧没人应。

穆野上前来：“是不是睡着了没听到啊？”

他说完狠拍了几下门。

与此同时，周氤也高声问道：“何露华，你在家吗？我是周老师。”

里面鸦雀无声。

周氤只能拿出手机拨打何露华母亲邱云凤的电话，可伴随着电流入耳的是一个机械的女声——

“对不起，您所拨打的电话已关机，请稍后再拨。”

她不死心，又拨了一遍，可结果依旧。

隔壁 702 室的住户听到声响开门探出个头，问道：“你们找谁？”

周氤循声望过去，问话的是个头发花白的老太太，她开口：“您好，我找邱云凤。我是露华的老师，她生病了没去上课，我来问问情况。”

那老太太佝偻着身子，看上去年逾古稀，声音却很洪亮有力：“搬走啦。”

“搬走，什么时候搬走的？”穆野问。

“是的呀，搬走啦！”老太太点头，“你们来得真不巧，昨天晚上搬走的，母女俩大包小包的忙活到好晚呢，吵得我睡也睡不着。”

昨晚突然搬家，从时间上看，太耐人寻味了。

周氤又问：“阿姨，您知不知道她们搬去哪里了？”

“那我怎么晓得？”老太太摆摆手，然后退回去“砰”的一声关上了门。

震耳欲聋。

下一秒，穆野兜里的手机突然响了，他忙接起“喂”了一声。

那头的人开始说话，手机漏音，听筒里有细碎的说话声传进周氤耳朵里。

一旁的穆野听着电话眉一皱，语气惊讶：“什么？”

电话那头的人语速很快，但好在嗓门儿大，让周氤断断续续听清了些内容——

“尸检……时间前天夜里……小腹手臂大腿都有挫伤……死前激烈挣扎……被性侵过……无精液残留……”

她听着这些话，脸色渐渐苍白，手指也死死捏紧衣角。

周氤眯起那双好看的杏眼，默念：“被性侵过……”

她怔住，眼前渐渐浮现出沈熙的面貌来——

十八九岁的年纪，身材高挑纤细，微微上挑的狐狸眼，长相明艳，举止骄纵。

用六个字概括：年轻漂亮鲜活！

而十年前的“9 · 27 雨夜连环案”，凶手也是专挑这类女孩儿下手，且她之前的受害者中也有被性侵过的。

是那个人吗？

时隔十年，他重新开始作案了吗？

周氤呼吸停滞，双拳紧握，身体不受控制地微微颤抖起来。

但她深吸一口气，强迫自己冷静下来。

很快，穆野便挂了电话。他胡乱将手机揣进兜里，侧身看着江准，神情非常凝重：“江教授，沈熙的尸检结果出来了，她……”话说到一半，他看到周氤还在身边，猛地噤声。

江准挺直背脊，这才将视线从周氤身上挪开。他稍微垂眸，声音很冷：“知道了，走吧。”

穆野没明白他话里的意思，疑惑地“啊”了一声。

江准神情淡漠，瞥了眼他装手机的裤兜：“你手机漏音，我全听见了。”

穆野看了眼周氤，有些尴尬地伸手挠了挠脸，然后问：“周老师是不是也听到了？”

周氤点头。

穆野打着哈哈：“嗐，周老师肯定不会泄密的，听到了也不要紧，”说着还试探性问了下，“是吧？”

周氤语气平静：“嗯，你放心，我肯定不会泄密的，守口如瓶。”

“那就好，那就好。”穆野吁了口气。

他扭动了下身体，视线在江准和周氤之间睃了几秒，然后说：“江教授，队长让我们现在回趟局里。”

江准颔首回答：“好。”说完又看向周氤，皱着眉，一副欲言又止的样子。

周氤倒是先开了口，声音轻缓悦耳：“既然如此，那穆警官，我先回学校了，下午还有课。”

“行，我们送你回学校！”穆野热情提议。

周氤神情淡然：“不用麻烦。你们不是急着回局里吗，我自己打车回去就行。”

说完，她也不等二人说话，抬腿就往楼下走去。

江准看着她的背影，眸中情绪晦暗。

很快，他和穆野也跟着下了楼。

到小区门口，周氤刚拿出手机准备打车，肩膀上便有一只手搭了上来，紧接着，江准低沉的嗓音在她背后响起：“送你回去。”

周氤毫不犹豫地拒绝了，又是熟悉的说辞：“不用麻烦了。”

一旁的穆野也一个劲儿说服周氤：“怎么是麻烦呢？周老师你本来就是帮我们忙的，我们又怎么好带你出来了还不把你送回去，多缺德啊！反正这里离致一又不远，开车就十来分钟，很快的。”他说着还拉开了车后座的门，明摆着就是让周氤上车。

都到这份上了，周氤实在没理由拒绝。她露出一个很勉强的笑容，点头：“那谢谢了。”

穆野“嗐”了一声：“这么客气干啥？要说谢谢也应该是我说，耽误周老师一上午时间就算了，还麻烦你跟着我们白跑了一趟。”

周氤没再说其他客套话，躬身进了车，紧接着江准也绕到另一边上了车。

穆野动作麻利，上车系好安全带很快发动了车辆。

时间紧迫，他开得也快，不到十分钟就到了致一中学门口。

周氤一刻也不想和江准同处一室了。

车停稳后，她动作迅速，很快开门下了车，抬腿疾步往前走去。

车窗摇下，江准就坐在车里，他凌厉的眼睛微眯起，一直紧紧盯着那个背影单薄纤瘦的女子，神情专注。

片刻后，驾驶位上的穆野转过头小心翼翼地喊了声：“江教授？”

他喊完也循着江准的视线望了过去，周氤已经进了校门。

江准这才坐正身体，无力地朝后椅靠了上去，闭上眼，食指弯曲揉了揉酸痛的太阳穴，声音很疲惫：“回去吧。”

“行！”穆野中气十足地回了句，从后视镜里看了眼江准，然后驱车离开。

未到教学楼，天就猝不及防下起雨来，周氲连忙将包顶在头上快跑几步到了高一教学楼的走廊上。

衣服上落了些雨珠，她低头拍落，又拨弄了几下被风吹乱的头发，这才抬腿上楼。

楼梯还没跨三级，她就听到身后有人在喊自己“周老师”。

周氲转身定睛一看，发现来人是吴辙。

他挺高，铜色皮肤，又经常锻炼，整个人洋溢着一股阳光向上的感觉。

“周老师，听说上午的时候警察来过，情况怎么样啊？”

“其实我也不太清楚，警方还在调查中。”周氲回得很敷衍。

“这样啊！”吴辙叹了声气，语气关切，“周老师要是有什么事需要我帮忙就随时说，我能帮得上的一定帮，千万别跟我客气。”

周氲笑了下，回答：“好。”

吴辙面上有些激动，又殷切地问道：“还有十分钟就下课了，周老师还没吃午饭吧？我知道学校门口新开了家川菜店，里面的钵钵鸡和水煮牛肉特好吃，要不要一起去？我请客！”

他看着周氲，眼里满是期待。

周氲却礼貌拒绝了：“吴老师，我就不去了，今天也没什么胃口。”

吴辙似乎有些急，连忙说道：“张亚丽也去，她让我来叫你一起的！”

周氲语气疑惑，明显有些不相信：“亚丽让你来的？”

“是啊！”他解释，脸上的笑容很不好意思，“我和她打赌，谁输了请吃饭。这不愿赌服输嘛，就定了今天中午请吃饭，她让我来叫你一起。”

周氲脸上挂着淡笑，语气客气且疏离：“你们去吧，我是真的没胃口，最近有些感冒，食欲很差。”

见状，吴辙又急切说道：“这不吃饭也不好。周老师你看这样行不行？我和张亚丽吃完给你带打包一份白粥回来，好歹填填肚子，你下午还有课呢。”

周氲自知拒绝不掉，这才同意，客套道：“好，那就麻烦吴老师了。”

“不麻烦，不麻烦。”吴辙连连摆手，脸上是满足的笑容。

回到办公室，周氲第一件事便是拿出手机找沈熙案件的报道，她皱着眉头，一条一条看得很认真。

各家媒体的报道其实大同小异，无外乎就是介绍一下案件和死者的基本情况，再配上一张现场的图片。

沈熙的尸体是昨天下午被发现的，报案人是个从乡下探亲回来的医生，他开车到石惠桥上时内急，匆匆忙忙下车找厕所，厕所没找到便去了桥下想就地解决，结果就看到了沈熙的尸体。

周氤看完简短的文字报道，又点开了下面的配图。

图片拍得并不清晰，为了不引起恐慌，尸体还被打上了马赛克，但尸体旁边那把伞却显眼得很，确实是——暗红色的直骨伞。

“暗红色，直骨伞。”周氤喃喃，又划拉图片将之放大仔细看了很久。

其间，办公室门被推开，陈春华端个保温杯哼着小曲儿走进来，看到周氤呆愣站在桌前看手机，便问了句：“周氤你没去吃饭啊？”

“没。”周氤抬头，将手机按灭放在桌上又说，“不太想吃，没胃口。”

“饭还是要吃的，你看你瘦得……”他随口调侃道。

周氤淡笑着解释：“这两天感冒，我实在没什么食欲。”

陈春华将保温杯放在桌上又凑过来，一脸神秘兮兮地问：“周氤，早上警察来问了你一些啥啊？”

“没什么，就了解了一下沈熙死前的情况。你知道我才接手九班没两天，压根儿不清楚，后来刘主任就把王老师的电话号码告诉他们了，估计后续会去找王老师了解情况吧。”周氤边说边整理桌上的书本。

陈春华语气探究：“我怎么听说还叫了学生出去？”

“是啊。”她神情淡然，“我们能了解到的毕竟片面，学生的事情还是得从学生那里打听嘛。”

“那倒是！”陈春华点头赞同，转身回了自己办公桌。

周氤整理完办公桌，突然想到沈熙写在课本上的那些话，抬头看向正喝着茶的陈春华：“对了，陈老师，我有些事情想问你。”

“啥事？你说。”陈春华拧着保温盖。

“陈老师，你知不知道沈熙家里为什么不管她啊？按理说她爸能给学校捐栋楼，应该是很爱这个女儿的吧，怎么沈熙有事联都联系不上？”

“这你就不知道了！沈弘亮给学校捐那个实验楼不是为了沈熙，是为了他那个儿子沈炀，就是去年高考考了六百多分去了江州大学那个，你那时还没来学校呢。你不知道这个沈弘亮重男轻女，对儿子好得跟什么似的，对女儿不管不问。”他说着语气微顿，“所以我常说，原生家庭多么重要，沈熙这么叛逆，很大程度就是她爹重男轻女导致的。”

陈春华叹了口气又接着说："之前沈熙和外校的人打群架，王老师还想把沈弘亮叫过来聊聊，结果人家来了一句'生意忙没时间'，你说她爹都不管，我们外人还怎么管？"

周氤又问："那沈熙的母亲呢？"

"这个我就不太清楚了，好像很久之前就去世了吧。"他回答得很漫不经心。

周氤若有所思地点头。

她坐下来没两分钟，困顿感便如潮水般汹涌而来。

周氤看了眼墙上的挂钟，中午有两个多小时午休时间，下午还有课，她索性拿了个靠枕趴在桌上小憩。

睡得并不安稳，周氤隐约听到些脚步声，然后是两个人的低声对话：

"周老师睡了？"

"睡了。"

"那我把给周老师带的粥放她桌上。"

"可以，放那里吧。"

然后是塑料袋轻轻摩擦的响动声，就在耳边，周氤觉得有些吵，本能地蹙起眉来，但她困得很，眼皮子都懒得掀开。

等了几分钟，办公室里终于恢复安静。

周氤又开始做梦，梦境奇幻诡谲。

她梦到自己在一条狭长幽深的巷子里，四周空无一人，天下着雨，她还是少女模样，没打伞也没穿鞋，不要命地往前跑，边跑边回头看后面那个追她的黑影。

她跑了很久，可这条巷子就像没有尽头一样，不管她怎么努力也跑不出去。跑到拐角处的时候，她脚下一滑直接摔倒在地，她眯眼往后看，黑影越来越近了，她转头想爬起来重新跑，眼前却出现了一只手。

那只手手掌宽厚、骨节分明，手背有青筋缠绕其上。

她没抬头，但她听到一个喑哑低沉的熟悉嗓音——

他说："氤氤，把手给我，让我带你出去。"

周氤猛地惊醒。

她起身，扭了下因长时间保持一个姿势而酸痛的脖颈，然后环顾四周，办公室里只有她一个人。

桌上放着碗白粥，塑料袋扎得严严实实。

周氤确实饿了，打开袋子喝完了这碗冷掉的粥，然后上课铃便响了。

压根儿来不及收拾，周氤直接起身拿起书本和作业便往教室里走。

里面闹哄哄的，像一群麻雀在叽叽喳喳，周氤都进门了还不得安静。

她先是将作业放到数学课代表李婷婷的桌上示意对方发下去，然后拍了拍讲台。教室里终于归于宁静，周氤抬眸扫视了一眼，发现何露华就在她自己的座位上。

何露华低头趴在桌上不知道在写些什么，周氤多看了几眼，什么也没说，只垂首提高嗓音："翻开前天的作业，有几个题错得挺多，我再讲一遍……"

下课后，周氤不动声色地走到何露华的座位旁，弯下腰去在她耳边柔声说："来趟我办公室。"

周氤说完便往外走，片刻后，何露华才慢腾腾地起身跟上。

到办公室，周氤先是收拾了桌上的粥盒，然后坐下来凝视眼前的女孩儿。

何露华身材娇小，弓背低头。

周氤放软声音："感冒好得怎么样了？"

"好得差不多了。"何露华一直低头盯着自己的鞋，声音怯怯的。

周氤抿了下红唇，又问："今天上午老师去你家了，但你家里没人，你邻居说你们昨晚搬家了？"

何露华点头："嗯。"

"怎么突然搬家了？"

何露华终于抬头看周氤，说："不是突然，很久之前就定了，我妈说那里不好，她想让我换一个好点的环境。"

周氤看到她嘴角淤青、眼角结痂，关切地问了声："你脸上怎么弄的？"

"前天……下雨摔的。"她回答得有些磕绊。

"下雨天还是得小心些。"周氤叮嘱了一句，又问，"露华，沈熙的事情你听说了吗？"

何露华手指捏住衣角，头又低了下去，嗫嚅着："看到……看到群里有说过。"

"我听同学说，沈熙之前经常欺负你，有这回事吗？"

何露华咬紧下嘴唇，慢慢点了点头。

周氤语气更轻柔，问："你和王老师说过吗？"

何露华咽了下口水，摇头。

"家里知道吗？"

何露华又摇头。

周氤很心疼眼前这个腼腆内向的女孩儿，但沈熙已经死亡，现在也没法儿做什么了。

周氤只能叮嘱她："以后再遇到这样的事，你就来告诉我，老师会帮你解决的，别闷在心里。不要觉得长大了还告老师是一件很羞耻的事情，知道了吗？"

何露华"嗯"了一声，面无表情。

周氤往椅背上靠去，然后对何露华说："好，你先回去上课吧。"

何露华这才转身往外走，她驼着背，一瘸一拐。

周氤收回视线，又拿出手机点开尸体现场的图片，想到今天已经没课了，便起身对旁边批改作业的陈春华说："陈老师，我有事情出去一趟，班里麻烦你帮我盯一下。"

陈春华连连点头："行。"

出门，外面依旧下着雨。

雨势渐大，远观上去迷蒙一片。

周氤撑开伞，慢慢走进雨幕中。

到校门口，她拦了一辆出租车，进了车门收起伞，冲司机说了句："师傅，去石惠桥。"

司机是个四十多岁的中年男人，声音很粗犷，"嗐"了一声："姑娘，你没听说那边前几天刚发生了命案啊？"

周氤敷衍道："听说了。"

怕司机多问，她又补充了一句："去那边有事。"

司机"哦"了一声没问了，接着便发动车辆。

石惠桥并不远，离致一中学也就一两公里左右，但道路弯弯绕绕，司机开了十多分钟才到。

车停在桥边，周氤付了钱下了车。

外面的雨停了，桥边风挺大，将周氤的长发吹得凌乱。

等出租车走后，周氤才顺着台阶往桥下走。

旁边生长着些杂草，由于冬日的缘故，草已枯黄，又淋了雨，看起来分外荒芜。

地有些滑，周氤小心翼翼地到了桥下，看了眼桥下涵洞，又仔细对比了手机新闻上的现场图片，确认这边就是沈熙的抛尸地。

警察已经来勘探过现场，这几天又连下了三场雨，应该什么痕迹都不会留下了。

周氤眯起眼，看着灰白的桥壁，闭上眼开始回忆十年前那起案件。

这些年，周氤虽然想不起案发当晚凶手的身形，却收集了与那起案件有关的所有信息，包括她之前那三位受害者的。

第一位受害者李秋月，案发时十八岁，是环城商场一黄金店的导购员。

第二位受害者黄莺语，案发时二十一岁，结婚不到一年，和丈夫一同经营小超市。

第三位受害者石诗桃，案发时十八岁，她不是江州市人，是来这边务工的。

而周氤，案发时未满十七岁，警方一致认为她就是“9·27 雨夜连环案”凶手的第四个目标，只不过那晚恰好被周世兰发现，凶手并未得逞。

周氤怀疑沈熙的死也与十年前那起案件有关，毕竟凶手选择的目标以及作案条件都很相似，可细想之下又似乎有些不同。

虽然都选择在雨夜作案，但那三位受害者是被抛尸在崧山。崧山是江州市最大的一座山，那里距离致一中学有些远，里面树木繁茂偏僻难行，抛尸地点很隐秘。

但石惠桥下的涵洞却很显眼，并且石惠桥连通城东和城西，车来车往，抛尸在这里很容易被发现。

周氤眯起眼，转身走上桥。

她转头往西看了眼，那边过去一公里远就是匀果路。

周氤想起刘妍说过，沈熙在那边租了房子。

# Chapter 03
# 解释

临近冬日，气温又低，冷风见缝插针，疯狂摧残人的皮肤。

周氤鼻尖被冻得通红，手也冷得没有知觉了。她哈了几口热气，又掖紧大衣，然后冒着寒风往匀果路的方向走去。

匀果路在江州市挺有名，这里酒吧夜店聚集，人潮拥挤，鱼龙混杂，是个寻欢作乐的好地方。

沈熙租住在匀果路，抛尸地又离那里很近，周氤隐约觉得这其中应该有什么关联，她没有十足把握，但想过去看看。

天气太冷风又很大，路程不远，周氤却足足走了二十分钟。

到匀果路时暮色四合，这里才刚刚开始热闹，整条街霓虹熠熠闪烁，音潮巨浪在耳边此起彼伏。

身边人来来往往，周氤扫视过去，都是陌生面孔。

路边，浓妆艳抹的女孩儿成群结队；身旁，酩酊大醉的酒鬼摇摇晃晃；酒吧门口，奇装异服的少年在放肆尖叫；角落，一男一女在旁若无人地肆意欢愉。

人生百态，世人千貌，各不相同。

周氤看着身边过去的一张张鲜活又陌生的面孔，不禁思考一个问题——那个恶人会不会也在其中呢？这么多年了，他会不会偶尔也从自己身边经过，像一个普通人一样，毫不起眼，也没人注意。

周氤抬头往天上看去，纵横交错的老旧电线如蛛网般将这条街巷紧紧覆盖。

电线上是广阔天空，电线下就像干涸泥淖，进入此处的人会陷进去，陷进去的人越挣扎越深入，最终被全部湮没。

周氤收回视线，看到旁边有家小商店，她抬腿走了进去。

老板是个中年女人，黄皮肤一脸雀斑，头发烫得像鸡窝，正懒洋洋地坐在收银柜台内侧嗑瓜子，见周氤进来也只是抬了下眼皮，然后有气无力地说了句："选了来这里付钱。"

周氤环顾四周，转身瞥见了最后一排货架上的雨伞，她眸光敛起，走过去站定。

伞的品种不多，都是小巧的折骨伞。周氤想到沈熙尸体旁的那把红伞，转头问老板："有直骨伞卖吗？"

老板拿瓜子的手随便一扬，指了个方向："那儿呢。"

周氤循着她手指的方向望去，那边果然挂着一排直骨伞。周氤走近，伸出修长白皙的食指从左至右点过去。

多是白色塑料直骨伞，也有其他颜色花纹的布料直骨伞，却没有暗红色的。

周氤皱起眉头，又走到收银柜台，声音不大却暗含坚定："老板，有红色直骨伞卖吗？"

"红色？"那女老板停下嗑瓜子的动作，狐疑地打量了周氤一眼，"你要买红伞干吗？"

周氤淡笑："没什么，我就是问问。"

女老板嘴一撇，自顾自说了起来："我可不敢进红伞，石惠桥下前两天死了个妹子的事你没听说啊？尸体旁边就摆着一把红伞呢。伞这么多颜色，黑的白的都挺好看，买什么红伞？"

周氤不死心，又问："您店里之前有卖过红色直骨伞吗？"

"从来没有过。"女老板头摇得跟拨浪鼓似的，"红伞我都不进货的，好多年前我们江州就出过一个'红伞杀人魔'，杀了三四个，当时闹得人心惶惶，听说这么多年都没落网，现在又死了一个，啧啧……这玩意儿邪门儿！"

周氤若有所思，换了话题："对了，老板，我想问下这附近有没有房子租啊？"

"房子，多的是啊！我家这楼上就有出租的。"

周氤没拐弯抹角，直接问："我听说前几天石惠桥下死的那女孩儿就在这附近租房子，您知不知道她租在哪里的啊？"

女老板眼神更加怀疑："你问这个干吗？"

"哦，没事。"她笑着解释，"毕竟死了人，我怕租在她住过的地方，瘆得慌。"

女老板摇头："那我就不知道了。"

周氤勉强一笑，从旁边拿了一瓶水，打算结束两人的对话。

"多少钱？"

"两块。"

周氤付完钱出了小商店，有些气馁，拿着一瓶水在这条弯绕纵横的夜场巷道中游走。

她又去了几家商店超市，可这里没一家店有卖红色直骨伞的。

时间慢慢流逝，天色也越来越晚，周氤却什么线索都没得到。

或许尸体旁的那把红伞根本不是凶手就近买的，十年前"红伞杀人魔"这个称号由媒体之口放出，再经由普通民众口口相传，"红伞"这个物体在江州市人心中已经是一个近乎于阴影的存在，普通商店不卖也很正常。

并且一把普通的伞，就算江州市所有的实体商店都不卖，可如今网络发达，很难明确凶手是通过什么渠道购买的。

一无所获，周氤低头加快脚步，想快些离开这个地方。

匀果路很长，里面弯绕又多，周氤费了些时间才走出来，她站在路边稍微松了口气，想拦辆出租车却半天没有车经过。

周氤又拿出手机找网约车，或许是下雨天的缘故，周围打车的人很多，排在她前面的已经超过一百个了。

周氤心烦意乱，转身准备走路回家时，却不小心撞上一个人。

那人浑身的酒气，小眼睛络腮胡，满脸横肉，一副凶人歹徒之样儿。

周氤低头说了一句"对不起"，欲抬腿离开之际，手腕却被那人狠狠拽住。

那"络腮胡"开口说话，浓郁酒气夹杂着口臭味令周氤感到窒息。

"撞了人就想跑？"他嗓音粗犷。

周氤皱起眉头奋力挣扎却挣扎不出，冷声质问："我已经道过歉了，你还想怎么样？你又没事，难不成让我赔你医药费？"

"络腮胡"死死拽着周氤的手腕，小眼睛色眯眯上上下下打量着她，那眼神让她起了一身的鸡皮疙瘩。

"赔医药费怎么够，你长这么漂亮，陪我睡一晚吧？"他大言不惭，说着还将周氤往自己怀里拽。

"你做梦！"周氤啐了一口，死命挣扎着，同时大声呼喊"救命"，其间有人路过，但都只是投过来冷漠的视线，没一个人对此伸出援手。

周氤没挣脱开。

她不得不承认，世界就是这样不公，同样是人，生而平等，可普通男人和普通女人之间却有着难以逾越的体力差距。

但她没放弃，挣扎过程中找准机会狠狠踩了“络腮胡”一脚，“络腮胡”吃痛哀号一声，终于放开了周氤。

周氤转身就跑，没跑几步，脚却被地上的石块绊了下直接摔倒在地。

她暗自懊恼之际，前方却开过来一辆车，那车在距离她三米远处停下，然后汽车前照灯“啪”的一声亮起。

光线刺眼，周氤本能地抬手挡住眼睛。

周氤听到身后传来脚步声，感觉到那个“络腮胡”慢慢逼近，但腿部疼痛感让她无法立刻起身。

车门打开，一个西装革履的男人走了下来。

她看到从车上下来的男人脚步急促，眸中阴狠至极，冲过来朝那“络腮胡”脸上就是一拳。周氤听到身后的哀号声与污言秽语，不久后便是求饶声和哭声，最后归于平静。

紧接着，一双黑鞋出现在了她的眼前，再然后，一只骨节分明的手朝她伸过来。

周氤抬头，面前那人躬下身来，面色冷峻，神情阴鸷，眼睛漆黑如墨。

除了江准还会有谁。

周氤有些恍惚，她想起很多年前，自己跑到楼下时不小心摔了，江准也是这样躬身向她递来一只手，然后将她从地上拉了起来。

江准喉结滚动，看着地上狼狈的周氤，心里好像有什么东西在撕扯。他稍微扯唇开口，声音低沉淳厚：“快点儿，把手给我。”

周氤看了那只宽厚粗粝的手掌很久，最终将自己的手递了上去。

江准手腕用力，将她从地上拉了起来。

才下过雨，地上潮湿一片，周氤的衣服也沾上了泥土污秽，又因为刚刚挣扎过，此时她衣服、头发都凌乱，眼睛通红染上泪光。

“伤到没有？”江准问。

“没有。”周氤低着头。

江准上前来很自然地伸出手帮她整理衣服，又拨弄好她凌乱的头发，可周氤却突然像从梦中惊醒一般退后两步，声音客气且疏离：“刚刚的事谢谢你。”

江准皱眉问她：“你非要和我这样说话吗？”

周氤勉强笑了笑，抬眼看他，声音也冰冷至极：“那不然要怎样说话，寒暄，叙旧，回忆过去，展望未来？”

江准瞥了她一眼，眸中情绪隐忍。

他挪开视线，看着路边车流，问周氤：“你不觉得，关于十年前的事情，你还欠我一个解释吗？”

周氤很心虚：“我不认为我欠你什么解释，十年前都说得很清楚了不是吗？”

“是很清楚还是你单方面的清楚？”江准颇有些咬牙切齿，“就一条短信，你就想把我们这么多年的事情说清楚？”

周氤咽了下口水，浑身上下都不自在，低头故意躲避江准的视线。

江准放软语气继续问：“后来，你去了哪里？”

周氤嘴动了动，没回答。

江准继续：“你给我发了一条所谓的短信就消失了。”

周氤手指撕扯着衣角，她喉咙里像卡着什么东西，想说的话都到嗓子口了，却又什么都说不出来。

终于，江准深吸一口气，抬头望向黑沉的天空：“这么多年了，你不觉得你应该给我一个解释吗？”

周氤沉默了很久，才终于开口：“你也说了都过去那么久了，还提那些干吗？我看你现在很好，而我现在也很好，这就行了不是吗？”

“我不好。”江准咬牙。

夜色黑沉，寒风裹挟着雨丝飘落。

周氤将头扭到一边，不作回应。

除了逃避，她别无他法。

旁边江准也没说话了，但他紧盯着周氤，瞳仁染上混浊，呼吸声也逐渐沉重。

他迫切地想从周氤这里要一个答案。

周氤却没让他如愿，甚至非常生硬地转移了话题：“回来多久了？”

“这不重要。”江准语气平淡，视线却凌厉得让人难以招架。

周氤继续沉默。

江准顿了顿，伸手推上稍稍滑落的眼镜架，不打算再继续逼问她十年前的问题。

他深吸一口气收敛好刚才愤怒的情绪，问：“你怎么会在这个地方？”

周氤面不改色心不跳："我来这里消遣。"

江准冷嗤一声，将周氤从头打量到脚。

米色高领厚毛衣，黑色毛呢厚外套，黑长裤，黑靴子。

除了手和脑袋，基本被包裹得严严实实。

这分明是和夜店格格不入的打扮。

他收回视线，很不客气地拆穿她："说谎也得讲基本法。"

周氤没反驳，但反问江准："那你呢，你为什么会在这里？"

江准坦然："来查沈熙的案子。"

周氤眯眼，立刻想到了沈熙在匀果路租过房子的事情，急切地发问："找到了沈熙生前的租房？"

"嗯。"他垂眸，声音不带一丝温度。

两人说话之际，不远处突然有人高声喊了一句："江教授！"

江准转身，周氤也循声望去。

穆野火急火燎地跑了过来，对江准说："江教授，地方找到了，匀果路 143 号楼上，二楼，地板上都是血，法医已经过去了，目前确认了那边就是第一案发现场。"

他喘着粗气，说完才看到周氤，神情一怔，视线在两人之间来来回回，有些不可思议："咦，这不是周老师吗？你怎么在这里？"

周氤抿唇思考片刻，换了个谎言："有学生逃课，我来这里抓学生。"说完还心虚地瞥了眼江准。

但江准只是冷漠地轻咳一声，并没有拆穿她。

一旁的穆野了然"哦"了声，叹气道："你们老师也不容易，一个女孩儿，遇到不省心的学生还得大半夜来这种声色场所逮人，多危险啊。"

周氤尴尬地笑了笑。

穆野又看向江准："对了江教授，我们这边查到了沈熙认的那个哥哥了，叫郑盛，之前是机电的学生，不过两个月前因为打架斗殴被开除了，之后在机电和致一外面那条街活动过一阵子，沈熙出事后这小子就消失了。"

"有下落了吗？"

"还在查。"

江准点头。

穆野提议："那江教授，我们现在过去吧。"

江准神色如常："行。"

话音落下，江准的视线又落到周氤脸上，他看出了周氤想同去的渴求，他也不放心将她一个人扔在这种危险的地方，更何况刚刚还差点儿出事。

“周老师一起过去，”江准看着远处，“这边太危险，等我工作结束送你回去。”

周氤并不想和江准有太多接触，关于他，她简直避之不及。但她又非常想了解沈熙案件的情况，无可奈何只能点头应下。同时她也看出了穆野眼中的顾虑，连忙补充道：“那我站在楼下等你，不会打扰你们工作的。”

或许是听到“等你”二字，江准英俊的面容上有一丝愉悦，但转瞬即逝，快得让人没法儿捕捉。

他迈开修长的双腿往前走，穆野连忙与他并肩而行，而周氤也快步跟在两人身后。

“什么情况？”江准问。

穆野忙回答：“房子里面乱糟糟的，墙壁上有飞溅型血迹残留，能看出死者死前曾在案发地激烈反抗过，地板上有一大片凝固血迹，更具体的法医还在检测。”

“行，我知道了。”江准回答完转头看了眼周氤，她正亦步亦趋跟在自己身后。

三人脚步急促，很快到了沈熙租房的楼下。

沈熙租在二楼，旁边就是一个小酒吧，此时刚过十点，正是热闹的时候，里面的音乐声嘈杂刺耳。

到这里时江准和穆野双双停下脚步，江准转身叮嘱：“你不能上去，就站这里等我。”

周氤抬头往狭窄楼梯上面望了一下，正对着楼梯的那扇门大开着，还有警员蹲在门口做检测。

“好。”周氤很配合，双手交握，侧身站在一旁。

江准深深看了她一眼，最终抬腿上了楼。

戴好鞋套手套进门，闪光灯忽明忽暗，相机快门声“咔嚓咔嚓”不绝于耳。

江准仔细打量着这个小出租屋。

一片狼藉，被褥凌乱，很多血迹，是一个极具视觉冲击力的凶案现场。

出租屋三十来个平方米，简陋褊狭，陈设很简单，一张床一张桌一个床头柜一个衣柜，里侧进去还有个浴室和蹲厕，连在一起的。

墙壁老旧，上面还贴着多年前流行的明星贴画，泛黄掉色，有些年头了。

江准蹲下来看着墙壁上的飞溅型血迹，对比了一下血迹距离地面的高度与血迹喷溅的方向。

法医也走过来向江准介绍情况：“这个墙上有两处喷溅型血，呈左右对称且向下的趋势，结合到死者身高、双颊肿胀、鼻梁骨折、鼻腔有凝固血迹这些情况来看，死者应该在此处被凶手抵在墙上暴力殴打过，这两处都是鼻腔喷出的血迹。”

江准转身又看了眼地面，上面有一大摊凝固血迹，他眼神尖利，又在尖锐桌角处发现了凝固血迹。

沈熙的致命伤就在后脑勺，尖锐物体刺入流血过多而亡。江准凑近，仔细观察了一下桌角的血迹覆盖范围，又伸出拇指与食指简单测了一下尖角血迹宽度，转头问法医：“沈熙头部的致命伤是不是来自这个桌角？”

法医点头：“十之八九，死者撞上这个桌角后滑落到地上，所以地上才会留下那么大一摊血迹。”

话音落下，旁边负责痕迹检验的技侦警员也开了口：“指纹与头发血迹提取完毕。头发多是棕色长发，和沈熙头发的发色和长度一致。”他说着指了指床底，又拿出一个装着头发的物证袋扬了扬，“在床底发现了好几根黑色头发，长度适中，目前不确定是否与本案有关，要等检测过后才能知道。”

江准点了点头。

楼下，周氲还站在那里，她往上走了几级楼梯想听些情况，可惜旁边酒吧音乐声太吵，她什么也没听到。

周氲站得双腿发麻，看着头顶那个昏暗且布满灰尘的白炽灯，轻轻叹了口气，走到楼道口活动了一下腿脚。

已经十一点多了，匀果路依旧热闹，喧嚣嘈杂，目之所及皆是五光十色，这里好像永远都不会被黑暗所笼罩。

她百无聊赖地看着来往人群，随意一瞥，在不远处的人潮中看到了一个熟悉的身影。

一个女孩儿，娇小身材，娃娃脸，背脊弓着，看起来怯怯的。

好像是何露华，但她不确定。

周氲想追上去看个清楚，身后突然有人叫了声“周老师”，她下意识回头看了一眼，再转头看向之前那个方向，人潮之中已经没了女孩儿的身影。

“周老师，等久了吧？”

清晰嘹亮的男声落下，紧随其后的是皮鞋踩地的“哒哒”声，急促且响彻楼道。

周氤没回答，忙往外走了几步，目光在街上左右扫视，可那个熟悉身影早已湮没人潮无迹可寻了。

“周老师看什么呢？”

穆野好奇地问了声，很快下了楼。楼道阴风阵阵，他冷得缩起脖子、双手揣兜，狐疑地探出个头学着周氤的样子打量街道。

“周老师找什么？”他又问了一遍。

“没什么。”周氤收回视线转头笑了下，解释，“看到一个熟悉的身影，好像是我们班的学生，但想想她应该不会来这种地方，可能是我看错了。”

穆野“哦”了一声算是回应，也没放心上。

周氤看着穆野，目光里的打量意味很明显。她旁敲侧击地询问：“里面情况怎么样？”

对周氤没有防备，穆野脱口而出：“满屋的血，墙上也有，确定了这里就是沈熙案的第一案发现场。”他说着又突然想起些什么一样和周氤交代，“周老师，江教授马上就能下来。”

穆野说完又从兜里抽出烟盒和打火机往周氤面前扬了扬：“周老师介意我抽支烟吗？我站远点儿。”

“不介意。”周氤大度笑笑。

“咔嚓咔嚓”，打火声音清脆，穆野点了烟狠狠抽了几口，又长长吐出一口白烟。

“穆警官，我有个事情想麻烦你。”

“行！”穆野抽着烟，回答得很心不在焉。

周氤小心翼翼地提议：“可以给我看看沈熙尸体旁边那把红伞的清晰照片吗？”

穆野手指夹着烟，叹息着拒绝了：“周老师，这个真不行，这属于物证，案件还在侦破中我们不能随意透露的。”

周氤垂首，指尖被自己捏得发白。隔了好大会儿，她才说出理由：“如果十年前的凶手和杀害沈熙的凶手是同一个人的话，这把红伞或许会让我找回些当年的记忆。”

她话音落下，楼梯上响起一个低沉的嗓音：“可你也说了是如果。”

江准缓步走下，步履有些沉重。

“好，我知道了。”周氤稍抬眼睑，没再坚持，但面上的失望之色掩饰不住。

穆野此时也抽完了烟，冲江准扬了扬手：“江教授，还有个收尾工作，那我先上楼了。”

江准点头。

穆野行动迅速，三步并作两步火速蹿上了楼。

等他离开后，江准才开口说话：“我送你回家。”

“不用了。”周氤直视江准。

听到周氤的回答，江准不悦地皱起眉头。

昏暗白炽灯下，他高瘦挺拔，剪裁得体的深色西装更显他的恣意矜贵。

周氤还想找其他理由拒绝时，江准却不由分说地过来拉住了她的手腕，眼底晦暗不明，周身也散发着凛冽气息。

“我送你回家。”他字咬得很重，语气不容置喙。

周氤呼吸有些停止，看着他漆黑的瞳仁，她稍微挣扎了一下，却完全没挣脱开。

周氤吐气，偏头刻意逃避江准的视线，放软语气，用商量的口吻：“你先放开我。”

江准手掌一僵，慢慢松开了她。

周氤揉了揉被捏痛的手腕，什么话也没说直接抬腿往前走。江准狭长的眼睛微微眯起，镜片后的目光太过锐利。

他也没迟疑，下一秒便追了上来与之并肩。

两人一路无言。

到路口，江准的车还停在不远处。

他腿长，快走几步到了车前，拉开副驾驶的门紧盯周氤，视线中邀请上车的意味很明显。

风吹来，将她柔顺的秀发吹得凌乱。

周氤撩了下被风吹到额前的头发，无可奈何地瞥了眼车门，然后缓缓走到车旁躬身上了车。

江准神情是惯常的凛然，他扬手关上车门，又绕过车头到另一边，拉开了主驾驶位的门。

天气太冷，江准开了暖气，然后偏头看向周氤。

车内太暗，他眯起眼眸，看着周氤秀气精致的侧脸，突然就想起了从前。

从前，他最常看到的就是周氤的侧脸，毕竟两人做了整整六年的同桌，从初中到高中。

江准还记得自己读书时候只需要随意一瞥，视线定格之处肯定是周氤。她有时靠着椅做题，有时趴着桌睡觉，有时在教室后面和张亚丽打闹，偶尔他看她被发现，她便会昂头漾出狡黠的笑，笑容灿烂得晃了他的眼。

拉回思绪，江准收回视线目视前方，声音低沉磁性："为什么会来这里？"

周氤依旧含糊其词："抓学生。"

"你说的话自己信吗？"他毫不客气拆穿，"一个谎言说两次它也成不了真。"

周氤指甲抓着手背，红痕凸显。

江准瞥了她一眼，用疑惑的语气说："你来匀果路是为了调查沈熙的案子……"

周氤轻咳一声，直接打断了他："不是，我又不是警察，哪里能查案？"

江准目光锐利："我话还没有讲完。"他说着语气微顿，"你是为了搞清楚沈熙的案子和十年前那起案子有没有关系。"

一针见血。

周氤嘴皮了动了动，没反驳。

"徒劳无功，缘木求鱼。"他说了两个成语表示对周氤行为的否定。

周氤声带愠怒："有没有用我心里很清楚。"

她说完终于偏头凝视江准："那你现在能给我一个确切答案吗？这两起案子之间有关系吗？"

"有关系。"

周氤屏住呼吸。

"但关系不大。"他给了个模棱两可的答案。

"什么意思？"

江准却没继续了："目前都只是猜测，在案件侦破前所有主观推测都是妄言，等结果出来我会第一时间告诉你。"

周氤深吸一口气，有些沮丧。她疲惫地往椅背上靠去，像是耗尽了浑身力气。

心疼、隐忍、克制，种种复杂情绪交织在江准心里，但最终他只是轻轻说了句："系好安全带。"

周氤却置若罔闻。

江准皱眉，稍稍靠过来，脸凑近她，温热呼吸洒在她耳畔。

她背脊一僵，有些慌乱。

江准看着她脸上稍显惊慌的神情，抿了抿唇，然后替她系上了安全带，然后坐正身体发动了车辆。

夜色浓郁，窗外璀璨夜景随着车辆移动而飞速变幻。

周氤疲惫地侧头靠在椅背上，倦意铺天盖地向她袭来，她眼皮张张合合，最后受不住地合上，沉沉睡去。

江准开得并不快，但路程很近，也不过十来分钟车就停在了周氤家楼下。

车停稳后江准转头看周氤，发现周氤已经睡着了，她睡颜恬静安稳，还有浅浅的呼吸声在耳边响起。

江准这时才卸下了在外的冷漠与克制，他深吸口气，认真凝视周氤，目光灼灼，小心翼翼地将她额前那几缕遮住眉眼的头发捋到耳后，生怕弄醒了她。

这样的注视多久了？久到他自己都忘了。

从前读书的时候别人总说周氤对江准死缠烂打，只有他自己知道，两人之间，其实是他先动的心。

自始至终都不是周氤对他死缠烂打，而是他对周氤蓄谋已久。

只不过，是他更擅长伪装罢了。

不远处有车鸣笛，周氤猛地惊醒，睁开惺忪双眼看了下窗外，景物熟悉，是自家楼下。

“对不起，我不小心睡着了，谢谢你送我回来。”

她慌慌张张道歉，匆匆忙忙下车，用词谨慎客气，声音陌生疏离。

两人分别了十年，如今再见，中间似乎隔着一条难以逾越的鸿沟。

他尝试跨越，但周氤不给机会。

江准并未下车，手搭在方向盘上，无力低垂着头，下巴线条干净利落。

车门被她“砰”的一声关上，江准这才抬头深深看了一眼周氤清丽的背影，他眼眸染上晦色，最后驱车离开。

周氤这才回头，胸口像卡着什么异物。

车辆渐远，尾灯灯光氤氲在夜幕之中，周氤看得不太真切。

车影完全消失之后，周氤才转过身来，她整理好情绪抬腿准备上楼，突然有种异样的感觉，这是一种被人在暗中窥视的感觉。

她杏眼微眯，下意识转身往后看。对街的几家小店铺还开着，透出些柔和灯光，里面还有店老板休闲的身影。

周氤的视线再往上，与她家对窗的那户今天好像不在家，窗户漆黑一片。

周氤又扫视了一眼四周，天冷，都躲家里不出来，街上半个人影都看不见。

——恐怕又是自己敏感了。

周氤叹气，正准备上楼，旁边突然蹿出一个黑影。

“Surprise（惊喜）！”

声音落下，楼道的声控灯也亮起了，借着灯光，周氤看清了眼前人，是张亚丽。

“周氤，你看我给你带了什么？”张亚丽扬了扬手里提着的两个大袋子，神情兴奋，“特产！吴辙从老家带回来的，可多了，他还让我给你带一份。”说完看向周氤，周氤一脸惊魂未定的模样，估计是被吓到了。

张亚丽忙过来关切地询问：“我是不是吓着你了？”

周氤吁了口气，这才收拾好惊慌的心情：“来之前怎么不打电话？”

“我打了！”张亚丽一脸委屈，“你手机关机，我就想在楼下等你回来。”

周氤拿出来看了眼，手机确实因为没电关机了。

“并且我刚刚看到你从一个男人车上下来，我怕打扰你们，所以就在旁边藏了起来。”张亚丽说着凑过来一脸探究，“那个男的是谁啊？我看着很像江准呢，你们复合了？”

“没有，只是路上刚好碰到了。”周氤疲惫极了，接过张亚丽手上的袋子抬腿往楼上走。

张亚丽见周氤上楼忙跨阶追上：“还真是江准啊？”

周氤面上无异，内心却翻涌不止，但她没多说，“嗯”了一声算是回应。

到家门口，周氤有条不紊地从包里掏出钥匙将门打开。

进门换了鞋，周氤将两袋东西放进冰箱，转身看向张亚丽，她正瘫软在沙发里冲自己没心没肺地笑。

“周氤，我和我妈吵架了，不想回去了，你今天收留我一晚吧。”张亚丽拿出手机翻翻划划，说得很心不在焉。

周氤说了个“好”字，又问张亚丽：“喝水吗？”

“喝喝喝，渴死了！”

张亚丽声音很急切，她伸手接过周氤递来的水，昂头一饮而尽。

喝完水，张亚丽随手将杯子放在茶几上，周氤此时也正从卧室走出来，手里拿着一套睡衣递给她：“你的，上次洗完之后给你收柜子了。”

张亚丽笑嘻嘻地给了周氤一个飞吻：“爱你。”

周氤无奈地笑着。

两人从小好得跟亲姐妹似的，即便现在长大了也并未生疏。

洗漱完，张亚丽先上了床，周氤还在梳妆台前擦护肤品。

她皮肤白皙细腻，五官清新秀美，在橘色夜灯的映照下更显温柔似水，张亚丽看着仰天长啸："周氤，不公平啊！"

周氤转过脸疑惑："怎么了？"

"你妈和我妈是一母同胞的姐妹，咱俩也算流着四分之一相同的血液，你怎么就长得这么好看？"

周氤过来捏了捏张亚丽的下巴仔细看了看："自信点儿，你也好看。"

她所言非虚，张亚丽长得不赖，黑而俏丽，大眼睛高鼻梁，隐隐还透出些许异域风情。

但张亚丽并不喜欢自己的长相，她懒洋洋地靠在床头发牢骚："好看个鬼！随我爸，要是随我妈就好了。"

周氤掀开被子一角钻进去，躺好之后问张亚丽："你今天为什么和大姨吵架？"

张亚丽看着天花板："还不是因为她整天在家里唠唠叨叨的，烦死了。"

她话音落下，周氤唇角的笑容有些停滞。

从前她也像现在的张亚丽一样，觉得母亲唠叨，周世兰讲个话她都烦得不行，就想着以后读了大学，一定得离周世兰越远越好，可现在，想听母亲的唠叨却再也没了机会。

张亚丽还在继续说话，语气很是义愤填膺："说我这么大人了也没个对象，还逼我相亲，我寻思我和你也差不了几天吧，你不也单身吗？"

"大姨逼你相亲了？"

张亚丽重重点头："说什么银行工作的，是个小领导，比我大个三四岁，长得还挺帅。我看了照片，老得跟我爸似的，啤酒肚都快戳着我了。"

周氤被她逗笑，问："有这么夸张吗？"

"我这个描述还算给他留了面子。"她说完嘴一抿，表情有些害羞，用手肘戳了戳旁边人，"你觉得吴辙这个人怎么样？"

周氤想了下："挺好的，很阳光也很踏实。"

"我也觉得，"张亚丽脸上漾笑，兴奋向她分享，"并且我觉得他很可能喜欢我，在办公室里就经常和我斗嘴，把我惹生气了又带吃的来哄我开心，小男生似的，这次回老家还带了满满一大包特产给我。哎，他那点儿小心思早就被我察觉到了。"

已经过了十二点，周氤早困了，迷迷糊糊听着，压根儿不知道她在说什么。

张亚丽见周氤没回应，戳了几下她的腰窝，她背脊一僵，瞬间惊醒。

“你别睡，陪我聊会儿天，我还有问题要问你呢。”张亚丽祈求着。

周氤翻了个身正对着张亚丽，勉强撑着眼皮：“什么问题？你赶紧问，我困了。”

张亚丽轻咳一声，一本正经：“你就真放下江准了啊？”

“是。”

“这么容易就能放下？”

周氤没言语，翻身背对着张亚丽，困意随即一扫而空。

张亚丽叹着气：“当年你和江准多好啊，要不是小姨出事，你们肯定一起去美国念大学了，也不会……你不知道江准那段时间多可怕，他都快把江州翻过来了，我见着都心怵，就怕他又问我你去了哪里，我每次面对他看到他那眼神像是要杀人。”

周氤睁开眼，看着漆黑的房间不说话。

黑夜中，张亚丽的声音显得格外嘹亮：“我记得你之前那么喜欢他来着。”

周氤眸中水雾聚集，她胸口有些闷，声音也沙哑着：“那时再喜欢又能怎么样？你也知道，我精神状态实在没办法继续念书，可他的前途却一片光明，我不想自私地捆绑着他让他和我一起承受折磨……”

她说着语气微顿，自嘲地说：“更何况我和他从一开始就是我的一厢情愿。”

“那你现在还喜欢他吗？”

“你高一的时候喜欢那个打篮球很帅的学长，你现在还喜欢吗？”

“他？早忘了。”张亚丽回答得很干脆。

“他，我也忘了，都过去这么久了。”周氤轻声，脸陷进枕头，“困了，睡觉吧。”

好奇心得到了满足，倦意很快汹涌而来，张亚丽翻身打了个哈欠，嘟囔着：“晚安。”

周氤却睁着眼轻声回答：“晚安。”

没几分钟，身边传来张亚丽沉重的呼吸声，而周氤依旧没睡着，她呼吸有些不畅，靠着的枕头也湿了大片。

尽管晚上睡得很迟，但生物钟还是让周氤一大清早便醒了过来，她轻手轻脚起床进了浴室，洗漱完看时间还早又做了个早餐。

吃完饭张亚丽还没醒，周氤穿戴整齐走到卧室门口高声道：“我先去学校了，早餐在桌上你醒来记得吃。”

张亚丽诈尸一般从床上弹起来，蓬头垢面睡眼惺忪，有气无力地问：“今天周六，上午没课下午放假还去学校干吗？”

“没课我也得去。”

“想起来了，你现在是班主任，身份不同了。”张亚丽说完又睡了回去。

周氤脸上浮出淡笑，转身走到玄关处换好鞋子出了门。

楼道里风大，她冷得打了个寒噤，用围巾将自己的脖子围得严严实实才下楼梯。

周氤怕冷得很。

到了学校，早自习刚开始。周氤路过一班听到里面热火朝天的读书声，到了九班外面，里面的声音却稀稀落落。

周氤双手背在身后，故意板着脸走了进去。学生们许是看到了她，读书声大了些，但都有气无力的。

她在教室里巡视了一圈，到后排时看到了何露华，和之前一样弓着背，一副唯唯诺诺的模样。

周氤走到身后拍了下何露华的肩膀，何露华突然像受到什么惊吓一般身体战栗不止。

“何露华，你没事吧？”周氤觉得有些奇怪，躬下身子关切地询问。

何露华没抬眼看她，声音吞吞吐吐：“我……没事……”

周氤挺直背脊凝视几秒何露华的后背：“你和我出来一下。”

她说完转身走出教室在走廊上站定，片刻后，何露华才缓慢起身，低着头挪到了她的身后。

周氤拐弯抹角地问：“昨天下晚自习几点回的家？”

“九点多吧。”何露华抬起头，声音怯生生的。

致一中学晚自习一般上到九点，而昨晚周氤看到那个形似何露华的身影时已经十一点多了。

周氤皱眉，又问：“你一个人回去的？”

何露华点头。

“你新家多远？”

“不远，走过去十几分钟就到了，就在兴源路那里。”何露华回答得稍微平静了些。

周氤若有所思点头，扬了扬手：“行，你先回去吧。”

等她走后，周氤再次拨通了何露华母亲邱云凤的电话，她母亲这次接得很快。

“喂，露华妈妈，我是露华的班主任周老师。”

那边的女声很轻柔：“周老师打电话来有什么事吗？”

“没事。”周氤笑着，“露华和我说你们搬家了，搬去哪里了啊，方便给个地址吗？”

“我们搬到兴源路了，34号。这里离学校近，环境也比那边好，露华上学也方便。”

“哦，是这样啊！”周氤了然点头，又问，“对了露华妈妈，我想问问露华昨天什么时候到的家啊？”

“九点半左右就回来了。”邱云凤回答得很快，“住以前那地的时候她上完晚自习走回来得十点了呢。”

听完邱云凤的回答，周氤神色一怔，又忙道：“那确实方便多了。”

邱云凤也附和：“是啊。”

“那露华妈妈，我没什么事情了，就先不打扰你了。”

周氤说完挂了电话，站在窗外看了何露华很久。

终于，周氤收回视线，转身往自己办公室走去。

还没进门，周氤就听到身后有人叫她，她下意识转身。

叫她的人是刘主任，腋下夹着个文件夹匆匆忙忙过来，扬了下手：“周氤，我有事情和你说。”

周氤淡笑着，语气也恭敬：“什么事？”

“通知一下你班里，从下周一开始晚自习取消。”

“取消？”周氤声色皆诧异，“怎么突然取消晚自习？”

刘主任愁眉苦脸道：“还不是沈熙那个事。”他叹了口气继续，“你没看网上的消息啊？都说杀害沈熙那人和十年前那个‘红伞杀人魔’很大可能是同一个，就是害你妈妈的那个！现在闹得人心惶惶，好多家长打电话过来要求取消晚自习，我和几个校领导连夜开会讨论了下，一致决定暂时取消高一高二的晚自习，高三的晚自习照上，家长能接就接，不能接的我们老师辛苦点儿给送回去。”

“同一个……”周氤眯起眼眸喃喃自语。

她说完又看向刘主任，无神的目光突然聚焦，问：“网上的消息是媒体传出的还是警方放出的？”

“媒体的消息从哪里来？还不是来自警方嘛，都一个样儿。”刘主任说得信誓旦旦，从腋下拿出文件翻开看得很认真。

他翻完文件瞥了眼周氤，提醒："记得和你班上学生交代一下，让他们上学放学路上都注意些。"

"明白的。"周氤回答。

刘主任嘴里念念叨叨嘀咕着什么，然后又匆忙离开了。

周氤红唇微启，重复了之前那三个字："同一个……"

真的是同一个吗？

周氤有些怀疑，心下也在细细思忖着。

若真是同一个，穆野和江准没理由对自己严防死守，她是唯一一个和十年前那个凶手正面交锋过的幸存者，要是有了线索，警方应该也会第一时间找她。

她并不认为媒体传播的消息完全来自警方，毕竟无良媒体捕风捉影的能力，她十年前就见识过了。

但周氤心里也没底，江准和穆野那里半点儿口风都不透，她很迷茫也很焦虑。

对于十年前那个恶人，她连一个模糊身影都想不起来，但她不愿意放弃任何找到那人的机会。

周氤深吸了一口气，决定自己一个人继续调查下去，就算查不到，如果能通过这些让自己想起些什么，对找到凶手应该也是有帮助的。

中午，最后一节课下课铃响前五分钟，周氤就在教室外等着了。

致一中学周六只用上半天课，周六下午和周日全天都放假。

英语老师还在布置周六周日的家庭作业，似乎布置得还挺多，里面学生的哀号声一阵盖过一阵。

布置完作业，英语老师冲周氤招了招手，然后收拾书本走出了教室。

周氤缓步走进教室，语气有些沉重："因为沈熙遇害的缘故，学校一致决定从下周一开始取消晚自习，大家上学放学的路上都要注意安全，特别是班上的女生要多注意，最好是结伴而行或者由家长接送。大家周末在家好好完成作业，不要玩得太放肆了。放学吧。"

她话音刚落，教室里猛地喧嚣起来，教室后座那几个男生如离弦之箭般冲出门，等周氤反应过来，早跑得没影了。

连续好长时间的阴雨终于在今日终结，冬日日光虽不暖，却能让人心情愉悦。

周氤走在阳光下抬头往上看去，有些刺眼。

她眸子半眯着，眼前却因为刚刚直视过太阳而不断浮起金色光晕，她闭了好大会儿的眼才适应。

到校门口，来往进出的都是致一的学生，统一的蓝白校服，同样的青春张扬，周氤看着他们突然有些挪不开眼。

身边走过一对校服少男少女，两人并肩而行，女孩儿兴奋地向男孩儿叙说着什么，男孩儿紧抿着唇，听得很认真，什么也没说却会点头回应。

周氤有些恍惚，蓦地想起十年前的自己和江准，相处模式也如眼前的一幕一般。

周氤低头，清丽面容上下意识漾出一抹淡笑，但很快她就意识到了，唇角弯起的弧度瞬间拉平。

想再多都是过去的事情了。

周氤收拾好心情准备回家，目光随意扫了下，居然在对街路边的树下看到了一个熟悉的娇小身影，旁边还围着两三个染着夸张头发的少年。

周氤定睛一看，那几人和张亚丽所描述的分毫不差，隔远看确实像极了鸡毛掸子。她的视线又回到那个娇小身影上，确认了是何露华。

她面带急色，匆匆忙忙跑了过去，走近时其中一个黄毛正恶狠狠地薅住何露华的衣领子。

周氤呵斥一声，立刻过来将何露华拉到了自己身后，对这几个不良少年面无表情地问道："我是她班主任，你们想干吗？"

身后的何露华还在不停颤抖，周氤心里也慌乱，但她深吸了一口气，握紧何露华的手算是安慰，又环顾四周，想着光天化日的，他们应该也不敢乱来，于是很快镇静下来。

黄毛将周氤从上至下打量了一下，眼神很是不屑。他指着周氤，恶狠狠道："爷今天不想惹事，只想带走你身后这个女的问几件事。"

看着眼前这个人高马大、开口爷闭口爷的中二少年，周氤冷嗤一声，又骤然想起之前穆野说过的话，狐疑地问道："你是郑盛？"

黄毛怔了下。

与此同时，江准和两名警员正从致一中学里走出来。

穆野拍着脑门儿懊丧道："来得真不巧，竟然忘了今天周六致一放假，又白跑一趟，看来只能去一趟她家了。"

江准却眯了眼看向对街，树下那个身影太眼熟了。

他没一丝犹豫，立刻迈腿过去。穆野和另一名警员还不知晓发生了什么事，愣了一下也匆忙跟上。

江准脚步急促，很快走到了人群中央将周氤护在了身后，他身躯凛凛又气势冷肃，周围那几个乳臭未干的小子都下意识退后了一步。

而后面的穆野走近时终于看清了黄毛的脸，他激动得快跑一步一把薅住黄毛的脖领子，嘴里啐道：“郑盛你个臭小子，老子找你两天了！还躲，我看你往哪儿躲？”

# Chapter 04
# 交代

郑盛被穆野死死薅住脖领子动弹不得，他蒙了几秒然后开始奋力挣扎，同时嘴里召唤着他那几个彩毛小弟：“愣着干吗，都瞎了？给爷揍他啊！”

穆野眼一瞪，面露狠色，撂下一句话：“警察！来来来，你们组队一起上！”

穆野的眼神太有威慑力，那几个彩毛小弟到底年纪小，面面相觑几秒后很机警地分散逃跑，同行的另一位警员立刻撒开腿追了上去。

郑盛见状气得脸红脖子粗，嘴里污言秽语吐个不停，穆野“啧啧”两声，手下用力，猛地将他手腕制到后背。

“疼疼疼……”郑盛突然叫唤起来。

“还拽不拽了？”穆野手上继续用力，声音带讽，“听说都喊你‘盛爷’？”

“不拽了，不拽了，我错了……”郑盛自知不是对手，很没骨气地连连求饶。

穆野这才收力，瞥了眼神色不佳的周氤，厉声质问郑盛：“你们刚刚在干吗，骚扰女性？”

“没有，没骚扰！”郑盛立马否认，“我就是问点儿事。”

“问点儿事？”穆野一巴掌拍向他后脑勺，“还狡辩？我们刚刚在对街可都亲眼看到了！你那是问事的架势吗？”

郑盛有点儿委屈：“误会。”他说着看向何露华，眼神变冷，“我就是有事问她。”

“问谁？”

“后面那个。”郑盛扬了扬下巴。

一旁的江准转头瞥了眼周氤和她身后的女孩儿，很快收回视线面无表情地问了句：“你们没事吧？”

周氤低下眼睫，松开何露华的手：“我没事。”

说完她转身拍了拍何露华的肩膀宽慰道：“告诉老师，他们刚刚想要对你做什么？”

何露华一直低着头，也不说话，身体却在不受控制地发颤，一副惊弓之鸟的模样。

穆野好声好气：“小姑娘，你别害怕啊，我们是警察，有什么就直说，不用怕。”

何露华下嘴唇被自己咬出血痕，她手指将衣角都拉扯变形了，依旧一句话不说。

郑盛此刻却突然情绪激动起来，他趁穆野不注意猛地挣脱开冲到何露华面前咬牙切齿地问：“沈熙为什么会死，是不是和你有关？”

何露华被吓哭，没站稳，直接跌坐在地。

“我问你沈熙是怎么死的，你哑巴了？”郑盛双目圆瞪，额上青筋暴起。

穆野听到郑盛的话愣了片刻，然后立马过来将他绊倒控制住，又狐疑地看了一眼不远处的女孩儿，问周氤：“她是不是就是何露华啊？”

“是……”周氤稍怔后点头。

穆野视线变冷：“这不巧了不是？还以为今天白跑一趟，没想到半路峰回路转，两个人都让我们撞见了。”他说着看看气得直喘粗气的郑盛，又看看地上小声啜泣的何露华，缓言道，“你俩一起跟我们回趟警局吧。”

何露华面露惊恐，一副如临大敌的样子，她抱住周氤的裤腿哭泣着祈求道：“周老师，我不去，我想回家……”

周氤有些诧异，蹲下身先安抚了何露华，然后抬头看向他们：“她怎么也要去警局？这中间是不是有什么误会？”

“没误会。”穆野敛眉冷声，“我们调查了案发当天沈熙的行踪，也查了沿途监控，案发当晚，她跟在沈熙身后出了校门，匀果路中段某处监控也拍到沈熙揽着她的肩膀经过。”

江准居高临下地瞥了一眼梨花带雨的何露华，躬下身来从她头顶拔了几根头发下来端详几秒，然后开口：“不仅如此，她还很有可能进过沈熙的租房。”他说着在穆野面前扬了扬那几根长度适中的黑色头发。

“啊！”地上的郑盛如一头暴怒狮子一般冲着何露华嘶吼。

周氤神色一顿。

与此同时，刚刚去追人的警员跑步而归，他叉着腰看向穆野，直喘气：“没逮到，让他们给跑了。”

“没事，那几个随他们去，这两个还在就行了。”穆野冲何露华扬了下巴，声音不客气得很，“小姑娘别坐地上了，跟我们走一趟吧，有什么说什么，要是和你没关系我们肯定也不会冤枉你的。”

话说完，何露华哭得更狠了，弄得穆野有些手足无措。

周氤朝她伸出手，轻声道：“有什么事先起来说。”

何露华声泪俱下赖在地上不肯起，周氤抬头看着江准：“你们先回避一下吧，我劝劝她。”

“嗯。”江准声音冷淡至极，转头对穆野说，“我们就先回避一下吧。”

“没问题。”

穆野和另一位名叫李让的警员将地上的郑盛提起来往前走了几步。看着周氤，江准眸色深沉，最终也抬腿往同一个方向走去。

几人走开后，周氤又躬下身：“先起来吧。”

何露华的情绪也稳定了不少，脸上都是泪痕，眼眶依旧红着，在周氤的搀扶下慢腾腾起身。

不远处的文具店门前站着江准、穆野等四人。

穆野等得有些无聊，从兜里拿出烟盒和打火机问李让和江准：“你俩抽吗？”

李让押着郑盛无可奈何地回了句：“你这不废话，我有手抽吗？要不你来押？”

“不了，不了。”穆野连连摆手。

江准的目光却一直定格在周氤身上，神情高深莫测：“不抽。”

穆野顺着江准看的方向望过去，周氤正低着头对何露华说些什么，他收回视线聚精会神地抽起了烟。

一支烟还没抽完，那边周氤便扶着何露华慢慢过来了，穆野连忙狠抽一口后将烟摁熄在垃圾桶上，然后拍了拍身上的烟灰，快走了几步上前：“同意和我们去了？”

何露华胆怯地低头，连忙拉住周氤的手往她身后挪了下，嘴里喃喃着：“周老师，你陪我……”

周氤拍了拍何露华的手以作安慰，然后走上前商量道：“她胆子小，我陪她一起过去吧。”

她说着下意识看了眼江准，两人视线交汇。

他今日穿了件黑色风衣，高大挺拔，有细碎的黑发稍微遮住眼眸，看上去颇有种颓废之感。

周氤心虚地轻咳一声，又慌张地看向别处。

“那太好了。”穆野松了口气，“正好，周老师那还真的拜托你了，你是这小姑娘班主任，和我们同去再好不过了，不然哭起来我还真没辙。”

穆野指了指前面：“我的车就在前面，一起……”话讲到一半就打住了，数了下人数，“六个，坐不下啊。”

江准垂眼看她，淡声：“我和周老师她们打车过去吧。”

“可以，可以。”穆野点头。

此时路上有蓝白色出租车经过，穆野连忙冲过去招了下手，车减速停在了不远处。

“车拦了，我们就先过去了。”他说完也不迟疑，和李让一起押着郑盛往前走去。

江准走上前几步拉开车门，狭长的眼微微敛起：“上车。”

周氤抿唇，扶着何露华往出租车的方向走去。

等她们二人坐稳了，江准才关上车门上了副驾驶位。

“去旧马区刑侦支队。”江准报上了地址。

“行。”司机很快发动。

车缓速行驶着，江准稍稍抬头便能从车前的后视镜里看到周氤，她似乎困了，靠在椅背上双目低垂，似睡未睡。

江准燥郁的心瞬间平静了不少。

不过二十分钟，车便停在了旧马区刑侦支队门口，江准付了车费，三人先后下车。

周氤拍了拍身边不停颤抖的何露华：“别怕，我陪着你。”

江准带着周氤、何露华两人去了候问室，然后对周氤说道：“你们要先在这里稍等片刻。”

“好。”周氤轻轻点头，然后拉着何露华的手坐了下来。

江准退到门口缓缓拉上门把，等只剩下一条不大的缝隙时停了下来，往里深深看了一眼周氤后，才关好门转身进了另一间。

没几分钟，便有个年轻女警员给她俩倒了茶送过来。

旁边的讯问室里，江准和穆野开始对嫌疑人郑盛进行讯问工作。

“姓名。”

“你们又不是不知道。”郑盛不满地嘟囔了一句。

穆野很不客气地敲了敲桌面："遵守流程。"

郑盛抖着腿没好气回："郑盛，周吴郑王的郑，茂盛的盛。"

"听说你和沈熙关系很好？"

听到"沈熙"二字，郑盛眼圈有些红了，他停止抖腿，郑重地点了点头。

"我们找你就是为了查沈熙被害这件事。"

郑盛呼吸加重。

"她是你认的妹妹没错吧？"

"是。"

"你知道她是怎么死的吗？"

郑盛没回答，反而双拳紧握死死盯住穆野："凶手是谁？"

穆野蒙了下，没料到郑盛会问这话，他直言："我们还想问你凶手是谁呢？"他顿了顿继续，"根据我们对抛尸地点和第一案发现场的检测，初步认为沈熙是在被凶手性侵的过程中由于反抗发生了意外，头部不小心撞击到了桌角流血过多而亡，死后被凶手抛尸到石惠桥下的。"

穆野说话的时候，江准就在一旁淡然凝视郑盛，观察他神态以及动作转变。

郑盛听完穆野的话，突然双手抱头崩溃地痛哭起来。

穆野更蒙了，他拧着眉有些无措，连忙侧脸过去给江准使了个眼色。

江准这才坐正身体。他双手交握放在桌上，目光迫人，声有凛色："你哭什么？"

郑盛抬起头，突然扬手给了自己几个结结实实的大耳刮子，用尽全力声音清脆，把穆野惊得耸了下肩。

随后他又胡乱抹了一把脸上的鼻涕眼泪，呜咽着："是我的错，都是我的错……"

穆野面带疑惑："你这是承认沈熙是你杀的了？"

郑盛置若罔闻，声泪俱下："早知道那天她会出事，我就不该听她的，我就该跟着她我就该死死跟住她，都是我的错……"

穆野目光如炬，说："听你这意思，沈熙的死不是你干的啊？那你来和我好好说说，案发当天发生了什么，把你所知道的事无巨细原原本本交代出来！"

讯问室里有些昏暗，冷白色节能灯灯光投射下来，在郑盛脸上留下明暗交叠的影子。

好长时间后，郑盛才终于冷静下来。

穆野转了下笔，问：“案发当天，也就是 12 月 3 日，你有和沈熙见过面吗？”

隔了片刻，郑盛才点头：“见过。”

“什么时候？”

郑盛抬头看着天花板：“晚饭前那会儿。”

“具体时间！”穆野提高音量，很不客气说，“我们哪清楚你什么时候吃晚饭啊？”

郑盛哆嗦了一下：“晚上六七点的时候。”

他说着，穆野也低头记录。

江准背脊后靠，目光凌厉，接过话茬儿继续问：“在什么情况下见的面？”

“我在致一对街的台球厅打台球，看到沈熙从里面出来，我喊她了，但她只看了我一眼，没理我。那时候那女的就跟在她身后，”郑盛咬牙切齿，“沈熙的死和那女的肯定脱不了干系！”

案发之后，警方便调查了沈熙所经之处沿途的监控录像，发现何露华是在 12 月 3 日下午 6：45 分左右跟在沈熙身后出的校门，两人相距不过三米远。监控还显示，两人行走途中，沈熙频频回头看何露华，姿势仪态颐指气使，而何露华则全程低着头唯唯诺诺。

很明显，是沈熙让何露华跟着她的。

穆野写完疑惑地说：“还在调查呢，你怎么这么笃定沈熙的死和何露华脱不了关系啊？你和沈熙之间也没什么亲密关系吧，说得好听是认的兄妹，说得不好听就一普通朋友，你怎么比她爸妈还激动？并且沈熙死前被性侵过，这么来说，凶手是男性且力气很大，何露华就一小姑娘，比沈熙矮上半个头，能性侵吗？能杀人吗？能抛尸吗？就算有嫌疑，也是你的嫌疑更大点儿吧！”

郑盛听到此处有些愤怒，他梗着脖子瞪大双眼：“不是我！我怎么会杀她呢？”

“哎！打住，别否认得太快，”穆野语气有些戏谑，“我干刑侦也两年多了，杀人凶手可没一个会爽快地承认自己杀过人的，基本上都是像你这样先否认，再哭诉，说自己没干过，结果证据一摆出来，嘀！”

“真不是我，真的不是我！”郑盛很激动，声音里隐隐有些哭腔。

“行了行了，我也没说是你，但你的嫌疑暂时洗不清。”穆野撂下一句话。

江准又问：“你为什么怀疑沈熙的死和何露华脱不了干系？”

他投过来的视线如利刃，郑盛看着有些畏惧，于是怯怯低了头，嗫嚅着："我在台球厅叫沈熙她不理我，然后我就给她发了消息问她干什么去，她说今晚要去教训何露华。"

"消息发在哪里的？"穆野问。

"微信里。"

江准拿起桌边郑盛的手机解了锁，然后点开微信找到他和沈熙的聊天记录。

12 月 3 日 18：49

郑盛：熙熙，我刚刚叫你你怎么不理我啊？

沈熙：我有事。

郑盛：什么事啊，跟哥说啊。

沈熙：我要去教训人。

郑盛：教训谁？哥哥帮你。

沈熙：就我后面这女的，不用了，我自己动手。

江准又往下翻，下面都是郑盛给沈熙发的消息，其间沈熙一条没回过。

12 月 3 日 19：50

郑盛：妹，揍完了没？哥请你吃夜宵。

12 月 3 日 22：43

郑盛：晚上要不要来极夜玩，哥开了个卡座。

郑盛：睡了？

12 月 4 日 9：22

郑盛：醒了没？

12 月 4 日 17：37

郑盛：？？？人呢？

此处便是最后一条微信消息。

江准看完将手机递给穆野，又问："你什么时候知道沈熙遇害的？"

"是 4 号晚上，我兄弟跟我说的。"

"得知沈熙死亡后你第一时间做了什么？"

"我当然不信，我把说这事的人揍了一拳，然后打她电话，疯狂打她电话，”郑盛狠狠捶了一下腿，“但是打不通。”

穆野听着翻到了郑盛的通话记录，发现郑盛所言属实，他确实在案发后这段时间给沈熙打了无数电话，都是未接通状态。

警方仔细勘查了案发现场和抛尸地都没有发现沈熙的手机，由此可见，沈熙的手机很大可能被凶手带走了。

江准紧紧盯着郑盛，面无表情：“你喜欢沈熙。”

他用了非常肯定的语气。

郑盛没犹豫，很快点头。

江准加快语速：“但沈熙不喜欢你。”

郑盛愣了下，依旧点头。

“你知道沈熙租在哪里？”

郑盛低头悻悻回答：“知道。”

“你喜欢沈熙什么？”

“一切。”郑盛字咬得极重。

“包括她的身体？”

郑盛犹豫着点了点头。

江准轻轻“嗯”了声：“还算诚实，”顿了下又垂眸继续，“想得到吗？”

“……想。”

“所以你不惜闯入她的租房强迫她？”

“我没有！”郑盛脸涨得通红，“我是喜欢她，但我绝对不会强迫她！”

“你心里存过这样的心思吗？”

又是一阵沉默，郑盛慢慢点头，又连忙抬头直视江准：“但是我没有做过！”

江准眯起眼眸，视线锐利。郑盛心有胆怯，也大胆迎视。

“我真的没有，我喜欢她，也起过那些心思，但我没有做过，从来没有，她的死和我没有关系。”

片刻后，江准收回视线，问：“12 月 3 日晚上九点到 12 月 4 号凌晨，这段时间你在哪里？”

“十二点前我在酒吧玩，”郑盛很激动，并高声疾呼，“然后就去了网吧上网，上了通宵！”

“哪个酒吧？”

“极夜。”

“网吧呢？”

"相遇 80。"
"如果我没记错的话，这两处都在匀果路附近？"
"是……"
江准盯着郑盛看了几秒，又继续问道："你从酒吧出来后就立刻去了网吧？"
"没错！"
"其间花了多长时间？"
郑盛思考了好几秒："十多分钟，挨得近，没花多久。"
江准没继续问了。
穆野写字的手动个不停，尽数记录完后瞥了一眼江准："江教授？"
"我问完了。"
穆野这才扭动了下酸痛的脖子，低头看了眼笔录，问了最后一个问题："沈熙出事之后，你去了哪里？"
"在我租的房子里。"
"行，讯问先到这里，你所说的话我们都会去一一核实清楚。"穆野说着起身。
两人先后走出门。
到门外，穆野看着笔录冲走来的李让扬了扬手。
李让疾步走来，问："怎么样？"
穆野将笔录递给他："去查下案发当晚匀果路极夜酒吧和相遇 80 网吧的监控，看看郑盛是不是有明确的不在场证明。"
李让接过笔录："没问题。"说完匆匆离开。
江准沉吟片刻："审何露华。"
穆野没有异议："好。"
话音落下，穆野立刻抬腿往候问室走去。

周氤和何露华已经在里面待了整整一个小时，其间何露华一直紧绷着身体微微颤抖。
突然，穆野推门而入，吓得何露华猛地一哆嗦。
"和我们去趟讯问室。"穆野开门见山，又瞥了眼周氤，"周老师也陪同一起吧。"
何露华慢腾腾起身，跟在穆野身后去了另一间讯问室。
她太过紧张害怕了，都没开始问穆野便注意到她颤抖得厉害，他只能放软了语气："何同学，别紧张别害怕，我们不是抓你，只是来找你了解情况的。"

她怔了下，点头，手指依旧在抖，江准看着眼眸眯起。

江准率先开口："12 月 3 日下午六点多为什么跟着沈熙去匀果路？"

"是她……"何露华吞吐了半天没将后面的话说完。

"是她强迫你和她去的？"江准接了一句。

何露华点头。

"她强迫你去是想欺负你？"

何露华依旧点头。

江准提高音量："说话。"

"是……"

江准看着何露华脸上的伤和嘴上的淤青："她打你了？"

"嗯。"

"怎么打的？"

"扇我……踹我……"

"在哪里？"

何露华顿了下，没回答。

江准继续："在她的出租房内？"

"是。"

"你反抗过吗？"

"没。"

"你去过沈熙床底吗？"

何露华手指骤然捏紧，紧咬下嘴唇："我没有。"

江准看着她的手指，厉声道："撒谎！我们在沈熙床底发现了几根长度适中的黑色头发，和你的挺像，结果正在检测。"

何露华被吓住，眼眶里已经有泪下来了。

"去过没有？"江准重复问道。

"去了……"何露华气若游丝。

"你为什么要去她床底？"

"她……她让我爬进去的。"

"她一直在欺凌你，你就不想杀了她？"江准冷声问。

何露华低垂着头不言语。

"想吗？"

“想！”何露华重重点头，斩钉截铁地回答。

“所以你杀了她？”

“没有，不是我！”何露华情绪突然变得激动。

江准目光如炬：“不是你那是谁？”

何露华哽住。

“你知道是谁？”江准试探性问。

“不知道……”

“你什么时候离开沈熙租房的？”

“不……不知道……”

“你是不是在沈熙床底待了非常长的时间？”

何露华咽了咽口水，上下牙齿直打战。她没有回答。

江准神色淡漠：“看来我说对了。”

何露华也没否认。

“所以，你都看到了是吗？沈熙遇害的全过程。”

江准音落，何露华突然握拳瞪大双眼，表情狰狞起来，否认道：“我什么都没有看到！”

“不，你看到了，你看到了什么？”江准声音冷沉。

但何露华没回答了，她捂住胸口面露痛苦，像是正在承受巨大煎熬。

穆野看着她这副神情有些慌了，连忙起身问道：“何同学，你怎么了？”

“扑通”一声，何露华直接从椅子上跌倒在地，穆野身边的陪同女警愣了好几秒，然后猛地冲出去喊了声：“叫救护车！”

等在讯问室外的周氤蒙了片刻，也赶紧站起身来。讯问室里，江准正蹲在何露华身边查看情况。

“怎么了？”周氤喘着粗气声音急切。

“我也不清楚，”江准声音依旧冷淡，“讯问过程中突然捂着胸口摔在地上了。”

“我打电话叫救护车！”

周氤连忙从兜里掏出手机开了机想打电话，可人越着急便越会弄巧成拙，120 都没按完，手机便直接摔在了地上。

她慌慌张张捡起来一看，手机屏幕已经七分八裂了。

江准英俊的面容上情绪不显，他推了下鼻梁上的眼镜：“别急，穆野已经去叫了。”

“那现在该怎么办？”周氤疾声问。

"有心脏病史吗？"

"不知道……"周氤又连忙解释，"我没听说过班上谁有心脏病。"

周氤："露华！露华！"

她喊了两声没人应，其间何露华一直躺在地上蜷缩身体，闭着眼拧着眉神情痛苦。

周氤额头上全是汗，问身边的江准："要采取急救措施吗？"

江准看了下何露华的脸色，又瞥了一眼她的手指——正在缓慢抠着裤腿布料。

江准挪开视线，站起身来沉声道："等救护车来吧。"

周氤却急着："我学过些急救措施……"

她话未落音便被江准打断："不用，等救护车来就行了，"他居高临下地对地上的何露华说，"去医院检查下就知道她怎么了。"

"万一出意外？"

"不会。"江准语气笃定。

音落，穆野和那名女警便匆匆跑进来："救护车在路上了，很快能到。"

"要多久？"周氤面色焦急。

"医院很近，离我们支队就几百米远，两三分钟就能到。"

果然不出五分钟，救护车便停在了支队楼下，急救医生抬着担架冲进来将何露华抬上了车。

"谁是家属？"医生问，"陪车一起去医院。"

周氤举手："她家属目前来不了，我是她班主任，我先陪同她一起去。"

"行，上车吧。"

周氤动作麻利，立刻跳上了救护车，刚坐稳，便有黑色阴影在眼前投下。

她下意识抬头，看到江准也上了车，他举止从容不迫，眸色深沉脸上却无波无澜，在她旁边的位置上坐下了。

两人肩膀相抵手臂相碰，彼此的呼吸声都近在咫尺。

周氤很不自在地往旁边挪了挪，刻意和江准空了一小段距离，但下一秒，江准便不动声色地挪了过来。

周氤有些气恼，她转头想质问江准，却不巧与他视线交汇。

他眸中情绪复杂，周氤看不懂，也不想看懂。

她慌忙正视前方问他："你上车干吗？"

"她是在我审问过程中从椅子上摔下去的，有什么事理应我负责。"江准淡声。

周氤还想说什么，嘴动了动却什么也没说出口。

两人一路无言。

到医院，何露华被拉进了急诊室，周氤则站在门外焦急等候，江准也等在门外，但他却很淡定，一直懒懒地倚在墙边看手机，面无表情，似乎这一切都与他没有关系。

周氤有些气恼：“明明这事因你而起，怎么你倒像个没事人一样？”

江准轻轻挑眉：“你着急有用吗？”

周氤梗着脖子不说话，下一秒，江准又开了口：“没用的事情我为什么要做。”

话音落下，周氤却有些恍惚了，因为她记得很多年前，江准和她说过一模一样的话。

没记错的话那个时候应该还在读高中，也是冬天，下着雨，路上湿滑又雾蒙蒙的，她骑自行车不小心连人带车翻进了旁边的绿化带中，车坏了她也受伤了，疼得半天爬不起来，是路过的江准看到后很嫌弃地把她背了回去。

路上，她趴在江准背上，看着他俊秀的侧脸小心翼翼打着商量：“江准，等以后念了大学，我们谈恋爱吧？”

她没看到江准是什么表情，只记得江准的身体僵了下，然后清冷地说：“谈恋爱有什么用吗？”

她想了很久：“好像没什么用。”

毕竟它既不能提高智商也不能提高记忆力。

“没用的事情我为什么要做？”

他理直气壮撂下这样一句把她气得半天没说话，恨不得瘸着腿爬回家。

思绪被拉回，周氤深吸一口气看向别处。

看来这么多年过去了，他并没怎么变，不然怎么话都能说得一字不差？

正想着事，门突然从里被人推开，身穿白大褂的医生疾步走出来：“检查了，没事。”

周氤有些疑惑，犹犹豫豫地问：“没事……是什么意思？”

医生思忖片刻：“就是一切正常。”

“医生，她刚刚直接从椅子上摔下来，捂着胸口表情很痛苦，会不会……”

医生摘下口罩抿了下嘴，问道：“这小姑娘看起来年纪不大，还是学生吧？”

"是。"

医生一脸了然："这种情况我遇到过很多次，有些学生不想上学就会用这招，简单来说，"他停顿了下，"她是装的。"

说完医生便脚步匆匆地离开了，然后何露华被护士推了出来，她平躺在手术车上，闭着眼，表情很平静。

周氤跟车追了两步，嘴里叫着何露华的名字，但何露华依旧紧闭双眼，然后她的手腕被人紧紧握住，转身一看，是江准。

江准很快便松开了她的手，看着手术车上被越推越远的何露华："省省吧，你叫不醒一个装睡的人。"

周氤神色稍怔，抬眼直视江准："我们聊聊吧。"

江准低头与之对视，抑制住心中愉悦，淡漠地回应："好。"

两人到了窗边，并肩而立，周氤双手交握身前，江准单手伸进裤兜，一个心事重重，一个神情凛然。

日光被云层遮挡，天色变得阴沉。

周氤率先开口："何露华为什么要装病？"

"不知道，"他回答得很干脆，但很快又补充，"我猜很大可能是我问到了什么她不想说的，所以用装病这招来逃避。"

"你问了什么？"

"我问她待在床底看到了什么，她装病逃避回答这个问题。"

周氤疑惑："为什么待在床底？"

他"嗯"了一声："案发当晚，何露华在沈熙的强迫下去了她租的房子里，其间沈熙对何露华实施了殴打，我们勘查现场时在床底深处发现了几根长度适中的黑色头发，不是沈熙的，DNA库中的也比对不上，今天看到何露华，发现她的头发颜色、长度和床底发现的那几根很像。沈熙的头发掉得满地都是，床底却只有这几根黑色头发，因此我推测何露华应该去过沈熙床底，可能还在床底待了很长时间，审讯过程中问了，她也承认了。

"虽然沈熙的死，何露华有很大嫌疑，也有动机杀人，但将沈熙打成那个样子实施性侵后还能将她抛尸，何露华一个小姑娘很显然做不到，所以很有可能案发期间何露华一直待在沈熙床底目睹了凶手作案全过程，一直没出来过，所以我问了她这个问题，没想到她直接装病来逃避。"

说着，江准视线变冷："本来我只是这么猜测，但她反应这么大，十之八九被我猜中了。"

“她为什么回避这个问题，难道她认识这个人，两人串通起来杀人？”周氲大胆猜测。

“认不认识的还不清楚，但串通杀人无从说起，因为沈熙的死意外的成分更多。”

“意外？”

“嗯，沈熙的致命伤在头部，伤口来自于桌角，法医推测她是挣扎过程中头部不慎撞到桌角流血过多而亡，性侵在前死亡在后，凶手最主要目的是色，只不过过程中发生了意外导致沈熙的死亡。”

周氲眯起眼眸：“还有抛尸现场那把红伞……”她说到一半没说完。

江准没回答，他偏头看了一眼周氲撕扯衣摆的手指，目光又定格在她精致秀气的鼻梁上。

他声音暗哑磁沉：“氲氲，你其实不用这么拐弯抹角的，你无非就是想问我，沈熙的案子和十年前那起有没有关系。”

听到“氲氲”两字，周氲失神许久，印象中，江准从未如此叫过她。

很久之后，周氲才点头：“对，从头到尾，我想知道的只有这个问题，现在你能告诉我了吗？”

“可以。”江准淡淡道。

浑身血液回流，呼吸也停滞下来，周氲指尖被自己捏得发白。

她看着江准，眼睛里汇聚着光，心悬在嗓子口，脸上是小心翼翼的期望与等待。江准反而很心虚地挪开了视线，她的眼神太热切，他有些不忍。

等待许久，江准终于开了口，他声音有些沙哑，慢慢地、一点一点地浇熄了周氲心中火焰。

“很大可能，两者之间并没有太大关系。”

“嘭”的一声，悬在周氲嗓子口的心脏掉了下去。

她手指骤然松开，喉咙有些发涩，顿了好久，她才开口：“你能仔细说说吗？”

周氲眼神里有祈求意味。

江准看着天空，日光藏在云层后，微微透出些金色光晕。

他半眯起眼眸：“案发现场一片狼藉，处处显示着沈熙在死前曾激烈反抗过，凶手的初始目的很明确，也有计划性，不为杀人，单纯为色欲。房门没有撬动痕迹，凶手进门容易，大概率是熟人作案。他知道沈熙租住在哪儿，知道沈熙独居，还知道楼下酒吧音乐声很大，大到可以掩盖沈熙的叫喊，所以才会肆无忌惮直接在沈熙租房内作案，他很大胆，应该暗中窥视沈熙很久了。

“只不过实施性侵期间沈熙意外死亡了，他忐忑不安，将沈熙抛尸于距离案发地仅仅一公里远的石惠桥底。那边车来车往，位置也并不隐蔽，尸体很容易被人发现，抛尸地其实留有凶手的鞋印，虽然那晚雨太大严重影响了取证价值，但从凶手选择石惠桥底作为抛尸地，既不清理鞋印也不清理案发现场来看，很大可能是初次杀人抛尸，思维也不是很谨慎。

“要将沈熙这么一个身高一米六五体重九十多斤的女人从匀果路抛尸到石惠桥底并不是一件容易的事。匀果路巷道狭窄开不进汽车，那天下着大雨，虽然人流量不大，但凶手带着尸体出匀果路肯定需要掩人耳目，最好的方法就是借用工具，行李箱、小推车、编织袋都有可能。”

听到此处，周氤疑惑地询问：“匀果路的监控没拍下凶手运尸时的身影吗？”

江准摇头：“匀果路位于老城区，监控覆盖不足，盲区多，案发后技术科已经调取了凶手抛尸石惠桥途中会经过的所有的路面监控，但都没有发现可疑身影，因此我推测他对匀果路周边熟悉，所以才知道如何避开所有监控区。”

周氤开口：“可能不止。我在致一附近住了快二十年，对那周边也非常熟悉，但我从未关注过哪里有监控覆盖，也不知道哪里是监控盲区，凶手能完美避开所有监控，很大可能有刻意研究过匀果路的监控。但他是初次杀人抛尸，没清理现场思维也不谨慎，却单单避开了所有监控，这一点很奇怪……”

她微微敛眉，开始自言自语：“他为什么会研究呢？能避开所有监控成功抛尸，这肯定不仅仅是研究，更大的可能还实践过，什么人需要研究监控……”

突然，周氤想到了什么，试探性说出四个字：“盗窃惯犯。”

说完她又看向江准，神情激动：“住在匀果路附近，对周边熟悉，刻意研究过那附近的监控，还能完美避过所有监控，很大可能是个盗窃惯犯。”

江准微微抿唇，眼神里有些赞许的意味，然后目光定格在周氤身上继续引导她：“还有你很关心的那把红伞。”

周氤：“红伞怎么了？”

“暗红色直骨伞，是一把坏伞，伞面有黑色霉渍，骨架不仅生锈还散了，应该有些年头了，而凶手将这样一把伞放在沈熙尸体旁，你觉得是为了什么？”

周氤思忖片刻："昨天我专门去匀果路那边问过了，附近没一家店铺卖红色雨伞，而沈熙的死亡在凶手的意料之外，这样一把年代久远的破旧废伞不太可能是提前准备好抛尸用的，更大可能就是凶手家中物品，将红伞置于沈熙尸体旁大概率是为了迷惑警方，他想让警方将注意力转移到十年前的'红伞杀人魔'上。"

江准点头："但他不知道'红伞杀人魔'只是十年前媒体从你的证词里捕风捉影制造出的噱头。

"到这里应该已经部分明晰了。"

江准的声音没有一丝温度："男性，沈熙的熟人，但也没那么熟，和沈熙的关系应该仅仅局限于认识，有计划有目的地入室性侵，我相信沈熙肯定不是他相中的第一个对象，在此之前应该让他成功过几次，所以才能如此肆无忌惮。

"凶手是本地人，年纪不会太大也不会太轻，二十岁到三十岁之间，文化程度不高，长相普通，盗窃为生，在匀果路一带活动，常出入夜场，大概率是个单身，成长过程中母亲角色缺失，也没有人对他进行正确的引导，常观看不雅影碟，对女性也不尊重。"

他说完，周氤深吸一口气，神情有些落寞。

她的手指捏紧又松开，反复好几次。

周氤又吞咽了好几下口水，艰难地开口："那……害我妈妈的那个凶手有线索了吗？"

她的忐忑与紧张在江准眼前一览无余。

江准一时间不知道怎样回答，他看着周氤神情有些凝重，心好像在被什么东西撕扯。

可最终，他还是说了实话："没有。"

"一点线索都没有？"

江准轻轻点头。

周氤的手无力地垂下，眸中也黯淡无光。

同样的答案她已经听过无数次了，她甚至都习惯了这样一次次失望。

习惯当真可怕。

"但警方从未放弃那起案子，我也……"江准突然顿住，没将后面那个字说完。

周氤双目空洞，将滑落下来的头发撩到耳后，说了一句"我知道的"就慢慢抬腿往前走去。

“氤氲。”他伸手想拉周氲的衣袖，却没拉住。

周氲也没回头，她就像个浑身血液被吸干的行尸走肉般机械地行走。

伸出手的江准愣在原地许久，苦涩从舌尖开始蔓延至五脏六腑。他就站在周氲身后，默默注视着她，英挺俊秀的面容上有深不见底的忧伤。

很久之后，他才慢慢收回手，疲惫地合上双眼，狠吸一口空气后又慢慢吐出来，胸腔起伏。

没多久，穆野也赶到了医院，他率先看到周氲，气喘吁吁地问：“周老师，那个何同学没事了吧？”

周氲早已收拾好了情绪，轻轻点头：“医生检查了，一切正常。”

“一切正常？”穆野有些惊讶，“不是晕过去了吗？”

周氲又补充：“医生说很大可能是装病。”

听到这句话，穆野的情绪瞬间从惊讶转变为气愤，他叉着腰：“我以为真出事了，刚忙完手头上的事就火急火燎赶过来，搞了半天是装的？”

顿了下，他又问：“她装病干什么啊？”

周氲摇头：“我也不知道。”

穆野低头思忖了片刻：“她难不成是在包庇凶手？”说着又抬头，“何露华现在在哪儿？”

“在旁边的病房里。”周氲也很无奈，“何露华坚持要住院，刚刚她母亲也来过电话了拜托我先给她办理住院手续。”

两人说话之际，江准也从不远处走了过来。

穆野抬头看了眼他：“江教授，查过郑盛那小子了，案发当晚确实有不在场证明，基本可以排除他了。”

江准点头：“继续排查沈熙的社交圈。”

他又将刚刚的分析结果以及凶手特征向穆野复述了一遍，并说：“按这个方向去排查。”

穆野连连点头：“没问题，掘地三尺也得把这家伙找出来。”说完又指了指旁边的病房，问，“要不要进去看看她？”

江准同意，三人先后走进。

病房是双人间，除了何露华，外侧还住着一个老太太。

何露华睁眼躺在病床上，见有人进来立刻合眼假寐。

穆野有些不客气，直接开口：“何同学，你就别装了。”

何露华却置若罔闻，闭着眼不发一言。

“何同学？”穆野又高声叫了一声，没想到她直接翻了个身拉过被子盖住自己的头。

拒绝对话的意味很明显。

穆野“啧啧”两声，说：“装病没用，你能装几天？你知不知道你现在是嫌疑人，我们有权强制传唤你。”

何露华依旧没有反应。

穆野嘴巴动了动，还准备说些什么时，门外突然传来急促且响亮的脚步声，紧接着一个脚踩高跟鞋头发卷曲的中年女子匆匆闯入。

她嗓门儿嘹亮：“露华！”

听到声音，何露华才拉下被子，哽咽着喊了声：“妈。”

邱云凤见到女儿无恙才松了口气，她忙走到何露华病床前抚摸女儿的额头问：“哪里不舒服？”

“不舒服……”何露华回了句模棱两可的话。

母女俩对话之际，周氲也缓步走上前，她先自我介绍：“露华妈妈，我是之前和你联系过的，周氲，露华的班主任。”

邱云凤这才转过身，脸上露出歉疚的笑容，态度也很恭敬：“是周老师啊。”

“对。”周氲看了眼病床上的何露华，“医生说露华没什么大事，你不用担心。”

邱云凤松了口气，点头哈腰着：“那就好那就好，没事就好，谢谢你啊，周老师。”

周氲用余光瞟了下身后两人，又继续开口：“不用谢。对了，露华妈妈，你和我出来下，我想有些事情你必须得知道……”

她接下来的话被一阵急促的手机铃声打断了，邱云凤匆匆忙忙接起电话，躬着腰语气有些低声下气：“别急别急，我这边没事，马上就来。”

邱云凤挂了电话又对周氲说了声“对不住”：“周老师，我是临时出来的，单位那边还有事，现在就得回去，我晚点儿再过来。”

邱云凤匆匆忙忙进来，匆匆忙忙离开，在病房里待了不到三分钟，留下周氲几个面面相觑。

母亲离开，何露华面上的失落掩饰不住，被江准尽收眼底。

穆野走到何露华病床旁大剌剌坐下来，问了之前的问题：“何同学，沈熙遇害的全过程，你是不是都看到了？”

本以为何露华会继续沉默，但她却爽快地承认了，虽然声音还是怯怯的。

“是。”

穆野有些激动，想趁热打铁继续问下去，可很快，何露华就补充道：“但我什么都不会说的。”

她梗着脖子面无表情。

穆野一脸困惑：“沈熙被害，凶手至今逍遥法外，你难道就不想他早日归案？”

“我不想。”她回答得很理所应当。

穆野语气里满是探究，试探性问道：“你是不是认识凶手？”

“不认识。”她给了个很肯定的答案，怔怔地望着天花板。

“那你……”

何露华神情很委屈，极力止住流下来的眼泪，咬牙切齿地说：“我恨她，她本来就该死！那个人杀了她是好事，他帮了我，我为什么要出卖他？”

病房里无人接话。

何露华倔强地将脸侧了过去，紧随其后的便是压抑的哽咽声。黑发掩住她的脸，盖在身上的被子随着她的抽泣开始微微耸动。

周氤轻叹一声气，心疼这个内敛孤僻的女孩儿。周氤脚步向前挪了挪，想开口安慰何露华，又不知说些什么。

劝她忘记？

让她看开？

叫她提供线索？

周氤觉得自己没有这个立场。

伤害已经造成，就算如今施暴者已经死亡，受害者心中的痛苦也不会因此减轻半分。

于何露华来说，周氤终究是个旁观者，她不曾感同身受过何露华被欺凌的痛苦，因此不管是安慰还是劝说，都多少显得有些空洞。

周氤看着哭泣的何露华于心不忍，她走到病床边蹲下来，伸手轻轻拍了拍何露华的肩膀，没说其他的，只说了一句：“没事了。”

何露华将头埋进被子里，卸下了刚开始的压抑大声哭了出来。

很快，汹涌流出的泪水将白色枕套沾湿大片。

三人很默契地一言不发，静静等待何露华发泄心中积压很久的情绪。

从日落黄昏到暮色四合，何露华哭了多久，周氤几个便陪了多久，一直到她情绪稳定。

她爬起身来，头发凌乱眼睛红肿，脸上也尽是泪痕。

周氤递上一张纸巾，何露华小声啜泣着接了过去。

等何露华擦干眼泪，周氤轻轻开口问她：“你饿了没有？”

何露华咬了下唇慢慢点了下头。

周氤笑容和煦：“想吃什么？老师去给你买。”

“都行……”何露华声音弱弱的。

周氤点头：“好。”说完便艰难起身。

可由于蹲得太久，起身的那一瞬间突然头晕眼黑，周氤没站稳，直接向前倒去。

她以为自己会脸着地，却不想撞上的是一个很温暖很坚实的胸膛，她甚至都能听到恣意强烈的心跳声，紧接着江准的手握紧了她的。

穆野在一旁很煞风景地高声询问：“周老师没事吧？”

“没事。”周氤眼前还漆黑着，“就是蹲久了，低血糖。”

穆野松了口气，嗓门儿嘹亮：“那就好，也幸亏江教授动作快及时接住了周老师。”

周氤身体一僵，眼睛也恢复了清明，她下意识挣脱开江准的手站直身体。

“谢谢。”周氤低着头语气很不自然。

“不用。”江准眸色黯淡。

两人互相客气，都愣在原地沉默了一会儿。

周氤想起要去给何露华买吃的，连忙开口打破尴尬的气氛：“那我出去买点儿东西。”

她说着就往外走。

穆野看出了江准的落寞，很有眼力见儿地开口催促：“江教授你赶快陪周老师一起去啊，这里有我陪着何同学就行。”

江准很快转身跟上了周氤的脚步。

夜晚的风寒气透骨，吹得人脸颊耳朵生生发疼。

出了医院，两人走过斑马线到了对街，随意挑选了一家餐厅。打包好食物后，周氤提着餐盒先走出，店中，江准还在付钱。

早先给何露华叫救护车时把手机摔坏了，她身上又没有现金，不得已只能拜托江准先垫付了。

周氤转过身来，目光透过贴着大红“福”字的玻璃门往里看去。

冷白色灯光下，江准的身姿更加挺拔，他付了钱转过身来，窄腰长腿，气质冷贵。

一晃神，周氤又感觉自己回到了高中时代，眼前的江准似乎还很青涩，穿着蓝白校服，模样俊秀。

“嘎吱”一声，幻象与现实重合。

玻璃门被江准从里拉开，他慢条斯理地走了出来。

周氤垂首，语气有些歉疚：“麻烦你了。一共多少钱，我到时候还你。”

本以为江准不会要钱，没想到他回答得挺迅速：“四十五块。”说着又补充了一句，“周老师可别像以前一样拖着不还啊。”

他抬腿便往前走。

提到往事，周氤脸有些热。她看着江准潇洒的背影高声说道：“我后来不是都还你了吗？是你自己不要的。”

江准脚步没停，但唇角稍微勾起些弧度。

回到病房，周氤将打包好的饭菜放到桌上，然后一一摆出来招呼何露华：“来吃饭吧。”

何露华却没下床，她看了看江准又看了看穆野，浑身上下都透着不自在。

江准也看出了何露华的不自在，他走到何露华病床边开口问道：“和你说几句话，说完我们就走。”

何露华将头偏到一边，依旧固执：“我什么都没看到，就算看到了什么我也不会说的。”

“我知道当时的你很恐惧，待在床底，直面犯罪现场，如果被发现可能你也会一起遭殃，明哲保身是一个很正确的选择，但是你很清楚凶手的残暴，如果他逍遥法外，有很大可能会继续作案，包括你以内的所有女孩儿都有可能成为他下一个作案对象。

“我希望你明白，一个残忍的犯罪分子逍遥法外是一件非常危险的事情，而你的沉默不是报复沈熙，而是在助长罪恶。”

何露华低头，手指轻轻颤抖。

江准边说边拿出纸笔写下一串数字：“你想一想我说的话，好好休息一晚，如果明天你有什么想说的，记得打穆警官的电话。”

然后，他将写着号码的纸条放到何露华手边。

做完这一切，江准扬了扬手：“我们先回去吧。”

三人出了医院走到路边。

穆野冷得缩着脖子，转身说：“队里还得继续忙，江教授，我就先回去了。”说着视线定格在周氤身上，“江教授，就辛苦你送周老师回去，这大晚上的不是很安全。”

江准淡淡回答："好。"

可下一秒周氤便开口拒绝："不用麻烦的，我自己打车回家。"

"你身上有钱吗？"江准问了句。

周氤语塞，她皱着眉头看向穆野："穆警官，你能借我点儿钱吗？我打车回家。"

"这……还是让江教授送你回去吧，比较安全……"穆野非常识相。

"借我一百块就好。"周氤不依不饶。

穆野犯了难，他看了看面色冷沉的江准，又看了看面带祈求的周氤，恨自己没有跑快点儿。

终于，穆野还是拿出手机："行，那我转给你。"

周氤怔了下："你有现金吗？"

"那没有。"穆野回答得很干脆，"这年头谁出门还带现金？"

周氤有些不好意思："穆警官，谢谢你，我不需要了，我没钱的主要原因是手机坏了。"

穆野松了口气，他看了看江准，语气轻松道："那正好啊，周老师，你就让江教授送你回家吧，我先撤了！"

他行动迅速，说完拔腿就跑，赶紧离开了这个是非之地。

穆野身影渐渐远去，周氤终于回过头来，两人长久无话，气氛有些凝固。

江准站在阴影里，低着头，浑身都透着孤寂之感。

片刻后他才终于开口询问，声音隐隐有些忧伤："为什么这么不想和我有接触，你在害怕什么？"

周氤再度语塞，她刻意挪开视线没看江准，非常没有底气地回了一句："我没害怕。"

"说谎。"江准不客气。

周氤噤声。

她没否认，也否认不了。

江准侧头看她："你的问题我回答了，那我的问题，你是不是也该给我一个答案？"

周氤垂首："什么问题？"

"明知故问。"江准声音凛然。

周氤指甲深嵌入肉里，她深吸了一口气，说："十年前的事情，是我对不起你，我骗了你。"

她的声音很小，湮没在深夜的寒风中。

但江淮还是听到了。

“还有呢？”

“没了。”

江淮微微昂起头，看着被城市霓虹染红的夜空，顿了好久才开口说话：“算了，”他叹气，“从前的事你不想提，那我也不问了。”

他深吸一口气，低着头，阴影里，周氤看不清他脸上的神情。

他压抑情绪，开口问周氤：“那现在呢？”

周氤疑惑“啊”了声：“什么？”

十年的分别够久了，久到他以为这辈子已经到了尽头。

他看着周氤，近在咫尺，稍微走近些就能闻到她的鼻息，一伸手就能将她揽入怀中。

江淮极力压抑住心中情绪，深沉嗓音响起：“十年前你单方面毁掉了我们的约定，我一直没有机会回答你，现在我告诉你……”

他说着停顿，然后掷地有声：“我不同意。”

# Chapter 05
# 邻居

车流来往，灯火寥落。

对街的小店冷冷清清，连一个进店的食客都没有。

隔了很久，周氤才开口回应。

“江准，对不起。”

说话的时候她一直低着头，声音很小，也没有底气，就像黑夜里即将燃尽的烛火。

微弱，无力，死气沉沉。

说完，她没敢面对江准，立刻转了身。

江准拉住周氤的手腕，但周氤很决绝地甩开了，然后挺直背脊往前走去，脚步很快。

气温很低，她稍微缩起脖子抱住手臂。

风太大，许是吹来的沙石迷了她的眼，有眼泪流出。她昂起头，胡乱伸手擦去。

却怎么也擦不完。

江准停在原地，看着她渐行渐远的背影，他站在阴影中，神色阴沉又哀伤。

他深吸一口气，胸腔起伏，抬腿坚定地往周氤的方向走去。

周氤在前，江准在后，两人保持了一段合适的距离，她没发现江准跟在身后。

可这样寂静的夜里，她极力压抑的低泣声却随吹来的寒风一起灌入了江准的耳朵。

他眸色深沉，喉咙里涌出苦涩。

江准看着周氤清丽孤独的背影，没责怪她，没上前打扰她，没气急败坏冲上去质问她，没咬牙切齿捏紧她的肩膀讨要说法。

他小心翼翼在身后守护周氤，就像很多年前一样——

在她跑步摔倒的时候将手递给她；在她骑车不小心冲进绿化带将受伤的她背回家；在她立志要当世界记忆大师的时候陪她一起训练一起比赛。

她说以后一定会去斯坦福，那里汇聚了世界各地的天才，如果没有意外的话，未来的所有路，他们本应该一起走的。

可偏偏就是发生了意外。

那件事发生之后，周母死了，周氤一度精神崩溃，后来直接消失了。

他心急如焚，打她的电话却打不通，给她所有的社交软件发消息也没有回应，他去两人常去的地方，疯狂得快将整个城市翻遍了，却依旧没有她的下落。

没过多久，他收到了短信，一条划清界限的短信，落款是周氤。

他当然不肯接受。

他认为周氤肯定不会放弃她梦寐以求的斯坦福，于是决定先过去等她，他放弃了自己热爱的物理去学了犯罪心理。等了很久也没有等到周氤，他也拜托了国内的朋友去寻找，可周氤这个人就像从这个世界蒸发了一样。

后来他便将所有的精力放在学业和研究上以此来麻痹自己，他是众人眼中的“freak（怪人）”，他以为自己已经忘了她。

到今年，很久没联系过的高中同学突然给他发了消息，说好像在致一看到周氤了。

那一瞬间，他才感觉到自己胸腔内的那颗心脏是跳动着的……

思绪回转，江准也停下了脚步，他看着周氤安全进了楼道才继续往前走，走到周氤家的对街上了楼。

好不容易到了家门口，周氤手忙脚乱地从包里掏出家门钥匙，又因为双手颤抖而费了好大的力气才打开门。

她下意识地狠狠关上门，然后疲累地倚靠着门背，全身酸痛无力，直接跌坐到地上。

地板如冰块般寒冷刺骨，但周氤却丝毫不觉。

她微微喘着气，怔怔地半睁双眼看着笼罩在夜色中的客厅。

她没开灯，也不用开灯。

她早已习惯了这样的黑暗。

不知道过了多久，周氤才终于从地上爬起来，腿脚都冻得没有知觉了。

她去浴室洗了个澡。

周氤闭起眼，任凭微烫的水流从头淋下，雾气蒸腾。

水流进了眼睛，有些胀痛之感，周氤却没力气理会。

洗完澡，周氤草草吹干头发想去睡觉，刚躺回床上，脑海中骤然浮现出江准的身影。

他低沉的嗓音在耳边回荡，在重复着“我不同意”这四个字。

周氤辗转反侧心乱如麻。

她又失眠了。

周氤起床去厨房喝了杯水，披上件衣服又走到窗边，对窗那人也站在那里。

黑夜如墨，周氤依旧只能看见一个身影，清隽挺拔，有些眼熟，像极了江准。

那人似乎也正看着她的方向。

两人对视许久，终于周氤有了些困意，拉上窗帘躺回床上。

这一觉睡得极不安稳，中途醒了好几次，到天色灰蒙之际，周氤终于沉沉睡去。

她是被一阵急切又震耳欲聋的叩门声给吵醒的。

好像有人在敲她家门。

周氤睁开眼，下意识摸了下床头柜找手机想看下时间，又猛地想起昨晚手机被自己摔坏了。

她艰难地从床上爬起，头痛欲裂、鼻塞喉涩，感冒好像又加重了。

但敲门声还没停，一阵接着一阵浪潮似的，周氤感觉自己耳膜都要被震破了。

她快走了几步将门打开，外面站着一脸焦急的张亚丽，看张亚丽的架势，要是还不来开门很有可能就破门而入了。

“周氤，你去哪儿了啊？你知不知道我昨晚打了你一晚上电话啊！”张亚丽脸色焦急嗓门儿也大。

周氤蒙了几秒：“我没去哪儿啊。”

张亚丽的语气隐隐有责怪意味：“昨天周六，不是说好去我家吃晚饭的吗？我打了你一晚上电话都打不通，把我妈都给急死了，就差去报警了。”

周氤这才想起要去张亚丽家吃饭的事情：“昨天班里学生出了点儿事，我去了趟医院，手机摔坏了，忘了要去吃饭这事。”她顿了下，又小心翼翼地询问，“大姨还好吗？”

见周氤没事，张亚丽心中的石头也落了地，她放软语气：“她啊，一晚上没睡好，就惦记着你，大清早的就派我过来看情况了。”

“对不起啊亚丽，事情太多我一下真忘了。”周氤语气歉疚。

张亚丽伸出手指点了下她的脑门儿，嗔怪：“你现在这破记性！我都习惯了。”

张亚丽打着哈欠走进门，无精打采道：“一大清早就被我妈从被窝里拽起来了，现在困死了，我去你床上睡会儿。”

周氤点头淡笑：“好，快去吧，我做完早餐喊你。”

张亚丽刚躺上去又高声喊着“周氤”，周氤从冰箱里拿了两只鸡蛋站在卧室门口：“什么事？”

“对了，昨天你班里哪个学生出事了哦？”

周氤顿了下，如实回答：“何露华。”

张亚丽“啊”了一声：“出什么事了啊？听起来还挺严重的，怎么闹到去医院了？”

毕竟涉及案件，周氤没说得太细，只糊弄着说了一句：“昨天警方过来询问她关于沈熙案件的事情，小姑娘可能是吓着了。”

张亚丽教过九班一个学期的体育，对沈熙和何露华两人都有印象。她摇摇头感叹：“沈熙吧，我也了解过她的一点情况，只能说是既可怜又可恶。何露华呢，就是性格太软了，这样容易受欺负，要换成我被欺凌，就算打不过也得嚎出来。”

她说着开始回忆往昔：“不过读书的时候好像也没人敢欺负我，都不是我的对手，单挑三个一点问题没有。”又看向周氤，“你还记不记得，小时候住你家对面那个，比我们大两岁，抢我俩吃的，我硬是追了两条街给抢回来了，叫什么……什么来着？”

张亚丽思忖了很久：“好像叫妞妞，”说着还反问，“是吗？”

周氤摇头，她已经没什么印象了，对于过去的事情，她忘了太多。

周氤有些感慨：“你还记得啊，这都是多久之前的事了？”

张亚丽回忆：“好像六七岁，那时候江准都还没搬过来吧。”

提到江准，周氤愣了下，然后下意识转身扯开话题：“我去做饭了。”

她恍惚着到了厨房，失神许久。

下了点儿面条端上桌，周氤走到卧室门口叫醒张亚丽。

她慢腾腾地从床上爬起，睡眼惺忪地走到饭桌旁坐下。

周氤手艺还不错，清汤挂面卧鸡蛋也做得有滋有味。

张亚丽早饿了，拿起筷子就开吃，没一根面条被拉下，连汤都喝了大半碗。

吃饱喝足，她舒坦得瘫软在椅子上。

周氤收拾干净碗筷，走出厨房，发现张亚丽正在门口换鞋，看样子是准备回家。

“你要回去了？”周氤问。

张亚丽点头如捣蒜：“回去接着睡，周末不睡觉感觉浪费。”

她说完直起身子看向周氤：“对了，今晚来我家吃饭，你昨晚没来我妈念叨了一晚呢。”

周氤点头：“好，我今天一定不会忘记的。”

“行。”张亚丽爽快回了句，又突然想起什么，“你记得把手机修修，不然到时候联系你又联系不上。”

“那你回家注意安全。”

“注意啥安全，反正又没几步路。”说完，张亚丽转身出了门，楼道里风大，她冷得打了个寒噤，然后随口抱怨了一句，“这妖风……”

再接着便是她下楼的脚步声。

周氤肩膀有些酸痛，在沙发上休息了一会儿才起身。

她穿了件厚外套，又用围巾将自己的脖颈围得严严实实，提上包带上手机出了门。

家附近就有手机修理店，几百米的距离，周氤只用走几分钟就到了。

走进手机修理店，老板在忙碌，周氤将手机从包里拿出来，然后叫了声“老板”。

“修手机。”周氤将手机递上去。

老板是个年轻男人，中等身材，长得挺精神。他接过手机随意翻看了下机身：“摔的啊？”

周氤点了点头，又问：“什么时候能修好？”

老板问：“你着急吗？”

“有点儿。”周氤淡声。

“行，那你下午过来取吧。”

周氤“嗯”了一声，转身出了手机修理店。

今日天气有些阴沉，头顶乌云聚集，看起来又像要下雨了。

周氤打道回府，走到半路突然想起冰箱里没什么菜了，她又转身去了趟超市。

买完东西回来，楼下停着一辆货运车。

上面有东西搬动的声响，还有人扛着家具上上下下，周氤狐疑地上楼，发现对门刘阿姨正将一袋杂物收拾出来放在门口。

周氤客套地问了声："刘阿姨，您这是？"

刘阿姨"嗐"了声："是周老师啊。我不住这边了，要搬家了。"

"搬家？"周氤问了句，"要搬到您儿子家去了吗？"

"是啊，这房子卖了。"刘阿姨喜笑颜开。

周氤拿出钥匙开门时问了句："这么突然啊？"

"那可不。"刘阿姨凑近些神秘兮兮地说，"我本来没有卖房子的打算，可前两天突然有人要买我家这房子，出的价比这房子原本的价要高挺多，我一想这事好啊，就赶紧卖了。"

听到这里，周氤感觉有点儿奇怪，转过身来："为什么出高价买这房子啊？"

刘阿姨乐得嘴都合不拢："我当时也奇怪，他出的价都能买小区房了，结果人家说就喜欢住这种街边老房子！"

周氤"哦"了一声："原来是这样。"

她说着进了门，没再多问。身后刘阿姨还在嘀嘀咕咕："真是搞不懂现在的年轻人，老房子哪有新房子好住……"

周氤换了鞋，将水果蔬菜放进冰箱，然后走到卧室，从书桌抽屉里翻出一个黑色封皮的笔记本来。

她手指有些颤抖，轻轻翻开，里面密密麻麻记录着十年前"9·27雨夜连环案"的信息。

有的是她从各种报纸上搜集到的信息，有的是她从当年侦办此案的退休刑警那里得到的信息。当年案发后，国内知名论坛还曾盖起高楼分析此案凶手，她混迹论坛将一些合理推测都抄了下来，甚至每一次的噩梦，她都会将梦到了什么记录下来，满满当当写了一个笔记本。

她记性变差了，怕遗忘或错过与这起案子有关的任何信息。

可过去这么多年了，凶手依旧逍遥法外。

其实十年前那起案子，只有第二位死者被性侵过，也提取到了凶手的生物信息，但与DNA库中的都匹配不上，警方当时也曾对案发地周边的可疑男性进行检测，可没一个能和凶手的生物信息对上。

去年她去拜访当年负责这起案件的一个姓李的退休老刑警，他让周氤不要悲观，还告诉她“现在的科学技术很发达，若是他有血缘关系的男性亲属犯了案，警方也能根据父系 DNA-Y 染色体找到他，这几年有好几个嫌犯都是这样落了网”。

周氤了解过，DNA-Y 染色体是父系遗传基因，通过该基因可找出一家族中所有有血缘关系的男性。

周氤也相信科技发达，也知道警方从未放弃，但她不知道要等到何年何月，她等这么多年了也始终没有结果。

她也经常上网搜索这起案件，至今这起悬案在网络上依旧有关注度，也有很多网友猜测，这么多年过去，凶手很可能已经死了。

周氤深吸一口气。

就算死了，她也要将那个恶人揪出来。

她拉开椅子，将近期关于沈熙的案子记录上去。

凡是沾点儿边的信息，她都不会放过。

写完，周氤放下笔，低叹一声气，然后合上笔记本将之放进抽屉。

关上抽屉，她站起身，突然不受控制地咳嗽起来。

感冒加重，头也越发沉了，周氤揉着太阳穴慢腾腾地去厨房倒水，然后找出之前的感冒药随便吃了两粒。

老房子不隔音，外面刘阿姨搬家发出叮里哐当的声响，吵得她头昏脑涨。

周氤有些烦郁，回到卧室关好门窗再次躺回床上。

许是吃了感冒药的缘故，她刚躺下便有困倦之感铺天盖地席卷而来。

周氤合上眼，裹紧被子翻了个身沉沉睡去。

她又开始做梦，这次的梦里没有黑影没有雨夜更没有小巷，只有她和江准——

她和江准一起在楼上阳台看流星雨，两人等到凌晨两点也没等到。

她打着哈欠问他：“流星雨什么时候来啊？”

江准看着阴沉的天空：“不知道。”顿了下又接着道，“今晚云层太厚，也有很大可能看不到。”

她有些沮丧：“等了这么久看不到多可惜。”

江准：“现在下去睡觉还能及时止损？”

她想了片刻，然后双手合十冲他淡笑：“江准，我们来许愿吧。”

“流星没来许什么愿？”江准懒洋洋地回应。

“管它呢，先许着吧，等流星来第一个实现的就是我们俩的愿望。”

周氤理直气壮。

江准无可奈何，学着她的样子双手合十然后闭眼。

幼稚又滑稽，但他似乎甘之如饴。

许完愿，她问江准："你许的什么？"

江准反问："你呢？"

她坦言："我想和你一直这么下去。"

…………

一觉睡醒，天昏地暗。

周氤看着窗外暮色四合，连忙起来找手机想看时间，找了几分钟没找到，突然想起手机已经送去修了。

她捶了两下自己的头，起床走到客厅看了眼挂钟。

六点十五分，时间还不算迟，周氤匆匆忙忙收拾好自己出了门。

先去修理店拿回手机，又去了旁边水果店里买水果。挑选完，周氤将水果递给老板让他过秤，然后便感受到身后有什么人在看自己。

周氤连忙转身，江准就站在不远处，但他并没有看着她，而是低头打电话。

昏暗的路灯灯光洒在江准身上，在他周身镀上微弱的光晕，周氤眯眼望去，感觉很不真切。

"四十块。"老板称完将水果递给她。

周氤这才回过神来，拎过塑料袋，低低"哦"了声，忙拿出手机付款。

付完钱又转身去看，江准还在路灯下打电话，隔得远了，她并不能听清他在说什么。

周氤稍怔，有些犹豫，但还是抬腿朝他的方向走去。

江准也看到了周氤，视线有些冷淡。很快他挪开目光，将手机揣回兜里，然后抬腿往前走去，自始至终没有回头看。

周氤看着江准越来越远的背影，心里怅然若失——

这样的结果明明是自己想要的不是吗？自己本来就不应该再与江准有什么交集的。

事情发展如自己所愿，江准也主动和自己保持了距离，为什么心里会如此难受？

人果然是矛盾与犯贱的集合体。

周氤自嘲地笑了笑，笑到一半，神情又僵住了。

胸口就像抵着块石头一样，又堵又疼，她深吸一口气，指甲嵌进肉里。

周氤敛起目光，抬腿朝与江准相反的走去。

两人就像两条背道而驰的平行线，好像永远不会有交集，甚至看见对方的机会都没有。

寒风刮来，如刀刃割在周氤的脸颊上。

路边的奶茶店里在放歌，女歌手的声音凄婉哀伤，唱着——

街头那一对和我们好像

这城市华灯初上多两个人悲剧散场

放开拥抱就各奔一方

…………

周氤停下脚步很久，有什么滚烫的东西滑过脸颊，她却浑然不觉。

到了张亚丽家楼下的小茶馆旁，周氤胡乱擦掉脸上的泪痕，又深吸一口气，收拾好心情才抬腿往前走，刚走了没几步，旁边茶馆里突然有人喊她的名字。

周氤循声望去，发现是大姨的邻居在叫自己，周氤叫她“陈姨”。

茶馆里热火朝天，有不少人在里面打牌，周氤走近几步问道：“陈姨，您有什么事吗？”

陈姨眉飞色舞地朝她招手，高声说道：“周氤啊，你是不是要去你大姨家啊？”

周氤点头。

“你大姨有些东西落在这里了，你给她捎上去，我就不上去了。”陈姨连连招手。

周氤爽快地回了个“好”字，然后快步走过去。

她走进茶馆，里面烟味弥漫非常不好闻，她下意识地皱起眉头。

陈姨去里桌拿东西了，她便拘谨地站在门口，视线扫视了一圈，旁边那桌在打扑克。

周氤突然像看到了什么洪水猛兽一般收回视线，甚至还不够，她还侧身过去直至自己完全看不见。

她害怕看到扑克牌。

没出事之前，扑克牌是她手中最锋利的刀刃。

周氤训练速记时经常会带一副在手边，无聊的时候便将牌打乱随意摊开，一张张看过去快速记忆，然后合上，在脑海中很快便能将之复原出来。

可出事之后，扑克牌成为她最避之不及的东西。

或许是应激性精神障碍导致她的记忆力迅速减退，又或许是她意识到自己再无可能成为世界记忆大师，反正，她看到这东西便心悸头疼喘不上气。

那边陈姨走了过来，递给她一个挺大的纸箱。

周氲提着水果不好拿，于是单手将之抱在怀里。纸箱有些沉，她随口问了句："陈姨，里面装的什么？还挺重的。"

"哦，是纸钱和香烛。你大姨说再过几天就是你妈妈的忌日了，得多烧点儿，怕你妈妈在地下过得不好。"陈姨坐回牌桌上招呼着打牌，回答得很心不在焉。

周氲身体一僵，慢腾腾地转过身去。她脚步很虚，好像下一秒就要倒下去了一般。

时间过得真快，一转眼，竟然又到了她的忌日。

周氲呼吸有些停滞，提线木偶般慢腾腾地走上楼。

到张亚丽家门口，周氲整理好情绪敲了敲门。

很快，门便被人从里打开了。

颀长高大，英俊冷冽。

开门的人不是江准又是谁？

周氲愣了很久，用不可思议的语气问："你怎么会在这里？"

"我为什么不能在这里？"江准反问。

楼道昏暗，背光，周氲看不清他脸上的表情。

她怔了下，语塞，没接着问下去。

手上的东西沉，周氲有些拿不动了，她微微躬身，表情也很吃力。

江准见状眸色一暗，慢慢伸出手："给我吧。"

周氲的犹豫只是一瞬，然后将手中提着的水果递了上去。

江准伸手接过，连忙侧身让周氲进来。

没了他身体的阻挡，周氲顺利进门。

她将装有纸钱和香烛的纸箱放在门边的地板上，旁边还有个很大的黑箱子，上面落满了灰，她多看了几眼。

她再抬头，发现江准正看着自己。

他目光锐利如刃，从镜片后投射过来，周氲招架不住，很不自在地转身耸了耸肩，然后故意往厨房的方向看去，大姨周世梅在里面炒菜。

卧室门正好在此时被推开，张亚丽身穿厚睡衣慢悠悠地走出来。

她蓬头垢面，睡眼惺忪，很显然才刚醒。

看到江准，张亚丽一脸错愕，比周氲还蒙。

但她很快收敛起了自己惊讶的表情，笑着和江准打了个招呼，然后小心翼翼看了眼周氤，问："你俩一起来的？"

还不等周氤说话，江准就否认了："不是。"

他说着看了眼在厨房里忙碌的周世梅，拎过旁边的黑箱子，提高声音："大姨，谢谢您帮我保管，我就先走了。"

周世梅闻言连忙走出来，一脸挽留的表情，客套着："别啊，江准，你吃了饭再走，我还有一个菜就好。你看你好不容易回国，来家里水都没喝上一口，多不好意思。"

江准脸上的笑容疏离，他开口说话，但声音有些冷："不用了大姨，我工作上还有事情，就不打扰了。"

"这样啊！"周世梅语气难掩失落，忙不迭地点点头，"工作重要，那你下次没事再来大姨家里吃饭。"

江准点头应下："好。"说完拉着行李箱转身出了门。

张亚丽侧耳听声，估摸着江准到了楼下才快步走到周世梅身边一脸探究着询问："妈，江准来我家干吗？"

"来拿东西。"周世梅心不在焉地回了句，转身又去了厨房。

张亚丽不依不饶跟了上去继续问，换上了不可思议的语气："他有什么东西要来我家拿啊？"

周世梅炒着菜："当初他出国读书之后，他妈妈就把那房子给卖了，跟着个老外也出了国，走前把江准的东西打包好说是先存放在我这里，等江准回来自己拿，这一放就放了快十年。他这不回来了吗？就来把东西取走了。"她说着提高音量将张亚丽往外推，"你别在这里碍手碍脚了，挡着我炒菜。"

"我哪里挡着你炒菜了？"张亚丽很不服气。

周世梅将锅里的青菜盛到盘子里，又将盘子递给张亚丽："端出去，叫周氤洗手吃饭。"

张亚丽不情不愿地"哦"了一声。

周世梅嗓门儿大，客厅里的周氤自然什么都听到了，她走进门来问："大姨，还有什么要帮忙的吗？"

周世梅拿好碗筷："不用了，你洗个手出来吃饭。"

周氤点点头，又想到了什么，问："大姨，姨父呢？"

"他去一朋友那里了，今晚不回家吃饭。"周世梅将碗筷放到桌上。

周氤洗好手也出了厨房。

饭桌上，周世梅又夹了一块鸡肉放周氤的碗里，并嘱咐：“多吃点儿肉，你看你又瘦了。”

周氤看着碗里堆成山的菜，笑着回应：“大姨，我碗里已经很多肉了，您别给我夹了，我都吃不完。”

一旁的张亚丽“啧啧”两声，故意叹气着说：“妈，你也太偏心了，我最近也瘦了呢。”

周世梅嗤声，没好气道：“你自己嚷嚷着要减肥，天天跟兔子似的只吃青菜，瘦了能怪谁？”

两人就像无数对普通母女的相处模式一样，看似吵吵闹闹，实则互相关心，周氤看着，心里很羡慕。

这些她曾经也拥有过，只是现在再也没有机会了。

周氤低头，将一块鸡肉放进嘴里慢慢咀嚼。

“周氤……”周世梅叫了声她的名字，然后欲言又止。

周氤面露疑惑，问：“怎么了大姨？”

“那个……”周世梅语气稍显犹豫，顿了下还是说出口，“过几天就是你妈妈的忌日……”

周氤抬头：“嗯，我记得。”

“去看看你妈，和她说说话，你也很久没回来了，她在地下肯定也是惦记着你的。”周世梅叮嘱。

周氤点头：“好的，大姨，我知道的。”说完又低头扒饭。

饭吃完，时间已经很晚了，周氤想着明早有课，便不再多逗留，起身拿了包对周世梅说：“大姨，我就先回去了，明天还有课，得早点儿起。”

周世梅连连点头：“行！你快回去吧，大晚上的，你路上注意安全。”

“好。”周氤笑着回应，开门走了出去。

楼道里一片漆黑，灯是声控的，周氤跺了下脚，昏暗的白炽灯才亮了起来。

光线微弱，照不到脚下，周氤害怕踩空，小心翼翼扶着扶手下了楼。

刚到楼下，便看到了一个清瘦高大的身影站在不远处抽烟，黑夜中，有红色火点忽明忽暗。

看见周氤，他很快掐灭烟头。

周氤面色如常心里却漾起涟漪，她慢慢走过去，客套地问了句：“怎么还没回去？”

“很显然，我在等你。”江准嗓音有些哑。

“等我做什么？”

“说说话。”他语气很坦然。

周氤一时间有些无措，思忖片刻转移了话题：“你的箱子呢？”

“放家里了。”他回答得倒是挺快。

“你住这附近？”周氤语气很不可置信。

江准点头反问：“很奇怪吗？”

“不奇怪。”周氤回答。

毕竟很多年前他就住这边。

周氤缓步往前走，江准与之并肩，路灯下，两人的身影先被拉长，然后慢慢交叠。

走了几步，周氤先开了口，试探着问：“何露华交代了吗？”

“还没有。”江准回答得也很爽快，“直到十分钟前，穆野也没有接到她的电话。”

“那杀害沈熙的凶手呢，有线索了吗？”

“警方正在匀果路那边摸排可疑人员，但你知道，那边人员密集流动性也大，排查起来并不容易。”

江准回答完，周氤也没继续问了，两人就这样静静地往前走。

很快走到了周氤楼下，她指了指，低睫：“到家了，我先上去了。”说完深吸一口气，很快转身往楼上走去。

她不敢和江准有太多接触，她害怕自己苦苦压抑的情感会隐藏不住，所以面对他时，只能一再逃避。

可是走到半路，身后也传来脚步声。

周氤转身，借着楼道灯光看清了来人，无疑就是江准。

她再次声明：“我到家了！”

“我知道，”江准语气很漫不经心，他扬了扬眉，停顿片刻又说，“我也到家了。”

他说完从周氤身边经过往楼上走去，然后在周氤家对门停下，回头冲她懒洋洋地说了句：“晚安。”

语毕，江准拿出钥匙开门走进去，伸手摸到开关。

“啪”一声，屋内壁灯亮起，江准也转过身来。

昏黄色灯光越过他高大身躯透出来，在周氤面前洒落大片阴影。

江准见周氤还站在原地不动，敛下嘴角的愉悦，语气戏谑：“你不回家，是想进来我家坐坐？”

周氤这才回过神来，她很心虚地抿了下唇，故作冷淡：“不是。”说完很快转身。

身后目光如炬，周氤自然也感受到了。

她知道江准在看自己，因此心乱如麻，连忙低头找起钥匙来。

楼道昏暗，包里杂物又多，周氤手忙脚乱找了半天没找到，她有些气馁地低头长喘一声气。

江准还未关门，他散漫地倚靠在门边，似乎看出了周氤的窘迫。

片刻后，他终于开口询问：“你的钥匙找不到了？”

“嗯。”周氤低低回应，声音很沉闷。

“到我这边来找吧，有光。”

周氤脚动了动，稍微侧脸往后看了一眼，但始终没有勇气迈出那一步。

江准语气有些漫不经心：“你打算在门口站多久？”

他话音落下，周氤也收起不自在转过身来，江准很配合地侧身好让灯光透出。

借着光，周氤很快在包中杂物中找到了钥匙。

她将之拿出，然后下意识抬头，却不巧与眼前男人的视线撞了个正着。

他目光灼灼气息紊乱，有些许淡淡烟草味萦绕在周氤鼻尖。

她有些失神，怔怔抬头看着。

与从前相较，他并没有太大变化，依旧是朗目挺鼻矜贵气质，只不过脸上的青涩之感已经消失殆尽，如今的他尽显成熟稳重与高深难测。

两人对视许久，周氤听到自己胸腔内那颗濒死心脏在恣意张狂地跳动。

很快，周氤回过神来，胡乱晃了晃手上的钥匙，骤然转身：“谢谢，找到了。”

“不客气。”他也跟着客套起来。

或许是气温太低冻得周氤腿疼，她脚步有些虚浮，到门口时还不小心踉跄了一下，好在她手疾眼快地扶住了门。

然后她动作迅速，开门进门关门一气呵成。

周氤无力地往后靠去，头有些疼。她听到门外传来一阵一阵的手机铃声，紧接着一个冷沉嗓音响起。

江准在接电话，听对话是穆野打来的，说何露华终于联系他了，因此需要江准过去一趟。

周氤没刻意偷听，只不过老房子不隔音楼道回音又大，江准又是在门口接的，她想听不到都难。

江准很快挂了电话，然后关门匆匆下楼。

周氤也终于开了灯，她匆忙走到客厅的窗边，正好能看到他从楼道里走出来。

他肩宽窄腰身形凛然，径直走向路边停着的一辆车。

周氤看着江准的车开动，直到完全消失在视线中。

她吁了口气，心中有些怅然。

车程不远，江准开得也快，不到二十分钟便到达目的地。

时间已经很晚了，但旧马区刑侦支队依旧灯火通明宛若白昼。

江准脚步仓促，才进大厅便在旁边的座椅处看到了低着头的何露华，穆野就坐在她身边轻声安慰。

见他过来，穆野连忙挥了挥手。

江准疾步过去，还未说话穆野便率先道："何同学愿意说出案发那晚看到和听到的所有事。"

话音刚落，何露华便小心翼翼地开口："但我不想去那天那个封闭的小房子。"

"你不想去讯问室？"江准问。

"嗯。"何露华轻声，"很压抑，我害怕。"

穆野很快接道："那去接待室，那里空旷，也有窗子。"

江准问何露华："可以吗？"

她怯怯点头："好。"

三人先后进了空无一人的接待室。

关好门窗，穆野递上来一杯热茶，何露华接过来抿了一口，整理好情绪后便说起沈熙死前发生的事情。

"那天……"她停顿了一下，"她强迫我跟她出校门，然后把我带到了她家，就开始打我，踢我。"

何露华说着慢慢挽起衣袖，手臂上全是青青紫紫的伤痕，她带着压抑的哭腔继续："让我像狗一样在地上爬，强迫我爬到她床底，不让我出来，我在床底待了很久。"

说到此处时，江准问她："你一开始待在床底那会儿沈熙在做什么？"

"刷视频，她声音外放的，一边刷一边笑，然后外面就有人开始敲门，她一开始没理。"

江准："那人敲了多久？"

何露华低头回忆，断断续续说着："好像……好像还挺久的，然后她问……问了声'谁啊'，外面没人……没人应，她就起身去开门了。"

穆野声有急色，连忙问："然后呢？"

何露华脸色很差，似乎不太想再回忆那晚的事，她将头扭到一边："我听到她尖叫了一声，对了，还有摔门的声音。

"那个男的打她，她叫，然后床开始晃动，我不敢出声，只能趴在床底。"

江准敛眉："那个男的有没有说过话？"

"有！"何露华很笃定，"他骂她，骂她是个……"她面露难色，似乎有些难以启齿。

穆野开口宽慰她："没事，有什么说什么，大胆点儿！"

她咬唇，很艰难地说出了那两个字。

穆野轻咳一声，继续追问："那男的是什么类型的声音？"

"啊？"何露华有些疑惑，没明白穆野的意思。

"打个比方啊，粗犷的清脆的爽朗的，他的声音属于什么类型的？"

何露华摇摇头，说："都不属于。他的声音有点儿粗又有点儿哑的感觉，对了，还咳嗽过，就是那种嗓子眼里有痰的感觉。"

穆野恍然大悟般"哦"了一声，又问："他是本地口音吗？"

"是，"何露华补充，"讲的方言。"

江准沉声问："你还听到了什么？"

"还有……"何露华细细思索，"砸墙的声音，打耳光的声音，然后他把她从床上拖到了地上……"说到此处，她脸色更难看了，双拳也紧握起来。

"对了，你全程待在床底，又有床单挡着，也就是说看到的只有他的一双脚对吧？"

何露华木讷地点头，给了个肯定的答案："是。"

"他穿的什么样式的鞋、什么颜色的？"

"黑色运动鞋，挺旧的，对了，上面还有一个白色的'N'字。"

"沈熙在挣扎过程中有说过什么吗？"

"有……"何露华闭眼苦思，"她喊过救命，但是一喊那个男的就打她，她就叫就哭。"

"还有呢？有提过和凶手有关的信息吗？"

何露华使劲摇头，说："我没听清其他的，那天晚上很吵，下面的歌放得很大，房子里也很吵。对了，他拖沈熙的时候我还看到了他的手，他右手手背上有黑色的图案，是文身。”

“有看清是什么图案吗？”穆野很激动。

“没有……”

“他是几点钟走的？”

“凌晨一点二十分。”

江准眸光微敛：“你怎么知道得这么清楚？”

何露华怔了片刻，吞吐着：“我有手……表……”

“那你是什么时候离开的？”

“也是一点多。”她这次换了个模糊的答案。

江准视线深邃，看了何露华很久，但终究没有说什么。

“还看到了什么？”穆野问。

何露华绞尽脑汁想了一阵，接着摇了摇头：“没有了。”

穆野将之详细记录上去，看了看纸上的笔录又看了看她，欣慰道：“何同学，谢谢你提供线索，这些对我们很有帮助，凶手我们会尽快绳之以法的。”

“好。”何露华颔首。

起身之际，江准再次开口问道：“被欺凌的事你母亲不知道吧？”

何露华“嗯”了一声。

江准也起身，声音清冷：“被欺凌应该大胆说出来，想办法阻止，不要憋在心里，你越沉默就欺凌者便会越嚣张，你心底的仇恨与恐惧也会越积越多，这样不好，不要让仇恨吞噬了你自己。”他说得委婉。

“我知道了。”何露华松了口气。

交代完毕，何露华也走出刑侦支队，她脚步缓缓，慢腾腾走到街道上时，突然转过身来凝视灯火通明的刑侦大楼，想起刚刚在接待室里江准的眼神。

她眯起眼眸，手指捏紧，再次回忆起案发那晚的情景。

其实她刚刚说的话基本上属实，只不过有一个地方她没有说。

案发那晚沈熙被凶手拽下床后便躺在了地板上，两人对视过很久。

沈熙脸上又是伤又是血，气息奄奄，侧脸看着床底的她，嘴里喃喃着“救命”二字。

可是她实在太害怕了，害怕被发现，害怕殃及自己，一直小心翼翼地蜷缩在床底，怔怔地看着沈熙。

寒风凛冽，有冰冷雨丝落下。

何露华深吸一口气，终于挺直了微弓的背脊，转身往马路对面走去，她走得挺快，身影也很快就消失在夜幕中。

# Chapter 06
# 想念

翌日。周氤醒得很迟，昨天一夜辗转，她又没睡好。

感冒一直没痊愈，她头昏沉着，却也不得不强撑着起了床。

时间紧迫，周氤匆匆忙忙洗漱收拾完出门，还没走下楼梯，对面那户的门也打开了。

她下意识脚步一顿，侧头看了眼。

江准穿戴整齐，视线深沉，关门之际随意问了句：“去学校？”

周氤点头，鬼使神差地反问道：“你呢？”

“我也去学校，”他回答得很爽快，“今天有课。”

周氤想起他江州大学教授的身份，也没多问，反而加快脚步匆匆下了楼。

看着她明显躲避自己的举动，江准眸色一沉，面上有压抑的不悦。

一早出门就遇他，周氤心中懊恼。

她提着包步履急促，拐进街后的小巷中，身影也很快消失于江准的可视范围内。

他收回视线，疲惫地吁了口气，伸手拉开车门坐了进去。

眼看快上课了，周氤急得小跑起来。

她早上有课，还是第一节的。

还好脚步快，上课铃响起时，周氤已经到了办公室。

她将包放下松了口气，拿上书和备课本抬腿就走。

还没出门，刘主任便迎面走进来，看到周氤，他眼神一亮：“周氤，你先别急着去上课，我有事情和你说。”

周氤微微喘气：“什么事啊？刘主任。”

“这不马上元旦节了嘛，又正逢学校百年校庆，校长是打算趁这个机会邀请几个优秀校友回校演讲，一来呢分享成功经验，二来也激发学生的上进心，我寻思这是好事啊……”他语气微顿。

周氤点头附和：“当然是好事啊！”又问，“学校打算邀请几个啊？”

“两个，一个我这边联系上了，也是最近才回江州，你的学长徐域国，1999 届的，你应该知道吧？”

“这怎么可能不知道。”周氤笑容恬淡，“他毕业好多年了都还是学校的神话，现在也是知名企业家呢。”

“对。”刘主任神情得意，“还有一个就是江准。”

闻言，周氤脸上的笑容有些僵。

刘主任昂头示意：“上次他来学校我也忘了留个联系方式。周氤啊，我记得你们不是很熟嘛，这联系他的事就交给你办了啊！”

周氤喉头一滞，连声拒绝：“不熟，我和他真不熟，刘主任，这事您交给别人吧。”

“哪里不熟？”刘主任很不客气地拆穿，“你们俩还不熟呢，读书的时候不是一个班的吗？”

“那亚丽也和他一个班过呢，这事您找她吧。”周氤反应迅速连忙推托。

“亚丽做事毛毛糙糙，我不放心，办事情还是你稳妥。再说了，亚丽哪有你俩熟？我记得当时你俩经常外出比赛，还一起上过电视的。”他说着转身往外走，语气不容置喙，“就这么定了，啊！”

刘主任双手背着优哉游哉地离开了。

周氤看着他秃成地中海的后脑勺，站在原地昂头看了眼天花板，神色有些烦郁，她越怕什么越来什么。

上午过去得很快，上了两节课又批改了九班这周一交上来的作业，便到了午饭时间。

她没有什么胃口，但肚子饿了，还是去教职工食堂打了些饭菜，坐下才吃没几口，便有个欣喜的男声在不远处响起：“周老师，你也来食堂吃饭啊？”

只听声音，周氤就知道来人是谁，她淡笑客气着回应：“是啊。”

吴辙坐到周氤对面，看着她时眼里闪着喜悦的光芒，让周氤有些不自在。

“周老师，”他耳朵有些红，试探着问，“你这周末有没有空？最近出了部新电影，口碑很好，我请你去看吧。”

周氤抬眼看吴辙——他神情热切眼神期待，心里应该在忐忑等待着自己的答案。

周氤放下筷子，表情很平静。她轻咳一声开口说道：“吴老师，有些话我想和你说清楚。”

“你说。”吴辙低头笑着，有些忸怩的羞意。

周氤不想让他再存有不切实际的期待，于是直言：“我其实有喜欢的人了。”

音落，吴辙脸上的笑容瞬间凝固。

“所以，我不能和你去看电影。”她解释。

吴辙咳嗽了两声，脸上难掩失落，很勉强地抿了下唇。为了掩饰尴尬，他还是笑着说道：“周老师可能误会了，我对你没有那个意思的，我只是想请你看场电影。”

周氤笑容淡淡，顺坡下驴：“不好意思吴老师，是我误会了。”

“没关系，没关系……”吴辙重复着，脸笑得有些僵。

周氤一边收拾桌上的残羹冷炙一边说话，声音有些冷：“虽然是误会，但我还是想提醒吴老师，如果不喜欢一个人呢，就不要给她错觉，应该尽快和她说清楚。”

周氤收拾完桌面抬起头来，看着匆匆进入食堂的张亚丽。

而张亚丽看到吴辙的背影时，眼神明显亮了起来。

周氤说着起身：“错觉也是会伤害人的。”

吴辙嘴唇紧抿，看着桌面沉默不语。

话音刚落，张亚丽便火急火燎过来了，她声音爽朗：“周氤，你这么快就吃完了？”

“吃完了。”她垂首看了眼吴辙，笑着，“你们吃吧，我先走了，作业还没改完。”

张亚丽催促她：“你快去吧。”

周氤深深看了张亚丽一眼，点了点头便离开了食堂。

下午没课，同办公室的几个老师有一搭没一搭地聊着天，他们都是已经进入婚姻围城的人，聊的内容也无非就是伴侣孩子，周氤没兴趣参与，因此坐在桌前慢悠悠地批改作业。

几人聊着天，突然将话题扯到周氤身上来，政治老师刘晓英一脸探究地询问道：“周氤，我记得你还没谈对象吧？”

周氤眼皮子一跳：“还没有。”

刘晓英一拍手：“正好！”

她特地凑近了些，走到周氤桌前躬身：“周氤，我给你介绍个对象吧，家里条件不错，人长得也精神，工作也不错。”

周氤笑着拒绝："刘老师，我现在没有谈恋爱的想法。"

"那怎么行？你看你这么漂亮，一直单着算是怎么回事？"

"真不用。"周氤语气轻柔，但话语中的抗拒之意很明显。

刘晓英见状也没继续了，直起背脊长叹一声："可惜了……"

晚自习已经取消，因此下午的课一结束，周氤便回了家。

到楼道时，正好遇上江准，他到得比她早，已经进屋准备关门了。

周氤见状快跑几步上楼到江准家门口，抵住他即将关上的门。

"等下！"她声有急色，"我有话和你说。"

江准开了门。

他垂眼居高临下地看着周氤，细碎黑发稍稍遮住他的眼。

周氤没抬头，平视前方，目之所及只有他的宽阔胸膛。

许是感觉气氛有些胶着，她稍微退后一步，拘谨地开口："学校……"

才讲了两个字周氤便停住了，她整理了一下措辞才继续："学校百年校庆想邀请你回校演讲。"

"是邀请还是命令？"江准问。

周氤没弄懂他话中含义，皱眉说道："当然是邀请。"

江准饶有兴致地看着她，尾音扬起："你就是以这个态度邀请我的？"

周氤面露错愕，声明："是学校邀请不是我邀请，我充其量只能算帮刘主任传话的。"

江准手肘随意地撑在旁边的门框上，郑重其事："那你也转告刘主任，我不喜欢你这个传话方式，所以校庆，我大概没时间去了。"他说着退后一步佯装关门。

周氤见状面有急色，连声道："等下，你等下！"

人一着急理智也不见踪迹，她蛮横地抵住门不让江准关上，颇有当年那股子不要脸的架势。

周氤喘着气和他打商量："你先别急着关门行不行啊？"

毕竟是刘主任安排的任务，不完成她实在没法儿交代。

江准唇角有浅淡笑意，他意味深长地"哦"了一声，又说："可是我不接受没有诚意的邀请。"

周氤将垂落到脸颊旁的头发撩到耳后，和颜悦色重新道："学校郑重邀请你作为优秀校友回校演讲，给学弟学妹们分享成功经验，"她说着深吸一口气，加重语气，"江教授，您看可以吗？"

周氤头发有些凌乱，狼狈地从门缝里探出半张脸来，语气里的祈求意味非常明显。

江准听着她谨慎疏离的措辞冷哼一声，神情非常不悦。

其实他压根儿没想拒绝她，但又不想这么快答应她，于是卖着关子。

“周老师，我最近也很忙，校庆演讲的事我考虑一下吧。”

他话音刚落，周氤便迅速问道：“考虑一下是考虑多久？”

“可能三五天可能一个星期。”他挑眉，又提醒，“周老师，我要休息了。”

“等下，”她依旧抵着门，“我还有一个问题。”

江准慢条斯理道：“什么？”

“何露华今天没来上课，我想问问她交代了吗？”

“嗯，都交代了。”

“那就好。”周氤松了口气，这才收回抵门的手退后几步。

没了阻碍，江准顺利将门关上。

他垂首，脸上是愉悦的神色。

周氤却面容懊恼，她转身，有气无力地从包里摸出钥匙开了门，接着又打开灯。

柔和的灯光充盈整室，周氤无精打采地躺到沙发上。

想到刚刚和江准的接触，她心里好似轻飘飘落入了一片树叶。

涟漪漾开，一层一层。

她赶紧阻止自己继续想下去。

周氤困了，头也有些昏沉，疲倦更如同藤蔓一般将她缠绕。

她眼中笼罩着一股雾气，看什么都影影绰绰。

终于，她受不住困倦侵蚀而沉沉睡去。

明明睡着了，周氤却感觉自己意识尚存，并且胸口也有些沉闷，好像有什么东西死死压住一样。

她慢慢睁开眼，眼珠子转动，一点点扫视。

沙发，电视，茶几，墙壁上的挂钟。

都是熟悉的景物，她很确定这是自己的家。

她放下心来，将头转到另一边，骤然看到了门口的黑影。

她大骇。

她想叫喊，却发现自己叫不出声。

她想逃跑，却发现自己动弹不得。

她眼睁睁看着那个黑影从门口过来，倏地到了她面前，然后慢慢伸出了一只手。

手！又是手！

她呼吸急促，额头上也汗水密布，脸色苍白地死死盯住伸过来的手。

这次，她不想逃避了，她想好好看看，十年前掐住她脖子的到底是一双什么样的手。

她瞪大双眼看着那手慢慢伸过来，但当她想仔细看时，那双手却突然消失了，然后面前的黑影也消失了……

周氤再次睁开了眼，这次是真的醒过来了。

她从沙发上爬起来环顾四周，没有黑影，什么也没有。

周氤清楚自己刚刚是梦魇了。

她擦去额头上的汗，起身去了浴室。

洗完澡，周氤去了卧室，她再次取出那个黑封皮笔记本一页页看过去，不禁有些气馁。

这么多年过去，资料搜集了一箩筐，可关于凶手的信息却几乎是空白，更要命的是她明明和凶手打过照面，可他的身形特征，她却一点也想不起来了。

周氤拉开椅子坐下来，又开始强迫自己回忆十年前那个雨夜。

她与周世兰吵架出走，在学校待到半夜回家，是走到梨花巷时出的事。

她记得她那时听到身后有脚步声，踩在积水上，有“扑哧扑哧”的水声响起。

她用余光瞟了一下身后。知道有个黑影在跟着自己，她停顿了一下，然后拔腿就要跑，可那人比她更快，伸手过来狠狠扼住了她的喉咙将她往回拽……

周氤闭上眼，用手慢慢掐住自己的脖颈，尝试将自己代入到案发时的场景中。

她掐住自己，眉头紧皱，神色也很痛苦。

周氤记得自己奋力挣扎过，也叫喊过，但没有挣脱开也没能够喊出声。

他将她拖行了有五十多米，其间她脖子被狠狠掐住，差点儿昏死过去。

周氤记得周世兰就是这个时候出现的，她打着一把伞，手里也拿着一把，大声惊呼着冲了过来。

但凶手并没有因为被人发现而胆怯逃走，他反而将几乎没有力气的周氤扔到地上，就那样站在原地。

猛地能够呼吸的周氤一下适应不过来，躺在满是积水的青石地板上剧烈咳嗽起来，雨挺大，打得她眼睛都睁不开。

但她强撑着，半睁开眼看向凶手。

明明是看到过他身形的，可在周氤的回忆中，凶手却始终只有一团黑影。

并且这中间的事，她也没了记忆。

她不记得凶手是如何杀的母亲，也不记得自己是如何从地上爬起来的，只记得最后，浑身是血的周世兰死死抱住凶手的腿大声呼喊让她快跑。

回忆结束，周氤松开掐住脖颈上的那双手。

她慢慢垂下来，突然没了理智，然后疯狂地攥拳砸向桌面。

一下一下，撞击声沉闷，桌面连带着地板都像在震动一般。

周氤却双眸通红，就像痛觉尽失一样持续了很久。

终于，周氤疲惫地停下捶桌的手，她这才感觉到手上那种火辣辣的痛意。

她长吸一口气，喉咙眼儿里堵得慌。

周氤扶额，强迫自己平复了心情，又翻动那个笔记本，在记录第一位受害者信息那页停了下来。

第一位受害者李秋月，环城商场导购员，她是十年前，也就是 2008 年 9 月 27 号晚上出事的。

那天晚上下了很大的雨，非常大，江州晚报关于此案的报道是这样形容这场雨的——打伞走在街上，伞都要被这场骤雨掀翻。

李秋月在她任职的黄金店里加班到晚上一点，回家途中失踪了，家人找寻无果第二日报案。

因为这是连环案的第一起，所以后来警方便将此案命名为“9·27 雨夜连环案”。

第二位受害者黄莺语，和李秋月的失踪时间相距不过一天，她是 9 月 28 号晚上给在麻将馆打牌的丈夫送伞途中失踪的。

而第三位受害者石诗桃，她是在李秋月失踪几天后，也就是 10 月 4 号晚上出的事，她那时才来江州务工，据她当时的工友说：石诗桃当晚出门买东西后就一直未归。

石诗桃失踪后天便放晴了，晴了好一阵，四天后，有人在崧山发现了这三具尸体。

三名死者均受到不同程度的侵害，身上也伤痕累累衣不蔽体，死者脖颈后还被凶手用刀刻上了一个小“十”字。

关于死者脖颈后的“十”字，网络上也是众说纷纭。

当时国内某知名论坛中点赞次数最多的一则猜想是这样说的："十"字让人最先联想到十字架，而十字架是罗马帝国处死犯人的刑具，在死者脖颈上刻"十"字，很大可能代表这几名死者在受刑，而凶手认为自己是审判者，他在行刑，因此他很有可能是个教徒。

此条猜测有人支持亦有人反对，反对者则说：十字架早已被赋予了新的意义，代表的是上帝对世人的爱与救赎，是神圣不可侵犯的标志，此人绝对不可能是教徒。

但凶手在死者脖颈处刻"十"字究竟是什么意思，网上争论许久也没有结果。

现实中，警方虽然提取到了凶手的生物信息，却因为技术手段落后与 DNA 信息库的不完备，加之三名死者失踪时也没有人目击，种种原因导致此案一直悬而未破。

而发现这三具尸体的人便是那附近的村民——一个年纪挺大的老婆婆，因着这事受了惊吓，一个月后便撒手人寰了。

11 月时又下了一段时间的雨，警方严密布局，但凶手却并未作案。直到 12 月份周氲出事。

夜愈深气温愈低。南方的冬日没有暖气，周氲只穿了一身薄睡衣，冷得有些受不住了。

她将笔记本合上，又发了很久的呆。

寒气拼了命地在周氲身上窜动，她的腿已经冷得没有知觉了。

好半天后，周氲才站起身来。

腿已经无法正常走动了，她不得不扶住椅子往前走了两步。

椅子腿随着她的动作与地板刮擦，发出持久的刺耳声响。

周氲躺回床上。

困意如潮水般汹涌而来，她翻了个身，盖好被子很快睡去。

江准洗完澡从浴室走出来，突然瞥到了墙角那个落满灰尘的大箱子。

他擦干发根水滴，走过去将箱子打横放下，然后拉开拉链。

里面的东西被堆放在一起，杂乱无章。

江准的眼神率先落到了奖杯上。

那是一个玻璃制奖杯，内有烫金大字——

全国学校记忆锦标赛青少年组亚军

2007年，他和周氤一起代表致一中学参加比赛，从市赛到省赛最后打到全国赛。

初期是队友，后来便成为对手。

决赛场上，他和周氤相对而站共同角逐记忆锦标赛冠军。

江准还记得那时候的周氤，扎着马尾，眼尾上翘，眼眸间带着水波流转的灵气。

她的头高高昂起，看向他时目光挑衅，面上却是狡黠的笑容。

此前两人一共经历了一分钟记忆数字、两分钟记忆人名、三分钟记忆图像、四分钟记忆词语等四轮并分获两分打成平手。

最后一轮，没有时间限制，共同记忆一副扑克牌，大小鬼王去掉，一共五十二张，需要记忆颜色、花色、数字、顺序四项，谁先记忆完且复盘时准确无误，谁就能获得胜利。

比赛开始，由主考官随机将扑克牌打乱，然后复刻一副一模一样的扑克牌分别发到两人手中。

计时器开启，两人迅速进入状态。

一张张扑克牌看过去，手指飞快翻动，全神贯注。

时间一秒一秒地过去，在这样的紧迫中，就连呼吸都是奢侈的。

眼速手速脑速，缺一不可。

到五十四秒时，两人几乎是同时拍下计时器的停止键。

江准面前的计时器时间定格在54秒12。

周氤面前的计时器时间定格在54秒54。

周氤慢了，虽然只是毫厘之差，但慢了就是慢了。

就算两人复盘时给出的答案完全正确，胜利也是属于江准的，除非江准的答案有误。

复盘时，两人隔了些距离，戴着耳机，背对着，谁也看不见谁，谁也听不见音，两人异口同声按照记忆顺序说道：

“红桃K。”

“方块3。”

“梅花4。”

“黑桃10。”

…………

说出的答案全都一模一样。

到第五十二张时，两人却给了完全不一样的答案。

周氤：“红桃 A。”

江准：“红桃 K。”

两边的工作人员一起问：“确定以上答案吗？”

周氤语气坚定：“确定。”

江准面无表情：“确定。”

结果汇总后，由主考官宣布冠军得主，他是个年过花甲的老头儿，花白的头发、慈祥的面容，拿着话筒语气激动地说出了周氤的名字。

而江准，由于第五十二张牌的失误抱憾成为亚军。

到后台清理东西时，周氤蛮横地揽过他的脖子，用威胁的语气道：“我赢了你，之前的话还算数吗？”

江准轻嗤一声，很无奈：“那还能有什么办法？愿赌服输。”似乎是很不情愿的样子。

想到往事，江准唇角稍稍浮起些弧度，他又往里面翻翻，还有不少奖状奖杯，几乎囊括了他和周氤的整个青春。

江准将它们从箱子里拿出擦拭干净，然后按照记忆中的摆设将之摆放到原来的位置上。

箱子最深处，还有个布玩偶，一只粉色的兔子，与他气质极度不符，是十四岁生日的时候，周氤送他的礼物。

廉价，粗制滥造，周氤花十几块钱从地摊上买的。

敷衍至极。

她送礼的时候说得很是冠冕堂皇，说这玩意儿是她斥巨资买的，见他不信，她又说些什么“千里送鹅毛礼轻情意重”的鬼话，他依旧沉默不语，她糊弄不过去终于说出实情——她的钱都买偶像演唱会门票了，忘了他的生日，这东西是她买着凑数的。

当时的江准面上嫌弃，回了家还是将这廉价的布玩偶放在了自己床头。

而现在，江准看着这脸都缝得歪歪斜斜的丑玩偶低头笑得无奈，然后起身再次将之放在自己床头。

正如很多年前一样。

玩偶与灰黑色被褥极度不搭，远远看上去有些滑稽。不，是非常滑稽。

冬日似乎过得总是快些，这个星期尤甚。

周氤每日也没什么别的事，无非是上课下课，课余在办公室边烤火边备课加批改作业。

偶尔会有学生来问题目，但都是一班的学生，九班的学生连影都没有。

而生活就如同一潭死水，永远激不起波浪。

校庆演讲的事情一直没搞定，周氤很想找个机会好好问问江准，就算不来也应该给个准话。

可惜他这几日似乎有什么要紧事，每日早出晚归，两人虽然住在对门，但周氤一次都没遇上过。

时间很快过去，转眼就到了周六。

下午没课，今天也恰好是周世兰的忌日。

铅灰色的断云，在广阔天际上低垂着。

窄巷上空是交错而过的电线，上面偶尔会站上几只孤单的麻雀。

距离墓园几百米处有条小巷，逼仄拥挤，里面几乎都是香烛店和寿衣店。

巷子最外面一家小店是卖花的，店里多是黄菊和白菊。

花很新鲜，开得也漂亮，有的含苞待放，有的含芯吐蕊。

周氤走进店，对花店老板说："花怎么卖？"

店老板是个和气的女人，她殷勤地凑过来："要什么花？"

周氤指了指："门口的白菊。"

"两块钱一枝，你可以自己挑。"

周氤点头，躬下身来专心致志地挑花。

挑到一半，兜里的电话突然响起，她停下挑花的动作，一只手捧着花一只手拿出手机看了眼，上面跳动着一个陌生号码。

周氤接起来。

"喂，你好，是周老师吗？"

声音有些粗，很熟悉，好像是穆野。

周氤挺直背脊："是。"说着又问，"你是穆警官？"

那边的穆野很快回应："是。"

周氤看着手中白菊，问："找我有什么事吗？"

"当然有事。周老师，我有个好消息要告诉你，那个凶手，终于落网了。"

那一瞬间，周氤只感觉自己的呼吸僵住了，她手指用力，脆弱的花茎都快被她生生折断了。

周氤声音颤抖着："落……落网了？"

这么多年了，他终于落网了？

“是啊！”穆野语气兴奋，“人就住在匀果路，和沈熙在夜店认识的，还是个惯偷。”

穆野话音落下，周氤的手指骤然松开，手上的花尽数掉落在地。

穆野听到些声响，疑惑地喊了声：“周老师，你那边没事吧？”

“没有，”周氤恍惚着蹲下身捡起地上的花，结结巴巴应着，“落网了是好……好事。”

“没错，总算是可以睡个好觉了。”穆野语气很兴奋，“周老师我先不和你说了，还得将这个消息告诉沈熙的家属呢。”

周氤“嗯”了声：“好。”

那边很快挂断，手机听筒里传来“嘟嘟嘟”的忙音。

周氤低头，神色沮丧。

她还以为是十年前那个凶手落网了。

周氤付了钱，手里捧着花往前走着。

进了墓园，周氤往里走了一百多米，到周世兰的墓碑前停住脚步。

墓碑旁落了些枯黄腐烂的树叶，还摆放着一束黄色鲜花，康乃馨，看来在她之前已经有人来过了。

也不奇怪，母亲一生与人为善，前半生都在教书育人，有人来看望也不奇怪。

她蹲下身，用手将碑前的树叶扫掉，然后放上手中花束，又抬眼瞥了眼上面的照片，周世兰嘴咧开，笑得很灿烂。

照片上有些灰尘，周氤伸手拂去。

她没起身，但眼眶红了，轻轻说着：“妈，我来看你了。”

照片上的周世兰依旧笑着。

周氤低下头：“……你过得好吗？在那边冷吗？冬天来了，地下一定很冷吧？”

没人回应她，只有耳边呼啸的北风。

周氤深吸了一口气，然后俯下身去：“我很想你，你想我吗？”

周氤说着情绪突然失控，泪水夺眶，她极力压抑着哭腔：“你怪我吗？妈妈，我真的是个很没用的人！这么多年了，不管我做多少努力，不管我怎么尝试，我始终走不出来，我想不起来，什么都想不起来……

“是我错了，我不该和你吵架，不该大晚上出门，不该待到那个点回家，是我害了你。

“你是不是后悔生下我了？如果没有我，你不会遭受那么多的非议，也不会带着我过得含辛茹苦。如果没有我，你不会死，你现在应该过着自己想要的生活，写写字养养花，教书育人，可能你会遇到一个爱你的男人，你们结婚，生下你们的孩子，他肯定比我懂事听话，不会像我一样老是惹你生气和你吵架，你骂得对，我天生就是个吸血虫讨债鬼！”

天太冷了，周氤哭得没劲了，她跪在墓碑前，重复着：“对不起……”

天上下起冷雨来，淅淅沥沥的，一点点濡湿周氤的外衣发梢，但她却浑然不觉。

雨水混合着眼泪从周氤的皮肤纹理处滑入嘴中。

苦苦涩涩。

如同闸门被打开，不多会儿，天上便有暴雨倾泻而下，打得人脸颊生生发疼。

偌大的墓园里，一排排灰黑色墓碑整齐有序，被暴雨所掩盖，远观上去，只能看到灰色的边缘。

周氤呆滞着起身，在雨中僵硬地行走。

身体好像浮在半空中，脚踩不到地面，骨头关节都被人系上了细线，看不见，却有人在背后操控着。

一下一下，机械麻木，像傀儡，像木偶，像行尸走肉，却独独不像个人。

出了墓园就是马路。

周氤一个人走在雨里，双目空洞。

有行人打着雨伞行色匆匆，有车疾驰而过溅她一身的水，她却什么都感受不到。

她只知道往前走，一直往前走。

到楼下时，身后似乎有人在叫她，但她什么都听不到了，她上了楼，所行之处全是湿鞋印。

周氤上了楼，到自己家门前，终于觉得浑身无力，直接跌坐在地。

寒冷将她侵蚀，她浑身颤抖着，倚靠在楼道墙边，将自己缩成一团。雨水顺着她的长发流下，浸湿了地面。

楼下传来急切的脚步声，紧接着有阴影落在周氤眼前。

前方似乎有个温暖的物体，周氤很想不顾一切地抱上去，她想汲取他身上的温度。

“氤氤。”

有人在叫她。周氤听出了他的声音，但她没抬眼。

她抱膝蜷缩在墙边，浑身湿透，头发凌乱，狼狈不堪。

有一只手缓缓伸到她跟前，手掌宽大，指腹粗粝。

然后低沉而熟悉的嗓音，带着股压抑的心疼，他一字一顿，慢慢说着："你不要再封闭自己，也不要再逃避我了，把手给我好不好？就像从前一样，让我替你分担痛苦承受折磨，让我帮你走出来……"

周氤手指动了动，看着他的指尖，然后顺着往上与之对视。

江准眼眸深邃晦暗，他凝视着周氤，深吸了口气。

"相信我。"

周氤唇色苍白，脸上都是水渍，身体也在发抖，被雨水淋湿的长发紧贴在细长白皙的脖颈里。

又冷又痒，但抵不过心里的痛感。

江准眼中有希冀与期待的光亮。

周氤抬眼静静看着他，从他精致的眉眼到直挺的鼻梁，再往卜便是紧抿的薄唇。

这是她年少时的情窦初开，也是她长久以来的心向往之。

尽管分别多年，但这点从未改变过。

江准半蹲在她身前，手一直停留在半空中，他嗓音沙哑磁沉，像是能蛊惑人心一般。

"把手给我。"

周氤喉头有些涩。

她放下顾虑抛弃愧疚，选择遵从自己的内心，不受控制般慢慢抬起自己的手。

抬到一半，像是怕她会反悔一样，江准突然握紧了她的手，然后起身手腕用力，将她从地上拉了起来。

温热感从手掌开始慢慢传遍全身，而她却还不满足，就像上瘾一般，稍微向前走了一步往温暖的胸膛里靠去。

她太冷了。

冷得牙齿打战双腿麻木。

江准也没有迟疑，伸手将浑身湿透的她紧揽怀中。

那一瞬间，心里的空缺好像被什么东西填满了。

鼻尖是属于周氤的熟悉气味，江准餍足般深深吸气，将脸靠上了她湿漉漉的头顶。

两人紧紧相拥。

浸湿衣服的水很快渡到江准身上，而他身上的温度则慢慢地传递给了周氤。

他感受到了周氤的颤抖，也感受到了雨水的寒意，但他还觉得不够，揽紧周氤的那双手更用力了些。

他不顾一切，想替她驱散所有的寒冷。

片刻后，江准皱眉，轻轻开口对她说："你衣服湿透了，这样下去肯定生病，先去把湿衣服换掉。"

周氤却不动作，依旧抱着。

"氤氤？"

他叫她的名字，却无人应答。

江准察觉出异样，伸手摸了下她的额头，有些烫。

他双手揽紧她细软的腰身，将之抱了起来，然后往前走了几步，低头附在她耳边："钥匙呢？"

周氤意识有些模糊了，她现在感觉很累很困，身体似乎还涌起些热意来。

但她紧紧抱住江准不肯松开，嘴里嘟囔着些什么，江准听不清。

楼道里黑灯瞎火，江准没了办法，一只手抱紧周氤，另一只手伸到她包中，凭借着感觉从里面摸出了钥匙开了门。

进去后，他先开了门口的壁灯。

房子里面的摆设没变过，依旧是熟悉的模样。

周氤残存些意识，但她连抬手的力气都没有。

江准将之打横抱起小心翼翼地放到沙发上，然后进了周氤卧室找了身干净且干燥的衣物。

她穿着那身湿衣服肯定不行。

江准拿着衣物走到沙发边，看着周氤苍白的脸慢慢解开她外套的纽扣帮她脱下。

湿衣物黏在身上让周氤很不舒服，她现在热得很，不耐烦，也不配合。

"听话，给你换衣服。"

他低沉的声音似乎有种魔力，让意识不清的周氤乖顺地配合起来。

外套与毛衣脱下，里衣都湿透了，紧紧贴身。

精致锁骨、窈窕身姿都一览无余。

江准眸间染上晦色，他挪开视线，轻吐一口浊气，起身想去关灯，却被周氤准确无误地拉住了手。

她叫他的名字，温温软软，喊他："江准。"又嘟囔着抱怨，"很热……"

说着突然剧烈咳嗽起来。

江准宽厚的手掌轻轻覆上她的额头，感觉更烫了。

“你别走……”

江准心脏上似乎有毒虫在啃噬血肉一般，很疼。

“我不走。”江准紧握她的手几秒，然后松开。

他不再迟疑，立刻起身关了灯。黑暗中，他替周氤换上了干净衣服，然后将她抱到了床上，盖好厚被子，走前还小心翼翼掖紧了，然后拿上钥匙关好门，匆匆往楼下走去。

衣服半湿着，冬日寒风往他身上灌，但他却丝毫不觉，他脚步急促地跑到了离街道不远的诊所买了退烧药和感冒药回来。

喂周氤吃下后，江准心里才稍稍安定些。

他想将水杯放去厨房，刚站起来，周氤却突然起身抱住了他的腰身。

她浑身滚烫，身体也无力，却紧紧抱住了他。

周氤将脸靠在他背上，有温热的液体从眼角淌出来。

她质问江准：“你为什么要回来呢？”

黑暗中，江准低着头，神情有心疼有隐忍，但周氤看不到。

她带着哭腔，声音断断续续，语气很埋怨：“你……为什么要回来？我做了很大的努力才下定决心离开你，我……不想耽误你去斯坦福的梦想，我不想让你留在这里和我一起承受痛苦……我好不容易才适应了没有你的生活，我现在一个人好好的，你留在那里不好吗？你为什么要重新出现在我的面前？”

他慢慢转过身来：“你忘记了，去斯坦福从来都不是我的梦想，它是你的。”

江准深吸一口气抱紧她：“自始至终，只有你才是我的梦想。氤氤，到现在了，你还不明白吗？”

周氤吞了下口水，有些愣住。

“躺好。”他口吻命令，扶着她躺了下来。

他坐在床边，借着台灯灯光默默注视着周氤。

看不够似的。

周氤很困了，没力气再找江准问个清楚。

她双目闭上，秀气的眉紧拧着，困意让她很快睡去。

但她睡得并不安稳，嘴里偶尔还会蹦出几句梦话来。

江准压根儿没有睡意，隔一段时间摸一下她的额头，就这样坐在床边等待她退烧。

到清晨，她终于退烧了，江准这才放心。

他起身去厨房熬些粥，想等周氤醒了吃。

粥快熬好的时候，周氤的手机响了起来，江准走到客厅拿起来看了一眼。

手机屏幕上跳动着张亚丽的名字。

江准犹豫了一下，没接。

但张亚丽锲而不舍，打了一遍又一遍，江准便不再犹豫，接了电话。

电话那头张亚丽惊叫着，语气非常兴奋："周氤，告诉你一个天大的好消息，我脱单了！从今往后，我不再是一只孤独又忧伤的'单身狗'，想不到吧？我竟然这么快就脱单了，你愣着干吗呢？恭喜我赶紧的！"

"恭喜你。"江准冷沉的嗓音响起。

听到这个男声，张亚丽沉默了片刻，然后大叫："你是谁？你为什么拿我妹妹的手机？你对她做了什么？她在哪里？我告诉你，你别伤害他，不然我把你扒皮抽筋！"

电话那头的声音震耳欲聋，江准将手机稍稍拿远了些，然后开口："我是江准。"

张亚丽还在震惊中，江准又继续："她生病了，刚退烧，你等会儿再打过来吧。"

愍了几秒，张亚丽八卦地说了"你们"两个字，后面的话没说，而是了然地接了句："明白了明白了，好好照顾她啊，挂电话了。"

要挂的瞬间江准却又开了口："等下。"

张亚丽小心翼翼："你还有事？"

江准声音有些冷："嗯，她今天有课吗？如果有就给她请个假，顺便替我告诉刘主任一声，"他说着往卧室的方向看了一眼，"校庆演讲我会去的。"

"今天星期天，没课，不用请假，校庆演讲这事我会转告的。"

江准满意地"嗯"了一声，然后很快挂断了电话。

他去厨房盛了一晚白粥端到卧室里，周氤便醒了。

她看着床边的江准，关于昨晚的记忆汹涌地涌入脑海。

她侧过脸，想到些昨晚的事情，有些尴尬。

但江准却神色如常，就像什么事情都没有发生过一样。

他慢慢过来将粥放到床头柜上，语气自然："我煮了粥，起来吃点儿。"

周氤没动作，江准却自作主张地扶着她坐起身来。

她压根儿拒绝不了。

周氤靠在床头突然想到什么，低头摸了下衣领，小心翼翼地说了两个字：“昨晚……”

她话没讲完，江准却懂了。

他垂眸，然后坦然回答：“我帮你换的。”顿了一下又补充，“你浑身湿透了，又意识不清，还发着高烧，那个时候已经是深夜了。”

周氤轻咳一声，脸有些红，但没说什么。

江准坐在床边，转身从床头柜上端起那碗粥，作势要喂她。

周氤却连忙接过来，语气慌乱：“我自己来就行了。”

江准无可奈何地叹气，又低头笑了笑，回了一个“行”字。

周氤端过粥喝了几口，食之无味。

里面放了些糖，但周氤没胃口。

她拿着勺子的手搅动着白粥，眼神却下意识地飘到江准身上，却不想正好和江准的撞上。

周氤低头，有些不自在，问他：“昨天晚上，我没说什么不该说的吧？”

她记得自己昨晚做了很多不好的举动，还说了很多不该说的话。

但她分不清那是梦境还是现实。

“什么不该说的？”江准声音凛然。

周氤小心翼翼：“我记得昨晚我说了挺多话，但我……”她犹豫了一下，撒了个谎，“但我忘记自己说了什么。”

江准面容上似乎露出些愉悦来，他点头：“你确实说了很多话。”

“说了什么？”

他胡诌：“你说你这几年过得很不好，你很想我，每天都在想我。”

“我什么时候说过这些话？”周氤有些莫名其妙。

她只是分不清那是不是梦境，但对于说过的话，她倒是记得一清二楚。

“你亲口对我说的。”江准继续瞎说。

周氤有些急了，否认：“我记得我没说过。”

江准挑眉：“看来你记得自己说了什么？”

周氤语塞，又有些气急败坏：“你套我话？”

见江准不回答，周氤又昂头质问：“你刚刚是不是在套我话？”

他眸光敛起喉结滚动，只默默看着周氤。

她张牙舞爪的模样又让他想到从前。

“是。”

冬日的太阳太过无力，稍微透了些无温度的阳光洒在周氲身上，将她柔顺的黑发镀上一层金边。

江准声音暗哑：“你没说过，这些话是我想对你说的。”

江准继续，看着周氲浅色的瞳仁一字一顿：“氲氲，这十年，我过得很不好，我很想你，每一天都在想你。”

周氲呼吸有些停滞，她咬紧嘴唇，低着头，选择遵从自己的内心，很久之后才轻轻回应他。

“我也很想，很想你。”她舌尖涌上苦涩。

想念是这件事太过奢侈了。这十年，她很想江准，却不敢想他。

周氲是十年前旧案唯一的目击证人，刚出事那段时间，每天都有大批无良记者蹲她家门口想要采访她想要从她口中得到凶手的第一手消息，想爆个大新闻，她连江州这座城市都待不下去了，只能躲起来。

周氲将母亲的死归咎于自己身上，亲眼目睹凶手杀害母亲也一度让她精神崩溃。

她开始害怕黑暗，害怕小巷，害怕下雨，后来情况逐渐严重，慢慢发展为害怕见人，害怕出门，害怕睡觉，因为一旦睡着便会噩梦连连，醒来后还会情绪失控，还一度出现过人格解体症状。

而江准不同，他优秀出众，他有他的梦想，有他的未来，他的人生熠熠发光。

他们两个注定不是一路人了。

她精神出现了问题，而江准还是那个前途无量的天才少年。

她不想耽误他，当时才会做决定和他划清界限。

尽管她很想他，却只能强迫自己不去想，她怕自己的坚持功亏一篑。

出事后的两年，周氲一直待在晋州外婆家里。

刚开始的几个月，她每天将自己关在房间里，偶尔出门吃个饭，像行尸走肉一样动作僵硬，连笑都不会了。

后来周氲强迫自己克服心理障碍，她尝试出门了，尝试见陌生人，尝试与人交流，也主动去看了心理医生和精神科医生，了解了自己的问题。

学业荒废了一两年，又因为创伤后应激综合征让她注意力难以集中加记忆力迅速下降，她第一次在学习上感觉到很吃力。

以前在致一的时候，老师都说她是北方那两所名校的苗子，她却志不在此，一心想去斯坦福。

可是后来，那两所名校却成为奢望。

周氤两度高考，最后考到了北方一所还算不错的师范大学，她心满意足。

暑假的时候，外婆带着她去改了名，只因为她夜夜噩梦，都是母亲声嘶力竭喊着她的名字。

外婆希望她忘掉之前的一切，有个新的开始。

周氤在北方那所师范大学度过了四年，其间从未回过江州。

大四的时候她选择考本校的研究生，毕业后，她又从北方回到了江州市。

她决定面对过去的一切，于是住回了以前生活过的房子，去了从前的母校任教，改回了之前的名字，坚持走出事的巷子，费尽全力打听旧案的消息。

忙碌的生活让她产生了错觉，她以为自己已经彻底忘了江准，可教务处的再次见面，让她意识到，种种所谓的坚持都不过是自欺欺人罢了。

而现在，周氤终于坦然地将自己的心里话说了出来。

这十年，她也很想他。

# Chapter 07
# 新婚

毫无预兆，江淮兜里的手机突然响起，两人间的沉默被打破。

他掀开眼皮瞥了一眼周氲，然后起身，走到窗边接起电话。

那头有人在说话，语气挺急切，但声音很小，周氲听不清说了些什么。

紧接着，江淮冷静的声音响起：“好，我现在马上过来。”

他说完摁下挂断键，视线又下意识落到周氲身上。

周氲感受到了，明显很不自在。她轻咳一声率先问道：“你有事吗？”

“嗯。”江淮冷声，“是刑侦支队的电话，估计是案子的事。”

“那你快去吧，我这边没事了。”周氲语气小心翼翼，“昨晚谢谢你。”

江淮却没回应，也没离开，而是转身出了卧室。

周氲听到厨房里有些窸窸窣窣的声音，然后他端着一杯热水进来了。

江淮坐在床边将水和药递给她：“把药吃了。”

他的语气不容置喙，周氲也很乖顺地接过来服了药。

江淮等她吃完了药才起身，走到门口时又停下脚步：“有两件事忘了和你说。”

周氲疑惑：“什么事？”

“第一件事，早上张亚丽给你打过电话，是我接的。”他看着门框，语气也有些散漫。

周氲稍怔，然后慢慢点头：“好，我知道了。”

“第二件事……”说到此处，江淮语气一顿，视线也慢慢定格到她身上。

他表情是淡漠的，说出来的话却如同巨石坠湖激起千层波浪，圈圈层层，将周氲的情绪搅得一团乱——

“我们结婚吧。”

周氲愣了片刻，然后手指不受控制，被单被她撕扯得皱皱巴巴。

她怀疑自己听错了，声音有犹豫有震惊：“你……你说什么？”

江准重复了一遍，掷地有声：“我想和你结婚。”

看他的脸色不是在开玩笑，并且江准也并不是一个会开玩笑的人。

他转身过去，声音很轻很疲惫，像是耗尽了浑身力气。

“我受够了漫长的分离。”

漫长到，他曾经以为，这一生都过完了。

他身穿黑色外套，背影依旧是高大的，可是背脊却微微弓起来，看起来孤寂又落寞。

片刻后，江准稍微侧过脸来，声音冷肃且不容置喙：“明天早上七点，我在楼下等你。”

说完，他并没有等周氤回应，而是抬腿往外走去。

周氤听到关门声，又听到楼道里沉闷的脚步声，她神色涣散，似乎还未从江准的话语中回过神来。

周氤掀开厚重的被子起身走到窗边，往下望去，正好看到江准从楼道口走出。

他走到车边潇洒地打开车门，骤然意识到了什么，眯起眼抬头往上看来，和周氤目光相触。

偷看被抓包，周氤心慌意乱，连忙拉上窗帘往后退了两步。

江准深深看了一眼，然后很快挪开视线，躬身进了车。

然后周氤便听到楼下车辆发动的声音。

再走到窗边时，江准的车已经驶离了街道。周氤手指捏紧，心脏的跳动肆意而又热烈。

江准的话犹在耳边。

——“我们结婚吧。”

——“我想和你结婚。”

他说要结婚？

其实周氤在少女时期常常幻想自己和江准的以后——

两人会走到最后吗？会结婚吗？结婚以后会是什么样子的？会有孩子吗？生男孩儿好还是生女孩儿好呢？孩子叫什么名字呢？

出事后，周氤便再也没有这种幻想了，她觉得自己应该认清现实不再奢望。

但江准刚刚的话又让她心乱如麻。

周氤双拳握紧，然后又深吸一口气走到客厅。

她拿起自己的手机，犹豫了很久，最后还是拨通了张亚丽的号码。

“亚丽，”周氤嗫嚅着，“明天上午你有空吗？帮我个忙。”

张亚丽正躺在床上敷面膜：“有空啊，你直接说，需要我帮什么忙？”

“明天上午九班有两节数学课，你能不能帮我代下课啊，上两节体育，我之后再补回来。”

“可以啊。”张亚丽爽快地应下，又八卦地发问，“对了周氤，我早上给你打电话为什么是江准接的？”

周氤犹豫了很久，实在没想好措辞，于是先糊弄着：“亚丽，我这边还有事，等我们见面再和你细说。”

话讲完，周氤便匆匆挂断电话。

她还没想好怎么和张亚丽说这回事。

难道突然告诉张亚丽自己要结婚了？恐怕张亚丽会惊得马上带上大姨冲到自己家里来！

周氤将手机放回原处，然后攥紧的拳慢慢松开，她很清晰地感受到，自己手心里全是热汗，湿哒哒的。

她觉得很不真实，一切就像一场梦一样，但理智告诉自己这并不是梦。

一整天，周氤都是在恍惚中度过的。

好几次，她心中涌起强烈的冲动，想要和江准打个电话，后来甚至都点开了拨号栏，却猛地惊醒自己并没有江准的电话号码。

周氤在客厅待到很晚，才终于等到楼道的脚步声。

她听得出来，是江准回来了。

周氤心里一紧，起身走到门边，她听到江准的脚步声在自己门前停下了。

周氤在门口站了很久，然后将手慢慢放到门把手上。

她只要往下稍微用力，门就能打开，她想找江准问个清楚，却始终没有勇气。

周氤也以为江准会主动过来敲自己家的门，但是他却没有，而是在她家门口停留了一会儿，最后走到自家门前开了门。

她听到钥匙触碰金属的声音，关门声响起，之后一切都归于平静。

周氤也在那一瞬间变得更加手足无措。

她心里很乱，不知道江准说那句话究竟是一时兴起还是已深思熟虑过。

周氤几乎一晚上没合眼。

天亮时分，她的心却突然平静了下来。

她早早便起了床，先去洗漱，接着从衣柜里找出一身大方得体的衣服穿上，然后化了个精致的妆，最后找出了户口本和身份证。

做完这一切，周氤看了眼墙上的时钟，时针正好指着“7”。

周氤围了个大红色的围巾匆匆忙忙开了门。

对面，江准也正好开门，两人相对而立。

她今日化了妆，穿得也优雅大方。

米色外套灰色长裙，脚下是一双短靴，红色围巾衬得她面上红润。

显然是精心打扮过的。

江准凝视周氤，视线深邃，里面情绪暗藏。

因为他炙热又不掩饰的视线，周氤明显有些不自在，她关门转身的瞬间又下意识低了头。

“想好了吗？”江准问了一个昨天就该问的问题。

周氤停顿片刻：“想好了。”

“证件带了吗？”

“带了。”

周氤的声音轻柔却暗含坚定。

江准淡漠的面容上才慢慢开始显露情绪。

悬着的心放下，江准松了口气，过来牵住周氤的手。周氤怔忪片刻，有力地回握住他。

似有电流涌过。

江准感受到了她的动作，稍微低头，唇边漾出浅淡笑容，然后紧紧握住她的手往楼下走。

同样的楼道，身边站着同样的人，却让周氤有种恍若隔世的感觉。

十年确实很漫长，而她也受够了这漫长的分别。

她抬眼看着身边人的侧脸，熟悉又陌生。

她很坚定，身边这个是她奋不顾身想要奔向的男人。

不问结果，不计代价。

到楼下，江准率先拉开了副驾驶的门，周氤停下脚步弯腰进入。

江准迅速关上车门，又绕到主驾驶位上了车。

周氤很紧张，紧张到缩着脖子不敢乱动，双手规规矩矩地放在腿上，甚至目不斜视。

江准侧身过来，手臂绕过她身前拉长安全带。他身上气息凛冽，让周氤不自觉地屏住了呼吸。

他很快替周氤系上了安全带，然后坐正身体提醒她："车开之后，你就没有后悔的机会了。"

"我没打算后悔。"

到民政局后是一系列烦琐的流程。

复印填表到拍照，两人坐在长凳上，身后是红色背景板，面前是白色打光板和一个手拿单反相机的摄影师。

"两人坐近点儿。"摄影师还在调节参数，随意地瞥了两人一眼。

周氤没动，但江准起身往她的方向挪了些。

周氤很紧张也很局促，江准自然也感受到了，他伸手握紧她的手，然后面容冷峻地目视前方。

摄影师的单反相机似乎是出了什么故障，他捣鼓了十多分钟才调节好，然后半蹲着摁快门，画面慢慢聚焦。

"笑。"摄影师说了句。

两人同时吸气，然后嘴角慢慢弯起弧度。

"咔嚓！"

快门声响起，画面定格。

摄影师定睛看了眼照片，满意地点了点头。

第一张的效果就极好。

两人都笑着，男俊女靓，头稍微偏向对方。

他冲两人招了招手："要不要看看？"

"好。"周氤抓住衣角的手骤然松开，很快起身走到摄影师身边看了眼照片，脸上浮出笑意。

江准也起了身，但目光一直定格在周氤身上，看到她脸上自然流露的笑容时，江准的嘴角也不自觉微微弯起。

"确定不需要重拍吧？我们这里可是不能修图的哦。"摄影师试探性说道。

"不需要，您拍得很好。"周氤语气轻快，心情也挺好。

许是被夸了，摄影大叔神色得意："新人稍等两分钟，照片很快就好。"

拿到照片后，又是一系列流程，接着宣誓签字盖章。

签字前，周氤深深吸气，然后郑重其事地签上了自己的名字。

不多会儿，便有两个红本发到了手里，工作人员面带微笑地送上祝福："恭喜，新婚快乐。"

一上午不到的时间，两人的身份就发生了巨大的转变，从久别重逢的前任变成了携手共度的夫妻。

周氤手上拿着两个红本，心底涌上一股难以言喻的不真切。

她不知道自己现在是什么感觉，只觉得自己踩在云端，周边都是雾气，只有身边高大的男人是真实可触的。

冬日的太阳无力地悬挂于天边，投射下来毫无温度的日光。

寒风料峭，将江准额前的碎发吹得飞扬。

两人分明已经结了婚，成为法律上的夫妻，可此时此刻，周氤并未从他脸上看到什么喜悦的情绪。

其实周氤昨晚想了很久也没想明白江准为何会突然提出要和自己结婚。

诚然，两人青梅竹马一起长大，可分开都这么久了，曾经再亲密也应该有了隔阂，更何况当初单方面断绝关系是她一意孤行，这个举动应该将他伤害得很深，不然他也不会一次一次追问答案。

他为什么突然要提出结婚呢？

周氤想起刚重逢那段时间他对自己咄咄逼人的态度，又想起匀果路那天晚上他咬牙切齿质问自己时的愤怒，再看到江准此时的冷漠。

周氤心里乱糟糟的，甚至开始胡思乱想起来——他是不是在用结婚报复自己？

"我们结婚了。"周氤低头轻轻说。

江准的声音有些冷："我知道。"

周氤还准备开口说些什么的时候，江准率先开了口："下午我要出差一趟。"

"这么……突然？"周氤面色有些失落。

"嗯。"江准转过身来看她，"晋州那边有个案件挺棘手的，需要我过去一趟。"

"什么时候回来？"

"最快得要后天上午。"

周氤咬紧下嘴唇，声音沉沉道："你行李收拾了没有？"

"没有。"

"那要我帮你收拾吗？"她如履薄冰般提议。

江准看着她这副小心翼翼的神色，眉微微皱了皱，想说什么又没说出来，然后点头。

他走到车边先替周氲拉开车门，然后静静等待她上车。

依旧是绅士礼貌的行为。

车很快便停在了楼下，两人一前一后上了楼。

江准掏出钥匙开门，稍微侧身让周氲先进去，然后才抬腿走进将门关上。

客厅空荡荡的，什么家具都没有，几乎可以用“四壁萧条”来形容。

其实也不难理解，江准才搬过来，又很忙，没那么多时间处理家中事务也很正常。

周氲打开卧室门，里面有床有柜，收拾得也干净整洁，并且——

她环顾四周，心底突然涌起一股熟悉感来。

似乎很多年前，江准的房间就是这种摆设。

周氲走了几步，拿起桌上的相框，上面是他们两个人小时候的合照。

这照片什么时候拍的周氲已经不记得了，唯一记得的便是那天太阳很大，张亚丽拿着个新数码相机来找她玩，她特别兴奋，连忙敲开江准家的门拉他出来拍照。

江准当时睡醒，一脸的惺忪，任由她拉到楼下巷子里。

灰色的墙壁，上面爬满了绿刺藤，开了整面墙的蔷薇，团团簇簇很好看。

两人并肩在蔷薇花前站好，张亚丽让两人站近点，江准困得不行，整个人懒洋洋地站在原地一动不动。

周氲可不管那么多，踮起脚想霸道地搂住江准的肩膀，却没站稳直接往他身上倒去，她面露惊恐。

慌乱滑稽的一幕却正好被张亚丽定格下来。

周氲有些感慨，将照片放到原处，目光又触及桌上的奖杯。

很多，摆放得整整齐齐，这么多年了，他居然没扔掉。

出神之际，江准的脚步声在门口停下，他右手拉着一个行李箱。

江准收拾得很快，也几乎没让周氲插手，他很急，收拾完行李就要出门。

“等我一下。”周氲语气急切。

江准看了眼手表，时间已经不太够了，但他还是点头说好。

周氲匆匆忙忙闯进自己家，然后在家里翻翻找找了几分钟，然后走出门，将家里的备用钥匙放到江准手里。

她吁气，努力适应着自己妻子的身份，轻声叮嘱：“我家的钥匙你拿好，注意安全，早点儿回来。”

江准眼眸漆黑深邃，他极力压抑住自己的情绪，点头说好，左手攥紧钥匙，右手提着行李箱下了楼。

周氤看着他挺拔的背影有些愣神，随即轻轻叹气。

算了，报复就报复吧，本来也是自己欠他的。

中午，周氤随便吃了些东西便去了学校。

她感冒好了很多，虽然还是有些咳嗽，但头已经不昏沉了。

下午去一班上了两节课，剩下的时间便一直在办公室里烤火。

连续两天，周氤都心不在焉，偶尔想起自己已经和江准领证结婚的事情，还觉得身处梦中。

明天上午江准就要从晋州回来，时间一分一秒地过去，周氤心里越来越紧张。

沈熙案已破，凶手也已经归案，致一中学刚取消没两天的晚自习很快便恢复了。

之前让张亚丽代了两节课，九班的进度又比一班慢了，再加上不久之后便是元旦节，班里还要利用体育课排节目，周氤担心跟不上进度，便想利用晚自习的时间补课，九班的学生自然是怨声连连叫苦不迭。

周氤拍了拍讲台开始晓之以理："之前的两节数学课上了体育课，本来是要用体育课补回来的，但考虑到你们还要排节目，老师决定用晚自习来补课，之后的体育课照上，谁知道你们居然不乐意，要不然体育课用来上数学课？"

周氤也是从学生过来的，自然理解学生们的心理，体育课就是他们枯燥高中生活中少有的快乐时光。

她话音落下，学生们连连摇头，异口同声："周老师，补课，现在就补！"

目的达到，周氤拿起根粉笔在黑板上写了几个字，然后看了眼台下："课本打开，翻到第四章。"

下晚自习后，周氤拖着疲惫的身体回了家。

许是这几天没睡好，又许是上了一天的课有些累了，周氤刚洗完澡便有困意铺天盖地朝她席卷而来。

她困得连护肤品都忘了擦，就关灯上床睡下了。

睡到半夜时，床边突然陷下一块，随即有重物欺压而下，周氤残存些意识，以为又和之前一样又梦魇了。

她想翻身却翻不动，紧接着便觉得有炽热而压抑的气息洒在脖颈里，有些痒。

衣物冰凉的触感以及男人身上独特的凛冽气味让周氤瞬间惊醒，然后有细细密密的吻落了下来，她身体被紧紧环住，像是害怕她就此消失而用尽了浑身力气。

身下的温软填满了江准这么久以来空缺的心，也让江准前几日努力控制的理智全线溃散，他喘息声越来越重，吻也逐渐急促而激烈，攻城略地般攫取周氤身上所有的气息。

她之于他，既像毒又如药，让他着迷上瘾，又让他赖以存活。

他的吻慢慢往下，她单薄的睡衣也被他逐渐褪下。

触碰到她光滑柔软的肌肤，江准越发不受控制，身体深处有如烈火灼烧，他吻上周氤的肩膀，又往下。

才从外面回来，江准身上都裹着股寒气，寒冷如冰的衣物与她娇软温热的皮肤相触，冷得她倒吸了一口凉气，而江准的理智也在这一瞬间慢慢回转。

他依旧压在周氤身上，吻却停下了，深深吐出一口气然后起身，小心翼翼地帮她掖紧被子，伸手扶了下额头，慢慢闭上眼声音暗哑："对不起，我没控制好自己。"

周氤却从床上坐起来，盯着他晦暗不明的侧脸，转了话题："不是要明天上午回来吗？"

她声音轻柔悦耳，江准深深吸气努力调整着自己刚刚失控的情绪，回答："提前了。"

原本是要明天回来的，但他等不及了，领完证时他努力压抑情绪，收拾行李时也极力保持冷静，外出这两天也用忙碌的工作来填补心中空缺。

工作结束后，那边还组了饭局，他兴致缺缺归心似箭，在席上匆匆忙忙喝了几杯酒便迫不及待提前离开了，当晚便找车回了江州市。

周氤闻到了他身上浓郁的酒气，语气关切："你喝酒了？"

"喝了些，不多。"他声音沙哑，身上更加燥热，起身说，"我去洗个澡。"

他起身之际，腰却突然被人从后面紧紧环抱住。

周氤手臂纤细却用了全力，她衣衫凌乱地跪在床上，脸紧靠在他的背上。

寒气拼了命在她皮肤上乱窜，她却浑然不觉。

她声音有些沉闷，似乎还带着些委屈之感。她开口问："和我结婚是为了报复我吗？"

江准稍怔，脸色困惑，反问道："什么报复？"

"报复我十年前离开你。"周氤声音有些哀伤。

音落，江准哑然失笑，他握紧周氤的手，有些无奈："你到底在乱想些什么？”

周氤蹙眉，昂头往上看去：“不是吗？”

他回答得斩钉截铁：“当然不是。”又补充，“我没那么幼稚，没那么小心眼儿，也……”

比你想象中更爱你。

十年确实很长，但江准不想去追究过去的是非缘由了。

不管因为什么原因，这些都不重要了不是吗？

他们还有现在，还有未来，还有一生。

足够让两人携手，互相牵绊永远纠缠。

“那你刚刚为什么要和我说对不起？”周氤有些执拗，“我们已经是夫妻了不是吗？”

江准暗暗叹气，拿开她紧环在自己腰身上的手，然后转过身来：“我以为你不愿意。”

“没有不愿意。”她否认得很快，然后凝视江准。

黑暗中，周氤的声音轻轻柔柔，有些委屈：“是你的外套太冷了……”她声音越来越小，“你把它脱掉好不好？”

说完，周氤伸手环上他的脖颈，然后主动吻住了他的唇，蜻蜓点水般很快挪开。

周氤将下巴搁在江准肩膀上，稍稍侧过脸去，温热的呼吸以及轻缓的说话声一同洒向他的耳畔。

短短四个字，却足以击得他好不容易回来的理智溃不成军。

她说：“我愿意的。”

她的吻太轻太快了，远远不能弥补这些年的思念与空缺。

江准鼻尖萦绕着周氤身上的气息，带着股独特的清新淡雅之感，他情难自控，潇洒脱了外套便欺身上去。

他俯下头，狠狠吻住周氤。

毫不温柔，激烈恣意，不再压抑不再控制，如疾风骤雨般倾泻而下，让她没有丝毫反应的机会。

他眉眼间染上晦色，呼吸越发沉重，身体也涌上一股难抑的燥热，但他的吻并未停止，掐着她腰身的手指也越发用力了。

似乎还不够，唇慢慢往下，寻到她脖颈处的柔软肌肤，重重地吻了上去。

周氤声音娇软无力，轻轻喊很久之前独属于她对他的称呼：“阿准……”

这一声如同催化剂，让他的欲念与渴望在瞬间变得更加疯狂。

他突然松开了她，眼眶红着，深深注视着身下的人，是他的氤氤，是他这么多年来的长久悸动，是他无数次放下准则为之妥协的人，是他在这个世界上唯一的羁绊。

两人的交集始于七岁，原本是无忧无虑的年纪，他却因为父母离异而变得阴郁早熟。

是周氤的出现让他重新学会笑，重新感受到世界的色彩，感受到生命的鲜活。

也只有周氤能让他担忧让他焦虑让他喜悦让他失控。

周氤有些恍惚，身前衣物已经褪下，她有些冷，紧紧抱住了身上之人，给他回应，给他所有的一切，让他知道，自己是真的愿意。

如同深海中被狂风骤雨侵袭的小船，长久的思念与欲念交缠相融。

雨势渐大，海浪席卷，小船在雨与浪中飘飘摇摇，最后进水翻转然后慢慢沉入深海之中……

黑夜深沉，周氤体力不支思维早已涣散，江准却一直未眠，他耐心收拾好又将帮她穿上睡衣，然后搂她入怀。

南方冬日极冷，周氤又怕冷，往日她睡觉蜷缩很久被子里都不见热，今日却不同。

身边之人火炭似的让她倍感温暖，她在他怀中找了个舒适的位置沉沉睡去。

这么多年来，她第一次睡得如此安稳，没有失眠，没有被噩梦侵扰，没有睡到一半骤然惊醒。

而是一觉睡到天光大白。

翌日清早，周氤睁开眼，身体酸痛得像要散架了一般，身侧人已经不见了。

周氤揉着额头起身摸了摸，旁边还温热着，他应该起床没多久。

周氤掀开被子，冷得打了个寒噤。她找到拖鞋下了床，闻到些香味，又听到厨房里有声音，她蹑手蹑脚地走了过去。

是江准在做早餐。

他关了火，似乎感觉到什么，突然转过身来，就看到了门口的周氤。

她头发乱糟糟的，身上只穿了一件薄睡衣。

江准皱眉，连忙过来："这么冷，快去把衣服穿好。"

周氤昂头看他，一时间没反应过来。

江准却不管那么多，直接抱住她往卧室走。

双脚凌空，周氤连忙开口：“我自己去。”

“晚了。”他声音喑哑低沉。

到卧室，江准将她放到床上，又从衣柜里找出了她的厚衣物走到床边坐下，看那架势似乎想要帮她换。

周氤连忙抢过来，想到昨晚脸上染上红晕，郑重说道：“我自己换就好。”

江准并没有坚持，他低头，脸上有些愉悦，起身走到门口：“换好衣服去洗漱，然后来吃早餐。”

“好。”周氤应着。

很快换好衣服，周氤慢腾腾地从卧室走出来。

早餐很丰盛，面包、煎蛋、青菜，江准又端了两杯热气腾腾的牛奶上来。

两人相对而坐，一起吃着早餐，时光缓缓岁月静好。

江准喝了口牛奶问她：“今天什么时候回家？”

“五点多，第八节课下课就能回家了。”她说着又补充，“今天是英语晚自习，我可以偷下懒。”

江准若有所思地点了点头。

吃完早餐，时间已经不太够了，周氤到穿衣镜前整理衣服时不经意间看到了脖颈上浅浅的痕迹，她连忙找出围巾严严实实围上了，然后用“很近，就几步路”这个理由拒绝了江准送她的提议，匆匆忙忙拎包往外走。

上午的课满满当当，周氤几乎没有喘息的机会。

中午去食堂随便吃了点儿又回了办公室，刚进门，身后却有人在喊她。

“周老师。”

周氤转身，门口站着何露华，她背脊挺直，头也微微昂起，不是之前那个唯唯诺诺的小丫头了。

周氤朝她招手，声音舒缓：“快进来。”

何露华抬腿走进办公室，周氤拉开一张椅子说道：“来烤烤火，天太冷了。”

“不用了，周老师，我来是想要告诉你一件事。”

“什么事？”周氤问。

何露华深吸一口气：“我要转学了。”

周氤有些怔住，然后又问：“怎么这么突然要转学？致一的升学率在全市都名列前茅，以你的成绩，高三再努努力，能上一所很好的大学。”

“我知道。”

沉默了一会儿，周氤问：“想好了吗？”

“想好了。”何露华的语气非常坚定，“我想忘掉一切重新开始。”

周氤轻轻叹气：“转去哪里？”

“十二中。”

周氤低吟很久才点头：“嗯，既然决定了，老师也不好再说什么，希望你好好学习，未来一切都好。”

何露华浅浅笑着：“谢谢周老师。”

面前站着的明明是何露华，一样的脸，可周氤看着却觉得陌生。

她又说不出是哪里陌生，隐隐约约觉得何露华和之前不同了。

“那周老师，我先走了，我妈妈下午会来给我办理转学手续。”

周氤轻轻回答：“好。”

她说完，何露华也很快转身往外走去。

何露华离开之后，周氤失神了很久。

下午开始下起雨来，先是朦胧烟雨飘飘洒洒，后来雨势慢慢大了起来，最后一节课下课时，天上竟然下起了瓢泼大雨。

周氤站在窗边，看着渐渐变大的雨势心里有些发怵。

她没带伞，此时也不免有些烦躁。

周氤思忖片刻，便下楼去张亚丽办公室找她。

张亚丽带了伞，此时也正准备回家。她一手拿伞一手揽住周氤，神秘兮兮地询问：“老实交代，你和江准到底怎么回事？”

周氤依旧没想好措辞，只说：“你让我好好想想，我们回家的路上慢慢说行吗？”

“行。”张亚丽很爽快。

两人出了办公室的门，便看到不远处的走廊上，江准手里拿着把淌水的黑伞正和刘主任讲着话。

他一袭黑色大衣，面容冷峻，颀长挺拔。

张亚丽定睛看了很久，大着嗓门儿指了指：“周氤，说曹操曹操到，那个不就是江准吗？”

声音大，江准也听到了，他循声望了过来。

张亚丽拉着周氤：“愣着干吗？走啊，过去打个招呼。”

周氤不自在地咽了口口水，和张亚丽一起往他的方向走去。

刘主任那边还在和江准说着话，他语气很欣慰：“你能答应来校庆演讲真是太好了。”

江准的注意力都在周氤身上，他敷衍着回应：“应该的，是致一培养了我。”

说完校庆的事，刘主任又想到了什么，语气疑惑地询问：“对了，江准，我还没问你今天怎么有空来学校呢，是有什么事吗？”

“有事。”江准温柔的目光定格在周氤身上，“雨太大了，我太太没带伞，我来接她回家。”

“太太？”

张亚丽惊声，然后满脸诧异，目光落到周氤身上。

刘主任也复读机似的说了句：“太太？”然后八卦的目光在江准、周氤、张亚丽之间打量。

张亚丽皱着眉头快语道：“刘主任，您看我干啥？我一黄花大闺女，能是他太太吗？”

她说完瞪着周氤，用威胁的语气：“到底怎么回事？”

周氤依旧没想好合适的措辞，她思忖了几秒，并未立刻回答。

然后，江准开口解答了张亚丽的问题，直截了当：“我们结婚了。”

“啊？”张亚丽震惊得双目圆瞪，向周氤求证，“结婚了？”

周氤有些招架不住她的视线，缩着脖子点了点头。

“周氤！”张亚丽尖叫，“结婚这么大的事情你居然瞒着我，连我妈都不知道？”

“没想瞒你，”周氤一脸无奈，很没底气，“我刚准备和你说这件事的，还没来得及……”

张亚丽捂着胸口气得翻白眼。

一旁的刘主任关切地询问：“什么时候的事？”

江准神色依旧，如实回答：“这周一领的证。”

刘主任摆摆手打趣周氤：“小周啊，你口风可严实，要不是江准来我们都不知道这回事。”

周氤稍微低头，很不好意思地笑了笑。

刘主任打量着两人，然后满意地点了点头：“真好啊！你和周氤也算我看着长大的，如今能修成正果我很欣慰，祝你们新婚愉快！”

江准礼貌颔首：“谢谢刘主任。”

刘主任还有事，送完祝福又聊了几句便缓步离开了。

走廊上除了偶尔有几个学生来来往往，只剩下他们三人。

张亚丽吸气吐气好几分钟才缓过来，她依旧不敢相信，再次确认道：“你们真领证了啊？”

周氲咽口水，轻轻点头，然后很没底气地解释道：“亚丽，我不是故意不告诉你的，我是真没想好怎么和你说，毕竟……”

毕竟两人闪婚这事确实有些不可思议。

就连周氲自己都还恍惚着。

张亚丽摆手打断：“停，不用和我解释了，我对你们结婚没什么意见。”又接着说，“你还是好好想想怎么和我妈交代吧！”

她讲完又看向江准，很不客气：“江准，我有几句话要和你说！”

江准面色如常：“你说，我听着。”

张亚丽眼睛一瞪面露凶狠：“你好好对我妹妹，不准欺负她，你要是让敢让周氲受委屈，我往死里揍你！”

她说完见江准不讲话，又急吼吼地补充：“我打人多厉害你是见识过的，初一的时候我就敢和初三的男生打架。”

“我怎么敢？”他声音有些嘶哑，看着周氲目光灼灼。

“这还差不多！”张亚丽嘟囔了一句，又瞥了周氲一眼，“既然有人来接了，我就自己打伞回家了。”

她说话时目光在两人之间睃着，酸溜溜地开口：“省得打扰了你们新婚小夫妻你侬我侬。”

张亚丽撑开伞走进雨里，又转过身来说了句：“我先回家了，明天见。”

“明天见。”周氲轻声。

张亚丽风风火火脚步又快，一分钟不到就走远了。

周氲收回视线，这才和江准目光相触。

江准抖落伞上雨水，又撑开来，看着周氲视线深沉，然后朝她伸出手说了两个字：

“回家。”

风雨飘摇，但伞下很安稳。

江准一只手撑伞，另一只手揽紧周氲的细腰，两人在雨里缓步走着。

先出了校门，又过了个马路，两人很快便走到了梨花巷。

一条普通南方小巷，弯弯绕绕，灰色墙壁，除了十年前周氲母亲在此惨死外并没有什么特别之处。

回江州市后，周氲日日走这条小巷，妄想寻回些当年记忆，可惜于事无补。

周氤脚步缓缓，呼吸却有些急促。

她的手下意识拉上江准的衣角。

许是因为寒冷，周氤的唇有些苍白，身体颤抖着。

江准自然也感受到了，他揽腰的手越发用力，然后低头看着她：“不要害怕，我会一直陪着你的。”

周氤脸色很差，她摇头：“我不害怕，只是每次走到这里时会习惯性心悸。”

江准狭长的眼眸微微眯起。走到一半时，他突然停下脚步，左右看了看，确认脚下踩着的就是十年前周世兰尸体的所在之处。

他看过详细案卷，对案件细节了若指掌。

周氤昂头看着他冷峻的侧脸，疑惑地问：“怎么停下了？”

“警方勘查现场时，就是在这里发现了周阿姨的尸体。”江准说着看向脚下。

周氤双拳紧紧握住，呼吸也有些停滞了。

江准声音里裹着寒气，继续道：“当时她腹部被捅了三刀，刀刀致命，被发现时整个人面朝下趴着，身下是一大摊混着雨水的血迹。”

周氤看着脚下，心脏急促跳动，眼下似乎闪出些红色的血影。

头有些疼，但周氤强忍住。

江准稍稍转身看着周氤，轻轻开口：“红伞，雨衣，怪物，面具，Q，这些究竟是什么意思？”

究竟是什么意思？

周氤陷入深思中。

当年案发后，负责此案的李姓刑警问她：“案发时，你看到了什么？”

周氤不假思索脱口而出：“红伞，雨衣，怪物，面具，Q……”

就像被设置好程序一般自然而然地说出了口。

当然，李警官也追问这些词分别是什么意思、这些和凶手有什么关系、他是不是身穿雨衣手持红伞戴着面具像个怪物？

周氤却回答不上来。

而现在，周氤依旧回答不了。她很沮丧，狠狠抱住头急声道：“我真的不知道是什么意思！除了这几个词，我一点也想不起来。”

“你记得的。”江准的声音低沉，像是有魔力一般让周氤焦躁的心慢慢冷静下来。

他注视着周氤，将她的焦虑、她的懊恼尽收眼底，然后又开口：“你一定记得的，氤氤。我们之前练习速记的时候，很喜欢在大脑中构建自己的记忆宫殿，那些大量琐碎而枯燥的信息，我们习惯将之简化图像化色彩化有趣化，构建联系以便快速记忆，然后放到自己的记忆宫殿中，需要的时候以点带面，以面带全。”

他加重语气：“我猜这几个词应该是案发时你的大脑对案发现场以及凶手习惯性的简化。”

周氤眉头紧皱着，然后慢慢闭上眼。

江准的声音轻缓又暗含关切，他问：“氤氤，你再好好想想，红伞代表什么？”

“红伞……红伞……”周氤嘴里一直重复着这两个字。

她手指紧紧抓住头发，面色痛苦地开始回忆起来。

提到“红伞”，这次周氤的脑子里不再一片空白，而是有红色影子晃晃荡荡，但都一闪而过断断续续。再深想下去，头又开始痛起来了，就像有重物狠狠在里面敲击一样。

想不起来让她情绪更加狂躁，手下也越发用力，似乎要将头发全部扯下来一样。

江准心下一紧，伸手将周氤紧紧揽入怀中。

骤雨毫不留情地打在伞面上，无数水珠汇集于伞珠处落下来，细细密密将两人完全包围。

伞下，江准轻轻抚摸着她的背。

他的手掌大又温软有力，让周氤稍稍冷静了一些。

江准声音低低的，安抚她：“不要急，慢慢来，我们还有很多时间。”

周氤深吸一口气又慢慢吐出来，手臂环住他紧实的腰，抬眸往上看着江准。

她眸中氲着一层水雾，慢慢开口：“有红色的影子。”

“什么形状的影子，是伞的样子吗？”江准循循善诱。

周氤眉紧拧着：“想不起来。”

“没关系的，氤氤，你现在闭上眼，放轻松，照我说的慢慢来。”

周氤闻言照做，慢慢闭上眼，呼吸很平缓。

“那个红色影子是什么形状的？”

脑中红影飞速闪过，一次又一次，但就是看不真切。

“太快了，我看不清。”周氤很着急。

“慢慢来，总会看清的。”江准声音清润。

周氤靠在他胸口，耐心地一遍又一遍地回忆那个不真切的红影，与此同时大脑也在慢慢推测。

红影是一团，一个类似圆形的，边缘却是平整的，底部还有几处不算尖锐的凸起。

然后，红影慢慢清晰。

她依旧闭着眼，有些激动："案发时，我好像真的看到过一把红色的雨伞。"

江准唇角有弧度漾起，他不自觉地吻上她的头顶，鼻尖有淡淡洗发水香味萦绕。

他又开口："做得很好。再仔细想想，你是在什么情况下看到这把红雨伞的？"

在什么情况下呢？

周氤紧闭双眼绞尽脑汁，可无论怎么努力，大脑里关于这段记忆却始终是一段空白。

周氤睁开眼，手也松开了江准。

她垂首，面色非常沮丧："我是真的没一点印象了。"

"没事，"江准安慰她，"能想起来一些已经很好了。"

他说完拉住她的手往家的方向走去："会想起来的。"

周氤吐了口气，点点头，乖顺地被他牵着往前走，开口说："但凶手的手里应该不可能撑着伞。"

她自顾自说道："我记得他一只手捂住我的嘴另外一只手掐住我的脖子将我拖行了很远，当时我也挣扎得也很厉害，这种情况下凶手不可能撑伞的。"

江准点头，声音清冷："我看过你十年前的笔录，你说你离开现场的时候凶手想追杀你，是周阿姨抱住他的腿阻止他追上来？"

"对！"周氤回答得斩钉截铁，"这点我记得很清楚。"

"他这个时候是不是撑着红伞？"

周氤回忆这个场景，凶手只有一团黑影。她摇头："没有红影，应该也没有撑红伞。"

"也就是说，关于红伞的记忆有很大可能出现在凶手杀害周阿姨过程中。"江准分析。

"有可能，但……"周氤懊恼地说，"我也不确定。"

"没关系。"江准轻声，又转了话锋，"晚上想吃点儿什么？"

“不知道。”周氤想了几秒，“要不然我们去超市看看吧，冰箱里好像也没什么菜了，买点儿菜回家做饭？”

江准也没有异议，点点头说好。

周氤家楼下五六百米处就有一个全国连锁超市，不是很大，但里面应有尽有种类齐全。

江准推着超市推车走在后面，周氤则在前面挑挑选选。

如普通的夫妻，过平凡的生活，一切都是江准期待的美好样子。

买了些菜和水果，两人又逛到了日化用品区。

家里没有卫生棉了，周氤想着日期渐近，随手从货架上拿了几包放进推车。

江准随后拿起一包看了下，下意识说：“这好像不是你之前用的品牌。”他说完又仔细看了几眼。

周氤看着江准认真的模样打趣他：“江教授，你对卫生棉还有研究啊？”

江准面不改色神情清冷，他挑眉，声音清朗：“当然有研究，我记得你第一次时就是我买的。”

听到他的话，周氤面色一赧。

那件事太过羞耻以至于她刻骨铭心永生难忘。

第一次来例假时是小学升初一的暑假，母亲去晋州照顾外婆了，家里就周氤一个人在。

有天晚上停电了，又热得出奇，周氤汗流浃背，热得去浴室冲了一个小时的冷水澡。

半夜睡得正迷糊，突然感觉身下黏黏的，下腹还传来阵阵剧痛，像有什么东西在反复不停地碾压一般。

周氤被疼醒了，起床开灯，就看到被单上一大摊鲜红血迹，不仅如此，睡裤上也全都是血迹。

周氤不是不知道生理卫生知识，只是那时年纪小又没经历过，对例假这事只有个模糊的概念，更何况初潮时满床是血的可怕场景让她完全慌了神。

她慌不择路地敲开江准家的门，然后哭着和江准说自己要死了。

哭得那叫一个声嘶力竭、肝肠寸断。

江准看到她睡裤上的血迹自然也明白了，他一个人去楼下小卖部替她买了卫生巾，甚至还怕周氤不会用，细心地问了小卖部阿姨详细的使用方法回来教周氤，讲解的时候面无表情，但耳根子都红透了。

因此，关于卫生巾的使用方法，周氤竟然是从江准这里学的。

想到往日糗事，周氤无奈地扶额叹息。

江准脸上却没有什么表情，甚至很耐心地再次询问："怎么换了？"

周氤拿起一包在他面前扬了扬，理直气壮道："我早就换了，这个牌子的贵，并且舒服好用。"

江准也凑过去看了眼，淡淡回答："我记住了。"

周氤突然想到什么，昂首询问："你才回来没多久，还缺不缺东西啊？"

"我什么都不缺。"

他话音落下，周氤又躬下身仔细清点了一下购物推车里的东西，清点完后又过来挽住他的手臂："该买的都买完了，我们去结账吧。"

这亲昵的举动让江准心情愉悦，他看着周氤白皙秀美的侧脸轻轻笑着："好，结完账回家。"

到收银台前，周氤猛地想起家里的牙膏快没了。她转身急匆匆就要去拿牙膏，江准却及时拉住了她的手臂："你在这里站好，我去拿。"

拿完牙膏付完款，江准提着大袋东西和周氤一起走出超市。

雨已经停了，但天上的阴云依旧低垂着。

人行道上的绿灯亮起，周氤走在斑马线上，她似乎有心事，稍稍低着头不看路，脚步还挺快。

而不远处，一辆摩托车从拐角处疾驰而来，它无视机动车红灯肆无忌惮地往周氤的方向冲去。

江准心下一沉，疾走几步手疾眼快地拉住周氤的手狠狠往后带了一下。

然后，旁边摩托车疾驰而过的风将周氤的发尾吹得飞扬，只差十几厘米，摩托车便会撞上她。

江准眼底满是阴霾，他眉头蹙起，脸也紧绷着，深深看了周氤一眼，神色愠怒。

绿灯快结束了，江准拉着周氤很快走了过去。

意识到江准可能生气了，周氤小心翼翼地解释："刚刚那摩托车来得太突然了，我没反应过来。"

他没说话，脸色依旧阴沉着。

上了楼，周氤继续做没底气的挣扎："刚刚真的不能怪我，我好好在斑马线上走着，是那辆摩托车没遵守交通规则。"

她边说边掏出钥匙开门，然后走到玄关处换了鞋，门被关上，身后突然有什么东西狠狠扑上来，然后她就被死死抵在了门上。周氤下意识闭了眼，紧接着便有急促激烈的吻落下。

来势汹汹，周氤压根儿招架不住。

很快，江准松开她，急促的喘息声在她耳边响起。

他面色沉郁，厉声质问："那你为什么不看路呢，知不知道刚刚有多危险？"

"我……"周氤低头语塞。

她又抬头，看着江准轻声道："你别生气了，我以后过马路一定注意。"

江准深深吸气，努力调整失控的情绪。

他不是生气，而是害怕。

害怕失去她，深入骨髓的害怕。

那辆摩托车冲过来的瞬间，他明显感觉到，自己的心跳都几乎停止了。

厨房里，江准正在做饭，周氤在一旁洗菜。

她很诧异江准下厨这件事，因为印象中，江准以前是从来不进厨房的。

菜洗到一半，周氤停下来观看江准切菜。

熟练的刀工，比自己那蹩脚技术不知道好了多少倍，很显然不是一朝一夕能练成的。

"你什么时候学的？"周氤问。

"没有你的那十年里学的。"江准声音很轻，"那里的东西太难吃，所以学会了做饭。"

当时还想着等周氤过来能做给她吃，可惜等到现在才有这个机会。

周氤喉咙里突然涌起一股苦意，就像吃了未成熟的酸果子。

她深吸一口气，将手从温水中拿出来，然后走到他身后突然环紧了他的腰。

一股酥麻感从腰部开始往全身蔓延，也让江准的心逐渐变得柔软。

"对不起……"她靠在江准背上，声音有些沉闷，带着浓重的鼻音。

"我不要你的对不起。"江准低沉的嗓音，"我要你。"

他不急，反正这辈子很长，有的是时间让她慢慢补偿。

晚上，两人换好睡衣躺在床上，周氤睡在里侧，江准睡在外侧。

他身上太温暖了，让周氤不自觉靠近，靠得更近，紧紧拥抱着他，去汲取他身上的温度。

而江准亦甘之如饴。

阴沉夜色中，江准吻上周氤的头顶，声音暗哑：“告诉我，你在这十年里发生的事情，我想听。”

他迫不及待想知道周氤过去的一切。

周氤沉默了一会儿，然后开始和江准说起这些年。

其实也没什么好说，这些年围绕她生活最多的便是梦，各种各样的噩梦，好多次她都以为自己要在梦中死去，可是第二天又准时醒了过来。

“有一次我还梦到了你，我梦到我们在打记忆赛，我们俩是队友，厚厚一沓扑克牌，我看了整整十分钟连一张牌都没记住，台下都是人，我都急哭了。”

“结果怎么样，赢了没？”江准轻声问。

“不知道，梦做到一半就醒了。”

江准却突然想到什么，问：“氤氤，这些年，你还有做过速记训练吗？”

“没有。”周氤很沮丧，“出事后，我看到扑克牌就会头疼心慌，就像缺氧一样。”

“为什么会头疼心慌？”江准问。

他觉得有些奇怪。

因为周氤曾经说过，速记就是她的生命，他也曾经见证过她对速记的痴迷与热爱。

“我也不知道。”周氤叹气，“可能是我记忆力迅速减退，大脑对此产生了排斥。”

顿了好一会儿，周氤才深深叹气：“可是我真的好喜欢速记啊。”

她带着气音，声音里是无限的惆怅。

黑暗中，江准眸光敛起，说：“那就重新开始吧？”

周氤有些迷糊：“什么重新开始？”

“重新开始训练。”

“重新开始训练？”

周氤很不自信。

其实这些年，她不是没有自行进行过速记训练，可每次都会在过程中头痛欲裂。

生理上的反应让她不得不对此进行远离。

“对，”江准说，“我帮你。”

他的声音低沉冷肃，却让周氤感觉温暖有力。

她突然有了自信：“好啊，你帮我。”

又是一夜安稳睡到了天亮。

没有噩梦，没有恶鬼。

周氤看着身边男人清隽英俊的侧脸，突然有种恍若隔世的感觉。

原本她以为两人此生只能是两条没有交集的平行线，可现在他却突然成了自己最亲密的枕边人。

有些神奇。

昨晚两人没做其他的，只是说了会儿话，然后相拥而眠。

迎接新生活，然后与阴暗的过去做告别。

周氤先起床，刷牙之际江准也进了浴室。

江准："怎么起这么早？"

"只比你早五分钟而已。"周氤囫囵着回应他，然后吐出一口白沫。

他从后面拥住周氤，下巴搁在周氤肩膀上，然后闭上眼，餍足般深吸了一口气。

这样的感觉已经久违了。

吃完早餐，周氤早早地去了学校，还未上楼便被张亚丽叫住了。

周氤转身一看，吴辙也在，两人正快步朝自己走来。

"周氤！"张亚丽脸上笑容灿烂，加快脚步走过来。

"周老师。"吴辙脸上带着不自在的笑容。

两人的动作相较之前亲密了不少，眼神也暗含暧昧。周氤狐疑地打量着，然后问："你们？"

"在一起了。"张亚丽直爽地接了后面的话。

周氤皱眉，然后看向吴辙，目光很锐利。

他没说什么，但很刻意地挪开了视线，很明显不愿与之对视。

周氤勉强笑着："你们是什么时候在一起的？"

张亚丽神色愉悦："就前几天，我主动的。"说话之际还嗔怪似的瞥了一眼吴辙，"要等他主动，不知道得等到猴年马月呢！"

"这么……快？"

周氤有些心烦意乱，她打量着吴辙，眼神有些冷。

张亚丽"啧啧"了两声："你好意思说这种话吗？比起某人，我已经够慢了。"说完，她扬了扬手里的早餐，"不和你说了，我们还没吃饭，先把饭吃了，等会儿再过来找你。"

周氤垂首："好。"

毕竟她也没想好该怎样和刚陷入爱情中的张亚丽说吴辙的事。

眼看两人离开，周氤又连忙说了句：“等一下。”

她好看的杏核眼死死盯住吴辙：“吴老师，有句话我想和你说。”

吴辙咽了下口水，不自在得很，但他还是开口：“周老师想说什么？”

周氤声音不大却暗含力量：“我希望你能真诚对待我姐姐，如果你让她受伤的话，我也不会放过你的。”

吴辙愣了下，有些没底气：“好。”

“哎呀，放心吧。”张亚丽乐呵着，“你借吴辙十个胆子他也不敢的。”

“希望如此。”周氤说完转身，“我还有课，先去办公室了。”

“去吧，我们也要去吃早餐了。”张亚丽拉着吴辙就往他们办公室的方向走去。

周氤在背后看了他们很久，又紧皱起眉，心里有些烦郁。

上午，周氤分别在九班和一班进行了一次考试，三小时不到，她就把试卷批完了。

结果让周氤非常失望。

两个班考得都很差，九班尤甚，100 分的满分，竟然不止一个学生考出了 30 分的低分，讲过很多遍的题目，居然还有人做错。

阅完试卷，周氤心力交瘁，坐在办公桌前揉着太阳穴。

“周氤！”

熟悉的声音响起，周氤知道是张亚丽来了，她无精打采地抬头。

办公室里只有周氤一个人在，其他老师都去上课了。

张亚丽嗓门儿嘹亮：“怎么了，一脸不开心的样子？”

“没事，刚阅完试卷，两个班考得都挺差。”

“唉！”张亚丽叹气，“学生考得不好这种事情我就没法儿给你排忧解难了。”

她说完拉开椅子在周氤旁边坐下了，又问：“你的新婚生活怎么样？”

想到江准，周氤抿唇：“还好。”

“什么时候带江准去我家吃饭啊，这周怎么样？”

“这么快？”

张亚丽夸张地叫了一声：“这还快啊？你可赶紧的，我妈还什么都不知道呢，昨晚我差点儿说漏嘴了。”

周氤想了几秒：“那就这周吧。”

“行，回去我就和我妈说。”

说着，张亚丽拿起桌上的瓜子嗑了起来。

周氤语气犹豫着问："亚丽，我有事情问你。"

张亚丽吐出瓜子皮："你问。"

"你觉得吴辙是真心的吗？"

张亚丽拿瓜子的动作放缓，神情有些疑惑："为什么会这么问？"

"感觉。"周氤只给了一个含糊的答案。

"可是之前我问你的时候，你不是还觉得他挺好的吗？"

张亚丽有些不解周氤如今的态度变化，又接着说道："你说他很阳光也很踏实来着。"

周氤垂下眼睑："以前我确实这么觉得，但现在……"

但现在她不确定了。

话讲到一半却被张亚丽打断了，她郑重其事地拍着胸脯说道："我知道你担心我，毕竟我第一次谈恋爱，吴辙又不像江准一样知根知底，你对他有顾虑也是很正常的，但是周氤你放心，这个世界上能欺负到我张亚丽的人还没出生呢。"

张亚丽见周氤不说话，又连忙剥了颗瓜子不由分说塞进了她嘴里："吃，别想太多了。"

周氤咀嚼着那颗瓜子仁，细细思索很久，提醒道："你还是别陷得太深了。"

她没有将话说得太明白。

毕竟吴辙不真诚这事只是周氤自己的主观猜测，没有实际证据，说出来也难以让人信服。

张亚丽看着周氤凝重神色，慢慢敛起笑容。她点头："我知道。"然后起身拍打了下身上的灰尘，语气轻快，"先下去啦。"说完头也不回就往办公室外面走。

周氤看着张亚丽的背影，心里有些郁结，也不知道她到底听进去了没有。

外面冷得很，寒风刀刃似的，刮得人脸颊生生发疼。

从周氤那里回了自己办公室，张亚丽心里直堵得慌。

她在自己办公桌前坐下，神情非常严肃，脑海中周氤那种为难且欲言又止的神情挥之不去。

渐渐地，张亚丽心里也产生了些许犹疑。

她和周氤一起长大，对彼此也够了解信任，她不觉得周氤会无缘无故说出这番话来。

正想着事，七班的物理老师优哉游哉地进门来和张亚丽商量：“张老师，七班下节的体育课你让我上物理呗，昨天让他们做了张试卷，错题多得我都没眼看了，我过去讲讲题。”

张亚丽这才回过神来，昂头答应：“行啊，你就跟他们说我生病了。”

反正这也不是她这学期第一次“生病”，她都已经习惯了。

七班物理老师一走，张亚丽又开始发起呆来。

心里怀疑的种子已经开始生根发芽，张亚丽细细思索着自己和吴辙这段时间的相处，确实觉得有些奇怪。

还没有在一起的时候，两人整天打打闹闹，相处得非常愉快，也正是因为这个原因，张亚丽才觉得吴辙也喜欢自己，所以鼓起勇气主动表白，可在一起之后吴辙对她的态度与之前相较却明显冷漠了很多。

她之前陷入恋爱的喜悦与新鲜感中，并没有想得太多，可现在……

很快到了下课时间，铃声响起，没几分钟，吴辙便从外面走进来。

一看到他，张亚丽迅速将自己的手机关了机，然后起身冲他招了招手，一副等得不耐烦的模样：“等你半天，你可算下课了。”

吴辙不自在地抿了抿唇，抬腿朝她走了过来。

“你手机借我给我妈打个电话，我手机不知道怎么回事黑屏了。”她找了个挺蹩脚的借口。

吴辙却显得有些犹疑，耐心地开口询问：“手机哪里坏了？我看看。”

张亚丽将自己的手机放进抽屉，然后摊开手，很随意的语气：“你把手机借我打个电话，很快就好。”

见他迟迟不肯给自己，张亚丽又故作狐疑地问：“怎么不敢给我用你的手机，怕我发现你和别的女人的聊天记录？”

“我哪有和别的女人聊天？”吴辙有些不耐烦。

“那借手机给我打个电话又怎么了，你是不是我男朋友啊？”张亚丽冷着一张脸不依不饶。

吴辙看着张亚丽明显生了气的面孔内心纠结，手缓慢伸进裤兜停滞了很久，但还是拿出手机递给了张亚丽。

张亚丽神色稍微缓和了些，但依旧面无表情，接过手机又扬了扬，提醒道：“解锁。”

他手指摁上，屏幕上有光亮起。

与此同时，上课铃声也响了起来，张亚丽拿着手机出了门。

电话自然是没打，她手指飞快地划拉着，先点进了社交软件，从上往下看去，并未发现什么异常。

又点进通话记录，最新的记录多是他与父母的，其他便是同自己的。

也没有发现什么可疑之处。

张亚丽悬着的心放了下去，刚转身又突然想起了什么，鬼使神差地点进了他的相册，然后惊讶得双目圆瞪。

里面竟然有几张周氤的照片，看角度都是偷拍的，侧面照、背影照都有。

张亚丽的手不受控制地颤抖起来，她一抬眼，吴辙显然也意识到了什么正疾步走过来。

张亚丽脸上有掩饰不住的愤怒，她努力压抑住自己，点开一张照片将手机举了起来。

“解释一下！”

# Chapter 08
# 释怀

骤雨肆虐而下，世界沦陷在浓郁黑沉的夜色中。

距离最后一节晚自习下课还有五分钟，周氤百无聊赖地坐在讲台上看书，下面的学生都昏昏欲睡着。

教室门口，有人喊了声“周老师”。

周氤循声望过去，来人是吴辙。

他头发湿漉漉的，衣服也很明显被雨水浸透了，正不停往下淌着水。

吴辙面有急色，明显有重要的事情。

周氤连忙起身到门口，又虚掩上教室门，低声问吴辙：“有什么事吗？”

走廊天花板上悬着一盏灯，冷沉灯光洒落下来，让吴辙的面孔显得苍白颓丧。

他声音颤抖，吸气吐气好几下才说道：“亚丽……她不见了。”

“不见了？”周氤疾声，“什么不见了？你说清楚点！”

吴辙手掌张张握握，明显很紧张很恐惧：“人不见了……”

“怎么不见的？”周氤很急切，“你快说啊！”

吴辙神色躲闪，开口：“下午的时候，我们吵架了，当时下着很大的雨，她一气之下就走了，没带伞，我出去追她没追上，找了挺多地方也没找到，现在也联系不上她，她性格冲动，我怕出什么事……”

周氤很快抓住重点：“你们为什么吵架？”

吴辙很心虚，支支吾吾了半天没说出原因来。

周氤瞥了他一眼，匆忙拿出手机拨了张亚丽的电话号码，里面那个机械女声一直提醒“您拨打的电话已关机”。

周氤又打了大姨周世梅的电话，可大姨说张亚丽压根儿就没回家，她挂了电话，又给张亚丽的社交账号发了几条信息，可惜没人回复。

“她什么时候走的？”

吴辙回答：“下午四五点的时候。”

“往哪个方向走了？”

“往石惠桥的方向。”

“你找了哪些地方？”

“石惠桥附近，还有匀果路我都找了。”

“行，我知道了。”

周氤毫不迟疑，拔腿便去办公室拿了雨伞。

“周老师，我和你一起去。”吴辙神色愧疚，站在她身后开口。

“不用了。”周氤冷声拒绝，“你还是回家换身衣服吧。”

她说完撑开伞疾步走进风雨中。

吴辙脸上的懊恼之色一览无余，他脚步顿了顿，最终也追了上来。

周氤一只手撑伞，另一只手还在不停地拨打电话，可惜张亚丽一直关机。

到校门口时，周氤才稍微冷静下来。她握紧雨伞，左右看了看，心里暗暗思索张亚丽可能会去的地方。

张亚丽的兴趣爱好除了健身打球就是睡觉，周氤眼下真摸不准她这会儿会去哪里。

身后，吴辙也已经追了上来。他冷得很，一身雨水一脸狼狈，说话都带着颤音：“周老师，去哪里找？”

周氤没回答，又拨了张亚丽的号码。

依旧关机。

周氤这才转过身来，皱着眉头：“你们到底因为什么吵架？”

“我们……”吴辙嗫嚅着，“分手了。”

“分手？”周氤很诧异，毕竟上午两人还好好的。

“她偷看我手机，我很生气，吵架了，我提了分手，她……”吴辙含糊着，没说得很具体。

听到他的解释，周氤也皱起眉来。

江州市很大，又这么晚了，撑着把伞漫无目的地找寻肯定是徒劳无功。

并且张亚丽是个成年人，存心想躲也没那么容易让人找到。

周氤看着吴辙，神色有些冷漠：“我自己找，你回家换身衣服去吧。”

“周老师，你……那你呢？”吴辙有些语无伦次。

周氤扬了扬手机：“我尝试联系，看能不能联系上她。”

“行吧。”吴辙艰难地撂下这两个字。

周氤继续拨打她的电话，同时抬腿往张亚丽家的方向走去。

雨势渐大，周氤的鞋被浸透，裤腿上也溅满了雨水。

周氤心不在焉地走着路，手里还在不停拨打着张亚丽的电话。

对面一直关机不说，发出去的消息也没有回复，周氤心里惴惴不安。

她一心扑在联系张亚丽这件事情上，丝毫没想起江准可能还在家里等她，就连街道空旷寂寥只剩了她一人也浑然不觉。

另一边。

江准工作刚结束便马不停蹄回了家，家里面却没人。

他看了眼墙上的挂钟，时间已经是晚上的十点多快十一点了。

墙角立着一把做工精致的黑伞，还在淌着水，在干燥的楼道地面上留下一条长长的水痕。

江准没有一丝迟疑，拿起伞出门就往楼下走。

其间，他也在不停拨打着周氤的号码，里面却一直提醒他“对方正忙”。

这个点，她早就下晚自习了。

江准面色是惯常的冷静，可心里却又如巨浪翻涌般，他浓黑眉峰紧拧着，身高腿长，走得也快，不到三分钟便到了梨花巷。

巷深，他拐了个弯，那撑着伞低头看手机的女人不是周氤又是谁？

看到她的一瞬间，江准如释重负般轻吁一口气，躁乱不安的心稍稍平静下来。

江准握紧伞柄，迈开长腿朝她过来，目光越过她到了她身后，然后，视线迅速聚焦。

他好像看到了一个模糊身影，就跟在周氤身后十几米处。

夜色如化不开的浓墨，雨水又珠链似的连绵不断，江准并没有看得太清。

他神色一沉，眸光阴鸷，额上青筋暴出。

江准疾步过来拉着周氤，很快，那模糊身影便消失在了江准的视线中，如鬼魅般。

一切似乎只是江准的幻觉。

“等我。”江准对周氤说，然后扔了伞如捕猎雄狮一般疾步追了过去，脚下积水飞溅。

可惜并没有看到什么人。

江准停下脚步，面上也覆满阴霾。

周氤追了上来，气喘吁吁的。她并不知晓发生了什么事，将伞举高给江准撑上，疾声问："怎么了？"

江准接过她手里的伞，锐利的目光却一直定格在前方。

片刻后，江准才低头问："你刚刚没发现有人在你身后吗？"

"没……"周氤也有些慌了，解释道，"我一路上都在给亚丽打电话，没注意。"

见江准神色阴沉着不说话，周氤又小心翼翼问了声："刚刚有人跟在我身后？"

江准如实："雨太大了，我也不确定。"

如芒刺在背，江准深吸一口气，叮嘱她："以后晚自习，你不要自己回家，等我来接你。"

周氤嘴唇苍白，郑重地点点头。

江准又问："张亚丽怎么了？"

周氤咬紧嘴唇摇头："不知道，我联系不上她。"

江准握紧周氤的手，刚准备说话时，周氤的手机突然响了。

她立刻看了眼手机屏幕，上面跳动着一个陌生号码，但这个号码江准却很熟悉，是穆野的。

"让我接吧。"江准声音淳厚，眸光深敛，伸手接了电话放在耳边。

很快，听筒那边传出一个焦急的男人嗓音："周老师，我是穆野，你这边赶紧来趟旧马区医院吧，张亚丽老师路上遇到了歹徒，受了点儿伤，现在在医院里包扎伤口呢。"

雨停了，出租车很快停在了医院门口。

刚下车，正好遇上张亚丽在穆野的陪同下走出来。

她眼角唇边都有青紫，手掌上缠着纱布，身上披着穆野厚重的外套。

惊心动魄的事情才过去，这会儿又看到了周氤，张亚丽情绪绷不住，有些哽咽："周氤，你可算来了。"

周氤神色焦急，小跑过来："伤严重吗？"

穆野很快替张亚丽回答："皮外伤，伤到了手掌和手肘，医生已经处理过了。"

音落，穆野下意识地低头看向张亚丽。

她眸子很大很亮，睫毛长，头顶灯光洒落，在她眼下投下细密的影子。

张亚丽哭丧着脸，一把揽过周氤，哭诉着："你不知道，疼死我了。"

有些可爱。

穆野低眉弯唇。

周氤则不停地安慰："没事了，没事了……"

见江准过来，穆野打着招呼："江教授。"

江准微微颔首算是回应。

一旁，周氤殷切地询问："到底发生了什么事，怎么会遇到歹徒呢？"

张亚丽坦言："我今天去匀果路的酒吧喝了些酒，回家的路上遇到了个抢劫的，瘦不拉几的，我本来想着我怎么说也是练过的，制伏他应该没什么问题，没想到这畜生手里带着刀，这才伤了的！"

"歹徒呢？"

张亚丽一脸懊恼："没抓着，让这小兔崽子逃了！"

穆野接了句："我们已经在追查此人了。"

他又补充："虽然张老师的行为很英勇，但下次遇到这种情况建议还是不要和歹徒硬碰硬，先确保自身安全，然后再报警。"

张亚丽咂了两下嘴："情况紧急，我没想那么多。"

周氤这才松了口气："没事就好。"

说完，她欲言又止，思忖片刻说道："亚丽，我有些话想单独和你说。"

"行。"张亚丽很爽快，指了指不远处空无一人的公交站台，"我们俩去那边说吧。"

张亚丽说完将披在身上的外套拿下来，然后看着穆野，语气轻松道："外套还给你，谢谢了，穆警官。"

她俏丽面孔上洋溢着淡淡的笑容。

穆野脸有些红，点了下头，然后下意识伸手接了过来："不用谢。"

周氤和张亚丽在公交站台的长凳上坐下，两人中间空了些距离。

张亚丽低着头，长叹："我终于知道你下午说的话是什么意思了。"

周氤平视前方，看着马路上的车流没说话。

"吴辙手机里有你的照片，是他偷拍的，我逼问他，他说他喜欢的……"张亚丽说到此处停顿了一下，"他喜欢的其实是你。"

说完，张亚丽自嘲地笑了一声。

周氤手指掐进肉里，声音很低很闷："亚丽，真的很对不起。"

张亚丽愣了下："说对不起干吗？被他喜欢又不是你的错。周氤，你没有对不起我，是我太自以为是了，误会他喜欢我，所以我才表白的，我没想到他竟然答应了，答应之后居然后悔了，和我说只是因为这段时间父母一直催婚，所以他才答应我的，他说他想尝试一下看能不能喜欢上我，这几天相处下来他发现自己做不到，他压根儿不喜欢我这种类型的。

“当时听到吴辙说不喜欢我这句话，我真的顿时火就起来了，脑子也不清醒就跑到匀果路喝酒去了，酒真难喝，我喝了不少，人却喝清醒了！”

她一顿，然后说起豪言壮志来：“不就是不喜欢我嘛，有什么大不了的，我张亚丽天生丽质，他不喜欢总有人喜欢的，哼，明天我就找个比他帅一万倍的！”

周氤看着她不屑的神色有些不敢置信：“真的没事了吗？”

“真的！”张亚丽信誓旦旦伸出三指来，“我发誓。”

张亚丽侧过脸，看着周氤歉疚的脸色，无奈地叹了口气，笑着说：“我都说没事了你怎么还丧着一张脸？来，姐姐借你个肩膀靠靠，正好借这个机会，我也有好多心里话要和你说。”

“什么心里话？”周氤将头轻轻靠在了张亚丽的肩膀上，“你说。”

就像回到了小时候，两人互相说着小秘密，亲密无间。

张亚丽停顿了几秒才开口：“周氤，我发现小姨出事后，你就总喜欢说对不起，还总是把所有错误都归咎在自己头上，其实很多事压根儿就不是你的错，包括小姨去世。”

周氤全然没有想到张亚丽要和她说的是这些话，她呼吸有些滞住。

张亚丽放软语气，一字一顿道：“那件事真的不是你的错，小姨不会怪你的，她也不会希望你一直活在歉疚与自责中。

“你从来不主动和我们提起十年前的案子，很多人都以为你已经走出来了，但我知道你从来没有，你一直没有原谅自己，一回江州你就去找了之前负责小姨案子的李警官，你也在努力寻找线索寻找记忆，可是你什么都不和我们说，什么都闷在心里，活得很痛苦，你怕把这种痛苦带给我们，而我们怕刺激你也不敢问你。”

张亚丽轻声道：“其实我和我妈妈，都很希望替你分担。周氤，有些事情不要再一个人扛着了，我们是亲人啊，我们是一家人，喜悦和痛苦都应该同担的不是吗？”

眼眶模糊，有什么温热的东西一滴一滴涌出来，周氤极力忍住。

张亚丽突然想到了什么事：“周氤，你还记不记得很小的时候，我不小心打碎了我妈的玉镯子，你怕她揍我，你就说是你打碎的。”说到这里，张亚丽突然笑了，“结果我还是被我妈揍了，你也被小姨揍了。挨完揍，她们俩还罚我们不准吃晚饭，我俩就在楼下学着电视剧里拜把子，说什么‘有福同享有难同当’，现在想想那时候真傻，我们俩本来就是姐妹还拜什么把子？”

明明是很开心的事，张亚丽说着说着眼睛里却起了雾气，她伸手擦去，抬头看着被城市霓虹染红的天空：“周氤，我说这么多就是想告诉你，你现在不只有江准，一直以来，你都有我啊，不管出了什么事，姐姐都会一直陪着你，一直站在你身后的。”

周氤紧闭上眼：“我知道了。”

然后她深吸一口气，郑重开口说了两个字：

“姐姐。”

夜色沉沉，有迷濛如烟的雨雾落下，微不可察。

外套被穆野拿在手里，上面似乎还残留了些张亚丽的体温。

江准站得笔直，左手随意地插进裤兜，目光似有似无地落在公交站台那边，冷峻的面容上似乎有些愁绪。

穆野等得无聊，从裤兜里摸出烟盒：“江教授，要抽烟吗？”

江准神色淡淡地摆手：“不抽，戒烟了。”

听到他的话，穆野疑惑地“啊”了一声，然后问：“这么快就戒了？”

前段时间两人一起工作时江准抽烟比谁都凶，这才几天不见，他居然就把烟给戒了？

穆野惊讶之余还不忘讨教：“怎么戒的啊？江教授你传授我几招呗。”

江准声音淡然：“也没什么诀窍，就突然不想抽了。”

说完，他的视线再次定格在公交站台上。

看到他的眼神，穆野了然地点了点头，然后调侃道：“看来江教授和周老师进展挺快啊。”

想到过去，江准呼吸有些沉重。

快吗？他觉得够慢的了，慢到每次呼吸，他都能清晰地感知到空气是如何从鼻腔灌入肺里，一分一秒都如此难熬。

穆野又问：“到哪步了？”

江准直言：“结婚了。”

“结婚了？”穆野惊讶得瞪大双眼，连烟盒都没拿稳，直接掉到了地上。

“江教授，这比你戒烟还快。”穆野说完蹲下身捡烟盒，被这个大消息惊得连抽烟的心思也没了。

“不快，早该如此的。”江准语气倒是平静。

有冷风吹来，穆野缩了缩脖子，又问：“那你和周老师什么时候办婚礼啊？”

江淮顿时语塞。

两人这个婚结得太仓促了，绕开了太多流程，没有求婚没有婚礼没有宴请宾客没有昭告亲友，她就这样嫁给了他。

江淮将手伸进口袋摩挲，里面是个包装精致的小盒子。

是戒指，买很久了，和两人分开的时间一样久。

“办的时候通知我啊，江教授，我肯定准备个大红包。”穆野俊朗的面容上带着灿烂笑容。

江淮声音愉快：“一定。”

不远处，周氤和张亚丽已经结束对话，正缓步朝这边过来。

晚上风大，张亚丽早先又淋了些雨，才走过来便打了好几个喷嚏。

穆野见状连忙又将自己手里的外套递了上去，声音有些急：“张老师，你还是披上吧，这天太冷了，生病就不好了。”

穆野身材高大，眼神真诚恳切。但他脱了外套，上半身只穿着一件厚毛衣，刚才在医院里还好，有暖空调可以抵御寒冷，可是外面阴风阵阵的，张亚丽还真不好意思要这件外套。

张亚丽先挠了挠头，然后大大咧咧摆手拒绝：“你穿着吧，你给我了自己不冷吗？”

“我不冷，我身体好！以前大冬天训练，我们都是穿着短袖在雪地里跑步，”穆野笑容阳光，“张老师你是女孩儿，受凉感冒就不好了。”

见他坚持，张亚丽也没再拒绝，她伸手接过来：“那我就不客气了。穆警官，谢谢你今天陪我来医院，还耽误了你这么长的时间。”

“不耽误。”穆野低头，有些腼腆。

“这么晚了，天又冷，咱们就别在这里杵着了。”张亚丽搓着手，“周氤，我们去路边拦辆出租车，赶快回家吧，冻死我了。”

见状，穆野搓着手连忙说道：“那我这就回队里了。”他扬了下手机，“张老师，有进展我这边会联系你的。”

“没问题。”张亚丽笑着。

出租车先将张亚丽送回了家，然后才停在了周氤家楼下。

时间已是凌晨，江淮付了钱，和周氤走下出租车。

深夜寒冷寂静，街道也空无一人。

上楼之前，周氤冷不防开口问道：“我真的可以重新开始，真正地做回以前的周氤吗？”

周氤昂头，认真地盯着江准，眼中有雾气汇聚，哽咽着：“妈妈她……很久没有来我梦里了，她已经原谅我了，对吧？”

江准粗粝的手掌轻轻摩挲着她的头顶，他说了和张亚丽差不多的话：“氤氤，妈妈她可能从来没有怪过你。”

周氤还是不敢相信：“真的吗？”

“嗯。”

“可……”周氤低头，面容上有歉疚有不解，“为什么，是我害死了她不是吗？”

“不是你害死了她，是她拼了命想让你活下去，因为你是她最爱的人，你是她的希望，也是她的骄傲。”

江准拉着周氤的手，将她从阴暗夜色中带到街边路灯下，然后稍稍退后几步。

昏暗的橘色灯光投下来，两人的身影被拉得很长。

“她希望你就像这样，”江准唇角弯起，高声说，“站在光亮下，做那个自信乐观、天不怕地不怕的周氤。”

周氤深吸气好几下，捏着衣角的手也松开，她慢慢挺直背脊，看着不远处的江准。

然后，她闭上眼。

时间便如同被人拨动一样迅速倒流。

周氤潜意识里感觉已经回到了很多年前。

她不再是多年来只会在黑暗里苟延残喘的周氤，而是那个手里捧着奖杯、站在领奖台上笑容灿烂阳光的全国冠军。

而台下乌泱泱的观众全部不见了，只有周世兰一人。

周世兰还穿着她经常穿的那件外套，洗褪了色，头发梳得很平整，低低地绾在脑后，她什么都没说，只是冲着周氤温柔地笑，笑中带着眼泪。

台下的周世兰朝周氤挥了挥手。

台上的周氤愣了几秒，也朝她挥了挥手。

“周氤，答应我，好好生活，”周世兰的声音空灵悠远，像从很远的地方传过来一样，很轻，“妈妈爱你。”

眼泪不受控制地落下，周氤浑身都在颤抖，她用尽全力，点头说了一个字：“好。”

听到她的答案后，周世兰挥着手的身影慢慢变淡，直至完全消失不见，就好像从来没有出现过一样。

周氤睁开眼。

她依旧身处寂静无人的街道上，江准，她的丈夫，未来要携手一生的人，正站在不远处静静凝视着她，目光温柔而坚定。

周氤长吁一口气，紧绷的神色突然缓和，然后冲他笑了，笑容如春日暖阳一般。

温暖又耀眼。

江准声音低沉而愉悦："怎么样？你可以做回以前的周氤了吗？"

周氤低头，双手背在身后，突然笑了。她眸中有希冀的光亮："好像可以了。"

江准的笑容如和煦春风，他朝周氤伸出手，语气有些漫不经心："那我来采访一下，你现在是什么样的感觉？"

"感觉？"周氤的视线不经意间扫到江准脚下，"感觉有点儿疼。"

江准不解："哪里疼？"

周氤指了指地上，然后用命令的语气道："我影子疼，你退后点儿。"

江准顺着她手指的方向看去，她的影子正被自己踩在脚底。

从前也是这样，她的脑回路总这样变幻莫测，喜欢说些莫名其妙的话，却每次都让他心情舒畅。

江准的笑容有些懒洋洋的，他故意朝前走了一步，继续踩着她的影子。

周氤故作生气，小跑几步想踩回去，嘴里念着："我也要踩你的。"

江准偏不让她如愿，故意退后。

她踩了几次，无一例外都踩空了。

再看向江准，他脸上的笑容得意且可恶："你踩不到的。"

周氤不服输，又尝试了几次，可惜结果依旧如此。

她喘着气控诉："多大的人了，能不能不要这么幼稚？江教授！你这样能教书育人吗？别误人子弟了吧！"

江准双手背在身后，神色散漫："你也不赖啊！周老师，咱俩半斤八两，谁也别嫌弃谁。"

周氤"啧啧"两声："你变了，我记得你以前挺高冷的啊。"

"那大概……"江准薄唇抿起，"近朱者赤近墨者黑吧。"

周氤冷哼一声，然后舔了下嘴唇，面容上有些狡黠的笑容，朝他扬了扬手："你过来，我有话和你说。"

江准眸光敛起，长腿几步便到了她面前。

他太高了，两人面对着走近的时候，周氤必须得费力昂头才能和他对视。

她眸中有潋滟水光，手从江准敞开的外套里伸进去，里面很温暖。

而地上，她此时正踩着他的影子。

周氤慢慢抱紧江准的腰，轻轻说了一句："这不是踩到了吗？"

江准深吸一口气，鼻尖都是她的味道，如阳光如烟花如细雨，永远有让他心旷神怡的魅力。

"我心甘情愿的。"江准声音暗哑。

路灯洒下一片昏黄，两人紧紧相拥，地上的影子交叠在一起。

寒风猎猎，吹起他的下摆衣袂。

"今晚不想睡觉，江准，我们去约会吧。"周氤开口提议。

江准英俊的面容上漾出笑意，他轻轻颔首："去啊，"然后毫不犹豫，"我想去老地方。"

"老地方？这么晚，不太好吧。"周氤面露犹疑，"被保安抓住了怎么办？我记得以前就差点儿被抓住。"

江准轻笑："你现在又不是早恋，怕什么？"

周氤下意识点头，喃喃："对啊，好像已经不是早恋了。"

"那不要犹豫了，走吧。"江准笑容愉悦，拉紧她的手往前走去。

走了几步，周氤突然意识到什么，连忙挣扎却挣脱不开，嚷着："可我现在是学校老师啊，这么晚了去那里，被抓住更不好了，我怎么解释？"

"解释什么？约会需要理由吗？"

他理直气壮。

致一中学西南侧是学校礼堂，修成于1918年，很古典的西洋民国建筑。

礼堂门口还种有两棵百年银杏，每当秋天来临时，灰砖红瓦掩映在金黄银杏叶中，颇有种复古静谧之感。

这里位置偏僻环境幽深，平日里很少学生会过来。以前高中时，江准和周氤经常来这里做题或者进行速记训练。

礼堂门常年未锁，两人进来得也很顺利，摸黑到了礼堂前面的舞台处。

舞台侧面有木质台阶，周氤和江准选了一阶坐下来，目之所及皆是漆黑。

时间太晚，怕引来学校保安，他们俩自然不敢开灯，不过两人来之前在街上小卖部买的蜡烛算是派上了用场。

"嚓！"

细长火柴棒划过磷面，有火苗跳跃其上。

江准点燃蜡烛放置于地板上。

烛火摇曳下，身后的舞台幕布上投射出两人的影子。

很大，且摇摇晃晃。

周氤双手冰冷，她缩着脖子往手上哈了口热气，然后搓了搓，抱怨了一句：“好冷。”

“靠过来点儿。”

江准嗓音沙哑着，脱下外套的一半披在周氤身上，两人紧紧依偎在一起取暖。

“这么多年了，这里好像一直没怎么变过。”江准环顾四周后说道。

周氤摇摇头：“没，还是变了很多的，桌椅有些掉漆，前段时间学校找人重新修缮过的，还有舞台幕布也换了新的，不过大体布局依旧没变。”

这里空旷僻静，两人说话回音飘荡在礼堂上空。

“我们说话得小点儿声。”周氤一脸担忧，“真引来保安就不好了。”

江准倒是有恃无恐：“怕什么？大不了就说我们俩来逛母校的。”

“哪有人半夜逛母校？”

“怎么没有，我们不就是？”

正说着话，江准突然从兜里掏出一个东西，他侧过脸，然后久久凝视着周氤。

而周氤也正看着他。

江准眼尾微扬，好看的桃花眼如寒潭般漆黑，镜片上有火光映照，再往下是英挺的鼻与紧抿的薄唇。

微弱烛火下，他吁了一口气，声音则是惯常的清冷磁沉。

“手伸出来。”

周氤怔怔地伸出了手，然后笑着问：“做什么？”

江准神色认真，目光专注，食指和中指之间拿着什么东西。

他低头，拉过周氤的手，郑重其事地给周氤戴上。

无名指上传来冰凉的触感，周氤低眸，上面是一枚小小的镶钻戒指。

“什么时候买的？”周氤喉头一涩，摸了摸戒指，将头轻轻靠在江准肩膀上。

“很久之前。”他声色淡淡。

那时才到美国，有次外出，他偶然在路边看到了此品牌戒指的广告词，译成中文是“男士一生仅能定一枚”。

他很少因为广告去购买什么东西，可那一次，他却因为那个广告迫不及待地定制了一枚戒指。

他只需要一枚，也只想送给一个人。

“我还有个礼物要送给你。”他说着又从口袋里掏出什么东西来，然后又继续，“闭眼。”

周氤抱怨着，语气却很开心：“搞什么啊？神神秘秘的。”

话虽如此，她还是听话地摊开手闭上眼。

然后，手上多了一个盒装硬物。

周氤睁开眼看到手上的物品，脸色大骇。

掌心躺着一副扑克牌。

她下意识就想扔掉，但江准紧紧握住了她的手，疾声道：“面对它。”

周氤呼吸有些不畅，她心跳加快，连忙摇头道：“我不敢，我害怕。”

“为什么害怕？它曾经是你的刀刃是你的铠甲，是你的热爱，为什么会害怕它？”

周氤心乱如麻，继续摇头：“我不知道。”

她看着江准深沉的眼眸，脸色苍白：“我真的不知道为什么，看到扑克牌我就会莫名心跳加快。”

江准狭长的眼微眯，他盘问：“为什么会心跳加速？”

“不……不知道……”周氤有些语无伦次，但还是重复了之前的答案。

江准刨根问底：“你是害怕速记，还是害怕扑克牌？”

是害怕速记还是害怕扑克牌？

都有可能。

但周氤自己也弄不清楚，她只知道这是个心理障碍，一个至今还未克服的心理障碍，一个强烈的身体反应不让她有机会克服的心理障碍。

江准推动鼻梁上的眼镜，看着额头冒汗满脸抵触的周氤深思片刻，然后推测：“氤氤，你有没有想过，很有可能速记或者扑克牌与案件有关，所以你的身体才会出现这么强烈的排斥反应。”

他话音落下，周氤突然冷静下来，她指尖深深掐紧手上的皮肉，咬紧嘴唇：“与案件有关？”

“尝试一下，这是你曾经的热爱，你肯定不会无缘无故就将它丢弃的。”

周氤深深吸气，然后重重点头：“好，我试试。”

江准神色清冷，将牌盒打开取出里面的扑克牌。

大小鬼王被去掉，只剩下了五十二张。

江淮脱下身上的外套仔仔细细给周氤穿上，然后一手拿起地上那根燃了一小半的蜡烛，另一只手牵起周氤。

周氤在他的牵引下走上台阶到了舞台中央。

两人面对面坐下来，蜡烛就放在两人中间。

江淮将扑克牌递到周氤面前，周氤身体战栗了一下，然后颤抖着手接了过来。

江淮握紧她的手，然后开口，语气有些不容置喙："把决赛时我们记忆的那副牌复原出来。"

周氤面色艰难，犹豫道："我早就忘记了。"

"不会的，当年我们俩打赌，谁输了就答应对方一件事，你赢了之后和我说要将这副牌反复记忆，记一辈子，你要经常拿出来羞辱我，让我认清自己是你的手下败将，愿赌服输，你不记得了？"

他说这话的时候语气里带着浓浓的戏谑感。

虽然这种事她当年确实干得出来，不过周氤还是怔住了，有些不可置信："我有说过这种话？"

江淮挑眉，轻哼一声："何止说过？你还对我实践过好多次。"

周氤听得面色一赧，记忆也随之汹涌而来。

江淮所言非虚。

当年比赛，周氤拿了冠军，按照赌约，江淮输了就必须答应毕业后要当她男朋友，可那时江淮那冷淡的脸色让周氤以为他不情愿会反悔，于是上学放学课间，她没事就在江淮面前将这副牌的顺序背一遍，时时刻刻提醒他是手下败将，愿赌就得服输。

颇有种"逼良为娼"的架势。

看周氤这神色，江淮便明白了，他轻嗤："都想起来了？"

"有点儿印象了。"顿了顿，周氤又说，"不过，这点儿小事你还记得这么清楚啊？"

江淮戏谑："不记清楚点儿，我以后怎么好报仇。"

周氤嗤声："真小气。"

江淮神色愉悦，扬起下巴示意周氤："可以开始了。"

周氤拿着扑克牌有些手足无措，她和江淮面面相觑几秒后，将有花色那一面翻过来在地上摊开，然后开口："不然，你给我起个头？"

"求我。"江淮微昂头颅，神情有些得意扬扬。

“什么啊？”周氤咬牙，“你怎么还和以前一样可恶！”

顿了下，周氤还是很没骨气地祈求：“求求你了。”

江准低笑，看着周氤略有些气急败坏的神色心情大好。他见好就收，眼神扫过牌面，捻起其中一张牌将之放到显眼处。

“红桃 K。”

说完，江准抬眸看向周氤：“到你了。”

周氤看着眼下这副扑克牌，极力压抑住心中的恐惧，然后闭上眼，努力回忆决赛场上让她夺冠的那副牌的顺序。

她脸色有些燥郁，眉头紧拧双拳紧握，可无论怎么努力，记忆大门就像被什么东西堵住了一般。

她想不起来。

江准面容上的神情分外凝重，他眸光微敛，提高音量引导着周氤：“氤氤，想象你现在回到了十一年前，我们在全国校园记忆锦标赛决赛场上，我现在是你的对手，我们打赌，输了的人要答应对方一件事。”

江准音落之时，周氤好像真的回到了比赛场上，她甚至听到了耳边传来经久不绝的掌声以及主持人洪亮的嗓音：“比赛已经接近尾声，目前两名选手都已经完成记忆准备复盘。”

主持人又开口：“周氤同学、江准同学，戴上耳机，你们可以开始进行复盘了。”

思绪回暖，周氤慢慢张开嘴，凭借记忆艰难地说道：“红桃……红桃……红桃 K。”

“对，红桃 K 后面的呢？”

像开了个小闸门一样，周氤的记忆也陆陆续续涌来。

“方块 3……”她很没有底气，也不确定自己的答案，又问了江准，“对吗？”

“是，很正确，继续。”

“梅花 4。”

周氤咬紧下嘴唇：“黑桃 10。

“黑桃 K。

“红桃 9。

“梅花 10。

“方块 5。

“方块 7。”

…………

越到后面，她的速度就越快。

江准脸上也露出浅浅笑意，但到第二十四张牌时，周氤却突然卡了壳。

江准修长手指完全，轻轻叩动地面，声响沉闷。

“第二十四张牌是什么？”江准问。

周氤搜肠刮肚冥思苦想，却始终没有答案。她敲了几下自己的头，有些沮丧：“我实在想不起来了。”

“再想想？”

“头很疼。”周氤面色有些痛苦，“你能不能告诉我是什么？”

江准低眸，视线在一张有人头的牌面上停留下来，手伸出想将之拿出来时，礼堂外响起了沉重的脚步声，并且越来越靠近。

他连忙收手吹灭蜡烛将周氤抱在怀中。

脚步声越来越响，并且在礼堂门口停下了。

与此同时，手电筒光从门缝中照射进来，但只一秒又熄灭了。

“嘎吱”一声，早先被江准虚掩上的大门被人从外慢慢推开。

周氤和江准赶紧起来藏身于舞台边缘的幕布后，门口那个角度是不可能看到的。

尽管看不到，周氤依旧担心。她心下一紧，将头埋进江准怀中，环住他腰身的手也越发用力。

江准狭长的眼眯起，一只手将她护得更紧，另一只手则稍微掀开些幕布，从缝隙中看向门口。

那里站着一个人。

距离很远晚上又太黑，江准没法儿看真切，只能看到一个黑色的身影。

他就那样静静站在门口，没往里走也没离开。

江准摸不准此人身份。

刚刚引导周氤进行复盘，弄出的动静一定不小，这里虽然僻静，难保不会有人经过。

而门口的人有可能是听到他们弄出的声响后过来的，老师、保安、学生都有可能，当然，也有可能像他一样都不是。

因为摸不准，江准也不敢轻举妄动，只能在藏好的同时安抚周氤的情绪。

那人没站太久，只十几秒后便打算离开。

周氤此时也终于从江准怀中探出头来，从幕布缝中，她的视线投向门外。

虽是深夜，但外面有昏暗的天光，周氤看着那人走路的姿势，突然涌起些熟悉感来。

周氤呼吸一滞，瞪大双眼将舞台幕布拉得更开好让自己看得真切些，没几秒，那人的身影便湮没在了无边夜色中。

周氤心底涌出些怅意来。

但有熟悉感也没什么奇怪的。

这里是致一中学，是她曾经学习和现在工作的地方，学校外面走两步都是认识的人，更别说身处学校里了。

估摸着那人已经走远，周氤才松了口气说：“回家吧。太晚了，弄出动静可能还会吓到别人。”

江准没有异议，走到舞台中央收拾好扑克牌和熄灭的蜡烛。

回到家，周氤先去浴室洗漱。

等江准洗完到卧室时，周氤正坐在书桌前看什么东西。

江准轻手轻脚走到桌边，阴影投下，周氤这才警觉。

她下意识合上笔记本，抬头看了江准一眼。

“看什么？”江准坐到床边，朝周氤摊开手。

周氤的犹豫只是一瞬，然后将手中的笔记本递了过去。

江准翻开来，看得很专注，一目十行迅速扫完整本笔记。

他背脊微弓，手肘撑在腿上，目光看向周氤问：“氤氤，这些是你从哪里搜集到的？”

“很多地方，”周氤低头，“网上，受害者家属，退休老刑警，都有。”

江准低低“嗯”了一声，说：“都有，但你搜集到的这些只是这起案件的皮毛。”

周氤有些泄气。

“你已经做得很好了。”江准弯起唇角，抚摸上她的头顶。

“做得不好。”周氤咬紧下嘴唇，神色懊恼，“那件事情过后，我的记忆力就迅速减退，对案发当晚的事情也忘了很多，连最重要的凶手身形都忘记了。我问过医生，他说这是创伤后应激综合征的反应，这段时间，我做了很多努力，但始终没办法想起来。”

江准沉默几秒，想到刚才礼堂里两人复盘被打断的事情，开口：“氤氤，你再尝试回忆一下第二十四张牌。”

周氤点头，细细思考了一阵，还是摇头：“一片空白。”

“真的想不起来？”江准想到些什么，眉紧蹙着。

周氤再次尝试，却依旧失败：“真的想不起来。”

江准从口袋里拿出一张扑克牌递给周氤说：“这就是第二十四张，你看一下。”

周氤接过那张扑克牌翻开来，看到牌面的那一瞬间便莫名开始心悸。

她诧异于自己的身体反应，瞪大双眼再次看向手中的牌，牌面是黑桃Q。

江准将她脸上的神色尽收眼底，什么也没说，又掏出另外三张牌来，分别是红桃Q、梅花Q和方块Q。

周氤强忍不适接过来，看着另外三张牌面。

同样有心悸的感觉，但没有黑桃Q那样强烈。

扑克牌中的“Q”是Queen的缩写，代表的是皇后，它在扑克牌中是数量较少的人头牌。

所有“Queen”在扑克牌中都有极为相似的形象，都是侧脸而立，面无表情，头有斗篷。

而黑桃Q在所有四个“Queen”中是尤其特殊，它是唯一一个手持武器的Queen。

江准目光锐利：“红伞，雨衣，怪物，面具，Q，这是你对案发时的描述，同样有Q，我不认为这是巧合。”

周氤指尖被自己捏得发白，她呼吸有些不顺畅，死死盯住手中的扑克牌。

“氤氤，你好好想想，Q是不是与案件有关？”他在不停引导。

周氤屏住呼吸，指甲都快嵌入肉里了。

她看着黑桃Q，目不转睛。她能清晰地感知到自己心跳得很快，越来越快，同时脑子里隐隐传来些痛感，让她无法继续下去。

周氤清楚，这么强烈的身体和心理反应是大脑潜意识里对自己的保护，但她不管不顾，努力让自己不去惧怕。

慢慢地，周氤的呼吸变得平缓，看到这张牌也没有了之前的心悸。

她将之拿远了一些，好让自己看得更加全面清晰。

黑桃Q的牌面上是雅典娜女神，在希腊神话中，她既是智慧女神也是一个骁勇的女战神，她手持武器冷面而立，头上斗篷象征着她威严的身份。

好像很熟悉。

然后，视线逐渐模糊，脑海中那团黑影却随之变得清晰起来。

从边缘开始，越来越清晰，直到脑中出现了一个明显的黑色身形。

想起来了！

周氤手指松开，血液迅速填满被她捏白的指尖。

案发那天晚上，下着很大的雨。

周氤面前站着一个人，他侧着脸，手上拿尖刀，尖刀上正淌着血，身披雨衣，戴着雨衣帽，黑夜中，活脱脱像个斗篷。

“是！”周氤喘着粗气，非常激动。

江准捧起她的脸，继续引导：“是什么？氤氤，告诉我。”

周氤握紧江准的手腕：“江准，你没有错，那几个词，就是我潜意识里对案发现场的记忆简化。”

她咽了下口水，继续道：“Q代表凶手的形象，他是站着的，穿着雨衣，手上是一把刀，正滴着血，和扑克牌中的Q神似。”

江准趁热打铁继续问了下去：“那怪物呢？面具呢？”

“怪物和面具我现在还不知道，但很有可能凶手是戴着面具的，因为我很确定一点，案发时我并没有看到过凶手的脸。”

周氤瞪大双眼：“或许就像这样，我多看些面具，看到一样的就很有可能想起来。”

她继续推测：“有可能他戴着一个很可怕的面具，让我觉得像个怪物。”

但真相是否如此，周氤自己也不确定。

“没事，什么事情都不是一蹴而就的，慢慢来。”

“我知道。”

周氤打了个哈欠，困意铺天盖地朝她袭来。

江准笑着问：“困了？”

“嗯。”她看了眼时间，“居然快六点了。”

“你今天有课吗？”

“有课，不过都在下午。”

她说着起身揽住江准的脖子，笑容狡黠：“睡觉吧。”

江准轻笑道：“好。”

到床上，她抱紧江准，半醒半睡间嘀咕了句：“在你身边真的太好了。”

江准支起脸，看着她的睡颜无奈说道：“你才知道啊。”

她睡得并不安稳，侧着身，蜷缩着，唇角微微颤动，眉也轻皱起。

江准伸出手，轻轻抚平她秀气的眉。

睡梦中，周氤迷糊着喊了一声他的名字。

“嗯？”

她嘟囔着：“等下叫我，我不能睡过了……”

“好。”江准心情愉悦，然后在她唇边落下一吻，轻声说了句，“你好好睡觉，我会一直陪着你。”

慢慢地，她的呼吸逐渐沉重。

等周氤睡熟后，江准又起了身。他打开书桌上的小台灯，将周氤那个黑封皮的笔记本摊开来，又从桌上拿了一支笔。

他低咳一声，然后捏紧那支笔，在原本的娟秀字迹旁留下一行行遒劲有力的文字。

江准在给周氤搜集到的案件信息做补充。

诚然，周氤确实搜集到了很多信息，涉及面虽广却并不精细。

十年前那起案子的真实细节远远比网络上流出的版本更加复杂惨烈，三名女性受害者身体都有着不同程度的损害，并且损害程度越来越严重，就连脖颈后刻上的“十”字也是一个比一个狰狞。

法医尸检结果显示，第一名死者李秋月死因为扼杀，头部有锤击伤，颈部有扼痕，喉头软骨舌骨均骨折，眼球以及睑结膜上都有明显出血点，身上三处刀伤，刀口都不深，颈动脉被割开。

而第二名死者黄莺语颈部无扼痕，头上也有锤击伤，但她腹部有七处刺创伤口，从伤口深度和形状分析应该是匕首。另外，她大腿和后腰还有十四处大大小小的切创伤口，凶器很有可能是菜刀。最后，这名死者体内有精液残留。

第三名死者石诗桃的死状则更加惨烈，浑身多处刀伤不说，背靠近臀部处还有大块的皮肤缺失，另外，死者的性器官也被残忍地割掉了。

手法呈现出一个逐渐升级的趋势，代表凶手的心理也在逐渐升级。这种升级型的凶手，一旦开启杀戮便不会轻易停止，但这起案件的凶手却在周氤之后停止作案，并且十年间，也一直没有再次作案。

此凶手连续作案手法残忍，且心思细腻，很明显在杀人前有过详细规划。

四次作案均选择雨夜，一则因为掩人耳目，二则因为雨水能冲刷作案痕迹。

抛尸崧山，里面偏僻难行，很明显，他不愿让自己的罪孽暴露。

而他在周氤之后停止作案，很大可能是因为失手让他以为自己已经暴露，所以就此停手。

这么多年风平浪静，他会重新开始杀戮吗？

谁也说不清楚。

江准将详细细节补充完毕时，外面已经天光大白。

# Chapter 09
# 记忆

时间已是早上七点，江准放下笔，转头看了眼床上的周氤。

她没有半点儿要起床的迹象，蜷缩在被子里动了动。江准起身到了床边轻声唤她。

周氤依旧很困，懒洋洋回应着，下意识伸手过去揽紧他的脖子。

“别吵。”她嘟囔着，声音里有浓浓的不满。

江准哑着声音提醒，无可奈何：“再不起你就要迟到了。”

时间好像又回到了很多年前，在他面前，周氤可以随意任性，而江准也一如既往将她的任性照单全收。

且甘之如饴。

周氤侧过脸去，有气无力地说了一句：“不想起，起不来。”

“你说要是你学生知道周老师这么会赖床会怎么样？”江准调侃她。

周氤放在他脖子上的手依旧不肯松开，他便维持着躬身的姿势，伸手过去连着被子将她抱起来。

冷气侵入，周氤倒吸了一口凉气，瞌睡也全醒了。

匆匆洗漱加吃早饭，江准将她送到了学校。

到办公室，周氤还困顿着。

上午没课，她去班级巡了两圈，回来后便靠在桌上打瞌睡。

睡到一半，张亚丽风风火火地从门外走进来，手里还拿着好几个麻不溜秋的橘子，说：“陈老师从老家带过来的，给你们尝尝，可甜了，就是长得丑了点儿。”

她将怀揣的橘子一股脑儿全堆周氤桌上了，又拿了几个给旁边批改作业的刘晓英，高声道：“刘老师，吃橘子。”

刘晓英喜笑颜开：“谢谢张老师，还专程给我们拿上来了。”

“谢什么！”张亚丽笑着寒暄，拉开椅子坐到周氤旁边，“周氤？”

周氤蔫蔫“嗯”了声，勉强睁开了眼。

张亚丽瞥了眼周氤，毫不掩饰自己的惊讶：“你昨晚打鬼去了？黑眼圈都快长到下巴上了！”

“有那么夸张吗？”周氤气若游丝。

“你自己看看就知道了。”

周氤闻言拿起一旁的镜子看了眼自己。

嗯，熬夜确实够伤神，她面色有些暗，神情还非常憔悴。

“什么时候睡的？”张亚丽掰开个橘子随口问道。

“早上五六点。”

“早上五六点？你还真打鬼去了啊？”

周氤点了点头。

想起昨晚的事情，说是打鬼也不为过。

几人正有一搭没一搭聊着天，办公室里却突然来了一个“不速之客”。

吴辙站在一旁显得很拘谨，脸色也黯淡憔悴，很明显也是一晚没睡。

他一进门，和刘晓英聊得热火朝天的张亚丽瞬间噤了声。

吴辙瞥了一眼昏昏欲睡的周氤，又小心翼翼将视线挪到张亚丽身上。

他开口说道：“亚丽，你出来一下，我有事情要和你说。”

张亚丽神色非常淡漠，她低着头，很有耐心地撕着橘子上的白色经脉，撕得干干净净，但就是不发一言。

气氛瞬间有些凝结。

就连刘晓英都看出了两人之间的暗潮涌动，她推了下眼镜，出声提醒：“那个……张老师，吴老师好像有事情找你呢。”

张亚丽眼皮子都懒得抬，声音冷淡：“有什么事情？就在这里说吧。”

吴辙局促地看了眼满脸探究的刘晓英，几乎是恳求的语气：“我真的有很重要的事情和你说，能出来说吗？”

“那好吧！”张亚丽起身拍了拍外套，然后往门外走去。

吴辙见状也赶紧跟上。

张亚丽走到长廊尽头，转身慵懒地靠在栏杆上。

“这里没人，也不会有人听到。说吧，什么事？”张亚丽没看他，声音也没有一丝温度。

他神色歉疚，双拳张握间显示着他内心的忐忑。

风太大，吹得张亚丽有些冷，她眉头蹙起，不悦道：“你到底说不说啊？

外面冷死了，要说就快点儿！”

吴辙终于开口：“那个……对不起啊……”

一句轻飘飘的道歉，诚不诚恳的不谈，至少现在的张亚丽已经完全不需要了。

她点点头回应：“没关系，不重要了。”

吴辙又歉疚地解释道：“我不是有意欺骗你的。”

张亚丽“嗯”了一声，吴辙接着说了下去：“我是被我爸妈领养的，他们年纪很大了，唯一的愿望就是希望我早点儿成家立业，我不想让他们失望。之前我确实对周老师有心思，但是被她拒绝了，那个时候你又正好和我挑明，我想着早点儿稳定下来给爸妈一个交代，所以才答应你的……”

他话没说完就被张亚丽打断，她摆摆手，看着吴辙认真说道：“说真的，你的解释我不想听了。我理解你，你不想你父母失望，但你不该利用我啊，你想要稳定的生活，可是我想要的不仅仅是这些，在我这里，稳定生活的前提是纯粹的爱情，最开始的时候我就很明确地说过了，你要是不喜欢我，可以直接拒绝我，我张亚丽不是什么死缠烂打的人，你直接拒绝我，这样我们俩都体面，或许现在还能做朋友呢。”

“我知道是我的问题。”吴辙无力地垂下头。

“你知道就好。”张亚丽顿了顿，又说，“对了，我还得提醒你一句，周氲已经结婚了，人家青梅竹马，所以你百分百没机会了。”

“嗯，我早上听刘主任说过了。”

张亚丽随意地点了点头：“那你还有什么事情吗？”

吴辙摇摇头，很没底气：“没有了。”

张亚丽撩动凌乱的长发：“我先回去了，这里怪冷的。”

她今日妆容精致，冷风扬起她吹散的鬓发，别有风情。

她从吴辙身边经过，自始至终，视线也没在他身上停留片刻。

吴辙看着她的背影有些恍惚。

他曾经在一本书上看到说——

女人最好看的时候，就是她不再看着你的时候。

以前他不懂，现在他好像懂了。

不再看他的张亚丽，确实很好看，就像之前从来不会看他的周氲一样。

这几日，周氲一下课便会在网络上搜索面具图片。网络上有好些面具图片非常惊悚恐怖，周氲看其他面具没什么感觉，看到红白色系的面具时总会涌起些熟悉感。

看网图到第三天，周氤转变了思路，决定寻找江州市的线下面具店。

她想看看实体面具，或许身临其境更能让她回忆起来。

案子发生于十年前，那时候网购还不普及，凶手如果真的戴有面具，大概率只能通过线下店来购买。

面具这东西小众，江州市虽然有挺多店铺卖面具，不过卖的都是些卡通面具之类的儿童玩具，正儿八经的面具专卖店就一家，这家店也不远，开在距离致一中学三公里处。

下午周氤没课，她也闲不住，独自打车到了面具店。

这家面具店有个很别致的名字——“一人千面”。

周氤推开玻璃门，裹着寒气走进去，小小铺面中一排排挂满了面具，琳琅满目造型各异。

铺面很小，不超过十个平方米。

周氤置身其中，竟然生出些诡异的错觉，就好像那些面具都活了过来，瞪着空洞的眼睛正盯着她看，但仔细看去，又会发现一切不过都是错觉。

老板是个中年男人，他穿得很厚，一身黑棉袄，长得又黑又瘦。

“要什么？”老板言简意赅。

“我先自己看看。”周氤笑着回应，然后抬腿往里走。

面具很多，大多是动漫电影里的热门角色，周氤一排排看过去，有“无脸男”也有“V 字仇杀队”，但这些面具都不能让她心里产生任何激荡。

周氤因为 PTSD（创伤后应激障碍）出现了选择性遗忘，如今想要找回丢失的记忆，唯一的突破口竟然只有自己的身体反应。

其间有两个身穿 cos 服的女生进来挑选面具，但似乎没有挑到中意的，两人嘀嘀咕咕没几分钟又出去了。

周氤神色淡然，继续往里走，同时手指在那些面具上面划过。

到最里面一个面具前，周氤的目光瞬间定格。

也是红白色系的，面具上红下白，额头处有很多镂空花瓣。

她杏眼微眯，下意识蹲下来拿起这个红白色面具，然后走到一旁的镜子前，看着里面，那个和她一模一样的女人也正直勾勾盯着她。

周氤面无表情，将这个红白色面具慢慢遮住自己的脸。

人是普通的人，面具也只是普通的面具，单看只是有些熟悉，但两者相触时，却让周氤的心跳开始急促。

镜子里的自己好像突然变得陌生狰狞。

她深吸了一口气，将这个面具拿下来走到收银台前，问老板："这个怎么卖？"

老板拿过来看了眼："三百。"

周氤故作惊讶："这么贵？"

老板絮絮叨叨："不贵，这个都绝版了，又不热门，已经不会有厂家生产了，你需要就只能花大价钱去定制了。"

见周氤不说话，老板又一个劲儿地推销："真不贵，你看这做工、这精致度，网上那些粗制滥造的和我店里的这个可比不得。"

周氤若有所思："老板，我看这面具很眼熟，但想不起来在哪里看到过，你能给我说下这面具的渊源吗？"

"具体的我也有点儿不记得了，"老板思考了好几秒，放下面具拉开抽屉，"不过你稍微等会儿，我这边都有记录的。"

他说完拿出一个贴满照片的笔记本来翻翻找找。

翻找的同时周氤也在有一搭没一搭地询问："老板，你这里生意好吗？"

"生意，差劲哦，以前还行，现在好多都在网上买了。"

周氤"哦"了一声："老板，我看面具这东西应该挺冷门的吧，来你这里买面具的都是些什么人啊？"

"确实冷门。来的都是些学生，或者是像你一样的年轻人，什么cosplay、假面舞会啥的需要面具，有人也会买来收藏，我这里的面具质量做工都是一顶一的。"

几分钟后，老板翻找的动作停止，捧起笔记本恍然大悟地"嗐"了一声："是它啊！"

周氤不解地询问："是什么？"

老板将笔记本放到桌上调转方向，好让周氤看起来更方便。

"有个外国小众恐怖电影，叫《Monster（怪物）》，你看过吗？"

"《Monster》？"周氤轻声复述，脑中断断续续闪出些画面来，"好像有点儿印象，这片子很老了吧？"

"1985年的片子，我这里都有记录！"老板指了指笔记本，"里面有个吃人的女巫，叫伊莎，这面具就是根据她在电影里的形象做的。"

"伊莎……"周氤喃喃。她好像看过，但记不清了，只能拿出手机来搜索。

确实是很老的片子，也冷门得很，网上不仅没有完整片源，连影片截图都少。

周氤放下手机，思忖片刻后问："老板，这面具还剩几个啊，我都买了。"

“就这么一个了。”

“三百是吧？”

“对。”

“行！”她说完麻利地付了钱。

老板喜笑颜开，很耐心地询问：“还有什么需要的吗？”

周氤微笑着：“有件事想向你打听一下。”

“什么事？”许是因为周氤买了面具，又付钱爽快没有讨价还价，老板也很有耐心地回答着她的问题。

“我想问下这面具你店里之前一共卖出去多少个了？”

“这面具我店里一共就七个，在你之前卖出去六个。”老板看了眼记录。

“分别是什么时间卖出去的还有记录吗？”

老板眉头皱起，也如实说道：“如果是2007年以后购买的，我电脑里都有记录，要是2007年以前买的我这边就没有。”

周氤小心翼翼地和老板商量着：“我能看下2007年以后这面具的购买记录吗？”

老板犹豫着，明显不太情愿。周氤见状也没坚持，勉强笑道：“要实在不方便就算了。”

毕竟自己只是个顾客，随随便便看人家店里的购买记录任谁也不会乐意的。

在旁人看来，也是很奇怪的行为。

老板也顺着台阶下来：“不是我不想给你看，实在是难找哦。”

“没事，帮我拿个袋子吧。”周氤指了指桌上的面具。

老板立马笑着拿了个纸袋装好，然后递给周氤：“光顾着和你说话，都忘记给你装起来了。”

周氤颔首回应，然后出了店门。

她走路的同时还不忘拉开纸袋看了眼里面的面具。

到店铺外，玻璃反着光能照出清晰人像，周氤突然顿住脚步。

她将面具拿出来，慢慢遮到自己的脸上，与此同时，堵塞的思维好像慢慢变得流畅起来。

周氤看了很久，同时嘴里不受控制地说出两个字来：“是你。”

是你是你是你是你……

她默念着着几个字，闭上眼，记忆越来越清晰。

身边的车辆川流不息，有长长的鸣笛声响起，周氤却好像什么都听不到了。

她感觉自己现在正置身于十年前的梨花巷中，天瞬间黑沉下来，周遭的景物全部不见了。

天上下着黑雨，雨势很大，如瀑而下。

周氤浑身湿透了，她躺在地上，手臂被划伤了，很疼，正淌着血，脖颈也刚刚被凶手松开，此时她正大口大口呼吸着空气。

雨水打得她眼睛都睁不开，但她听到了周世兰的呼救声。她忍着疼痛从地上爬起来，正好看到凶手将手中尖刀刺向母亲。

再抽出来。

一共三下。

周世兰已经没了反抗的能力，只满眼含泪地跪在地上，汩汩鲜血从腹部流出，染红了地上的积水。

"啪嗒！"

有什么东西落在了那个人脚边，他背对着周氤，俯下身去捡起。

周世兰此时疾呼了一声：

"是你！"

凶手一脚将她踢开，然后戴上掉落的面具侧身过来。

地上的周氤也终于从地上爬了起来。

五米之隔，两人静静凝望着对方。

他戴着面具，身穿一件黑色雨衣，戴着雨衣帽，侧着脸站着，活像扑克牌里的黑桃 Q。

他手上的刀正淌着血，一滴一滴落到他脚边。

然后，他的唇角慢慢勾起，突然抬腿朝她走来，却没走动，因为他的腿正被地上的周世兰死死抱住。

"周氤！

"快跑！

"别回头！"

周氤脚步微挪，然后哭着转身，拼了命地往前跑。

只有拼命跑，跑出去，她才有可能活下来。

而很快，凶手再次踢开了奄奄一息的周世兰追了上来，周氤此时回头看了眼。

周世兰躺在血泊里，用尽最后一点力气想将怀中那把自动伞掷出去，想阻止凶手追女儿，却没想到按下了伞的按钮，那把自动伞打开了。

那本是她给周氤带的伞，一把白色的伞，却被她的鲜血染成了红色。

展开的“红伞”被风吹动，在血色积水中摇摇晃晃，伞珠划过水泥地面，发出极度刺耳的声响。

周氤不顾一切地往前跑，她听到身后急促的脚步声，但她什么都顾不上了。

风声在耳边呼啸而过，雨水不停地从她下巴淌过，脚下是飞溅的积水声，但她只知道不停地往前跑。

面具人追了一段距离，但周世兰的拖延起了关键作用。

他并未追上周氤。

到第一个路口，红绿灯的旁边，周氤遇到了江准。

江准怀中同样揣着一把伞，他也是出来找她的。

只不过，他稍稍晚了一步。

…………

周氤睁开眼，她还是站在店铺的玻璃门前，身后是拥挤的车流，不远处的人行横道上有过马路的行人络绎不绝。

而那段早已丢失的记忆，不管怎么努力也想不起来的记忆，在一个分外普通的阴天下午，重新出现在了周氤的大脑里。

明明心中已经翻山倒海了，可周氤面上依旧保持着冷静，她迫不及待想要去找江准，想要第一时间与他分享这个好消息，转身之际，却不想有个人猛地撞了上来。

撞掉了她手中的纸袋。

那人脚步没停，只在她低头去拾纸袋时快语说了一句：“不好意思。”

声音很低，有些沙哑，听起来让人感觉很不舒服。

不舒服的程度犹如粉笔在黑板上快速滑动一般。

周氤慢腾腾地拾起纸袋，然后停止，下意识地转身看了一眼。

刚刚撞她那人已经湮没在人行横道上那些来往的行人中了。

周氤心底涌起些怪异感。

她的目光在人行横道上的行人上来回睃着。

一张张脸孔，或无表情或笑着，有的在行走，有的在打电话，有的在交谈。

芸芸众生，忙忙碌碌。

都是再普通不过的人了。

而那股怪异感如一阵风似的，轻轻拂来，又很快离去。

周氤捏紧纸袋转身快步往前走去。

到路口，她随手拦了一辆出租车。

“江州大学。”她对出租车司机说道。

司机沉默寡言，没有和乘客聊天拉话的习惯，他只说了个“好”字，便发动车辆。

车上，周氤时不时拉开纸袋看看里面的面具，越看，自己那些丢失的记忆便越清晰。

她极力压抑住心中激动，深深吸了好几口气。

很快，出租车在江州大学附近停下。

周氤付了钱，下车拨了江准的电话。

他很快接了起来，声音低沉：“我在上课。”

周氤笑语回应：“没事，那你好好上课吧。”

说完她挂断电话。

在学校里简单地问了下，没费什么劲儿便找到了他上课的教室。

在教室后门探头看了一眼，里面乌泱泱的都是人头，坐得满满当当，女生尤其多。

视线再往前，便看到了那个清隽挺拔的熟悉身影。

江准正转过身去板书，周氤找准机会迅速进入教室，在后面徘徊了一圈终于找到了空位。

此时下课铃声响起，江准也正好回过身来。

周氤怕被他发现，于是忙不迭地坐下来，却不想椅子是个坏的。

随着一阵桌椅碰撞的刺耳声响，周氤很丢脸地跌坐在地上。

声响自然也吸引了教室里其他人的目光，包括江准。

太过窘迫。

众目睽睽之下，周氤从地上爬起来，也管不了那么多，她拿起包挡住脸就往外跑。

反正这里没人认识她，江准应该也没看清，丢脸就丢脸吧。

可是台前的江准只需一眼便认出了周氤。看着她落荒而逃的身影，他无奈扶额，然后匆匆宣布下课，又推辞了蜂拥上来问题目的学生，这才快步走出教室寻找她。

她站在走廊上的圆柱后，依旧维持着跑出来的动作，头低垂着，同时拿包将脸挡得严严实实。

已经下课，身后不停有谈笑着的学生来来往往，周氤懊恼得直叹气，将挡脸的包拿下来，刚准备离开时，却发现江准正站跟前饶有兴致地看着她。

江准语气戏谑道：“这不是刚刚扰乱课堂纪律的同学吗？怎么躲这里来了？”

周氤不服气地反驳：“什么扰乱课堂纪律，我才进去就下课了好吗！”

“还狡辩？”

“没狡辩！”

江准俊秀面容上的笑意更深，收起逗弄她的心思，走过去拉起她的手：“来这里怎么不和我说一声？”

“你不是在上课嘛，我怎么好打扰你。”她的手挽上去。

两人举止亲昵，倒是吸引了一众目光，甚至有学生在背后窃窃私语。

声音不大，但都没逃过周氤的耳朵。

“那个是谁啊？”

“这么亲密，是江教授的女朋友吧？”

“女朋友，那我岂不是没机会了？”

“听说不是女朋友，江教授结婚了。”

“结婚了，听谁说的啊？”

“婚戒都戴手上呢你没看到啊？”

周氤侧过头看他，“啧啧”两声：“江教授在学校里还挺受小女生欢迎的嘛！”

江准挑眉，将她的手握得更紧，没否认，谦虚地回答：“还行。”

他低头见周氤板着张脸沉默不语，声音轻快，尾调也扬起：“怎么，你吃醋了？”

周氤冷哼一声：“我有什么好吃醋的，我在学校也很受小男生欢迎啊。”

江准敛住笑容，神色黯淡，低语道：“回家之后和我好好说你是怎么受欢迎的。”

周氤微笑：“我不想说。”

江准继续：“那还不好办？校庆我回致一演讲的时候好好打听一下是哪几个小男生。”

他声音里的不悦很明显。

周氤将江准抛出的问题又还了回去：“怎么，你吃醋了啊？”

江准视线阴沉，声音也很沉闷，爽快地承认：“嗯。”

他又补充：“对别人，我可小气得很。”

周氤笑着安抚：“好好好，我知道了。”

两人还未走出长廊，便在拐角处遇见了江准的同事——

一位姓陈的老教授。

打过招呼后，老教授又用打量的目光看了眼周氤，问：“小江，这位是？”

“跟您提起过的，我太太周氤。”

说完，江准又向周氤介绍：“我同事，法学院的陈教授。”

周氤紧张地捏紧江准的衣袖，又拘谨地颔首问候：“陈教授好。”

陈教授慈眉善目，看着周氤笑道：“一直只听江准提起，今天终于见到真人了。”说完又调侃江准，“小江，这么漂亮的太太，你可真是有福气。”

江准笑着，大大方方地回应：“我确实很有福气。”

陈教授好奇地询问：“你们怎么认识的？”

江准：“从小就认识了，七岁的时候，我家搬到我太太家隔壁，后来又一直是同学，到现在结婚。”

虽然中间有过变故，但好在一切都回到了正轨。

和陈教授寒暄完，江准才注意到周氤手中的纸袋，问：“买的什么？”

周氤没回答他的问题，而是转了话锋：“我有很重要的事要和你说。”

看到江准脸上的神色逐渐凝重，周氤又赶紧解释：“你别担心，不是坏事。”

江准眸光微狭，环顾四周一眼，低语：“去我办公室说。”

江准拉着周氤穿越了大半个校区才到了他的办公室。

他反锁了门，刚转身却被周氤紧紧抱住。

她呼出的热气透过毛衣传到他的胸膛上，江准只觉得自己心上痒痒的，他伸手加深了这个拥抱。

“江准，我想起来了，那天晚上的事情，我都想起来了。”周氤的声音低缓而坚定，她抬头凝视江准，“我猜测，凶手和我妈认识。”

江准英俊的面容上浮出困惑，他皱眉：“认识？”

“对！”周氤斩钉截铁，然后将手中纸袋递过去。

江准将之打开，拿出里面的面具细细端详，却看不出其中端倪。

周氤语气激动：“你还记不记得，大概是在小学六年级的暑假，我们一起窝在我家里看碟片，有部片子叫《Monster》，中文译名是《怪物》，”又重复询问，“你还记得吗？”

他自然是记得的。

那是 2002 年，国内的互联网才起步没多久，最出名的手机品牌还是摩托罗拉。

六年级那个暑假，周氤在家无聊想看恐怖片，便去家附近的影碟厅租了些碟片来看。

她一个人看害怕，每次都要拉着江准一起。

这部《怪物》便是那个时候看的。

江准回忆了一下剧情，脑子里很快有画面浮现。

影片很老了，画风与剧情也透着诡异感，讲了爱尔兰一户人家的故事。

年轻夫妇有一对龙凤胎，龙凤胎中的女儿从出生就从未说过话，连哭都不会哭，每天睁着大眼睛望着窗外。

夫妻俩带着女儿寻医问药许久无果，一天晚上，妻子起夜上厕所偶然听到儿女房间里有清脆的咀嚼声，她有些奇怪，于是摸黑去房间查看，借着月光看到女儿在啃儿子的手指头，啃得血肉模糊，后来从牧师嘴里知道女儿被一个叫伊莎的巫女附了身，巫女戴着一张假面皮，面皮上红下白，额角雕刻着花瓣，眼睛空洞黢黑。

江准看着那个面具，涌上来一股强烈的熟悉感："这是按照电影里伊莎的形象做的？"

"嗯。"

江准很快说出："你所说的那两个词，'怪物'和'面具'，是指凶手当时戴着《怪物》这部电影里的面具？"

周氤忙不迭地点头，又赶紧补充道："案发那晚，凶手戴的面具和这个类似，让我瞬间想到了这部电影所以记下了这两个词。"

"红伞呢？"

"红伞不是凶手撑着的，那是我妈给我带的伞，一把白色的，被血染成了红色。"

周氤接着道："还有，凶手在作案过程中脸上的面具不小心掉落了，当时他背对着我，所以我并没有看到他的脸，但是我妈看见了，她当时以非常震惊的语气说了两个字。"

"哪两个字？"

"'是你'！"周氤语速加快，"她说了'是你'这两个字。"

周氤深吸一口气，继续说道："她很震惊，似乎不敢相信是他，所以很大可能认识。"

江准沉吟片刻。

周氤立刻转身，拿起江准的手放在自己脖子上："掐我。"

江准照做，但他下不了狠手，只是稍稍用力。

周氤疾声道：“掐紧，将我往后面拖。”

江准视线一暗，还是照做了，他以凶手的姿态掐紧周氤的脖子往后拖行。

瞬间，窒息感如洪水猛兽一般铺天盖地袭来。周氤双脚不停地在地上踢踏挣扎，努力回忆着案发那晚的细节。

凶手力气很大，用左手掐住周氤，在挣扎过程中周氤摸到了他的手。

手背粗糙，像做惯了粗活，左手虎口处有伤疤的触感，同时左手中指第一节侧面指腹处有非常明显的厚茧。

办公室太小，江准又顾及着周氤，只将她拖行了两三米便放下了。

周氤的脸涨得通红，刚呼吸到新鲜空气，便捂着脖子不停咳嗽，声音响彻整个办公室。

但她脸上却浮出笑意，等咳嗽声止住后和江准比了下身高，最后，在江准眼睛处停下了。

“他比你矮，身高大概在你这里。”周氤说着皱眉，又往下了一些，落到江准鼻子之上，“到这里之间。”

“确定吗？”

周氤摇摇头：“不确定，只是个大概的估计，但根据我目测，他身高肯定在一米七以上。”

江准追问：“还有呢？”

“左手虎口有伤疤，左手中指第一节指腹侧面处有厚茧。”

“厚茧？”

“对！”

“只有这一处有吗？”

“嗯。”周氤非常肯定，“他的手背很粗糙，不像娇生惯养的人，但只有左手中指第一节指腹处有厚茧。”

“右手呢？”

“没摸到。”

“左手中指指腹侧面。”江准目光变得凛然。

手茧在医学上称为胼胝，是局部皮肤长期受压迫和摩擦出现的角质增厚的现象，摸上去会有坚硬的触感。

“中指指腹侧面这个位置比较特殊，要在此处出现厚茧，通常来说，应该是惯常用笔的人。”

周氤伸出手来左右互相抚摸了一下，她自己的右手指腹处也有厚茧。

周氤又摸了江准的，他右手中指的相同位置也有厚茧，两人都属于惯常用笔的人。

她尝试性问了一句："会不会是个左撇子？"

"有可能。"

但周氤没摸到凶手右手的情况，因此也不太确定，但能确定的是，他的手既然能在那处留下厚茧，用左手写字的情况应该非常非常多。

江准声音低缓："我们假定妈和凶手真的认识，从她的社交圈开始入手，寻找和你描述相符合的人。"

"我妈的社交圈？"周氤喃喃。

江准提醒："首先确定了凶手是男性对吗？"

周氤郑重地点头。

"第一，男同事。"

话音落下，周氤脑海中浮现出一张张熟悉的面孔。

何校长，刘主任，陈春华……

太多了，还有些或退休或离职的。

"第二，学校的工作人员，食堂师傅，保安，保洁。

"第三，教授过的所有男学生，案发时毕业的或者没毕业的。

"第四，就是生活中可能会出现的人，比如她的老同学，或者学生家长，楼下卖水果的，学校门口摆摊的，还有电工维修工管道工都有可能。"

周氤脑子渐渐乱了，眉头紧蹙："那太多了。"

"其实已经能排除很多了。"

江准看着面具又问："面具从哪里来的？"

"就是江州唯一一家面具店，店家说他店里原本共有七个，在我之前卖出去六个，这是最后一个。"

"有购买记录吗？"

"2007 年以后购买的有记录，2007 年以前购买的没有，我提出想看 2007 年后的购买记录，但那老板拒绝了我。"

"这个不是什么难事，穆野能搞定。"

他又语气犹疑着说了一句："但时间跨度太大，购买记录不全，又只有个时间，仅凭这些完全无法再缩小嫌疑人范围。"

"那我们应该……"

"氤氤，突破口还是在你身上，因为你是唯一一个见过他的人。"

江准又说："但现在还面临一个问题。"

“什么问题？”

江准凝视周氤，目光深沉：“如果凶手重新出现在你面前，在他很有可能身材发福或者暴瘦的情况下，你能通过身形、身高、动作姿势以及一些细节特征认出他吗？”

这个问题彻底将周氤问住了。

她张了张嘴，目光呆滞，怔怔地看着江准。

十年过去了，凶手可能早已改头换面，她现在所已知的一切特征都是能够改变或者消除的。

比如身高、伤疤、厚茧、惯用手和走路姿势。

那么，就算凶手真的站在她面前，她还能认出他吗？

周氤失神许久也没个答案。

手机铃声追魂夺命，将周氤拉回现实。

张亚丽语速很快，机关枪似的，用的是命令的口吻：“周氤，你带上江准来我家吃饭啊，我妈可一直惦记着这回事呢。”

她和江准领证这么久，还一直没去拜访过周世梅，作为晚辈实在是太过失礼了。

周氤看了眼窗外天色，暗淡且阴霾笼罩，时间已经不早了，还得买些礼品，今天过去肯定很不合适。

“你和大姨说，我明天去。”

张亚丽：“那就明天来我家吃晚饭。”

“好。”周氤回答。

两人说着话，电话那边突然有个熟悉的男声叫了声“张老师”，声音嘹亮且中气十足。

张亚丽急切地应了一声，连忙结束和周氤的对话：“就这么说好了啊。对了，周氤，我这边还有事，就先不和你讲了。”

她电话挂得匆忙，听筒里的忙音“嘟嘟嘟”一阵急过一阵也不停歇。

江准扬眉：“张亚丽来的电话？”

周氤收拾好刚才的沮丧心情，尾音扬起，带着些俏皮：“对啊，是大姨让我带你回家见见，顺便吃个饭。”

江准眼尾深长，眸中带笑，用欣慰的语气说了两个字：“终于。”

周氤没理解他那两个字意思，眉心轻皱，凑上去问：“终于什么？”

“终于要正儿八经见家长了。”

周氤笑语道："我大姨，你都见过多少次了。"

"不同。"

"哪里不同？"

江准的眸黑而深邃，但语气却颇有些黯然沮丧："当然不同，以前没名没分。"

话音落下，周氤瞬间噤声。她面上有刻意的困惑之色，双手环抱神秘兮兮地盯了江准好几秒。

江准也不甘示弱，目光散漫却大胆地迎视上去："怎么一直看着我？"

"你变了。"

江准笑着："怎么又说我变了。"停顿一下，"我从来不觉得我变了。"

"忘了？要不然我将你的罪状一一列举。"

江准无奈地摊手："洗耳恭听，我也想知道我在你这里犯了哪些罪。"

"多了去了！"周氤掰着手指头，义正词严，"第一，高冷，以前和你说话，老是我一个人在那里说个不停，你心情好就回我几句，心情不好就'嗯嗯'几声，反正就是很敷衍。"

江准哑然失笑，他拉开椅子坐下，看着愤慨控诉的周氤，面容上的笑意更深。

周氤不知道，她每次和他说话时，他心情都好得不像话，对别人他连"嗯"都懒得"嗯"。

当然，江准以前性子矜傲也懒得解释。

江准点点头，默默认下了这则"罪状"，伸手将周氤拉过来，笑着："周老师，您继续列举。"

周氤继续："第二，每次上学放学，你总是一个人走得很快也不等我，很多次我要跑着才能追上你。承认吧，你那个时候就是不想和我一起走。"

江准低头，眼前浮现画面。

少女时的周氤性子贪玩，又嗜睡，早上上学起不来就算了走路还慢，没办法，为了纠正她的坏习惯，他只能快走的同时叫她跟上，只是每次拉开一段距离见她跟不上时，他便会慢下脚步等她到自己身后时才会继续往前。

他哪里会不想和她一起走，又怎么会真的不等她？

周氤语气轻快："其实这些都是小事，现在讲起来有些矫情了，不过有一次你让我很生气。"

"哪一次？"

周氤反问："你忘了？"

江准皱眉，到底做了什么让她生气的事，他还真不清楚。

周氤又开口：“高二的时候吧……”

她也有些不确定。

“高二什么时候？”

“大概就是我当众演讲搞得整个学校都知道之后的一个课间，你不记得了？”

江准有印象，但他不说出来，而是心计暗藏，引导她：“不记得了，你帮我回忆回忆？”

对于这事，周氤可是刻骨铭心。

那个时候的她恣意妄为，在致一中学每周一的晨会做“勇敢与爱”主题的演讲时，她勇敢地在广播里表达了对江准的欣赏。

诚然，她的行为非常符合那期的演讲主题，却不符合当时的《高中生日常行为规范》，所以她理所应当被班主任以及教导主任轮番谈话，常年霸榜学校一二名的好学生周氤第一次被当作坏典型在早会上被严肃批评，刘主任还苦口婆心劝诫她停止“早恋”的想法。

批评归批评，指点归指点，周氤没当回事，依旧我行我素。

高中时代的江准性子冷僻却依旧瞩目，风云人物又怎么会缺少簇拥？

那时候班上有个叫程婧一的女孩儿，高挑姣美才情出众，家境还优渥，妥妥的白富美，性格高傲不认输，还和周氤一样心悦江准。

所以周氤和程婧一也不对盘得很。

不过她俩不对盘的原因不仅仅因为江准，就算没有他，两人也不可能成为朋友，因为有些人就是命中注定的气场不合磁场相斥，没有任何原因可言。

周氤和程婧一就属于这种情况。

两人初见面时就互相排斥，一起参加学校活动老是争吵。程婧一非常不爽周氤仗着自己和江准青梅竹马从而近水楼台先得月，在一次课间时，终于忍不住对在江准身边叽叽喳喳的周氤开口讽刺：“真丢脸，说这么多，江准连看都懒得看你。”

周氤这才将视线投到程婧一脸上，笑容狡黠，也反唇相讥：“同是天才惺惺相惜，你不懂！你怎么知道江准不喜欢看我，其实他很喜欢看我。”

她说这话也挺没自信的，停顿了几秒，又低头看向旁边的江准，小心翼翼地求证道：“对吧，江准？”

她渴望得到他肯定的答案。

清冷矜傲的少年依旧伏案做题，没抬头也没回答。

他的沉默在某种程度上助长了程婧一的嚣张，她嘲讽更甚："真丢脸，都说了江准他懒得看你，还自取其辱。"

周氤自尊有些受挫，也不敢继续求证下去，于是懊恼地拉开椅子头也不回地往外走。

话题戛然而止，思绪也拉回现实，周氤想到轰轰烈烈的曾经，质问："你那时候挺烦我的吧？"

难堪的往事在很多年后被提及，也不再难堪，剩下的只有对当年那个满腔孤勇的周氤的自嘲。

江准继续无奈，他舒展开的眉又皱起，很不可置信的语气："你一直以来都是这么认为的？"

"不然呢？"周氤挺不服气，"我有这个想法也不奇怪吧。仔细想想，那时候我们的位置根本就不平等，毕竟我们之间从一开始就是我缠着你，你从来没有回应过我。"

江准揉了揉太阳穴，似乎是烦郁得很。这让他不禁感慨世间万物相生相克，上天给人开了一扇门，同时也会关上一扇窗，给了少年周氤高智商的同时，不忘夺走她一部分观察能力与情商。

明明她讲话时不管多聒噪他都会耐心听完，她的愿望他都会拼尽全力去帮她实现，她从小到大闯的祸也是他善的后，无论她想做什么他总是义无反顾陪在她身边。

可惜她连这么明显的一点都看不出，在学业上聪明的同时，又在感情上笨得可怜。

江准烦郁依旧。

周氤继续说道："我当时问你喜不喜欢看我，你没回答，这一点你怎么解释？"

他也如实相告："没法儿解释，因为我压根儿就没打算回答你。"

周氤有些气："所以读书的时候，你本来就很烦我啊。"

江准声音清冷沉郁："但我回答了程婧一。"

"什么？"

江准继续："我跟她说——"

他的记忆也随之回到了那个课间，是夏天，闷热，刚下完一场雨。

窗外，被雨水洗过的香樟更加郁郁葱葱，叶尖还在淌水。

周氤拉开椅子往外走的同时，江准也在这时停笔抬头，他看着程婧一，视线是凌厉的也是坚定的。

他很认真地开口：“不丢脸，我确实很喜欢看她。”

他的声音湮没在课间的喧嚣声中。

那时的周氤什么也没有听见。

周氤现在却听见了，还听得很清楚。

他声音低低的，有些沉闷又有些哑，但目光却是炽热深情的。

甚至偏执。

他本就是个偏执的人，偏执地喜欢周氤很多年，小时候脸皮薄又高傲让他总是装模作样故作冷意，可当听到周氤在广播里说喜欢他时，如同电流，顺着他浑身经脉直抵胸腔，点燃心脏，血液在沸腾飞溅。

时隔多年，江准依旧清楚地记得当时的感觉。

也如同凛冬散尽，从此天光长明。

# Chapter 10
# 猎物

听到了以前没听见的答案，周氤的心情有些好。

天色暗了，两人肚子都饿着，便去了致一中学外面的长街吃东西。

长街相邻致一与机电，两边的学生都经常来这边吃饭，里面热热闹闹，穿着校服的年轻学生推搡打闹。

长长一条街，烧烤、鱼丸、海蛎煎、烧肉粽、沙茶面应有尽有，香味诱人。

从前读书时，周氤和江准都是走读生，一下晚自习，周氤就喜欢来这里，往往是她兴致雀跃地跑在前面，江准推着自行车走在后面，买些吃的，或是炸串，或是奶茶，她很喜欢吃。

但那时周世兰对她的零花钱管得很严，每次她想吃又没钱，便很不要脸地去找江准借，借了又没钱还，就给江准做“苦力”还债，或跑腿，或帮模仿他的字迹抄他不喜欢的文科作业。高二有段时间江准打篮球扭伤了腿，周氤还很悲催地每天骑着自行车载江准上下学，载了整整一个月，她叫苦不迭。

现在的长街依旧熙熙攘攘，透着浓重的烟火气息。

周氤回来挺久却一直没有来过这里，以前她怕触景生情，如今江准就在身边，她也没了这个顾虑。

长街里要么是小贩要么就是学生，他们俩走在里面，颇有些格格不入。

到一家炸串摊前，周氤下意识停住了。这些年她已经很少吃油炸食品了，不过走进来时里面的香味又勾起她深藏已久的馋虫。

“吃这个吧。”周氤指了指，“很久没有吃过了。”

江准看着摊上那些串，想起曾经的过往，心情有些愉悦：“我也很久没吃过了。”

“你吃什么？我给你拿。”

“和以前一样。”

周氤轻笑，低下头挑选起来。江准其实不太爱吃油炸食品，但以前周氤喜欢，他也会跟着吃，不过他比较挑食，整个摊的串，他喜欢吃的就那么两三样。

周氤这里还没挑完，旁边突然有人异口同声喊了句“周老师”。

她转身一看，喊她的人是自己班上的学生，就三四个，男生女生都有。

其中个子最高那个男生叫高展，长得帅气人也活跃，看见周氤，面露惊讶道：“周老师，你也来买炸串吃啊？”

为了能震慑住班里这群不听话的孩子，周氤平日在学校可劲儿装严师，如今被学生遇到自己来这里买炸串，场面着实有些尴尬。

“没买，我就看看……”

周氤尴尬地轻咳一声，然后放下手里的串，装作若无其事的样子。

江准挑了下眉，无奈低头。

撒谎本领比起之前倒是有些长进。

江准在后面不厚道地笑了，周氤转身警告般地盯他一眼，可江准丝毫没收敛。

为了掩饰尴尬，周氤换了话题：“你们怎么在这里？”

高展爽朗的声音响起：“来这里吃饭啊。”

班里另外两个女生也凑了过来，她们互相挽着手，看见周氤和江准紧握的双手，相视一笑，又咬耳朵私语起来，眼里闪着八卦的光。

高展自然也注意到了，他心里藏不住事，连忙问道：“周老师，这不会是你男朋友吧？”

“不是。”周氤否认得很快，将鬓边长发捋到耳后，如实回答，“还没来得及和你们说，我结婚了。”

几个学生都有些惊诧，面面相觑后咽咽口水：“结婚了？”

高展又开口：“周老师你开玩笑的吧？”

他身后那两个女生也是一脸不可置信的模样。

周氤抿唇轻笑：“当然不是，这有什么好开玩笑的。”

高展口无遮拦直接说道：“那吴老师岂不是彻底没机会了？”

听到高展这句话，江准下意识皱起眉，原本愉悦的面容也瞬间覆上一层薄冰，周身气息都冷冽了不少。

周氤解释：“不许乱说，我和吴老师只是普通的同事关系。”

高展似乎也意识到自己说错了话，很不自在地挠了挠头，又抬手看了眼手表，急急忙忙说着：“周老师，快上晚自习了，我们就先撤了。”

周氤叮嘱：“过马路注意安全。”

“知道了！”

几秒钟的工夫，高展几人的身影便淹没于人潮之中了。

他们走后，周氤又环顾了一下四周，确定身边没有自己班上的学生后才再次拿起刚刚的串递给摊位老板，老板身材魁梧，手脚也麻利得很。

趁着老板忙碌的工夫，周氤转过身来昂头看向江准。

他眼睑稍低，眼眸漆黑，神色晦暗不明。

周氤还没意识到，手被冻得通红，她蛮横地将手从江准敞开的大衣里探进去取暖。

做完这一切，她又抬眸看他，笑容漾出水来。

“一共二十块。”老板高声道，将串捞出刷上辣椒粉后装进纸袋中。

周氤应着，连忙抽回了手。

没注意到他生气也就算了，还撩完就跑，真是没心没肺。

周氤转身接过纸袋，和从前一样，江准理所应当承担了付钱的角色。

付完钱周氤才意识到江准好像生气了，他面色冷寂，也不吭声，在后面直勾勾地盯着她。

周氤这才开口：“你怎么好像挺不高兴的？”

与此同时，江准也开口问她：“吴老师是谁？”

周氤有些无奈，低头笑了笑：“你就为这个不高兴啊？”

“这个理由还不够吗？”

“够！”周氤从纸袋中拿出一串羊肉递到江准嘴边，并示意他，“乖，张嘴。”

颇有种哄小孩儿的意味。

偏偏江准挺吃这套，他弯腰低头，听话地张嘴。

周氤这才解释：“吴老师是我们学校的体育老师，仅此而已。”

顿了下，周氤问：“你刚刚不会又在吃醋吧？”

“嗯。”江准声音低沉，揽住周氤腰的那只手也用力了些，“我说过，对其他人，我很小心眼儿的。”

“知道了。”周氤轻笑出声，转身往前走。

街道不长，东西也很快就吃完了，但两人都还饿着，便进了旁边的一家面馆。

店开了三十多年，比两人的年龄还老。

老板是一对花甲之年的老夫妻，老爷子是北方人，听说是在动荡岁月里认识了老太太，于是来到南方和她一起开了这家面馆，两人没有孩子，一直相濡以沫走过来，恩爱如初。

以前在致一读书时，江准和周氤很喜欢来这里吃面，和店老板也很熟。

他们俩都喜欢吃西红柿鸡蛋面，每次都要两碗，等面的间隙周氤便会和江准一起做记忆训练。

拿出一副扑克牌，洗牌，然后将牌在桌上摊开，一张张看过去。

在老爷子将面端上来之前这三四分钟的时间里，两人拼命挑战着自己的极限，用短时间记忆，然后相对而坐，一起用极快的语速进行复盘工作。

往往复完最后一张牌时，老爷子正好会将面端上来。

时隔多年，周氤和江准再次一起走进这家面馆。

已经到了晚自习时间，店里自然没客人，老太太坐在收银台前打盹儿，老爷子弯腰收拾垃圾。

注意到有人进来，老太太先睁开眼，下意识问了句："吃点儿什么？"

话音落下，老太太盯着两人打量了一会儿，似乎是觉得眼熟，迟疑了一会儿，颤抖着手拿起桌上的老花镜。

周氤叫了声："婆婆。"

这声"婆婆"让老太太瞬间确定了来人，她脸上的惊喜掩饰不住，说道："是你们俩，是你们俩……"又看向一旁，"老头子，你看！"

收拾垃圾的老爷子挺直背脊，看到周氤和江准两人时也愣了下，随后绽开惊喜的笑容，感慨道："真是你们，你们俩好多年没来过了。别光站着，坐！坐！"

老爷子："还是两碗西红柿鸡蛋面吗？"

周氤和江准相视一笑，一同点点头。

老太太高声催促着："老头子，你快去厨房下面啊。"

周氤："不用着急的，婆婆。"

老爷子才走进厨房，又转身喊道："就知道催我，你也赶紧来给我打下手。"

老太太连忙应声，然后拉起周氤的手握了握："你们等会儿，面马上就好。"

这么多年了，面馆的装潢还是没变，值得庆幸的是，陪她一起来这里吃面的人也没变。

从前是他，现在也是他。

虽然已经过去了很久，但好像一切都不曾改变过一样。

没多久，老爷子便端上来两碗热腾腾的面。

番茄和鸡蛋铺满，绿葱点缀其上，再倒一些夫妻俩自制的辣椒酱，美味极了。

动筷前，周氲突然说了一句："吃之前没做记忆训练，总觉得少了些什么。"

说完，她低头吃起面来。

这时老爷子笑眯眯地走过来，他还按从前的称呼喊周氲，问："周同学，好吃吗？"

周氲抬起头来，冲他竖了个大拇指："好吃，还是从前的味道。"

老爷子很满足地点了点头，然后又转身进了厨房。

周氲才吃了一半，感觉有些口渴。她抬头看了一眼江准，发现他已经吃完，正专注地看着自己。

"有点儿渴。"

"想喝什么？"

"奶茶。"

"好，等我。"

他说着起身走出店门，周氲低头继续吃面。

老爷子从厨房里端出一碟小菜放在桌上："我老婆子做的，你尝尝。"

周氲笑容恬淡，夹起一块塞进嘴里："好吃。"

老爷子也很高兴，又看到周氲面前没人，问："江同学呢？"

"他买喝的去了。"

老爷子很自然地坐在了她的面前。他头发已经花白，精神却矍铄。他悠悠开口："刚刚你们进来时，我险些没认出来。"

"快十年了，我和他变化都很大，但你和婆婆还是和以前一样，一点没变。"

"怎么没变，我们都已经老喽！"老爷子笑着，又问，"周同学，这些年过得怎么样？"

周氲咬了下嘴唇："挺难熬，但都过来了。"

"那就好那就好。"他声音疲惫，重复说了几遍。

老爷子突然叹了声气，目光投向她，有些混浊。

"真没想到能再次看到你俩。"

他感慨着，和周氤说了一件微不足道的小事。

“记得周老师出事之后，你俩就没再一起来过店里了。周老师出事后三个月左右的样子，江同学一个人来了我们店里，看起来很颓废，他要了两碗西红柿鸡蛋面，就坐在我现在坐的位置上。

“他一个人吃完了两碗，然后突然就哭了，哭得很伤心，我和老婆子就远远地看着，谁也不敢上前打扰他……”

没讲完，店里进来了另外的客人，老爷子赶紧起身招呼。

周氤有些愣住，喉咙里也涌出些苦涩。

江准自小就是个会掩饰情绪的人，两人从小一起长大，但周氤从未见他表露过很明显的情绪，就算他父母感情不和整日在家争吵打架，打得头破血流有时还会殃及到他，江准也始终只是以一个外人姿态冷眼旁观，好像什么对他都不重要一样。

她盯着面前的空座，好像看到了十年前的江准。

他还是少年模样，却面色颓丧，额前碎发久未打理，弓着背，在两个面碗前泣不成声。

周氤起身付钱，老夫妻却不要，说这是请他俩的，还郑重其事地叮嘱他们俩常来。

恍惚着，周氤出了店，走在街上寻找江准的身影，一回头，他就站在不远处，手里拎着一杯奶茶。

他的眉眼还是那么清隽，平直的唇线，再往下是凌厉的下颌线条。

周氤突然朝江准跑过去拥紧他，奋不顾身。

太冷了，冷得周氤浑身打战，冷得她泪眼蒙眬。

奶茶没拎紧掉在地上，江准却浑然不觉，他将下巴搁在周氤头顶，越发用力地加深了这个拥抱。

来往的过客匆匆，有人投来疑惑的目光。

这么冷的天，两人为什么要在凛冽的寒风中相拥这么久？

嗯，真是一对奇怪的爱人。

两人迫不及待地回家。

那杯奶茶还是没等到谁来喝，被随手扔在桌上。

杯身没立稳倒下来，伴随着塑料摩擦声，有些刺耳，但亲吻着的两人却无暇顾及。

炽热的感情如风掠过，沉寂的野火一点即燃，燃遍枯黄荒野。

衣物散落一地，平整的床缓慢塌陷下去，周氤双手交握在江准脖子后。

白皙的皮肤裸露在外，冷空气疯狂往人身上钻，周氤倒吸了一口凉气，喘着气抱怨："冷……"

江准细心地拉过被子。

"还是冷……"虽然依旧是抱怨，声音里却带着股撒娇意味。

"没事，很快就热了。"

吻如狂风骤雨般落下，果然如他所言，很快就热了起来。

周氤迷迷糊糊，将浑身重量都挂在他身上，头探上去，唇落在他敏感的耳畔上，呼出的热气洒落在他耳畔，让他痒意横生身体燥热，难以抑制。

"阿准，我们生个孩子吧。"她冷不防开口说话。

细声软语却让江准心脏一滞，他停下动作，眸色炽热而偏执："你刚刚说什么？再说一次。"

她眼中似有水波流转，漾开笑容，坚定地说："我们生个孩子吧，我想有个孩子，属于我们的孩子。"

"好。"江准回答，"我也很想拥有属于我们的孩子。"

此时江准的声音有种特殊的沙哑感，很好听，让周氤自愿沉溺在他的疯狂中。

夜色沉寂。

屋里没开灯，黑得很，只有路灯微弱的光亮通过半开的窗子透进来。

疯狂褪去，周氤困极了，在温暖的怀抱里找了个最舒服的姿势沉沉睡去。

自结婚以后，周氤已经很久没做过噩梦了，最近更是连梦都没做过了。

第二天她醒得很早，起身看了眼时间，才早上六点多。

身边的江准还睡着，睡颜安稳，眉目清隽，睫毛比她的还长。

羡慕啊，从小羡慕到大，以前每次午睡睡不着觉，周氤就喜欢盯着他长密的睫毛看，有次看得正起劲儿，还伸手比画了一下长度，比画之时江准却不知怎么醒了。

两人四目相对，场面瞬间有些尴尬。

被抓包的周氤心里慌乱，表面上却装得什么事都没有发生过一样，她的手停在江准脸边，为了掩饰尴尬，她很放肆地在他脸上捏了两下，还郑重其事地嘱咐他："乖乖睡觉。"

做完这一切，她没敢看江准是什么表情，而是飞快地将头转到另一边。

那时她倚靠在课桌上，正好能听到自己胸腔内的心跳声。

张狂而恣意。

周氤小心翼翼地掀开被子起身，匆匆洗漱完又进了厨房，她想趁江准还睡着给他做早餐。

自结婚以后，做饭这事已经被江准给一手包揽了，周氤连插手的机会都没有，今天好不容易起了个大早，她想悄悄做一顿丰盛的早餐。

等江准起来看到，应该会很惊喜吧。周氤想。

于是她兴致满满开始忙活，又是烧水又是准备食材，忙得正起劲儿时，突然觉得身后有一抹视线紧随着自己。周氤下意识往厨房门口望去，就看到江准懒散地倚靠在门边，双臂环抱，正饶有兴致地盯着自己。

惊喜还未完成就被撞破，周氤有些懊恼，气冲冲地将他往门外推："你快回去睡觉。"

推了好几下，江准却纹丝不动："睡不着了，我来看看你忙些什么？"

周氤只好坦白："我做早餐啊，"又催促他，"你快出去，做好了我叫你。"

"做早餐？"江准的语气有些意味深长，"那我就更不能出去了，我得在这里看着你。"

"你看我做什么？"

江准说："你忘了你以前学做饭差点儿把厨房给烧了的事？为了厨房的安危，我觉得我不能走。"

"这种糗事你还提？"周氤不服气，"我跟你说，我现在手艺可好了，你等着看吧？"

"真的？"江准尾音扬起，带些疑问，明显一副不相信的样子。

"真的！"周氤拍着胸脯，又说，"连亚丽那么挑嘴的人都说很好吃，你还不信我？"

才说完她又将他往外推，语气里满满的埋怨："你先出去，站在这里影响我发挥。"

江准失笑，这才终于转身，去浴室前还不忘撂话："那我就不打扰你了，等着尝你的手艺。"

"肯定惊艳你。"周氤胸有成竹。

江准挑眉，他倒是很期待被惊艳到。

洗漱完，江准又慢条斯理地走到了厨房门口。周氤还在里面忙碌着，她穿着一身厚睡衣，身前系着围裙，长发用一根黑皮筋随意地绾在脑后，好看又随性。

周氤手拿汤匙弯腰尝了尝汤的咸淡，又放下汤匙拿起锅铲翻动了一下旁边锅里的鸡蛋饼，手忙脚乱之下，手指不小心碰到了热锅的边缘，她本能地“嘶”了一声，瞬间收回被烫伤的手。

原本只是慵懒倚靠在门边的江准瞬间不淡定了，他眸色一暗，眉心蹙起，额上的青筋凸显。

他走进厨房，打开洗碗池的水龙头，用极快的速度抓过周氤被烫伤的手放在水流之下。

手指又疼又冷，周氤闷哼几声，抬眼看向江准。

他俊朗的面容上满是急切，眉眼间也覆上一层冷霜。

用冷水冲了会儿，江准才关上水龙头，认真地看了一眼周氤被烫伤的手指：“还说要惊艳我，这么不小心，惊艳直接变惊吓了。”

周氤有些气馁，又叹气，没底气地狡辩道：“这也不能怪我啊，主要是这口锅。”

“嗯。”江准无奈瞥了她一眼，“都怪这口锅，烧得那么热。”

周氤被他的说辞逗笑，郑重点头：“没错。”

江准手指弯曲轻轻弹了一下她的脑门儿，用责怪的语气：“粗心大意不说，还找理由冤枉锅。”

说完关了火，江准将周氤拉到了房间。

上药的时候，周氤抿唇看着江准专心致志的神情，突然想到了什么，问他：“你是什么时候开始喜欢我的？”

江准抬眼，漫不经心的目光迎上周氤期待的目光，又很快挪开，反问道：“你猜？”

周氤开始思索：“我广播演讲的时候？”

“不是。”江准否认得倒是很干脆。

“我们俩一起打比赛的时候？”

江准继续否认：“不是。”

周氤绞尽脑汁还是没能猜出来。

江准看着她，很认真地回答：“比你以为的要早得多。”

“那是什么时候？”

江准没有回答。

他永远都不会忘记那个午后。

所谓的父母再次大打出手，男的怒而离家出去买醉，女的疯狂在孩子身上发泄自己的愤怒，然后将他扔在门外，打扮得光鲜靓丽后出门打牌。

江准坐在楼道台阶上，稚嫩清秀的面容上带着不属于这个年龄孩子的冷漠与讥诮。

周氤就是在那时出现的。

她穿着一条背带裙，扎着一个漂漂亮亮的丸子头，干干净净，蹲在江准面前心疼地问他：“你疼吗？”

江准懒得理会。

周氤有些吃惊地张开嘴，伸出手指了指他的嘴角：“你流血了。”

江准只冷冷地瞥了她一眼。

紧接着，周氤朝他伸出手。

冷僻的江准很警觉，下意识躲了下，却没能躲过去。

周氤手里拿着的是一块干净的白手帕，她小心翼翼地替江准擦去嘴角的血污，睁着无辜的杏核眼，很好看。

江准突然不想躲避了，他很耐心地任由周氤替自己擦完血污。

“你在这里等我，我马上就回来。”周氤叮嘱江准，脆生生的稚嫩声音，一本正经的语气。

然后是钥匙叮里哐当的声响，周氤开门跑进自己家，没一分钟，她又火急火燎跑出门来，手里提着一个小药箱，弯腰放在江准脚边。

她又抬起头看江准，唇弯起新月的弧度，开口说道：“擦完药伤口就会愈合，很快就不会疼了。

“我给你擦药，你忍着些。”

江准一滞，然后慢慢点了点头。

鬼使神差。

喜欢，大概就是从这里开始的吧。

处理好周氤的烫伤，江准才稍稍松了口气，又去了厨房收拾她留下的烂摊子。

而周氤从一开始的恨铁不成钢，最后说服自己心安理得地坐上了饭桌等着江准端上早餐。

今天周六，虽然没课，但作为班主任，她还是得去班里转转。

早餐吃完，周氤准备换衣服去学校。

来到房间将衣服从衣柜里拿出来，正准备换，看窗帘还拉开着，便走过去想将窗帘拉严实，手指刚触碰到窗帘布，目光却冷不防落到了对街的窗户上。

里面没人，窗户开着，从周氤这个角度望过去，能看到屋子里空荡荡的摆设和被寒风刮得飘飞起来的窗帘。

周氤想起前几次做噩梦醒来时在对窗看到的人影，有些眼熟，身形还有些像江准，如今房子空了江准也搬了过来，想必那人就是他无疑了。

想法刚落，腰被人从后面抱住，江准问她："看什么呢？"

周氤指了指对街的窗户，如实相告："看你之前住的房子。"说着又用嗔怪的语气，"搬走就搬走，连窗户都不给人关好，风雨都透进去了。"

江准却声有疑惑："什么之前住的房子？"

周氤说道："还想骗我，你别告诉我你刚回国那段时间不是住在那栋楼的？"

"我是住那栋楼，但……"江准语气稍顿，伸手指了指那个大开的窗户，"我不住那间。"

"啊？"周氤有些诧异。

江准松开周氤："我回来的时候那间已经被租出去了，我住在一楼，并且我住的那间没有窗户。"

周氤有些愣住，脑子里快速闪过几个身形。

突然，她面色惊愕，疯狂地冲出门往楼下跑去。

楼下，张亚丽意外撞上了从楼上冲下来的周氤。

张亚丽手里提着两个大塑料袋，高声喊了好几下周氤的名字，楼道里回音飘荡，周氤却像没听到一样，穿个睡衣不管不顾，一个劲儿往前冲。

张亚丽正纳闷儿，楼上再次传来急促的脚步声，她仰面一望，又看到江准匆匆下楼。

没两秒，江准也和张亚丽擦肩而过，一个眼神也没给她。

张亚丽一脸困惑，眉毛拧成绳。看着两人的背影，她着急地扬了下手上的塑料袋："你俩大早上跑什么呢？叫你们也不应！"

她说完又摇了摇头，嘀嘀咕咕："搞什么鬼呢，这难道就是新婚夫妻间的情趣？"

周氤家对面那栋楼都属于一个姓陈的阿婆。陈阿婆的儿女都在国外，她如今七十多了，每天收收租搓搓麻将，生活安逸，身体骨也很硬朗，因为同住这一片，邻里邻居的，和周氤也熟识。

周氤急匆匆跑来，正好赶上陈阿婆吃早餐。昏暗逼仄的一楼楼道，陈阿婆佝偻着背，手里端着一碗热腾腾的白米粥，上面漾着些咸菜。

"阿婆……"周氤跑得上气不接下气，用祈求的口吻对陈阿婆说，"有件事情我……我想请您帮帮我。”

陈阿婆和和气气，声音却有些沧桑：“氤氤，你想让我帮什么忙，直接和阿婆说啊！”

周母去世得早，邻居们对周氤都存着些同情或怜爱的心理。

“阿婆，我想问下我家对窗那户是租出去了吗？”

“对窗那户？”老人嗫嚅着，又细细思索了一番才说，“氤氤，你家对窗那户是401啊，我早就租出去了，租给了一个小姑娘。”

老人的手如枯槁老树一般，还握着筷子，往上指了指，有一滴热粥从筷子底端滴落下来。

这个答案让周氤无比困惑，她眉头紧蹙：“小姑娘？”

“没错啊。”陈阿婆颤颤巍巍，看着他俩，面露疑惑，“怎么了氤氤，你要租我家房子吗？”

周氤摇摇头，失魂一般怔在原地好几秒，又问：“阿婆，您确定是个姑娘租的？”

“确定啊，在我手里过的合同，交了三个月房租，这才一个多月呢。”

“阿婆，那姑娘长什么样子啊？”

陈阿婆回忆着，然后简单地描述道：“年轻，长头发，扎起来，长得很靓的。”

周氤陷入深思。

之前一段时间她在对窗看到的身影分明是个男人，并且刚刚在自家平视对面的窗户，里面空荡荡的，床上连被褥都没有，根本不像有人居住，更别提有年轻女人住了。

陈阿婆关切地询问：“氤氤，你怎么突然问我这个？”

周氤勉强笑着，不好说得太直白，只能胡诌了一个理由：“我也想租这房子，就想问问租户是谁，看能不能和对方商量一下方不方便转租给我。”

“哦，是这样啊！我说你怎么突然问我这个。”陈阿婆说，“氤氤，我这里还有其他房子空着，你要不要看看？”

“不了，我就想租那间房，”她说着往楼上指了指，顺理成章地接下去，“阿婆，我上楼看看这小姑娘在不在家。”

“行，氤氤，你去吧。”

周氤笑，温柔回应着好，等陈阿婆进了门，她脸上的笑容瞬间凝固。

蓄力到手上，指尖被捏得发白，指甲也深嵌掌心中，有点儿疼。

周氤沉默了一会儿，最终慢慢抬头往楼道上看去。

褊狭的楼道，没窗户，昏黄的声控白炽灯上包裹着细细的蛛网和灰尘，掉漆的铁扶手，栏杆纵横锈迹斑驳，如一个高不见顶的坚固牢笼。

她正准备上楼，手却突然被人拉住。

紧接着，江准几步朝前，走在了周氤前面。

两人一先一后上了楼。

到 401 室，门紧闭着，江准伸手敲了敲，力道不轻，可惜没人应。

他又敲了一阵，里面半点儿动静都没有。

两人默契地对视一眼，却一句话也没说。

周氤蹲下身，仔细端详了一下铁制门把手，上落了肉眼可见的一层薄灰，应该好几天没人进去过了。

周氤伸手想开门试试，手伸过去时又突然停住，只见她将手缩回衣袖，用衣袖包着手尝试拧了下门把，门是反锁着的，压根儿打不开。

无功而返，周氤和江准找陈阿婆问了 401 租户的联系方式才离开。

周氤有些失魂落魄，慢腾腾走到街道上时，她突然转身抬头往上望去，四楼那间房窗户大开，窗帘随着寒风左右飘飞。

周氤从来没感觉到如此冷过，冷得可怕，那种剥皮刺骨之感顺着血液循环直抵心脏。

她目光阴恻，看着江准说："一个男人。"

话很无厘头，江准却听懂了。他警觉地环顾四周，压低声音，疑问："一个身形有些像我的男人？"

"嗯。"

"几分像？"

周氤也不确定："五六分？"

江准再问："和凶手像吗？"

周氤心里一"咯噔"："像。"

就是因为像，她才会脑子一热往外冲，冷静下来想想，这个做法太过于打草惊蛇了。

她又说："之前我没想起凶手的身形，所以即使和他打过照面，我也没意识到。"

江准眉头轻蹙，又抬头看向四楼的窗户，然后揽过她的肩膀，说："别想太多，先回去再说。"

周氤心事重重地上楼，张亚丽正站在门口等她。

她拉回思绪，语气有些诧异："亚丽，你什么时候来的？"

张亚丽没好气："我刚刚上楼叫了你好几声你都没听到，疯了似的一个劲儿地冲，我寻思我妈遇到超市促销打折都没跑这么快过……"说着又将视线投向后面的江准，"大早上，你俩瞎跑啥啊？"

话说完，张亚丽见周氲脸色不佳，身上还穿着睡衣，她觉得有些不对劲儿。

张亚丽问："怎么了？"

"进门和你说。"周氲很快恢复镇定，然后伸手开门先进去。

张亚丽风风火火赶紧跟上，同时叮嘱身后的江准："门口袋子里是我妈给你们带的菜，记得提进来。"

江准将她遗落在门口的两个大塑料袋提起进屋。

张亚丽跟着周氲坐在了沙发上，大着嗓门儿问："跟我说，发生了什么事？"

周氲垂下眼睑，不想将张亚丽牵扯进来，只说道："没什么，昨晚做梦梦见我妈了。"

"梦见小姨了？"张亚丽言语关切。

"嗯。"周氲看向她，"亚丽，帮我个忙。"

"什么忙？"

"帮我请个假，我今天想去陵园看看我妈。"

张亚丽虽然感到奇怪，但也知道周氲既然不说自然有她的道理，便也没多问，而是爽快地应下她的请求："没问题，反正今天周六，你也没课，你班里我帮你看着。"

刚说完张亚丽又想起了什么，胡乱往后一指："刚刚江准提进来的两个袋子里是我妈让我给你们带的蔬菜，有机的，可贵了，你们记得吃啊。"

张亚丽又问："今晚还来我家吃饭吗？"

"来。"周氲笑着，"当然来，都和大姨说好了的，怎么好放她鸽子。"

张亚丽看了眼时间："那行，我就先去学校了。"

走到门口，她又叮嘱江准："好好照顾周氲啊。"

江准闻言颔首。

张亚丽离开后，江准很快关上了门，然后快步到沙发边坐下。

周氲双手捏紧膝盖，说："回江州后，我总有种被人暗中窥探的感觉，原本以为是自己的心理因素，但仔细想想，这感觉真实无比，很大可能不是。"

江准面色阴鸷，继续听她说话。

周氤恍然大悟般叹道：“对啊！”她看向江准的视线锐利无比，“一只势在必得的猎物侥幸逃脱了十年，任谁都会耿耿于怀，如今她重新出现在猎场里，如果我是那个猎人，我当然不会放过这个机会，我会悄悄潜伏在她的身边，暗中窥探她，享受她的痛苦、她的惊慌，再寻找合适的时机将她杀死。”

她说话时面容镇定且掷地有声，脸上的神采是江准很久没看到过的，全然没有畏惧之色。

“氤氤，你不害怕？”

“按照常理来说，我应该害怕的，也确实害怕过，但好像只是一瞬间，”周氤认真说道，“因为我更害怕他永远在我面前销声匿迹，现在知道他可能一直都潜伏我身边，我反倒觉得这是好事。”

江准眸中有欣慰的笑意：“看来我的担心是多余了。”

周氤言语笃定：“在他眼里，我是他的猎物，可在我眼里，他同样也是我的猎物。互为猎物，本质上并没有什么区别，不过是比谁的脑子和动作更快而已，而这两者曾经都是我擅长的，以前我没输过，现在我也不会输。”

“你当然不会输。”江准自信回答，“还有我在。”

“只是……”周氤将手里的纸条摊开，声音变得凝重，“如果我们的猜测都属实的话，这个女孩儿，大概率凶多吉少了。”

江准看着上面的联系方式：“打过去试试？”

周氤看着那一串数字，犹豫片刻，然后拿过江准的手机。

点开拨号栏，一个个数字摁过去。

两人屏息凝神。手机屏幕上显示着“正在拨号”四个大字。

电话能拨出去，缓慢的嘟声响了四十多秒。在即将自动挂断时，电话被人接通了。

周氤大气都不敢出，几乎是颤抖着手打开了扬声器，又摁下录音键。

她小心翼翼地拿着手机。

电话双方都没有说话，但那头传来了一些窸窸窣窣的声响，很小，能听清，像鞋子踩在干枯杂草上的声音，又像防水材质的布料在水泥墙面上摩擦的声音。

两人警觉地侧耳聆听，不到五秒钟，电话便被挂断了。忙音急促而短暂，让人听着有些喘不过气。

情况太过反常，下一秒，江准便拿起手机联系了穆野，请他调查这个名叫“徐芸芸”的女孩儿的下落。

与此同时，电话中，穆野也给江准反馈了面具店的调查结果——伊莎面具的购买记录久远且跨度大，除了周氤，老板已经想不起其他购买者具体的体貌特征了。

江准的声音有些疲惫，回答："我知道了。"

他转过身来，对周氤说明了情况。

周氤短叹一声，情绪难免沮丧，但她很快调整过来，换了衣服准备出门。

穆野那边受江准之托去调查徐芸芸的下落，而周氤这边也没闲着，决定和江准以周世兰与凶手可能认识这条线索，调查她的社交圈子。

周世兰的社交圈并不复杂，她早年在江州市第一师范学院读书，毕业后在致一中学任职语文老师，一教就是近二十年，其间结婚生子离婚，又独自抚养周氤长大，接触的人虽然多但范围都是固定的。

周氤先联系上了周世兰大学时候的密友李传芳，周氤叫她"李阿姨"。周世兰没死之前，两人经常来往，周氤依稀记得，这是个慈眉善目的女人，圆脸，爱笑，身材也很富态。

对于周氤的突然联系，李传芳在电话里先是惊讶，然后是激动与感慨，最后，两人约定在致一中学附近的咖啡馆见一面。

周氤和江准先到了咖啡馆，稍稍等了二十分钟，李传芳才来。多年不见，她肉眼可见地沧桑了，身材相较之前又胖了不少，烫着小鬈发，匆匆忙忙走进门来。

周氤眼尖，一眼便认出了她，起身挥了挥手："李阿姨，这边。"

李传芳的视线睃了一阵，这才看见周氤，她拿紧手包快步走了过来。

她是个感性的人，见到已故密友的女儿，忍不住泪眼婆娑，哽咽开口："氤氤，咱俩快十年没见了吧。"

周氤也难掩感伤，颔首道："是很长时间没见了，我记得最后一次见阿姨，还是在我妈的葬礼上。"

李传芳长声叹气，低头擦了下眼泪，又抬头，这才看见一旁的江准。她其实猜到了两人的关系，但还是开口求证："氤氤，这是……"

"是我先生，"周氤低睫抿唇，"我前段时间结婚了。"

江准也顺势问好："李阿姨，我叫江准，我们之前也见过的。"

李传芳看江准面熟，依稀想起来了，但还是不太确定："你是……之前住在氤氤家对门的？"

周氤和江准相视一笑，异口同声："是。"

李传芳连连点头，收敛了悲伤情绪，抿了口咖啡，欣慰道："真是缘分啊。"

没寒暄太久，周氤直接挑明来意："李阿姨，我这次联系你，是有件很重要的事情想让你帮帮我，你是我妈最好的朋友，除了你，我实在找不出第二个人了。"

"氤氤，什么忙，你直说就行，阿姨能帮上的一定帮。"李传芳言辞恳切。

周氤深吸一口气："李阿姨，我记得我妈说过，你们俩是读师范时认识的？"

"是啊。"李传芳双手握紧杯身陷入回忆，"我和你妈是十六岁那年认识的，既是同学又是室友，一个宿舍就我们俩关系最好，算算时间，我和世兰都认识三十多年了。"

"那李阿姨，我想拜托你回忆一下，你所能知道的，我妈大学以来可能认识的所有男人。"

"啊？"李传芳面露惊诧，"氤氤，你要知道这个做什么？"

周氤面色沉重，双手握紧又松开，一时之间也不知道如何向她解释。

江准适时开口，声音冷沉："李阿姨，我妈的案子一直悬而未破，氤氤想搜集些线索。"他点出了缘由，但也没讲得太透。

李传芳了然地点头，然后昂头仔细回忆了一番，又摇头说道："大学里的男性无非就是同学、老师、校工之类的，我们那是师范院校，男人不多，我们那届就更少了，不过，人少归人少，毕竟都过去三十多年了，毕业后又没再聚过，就算从我面前走过，我也不一定都记得起来，我得回去好好翻翻……"

李传芳还在絮絮叨叨，周氤却突然双手握紧。

李阿姨无意中的一番话却意外点醒了她。

周氤记得案发时凶手弄掉了面具，就躬身捡起这短短两秒钟的时间，周世兰便以震惊的口吻说出了"是你"这两个字。

能在这么短的时间内认出来，说明周世兰对凶手的脸很熟悉。

意识到这点，周氤的声音都有些颤抖了，她吁了一口气，继续说道："李阿姨，或者，范围可以缩小，你先帮我想想我妈大学时她非常熟悉的男性！"

李传芳皱了一下眉："怎么算非常熟悉？"

周氤思忖片刻："就是即便过去二十年，时代更替，容颜渐老，还能一眼就认出的男人。"

"这个……"李传芳犹豫了一下，"凭我对你妈的了解，能让她记这么久的男人，除了你爸就只有他了，不过你妈对你爸那是恨，对他就不同了。”

周氤声音急切：“是谁？”

“你妈读书时候的爱慕对象，比我们高一届的。”李传芳说着叹气，“你妈那时情书都不知为他写了多少，不过你妈是个含蓄的人，喜欢也只敢压在心底，那些都没敢送出去。那人后来攀上了高枝，娶了区长的女儿，现在前途坦荡着呢。”

周氤立马问：“他叫什么名字？”

“马育文。”李传芳回答得也颇为爽快。

和李阿姨告别后，周氤和江准开始着手调查这个马育文。他是政界人士，查起来并不难，网络上他的照片与视频一搜便是。

但看到他的第一眼，周氤的满腔沸腾热血瞬间冷了下去。

不是。

这个马育文的身形走姿和她记忆中凶手的实在相差太大——可以说是毫无关系。

没有收获，但生活还得继续。

晚上要去大姨家吃饭，周氤和江准买了好些礼品，到街道口时，正好碰见了张亚丽。

她看着两人手上的大包小包，惊讶得瞪大双眼：“天啊，你们俩把家都搬空了吧，怎么买这么多东西？”

“见长辈嘛，当然要周全点儿。”周氤笑了笑。

“那行。”张亚丽挽起袖子爽快上前，“东西给我，我来帮你提。”

周氤连忙推辞：“不用帮忙，不重，我自己能提过去。”

“哎呀，你还跟我客气什么。”张亚丽不由分说地将她手里的东西都抢了过去，“你哪有我劲儿大？这么瘦，风一吹就能吹跑的样子。”

周氤这才妥协，无奈地笑了笑。

张亚丽风风火火，提着几大袋礼品健步如飞。

途经一个水果店，周氤突然停下脚步，看了眼身边的江准：“没水果，我过去买点儿。”

张亚丽一听这话又飞速转身，急切道：“周氤，你真是！还买什么水果？都这么多东西了，我妈不需要你们买这么多东西，你们买多了她还不高兴，到时候该骂你乱花钱了。”

周氤坚持：“买水果又花不了几个钱。”

江准语调温柔，对周氤说：“你和张亚丽先去大姨家，我过去买点儿。”

周氤应下：“好。”

张亚丽翻了个白眼：“我这个姐姐的话在你们夫妻俩面前一点分量都没有，把我当空气啊？”

周氤看着张亚丽佯装生气的面容忍俊不禁，她上前去和张亚丽并肩，打趣道：“怎么，给大姨买点儿东西你还生气了啊？难道是担心我撼动你在大姨心中的位置？”

张亚丽噘嘴，尾调扬起：“我在我妈心里哪有什么位置？天天不是挨揍就是挨骂，”说着瞥了周氤一眼，“你才是她的亲女儿，她的心肝宝贝。”

“啧啧啧，”周氤开玩笑，“还说不担心？都吃起我的醋来了。”

张亚丽一脸傲娇，哼道：“我说的都是实话。”

两人说说笑笑很快到了对街，远远地，周氤便在张亚丽家楼下的石墩前发现了一个熟悉的身影。

那人高高大大，身材挺拔，双手插兜，一直围着石墩转圈走，看起来像是遇上了什么棘手事情。

很明显，张亚丽也看到了，她不仅看出来了，同时也认出来了。张亚丽放慢脚步，眯眼定睛一看，那熟悉的身影是穆野无疑。

周氤伸手指了下，问张亚丽：“那不是穆警官吗，他怎么会在这里？”

张亚丽也是满脸困惑，但她不是困惑穆野为什么会在这里，而是困惑——“他一直绕那墩子走啥？驴拉磨呢！”

张亚丽的比喻太过生动，周氤忍不住笑了，她高声叫道：“穆警官！”然后快步上前。

穆野也停下绕墩动作，他先看见周氤，朝她挥了挥手，然后目光触及后面的张亚丽，背脊瞬间绷直，脸色有些喜悦，动作却下意识拘谨起来。

“穆警官，你怎么在这里？”周氤开门见山。

“我……那个……”他吞吞吐吐，然后扬了扬手上的女式棉袄，“昨天张老师把外套落我车上了，我来这边找江教授有事情，顺路过来还外套的。”

“啊？”周氤声色讶异，看看张亚丽又看看穆野，然后冲张亚丽发出灵魂一问，“你为什么会把外套落穆警官车上？你们昨天……”

张亚丽尴尬地轻咳一声，不知道怎么回答，但转眼又看周氤那副探究的模样，没好气道：“你那是什么表情？”

周氤笑着，如实道：“困惑，探究，好奇。”

“好奇害死你这只‘猫’！”张亚丽很不客气地用手指点了点周氤的

脑门儿。

周氤伶牙俐齿："死也要死得明白。"

她的目光继续在两人身上游荡："所以你们昨天？"

穆野连忙帮张亚丽解围："没什么……就是昨天我和张老师发生了一些意外。"

由于他没将话说得很清楚，加之紧张，耳根子红了，以至于从周氤的角度看来就更加扑朔迷离了。

"你们昨天发生意外了？"

此时江准买完水果正好过来，他只听了一点，走过来自然地揽住周氤的腰，也语气探究地问："什么程度的意外？"

两人沆瀣一气的询问，让气氛瞬间从迷离变得暧昧，而张亚丽也稍微回忆起了昨晚，她舔舔干燥的嘴唇，因为不知道怎么说而恼羞成怒："你们俩现在怎么变得这么八卦？搞得像我俩有什么私情一样！"

周氤看出了张亚丽的心虚，用打趣且疑问的语气："没有私情吗？"说着看向穆野。

穆野有些不好意思地低头，周氤又将视线转移到张亚丽身上。

张亚丽沉默，同时不自然地咽了下口水。

她回忆起昨天——

不过是穆野开车追尾了她的小电驴，她骂骂咧咧，将电驴一扔撸起袖子就准备找车主理论，结果看见车主是穆野后两眼发蒙，然后一笑泯恩仇，两人相谈甚欢，相约去了旁边的大排档吃饭喝酒。

酒过三巡菜过五味，两人都有了醉意，聊着聊着，不知怎的，张亚丽突然想起自己活了二十六年多可初吻至今还在的悲惨事实，忍不住放声大哭，哭得惊天动地。

也确实是醉了，意乱情迷，在穆野手忙脚乱安慰时，她突然伸手勾住了穆野的脖子，动作蛮横。

张亚丽面容潮红双眼迷离，低眸盯着穆野的嘴唇，然后狡黠一笑，昂头嚣张地开口："小警察，你有女朋友吗？"

穆野的心脏肆意跳动。他明明是个很洒脱的人，可此时却怂得要死，他压根儿不敢直视张亚丽，只是木讷地摇头。

"你有过女朋友吗？"张亚丽的脸靠得更近，她吁气，带着酒味的热气洒在穆野下巴上，他手足无措，再次摇头。

"敢情你比我还悲惨啊！"张亚丽乐了，"那你满足我一个要求呗。"

穆野急声："好。"又开口，"张老师有什么要求？"

"我想尝尝接吻是什么滋味。"

话音刚落，他的唇有柔软覆上。像春风拂面，像细雨迷蒙，辗转，轻柔。细齿撞上，还有些疼痒。

回忆结束，张亚丽梗着脖子。什么私情？私情就是昨晚喝醉酒看人长得还帅，没控制住，一不小心把那个单纯的直男小警察给强吻了！

周氤见她不说话便知有故事，继续煽风："怎么都不回我了？"

江准自然站老婆这边，他勾唇，跟着点火："不回答往往代表默认。"

两人一唱一和，让张亚丽没法儿接招，她索性将手里的礼品袋往地上一放，然后上前揽住了穆野的肩膀开始转移话题："小伙子，你没看出来他们俩妇唱夫随，联手欺负我俩吗？这种情况下我们不能单打独斗……"

她说着朝穆野伸出手："结盟吧。"

穆野爽快地伸手："我也认为得结盟。"

两人在愉快的氛围中亲切握手，同时，张亚丽还挑衅地朝周氤扬了扬下巴。

但她并没有得意太久，下一秒，她就被高亢且熟悉的一句"你们不上楼，都在这儿杵着干啥呢"给吓得当场石化。

"大姨，我们正准备上去。"周氤接了一句。

周世梅的目光很快锁定了张亚丽，以及张亚丽身边的穆野，毕竟两人勾肩搭背，双手交握，更重要的是，他手上还拿着张亚丽的外套。

她再仔细打量了下穆野，身材高大，五官坚毅，长得俊气质佳，怎么看怎么顺眼。

周世梅亲昵地询问："亚丽，这是？"

张亚丽神色慌张，连忙松开穆野，急着解释："那个，妈，这是……"

穆野也顺势恭敬地问好："阿姨，我是穆野。"

周世梅追问："小穆今年多大啊？"

穆野如实回答："过年就满二十五了。"

"做什么工作的？家里都有些什么人？"

穆野还没来得及回答便被张亚丽及时打断："妈，你查户口呢，这是我朋友！不是我……"

话没讲完又被周世梅打断："行行行，不问了，不问了。正好小江和周氤到了，都别站在这里了，上楼吃饭。"

她说着又拍拍穆野的肩膀："小穆，阿姨这次不知道你来，你告诉阿姨你喜欢吃什么，下次来家里我给你做。"

穆野腼腆地笑了笑："不用麻烦的，阿姨，我什么都喜欢吃。"

张亚丽一脸蒙，事情的发展已经完全失控了。她又想起昨晚，懊恼地揉着太阳穴，心里暗叹："酒色害人啊！"

言毕，张亚丽一个人气鼓鼓地往前冲，周氤则挽着周世梅的手走在中间，而穆野和江准一人提着几大袋东西走在最后。

"江教授，"穆野低声下气打着商量，"这些礼品你卖一半给我呗。"

江准疑惑："你要这些干吗？"

"事情来得太突然了，我没准备礼物，空手去张老师家太不像话了，江教授，你行行好，双倍价格给我，不，三倍价格都行！"

江准脸上有浅淡笑意："没问题。"

但瞬间，他的脸色又变得冷肃："但我不要钱，我只需要知道我拜托你的事情怎么样了。"

"徐芸芸的下落？"

"嗯。"

穆野沉声："我私下查到些线索。徐芸芸是外地人，临江市的，今年10月份来江州打工，在一家私人美容店里工作，据老板说，她才工作十天就联系不上了，工资也没要，目前是失踪状态。"

穆野眉头紧皱，又继续道："你提供的那个手机号一直处于关机状态，我这边没法儿继续查，不过我已经向上级申请了侦查审批，等结果下来就可以了。"

江准颔首："好。"

江准问："徐芸芸失踪这么久，之前有人报过案吗？"

穆野摇头："我查过近期的失踪案，并没有徐芸芸失踪的报案记录。"

"好，我知道了。"江准目光深邃。

拾级而上，很快到了张亚丽家门口。江准敛起严肃的神色，露出淡淡笑意，和穆野一同在周世梅的热情招待下换了鞋。

"来就来，你俩还买这么多东西。"周世梅笑得嘴都合不拢。

穆野很不好意思地搓了搓手："应该的，应该的。"触及张亚丽看着地上礼物打量的目光，他又很心虚地轻咳一声。

厨房里，张父还在忙碌，听到客厅里热闹的响动声，也忍不住拿着锅铲走出门来。

“周氤、小江都到了啊。”

周氤和江准一先一后叫了声“姨父”。

张父和蔼点头：“再等等，还有一个菜，姨父的拿手绝活，很快就好。”

张父说完才注意到客厅里还有个他从未见过的高大年轻人，他一脸疑惑，拿起锅铲比画了一下：“这是……”

穆野舔了舔嘴唇，掩饰紧张，笑着：“叔叔好，我是穆野。”

张父愣了一下，后被周世梅推着进了厨房，她一边推还一边念叨：“你先去炒菜，菜都要煳了。”

周氤看着大姨那副神神秘秘的样子莞尔一笑，然后转过头朝张亚丽使了个眼色。

张亚丽一脸茫然地叹了口气。这事闹得，好像越来越没法儿收场了。

周世梅和张父在厨房里嘀嘀咕咕了好一阵两人才出来，出来的时候两人都红光满面、眉开眼笑。

满满一大桌子菜，周世梅和张父下午就开始忙活了，用心且丰盛。

几人刚落座，门铃却突然响了。

“估计是送水的。”周世梅嘀咕着起身开门一看，果然。

她喊道：“老张，愣着干吗，来把这桶水搬去厨房。”

张父正准备起身，穆野连忙开口：“叔叔，我来吧。”

他说着立刻走到门边，轻轻松松便将水搬起进了厨房。张亚丽咂了下嘴，然后凑到周氤耳边低声说：“还真不把自己当外人。”

周氤淡笑，也低声回应：“穆警官的心思，你还看不出来……”

张亚丽抿了抿唇，轻哼一声：“我怎么看得出来？”

张亚丽嘴硬，当然，周氤也看破不说破。

吃饭时，周世梅对江准和穆野两人又是盛汤又是劝菜，热情洋溢，还着重问了穆野好些问题，穆野也不卑不亢，一一回答，声音如击石般嘹亮。

周世梅满意极了，脸上的笑容也越发灿烂。

席间谈笑寒暄吃吃喝喝，时间过得很快。

吃完饭，周氤主动去厨房帮周世梅收拾碗筷，她擦拭着水池边上的油污，语气随意间将话题引到周世兰身上。

“大姨，我妈结婚前谈过恋爱吗？”

“谈过，谈过一次的！”周世梅语气笃定，絮絮叨叨着，“在她毕业后，那人也是个老师，不过家里条件太差了，你外公那会儿不同意，两人也没谈多久，就这么散了。”

周氲打探着：“是个什么样的人？”

“不高，挺瘦，”周世梅停下动作思索了几秒又继续，“不过人挺儒雅的。”

周氲面色冷沉，看似随口实则有心问道：“不高是多高？”

“和你妈差不多。”周世梅声音轻快。她刚说完，周氲悬着的心就落了半截儿。

周世兰才一米六出头，和她差不多高的男人显然不符合周氲要找的人。

周氲吁了口气，将话题扯开：“大姨，抹布我洗干净了，放哪里？”

周世梅随手一指：“挂那里就行。”

“好的。”周氲动作麻利，挂好抹布后洗了个手很快出了厨房。

天边积云压沉，寒风如利刃。一出门，风便使劲儿往周氲脖颈里灌，她冷得打了个寒噤，掖紧围巾。

楼道里，穆野的手机毫无预兆地响了起来。周氲瞥了一眼他的手机屏幕，上面疯狂跳动着“李队”两个字。

穆野脚步停下，很快接起电话：“李队，怎么了？”

电话那头的声音粗犷急切，似乎是发生了什么要紧事。而穆野的表情也由轻松变得严肃，他沉声：“好，李队，我马上过来。”

挂了电话，穆野转身，目光锁定张亚丽，双手握紧又松开：“张老师，今天谢谢你的款待，改天我请你吃饭。”

张亚丽一下没反应过来，结巴着说：“不……不用……”

“队里有突发案件，我得赶回去一趟。”穆野说完看向江准，“江教授，你可能也得去一趟。”

周氲眉心一皱，很敏感，直接问道：“怎么了？”

穆野直言：“崧源路那边有命案，”他说着看了眼江准，“初步判断是具女尸。”

听到“女尸”二字，周氲的心瞬间揪起，她有种不好的预感。

周氲犹豫了一下，还是试探性问道：“穆警官，死者是徐芸芸吗？”

穆野明显愣了一下，然后才含糊回答：“周老师，我也不清楚，还在调查中呢。”

他的犹豫让周氲明白，死者有极大的可能就是徐芸芸。

周氲心乱如麻，但面上依旧波澜不惊，她催促着江准：“你快和穆警官去吧。”

江准嗓音有些沙哑，他抚上周氲的头温柔交代：“晚上不要乱跑，就在大姨家，等我工作结束就过来接你。”

周氲心不在焉，低睫沉思着。

江准重复：“氲氲，你就在大姨家等我。”

周氲这才反应过来，抬眼说：“好。”又将他往外推了一下，“你快去吧，穆警官等你好久了。”

穆野确实有些等不及了，他早已走到车边拉开了车门。见此情况，江准也不好再逗留，他长腿几步便到了车边，转身看了周氲一眼，这才躬身进了车门。

穆野发动车辆，很快，昏暗暮色中便只剩车尾红光在视线中了。

风大，吹得张亚丽脸疼，她拉了拉周氲的手肘：“冷死了，上楼去吧。”她的力气分明比周氲大得多，这次却没有拉动。

周氲挣脱开她的手，深深看了眼渐远的车影，匆忙说道：“亚丽，你先回去，我有事情得出门一趟。”

“你有什么事啊？”张亚丽提高声音，“刚刚江准不是说让你待在我家吗？”

“我真的有很重要的事情。”周氲说着直接到路边拦起出租车来。

“你有什么事？”

周氲急着拦车，没有回答。

“周氲！”张亚丽有些生气，拉紧她的手腕郑重其事地说道，“周氲，我说过了，我是你姐姐，你有事情不要瞒着我，你告诉我。”

周氲这才冷静下来，她稍抬眼睑，身体不受控制地颤抖起来。

“周氲，你告诉我！到底有什么事情让你急着现在一定要出门？”

“亚丽，我不是想瞒着你，”周氲说着缓慢吸了一口气，“我是不想把你牵扯进来。”

“什么牵扯不牵扯的？”张亚丽责怪道，“你把我当外人呢！”

“不是……”周氲面色为难，“只是这不是小事！”

“你也知道不是小事，你这样一个人跑出去，万一出事情怎么办？你让江准怎么办？你让我、让我妈怎么办？周氲，冷静点儿吧！”

突然，周氲浑身冲动而沸腾的血液一点一点冷却了。理智慢慢回来，就像一根紧绷的绳索断掉，一瞬间，她浑身都酸软无力。

“这几天你很反常，到底发生了什么？”张亚丽拉紧她的手放软语气，“你告诉我，我会帮你的。”

周氤脸色苍白得没有一丝血色，她咬紧干枯的嘴唇，低着头一字一顿慢慢说道：“我怀疑，那个人，可能一直在暗处监视着我。”

张亚丽没反应过来，她眉心一蹙，下意识问道：“哪个人？”

周氤缓慢掀开眼皮直视张亚丽，视线冷锐：“那个人。”

张亚丽心里“咯噔”一声，突然就反应了过来：“你是说那个人！害小姨的那个畜生……”她话说到一半突然噤了声，然后警觉地打量了一圈四周，一个人都没有。

“你确定？”

“嗯，”周氤语调冷静，半眯双眼，“是他。”

她重复一遍：“我很确定，是他。”

周氤继续：“刚刚穆警官说的那具女尸，我觉得，很大可能和他有关。”

张亚丽一阵后怕：“这么危险！还好我把你拦下来了。”

“我知道危险，刚刚也确实冲动了些，但是现在冷静下来，我还是想去趟崧源路。”

“啊？”张亚丽不理解，“不是很危险吗？你为什么还要去？”

“因为我不知道，他在完成一次近乎艺术品般完美的犯罪后，会不会偷偷回去看看，在警察勘查现场的时候，混在围观人群里，就像一个凑热闹的观众一般，再次回忆杀人的快感，沉浸在自己扭曲的成就感中，享受警方的束手无策和群众的惊恐。”

“所以，”周氤加重语气，“我想去碰碰运气。”

“去！”张亚丽撸起袖子拍拍胸脯，“周氤你别怕，我陪你去，有我在，他伤害不了你的。”

# Chapter 11
# 线索

崧源路距离崧山并不远，那里十多年前只是一个小村庄，但如今随着城市规划逐渐发展，近些年建了很多工厂，也有不少外来务工人员在那边聚集，虽然那边依旧有部分荒芜凋敝的土地，但总体说来并不偏僻。

案发地是一间平房老宅，在街道最里面，很不起眼。主人出国好些年，这房子久无人居遭贼多次，近段时间又阴雨连绵的，屋瓦门窗便更显荒凉破落。

出租车刚停稳，周氤和张亚丽便匆匆下了车。

崧源路属于城乡接合部，环境本就差，又刚下过一场雨，地面上全是积水。

周氤心里急，一下车便加快脚步往案发地走去。

水渍攀缠着鞋底，后跟带起的污泥飞溅在她裤腿上，但她无暇顾及。

“等我！”张亚丽高声叫道，快走几步跟上她。

两人走路的同时也警觉地观察着周围行人的情况，倒并没有什么可疑人从她们身边经过。

案发地很好找，那里停了一排警车，车顶的红蓝色警灯闪烁交辉。黑黄相间的警戒线外面还围着些看热闹的群众，个个交头接耳低声议论，将案发地围了个水泄不通。

周氤并不急着挤进人群，而是站在人群后面，视线在每个人身上扫过。高的矮的胖的瘦的，男的女的老的少的，有人高谈论阔，有人低声密谈，有人惊恐有人说笑，好几十个人，却偏偏没有自己眼熟的。

周氤不死心，走近一些，以便观察得更仔细些。在人群后，她观察围观者的身形身高衣饰发型；进人群里，她观察那些人的面孔眼神下巴脖颈。可惜，没有一个是她要找的人。

她不知道的是，远处驶来一辆车，车窗慢慢摇下。

江准蹲在地上，接过穆野递来的一双手套，看着地上死状凄惨的尸体，目光阴鸷。旁边，法医正蹲着对地上的死者进行初步体表尸检。

刘法医掀开死者眼皮凑近观察：“角膜混浊明显，呈现白斑状，瞳孔已经不可辨认。”说完又仔细检查死者的皮肤，“皮肤伤痕很多，新伤旧伤都有，死者很可能死前被长时间虐待过，另外尸体上已经出现腐败水气泡，结合近段时间的气温，初步判定死者的死亡时间在三天以上。

“看衣饰和皮肤，死者很年轻，女性特征明显，”

他说着拿出卷尺量了一下尸体长度：“身高一米六左右。”量完，刘法医放下卷尺吩咐江准，“小江，搭把手，将死者翻个面。”

“好。”江准声音冷沉，起身帮刘法医将尸体翻面。

刚翻过来，江准一眼就看到了死者后颈上的“十”字痕迹，刻得挺粗糙，远不如第三位死者脖颈后的刻痕精致。很快，便有技侦警员过来拍照，“咔嚓咔嚓”的声响和闪光灯此起彼伏。

穆野揉着太阳穴快步走江准身边，惋惜道：“身份已经确定，就是你让我调查的那个失踪女孩儿徐芸芸。”

江准并不感觉意外：“猜到了。”

穆野神色为难：“江教授，虽然我相信这起案子和你没关系，但是为了避嫌，在完全排除你的嫌疑之前，你不能再参与此案调查，希望你能理解。”

江准了然地点头：“我理解。”他说着摘下脖子上的证件挂牌交到穆野手里，“按程序办事。”

穆野接过他的证件：“江教授，等嫌疑排除，我会第一时间通知你的。”

“行。”江准脱下手套，转身往外走去。

从案发地走出时，江准一眼就在围观人群中看到了那个熟悉的身影，几秒后，才看到旁边的张亚丽。显然，两人是一起来的。

周氤的目的明确，并不是为了看案发现场，而是为了看人，看围观这起案件的普通群众。她想知道，凶手会不会也来了现场。

江准仗着身高优势在围观人群中仔细扫了一圈，分析他们的表情以及言谈，却并没有发现什么可疑之人。

他这才挤进人群，走到周氤身后，准确无误地拉住了她的手腕。

周氤下意识挣脱，却没有挣开。

那只手宽大微凉，掌心却很柔软，熟悉之感从周氤纤白的手腕处传来，她甚至不用转头看便已经猜到了来人。

江准眉头紧拧，将周氤拉出了人群。

他冷下神色，气息瞬变，几乎难以自控。

江准不是生气周氤贸然来这里，而是慌乱，他害怕因为自己的疏忽让周氤遭遇不测。

深吸几口气后，江准才终于压抑住了内心的慌乱。他语调深沉："你来这里为什么不和我说？"

"你不会同意的。"周氤将脸偏到一边，"所以我自作主张，让亚丽陪我来了。"

江准无奈地叹气。

他可以发火，可以责怪，可以质问，但最终他还是压下了这万千情绪。因为他知道，从周氤的角度，她没法儿对此视若无睹，更没法儿心安理得地待在张亚丽家等他回去。

江准放软语气："有收获吗？"

问到这个，周氤难免心情沮丧，她摇头："没有。"

周氤疲惫地合上双眼，往前走了两步，然后紧紧环住江准。

而张亚丽就站在不远处，看着相拥的两人，她鼻子一酸，并未上前打扰。

周氤的声音很懊丧，她双拳紧握呼吸急促："明明我都想起来了，他的动作他的特征已经像烙印一样深深刻在了我的脑子里！"

她情绪越发燥郁："只要他在我面前出现，哪怕一个身形、一个动作，甚至一个眼神，我都有把握将他揪出来，我甚至希望他能出现，他能对我下手，而不是像现在这样……

"无迹可寻。"周氤无力地垂下双臂。

江准神色晦暗，吻上她的头顶，目光却敏锐地捕捉到了远处街道边停着的那排车。

所有车都是熄火状态，却有一辆车的尾灯亮着，在黑夜中非常显眼，明显处在启动状态。驾驶位的车窗是开着的，里面那个身影昏暗到几乎看不清。

江准半眯着眼，目光锁定在街道监控上，他目测了一下监控覆盖范围，不出意外的话，应该恰好能拍到那辆车。

下一秒，车突然发动，然后以极快的速度驶离。离得太远，江准看不清车牌也不可能追上，但那车型，他可是牢牢记住了。

江准神色镇定，躬下身来凑近周氤耳畔低声道："并非无迹可寻。"

周氤一愣，缓慢地抬头。

“相隔十年选择再次作案，太不明智。我简单看过现场，他这次的破绽太多，手法也生疏了，做案完只敢开着车远远看着，心理也并非无懈可击的。”

勘查完现场，穆野出来抽烟。

穿过人群，走到空旷之处，穆野低着头，从兜里掏出打火机和烟盒。他麻利地抽出一支烟衔在嘴里，刚想点燃，却在瑟瑟寒风中看到了一个熟悉的身影。

穆野眼神一亮，也顾不得抽烟了，连忙将烟盒、火机塞回兜里，快走几步喊道：“张老师。”

张亚丽听到声音下意识回头，看到是穆野，她明显心情不错，昂头给他一个笑容。明眸皓齿，灿烂张扬。

“你怎么在这里？”穆野神情有些惊喜。

张亚丽做了个嘘声的手势，抬头冲他狡黠地眨眼，然后指了指不远处的周氤。

穆野瞬间了然，压低声音：“你是和周老师一起来的？”

“嗯。”张亚丽说着扭动了一下酸痛的脖颈，“我原本是来当保镖的，现在却站在这里吹着冷风吃‘狗粮’。”

本来被案子搅得心烦意乱来着，和张亚丽聊天几句后瞬间豁然，穆野爽快道：“没事，‘狗粮’而已，我陪你吃。”

听到这句话，张亚丽适时抬眼看了下穆野，正巧撞上了他真诚迥然的目光。

张亚丽有些恍惚。很奇怪，就像心里长了根狗尾巴草似的，普普通通毫不起眼，却挠得她心脏痒意横生。

她低头嘀咕了一句：“吃‘狗粮’有什么意思……”

声音太小，穆野没听得清，他疑惑地“啊”了一声：“张老师你说什么？”

张亚丽突然想到了什么，抬头看着黑沉的天空，轻咳一声：“我说你之前说的改天请我吃饭，是客套话吗？”

穆野先是一愣，然后迅速回答：“不是客套话！我是真心想请张老师吃饭的。”

张亚丽心里泛起涟漪，但她故意伪装，装得一副漫不经心的模样。她扬扬下巴：“我想吃福南路上新开的那家日料，听说很贵，你要当这个冤大头请我吃饭吗？”

“请！”穆野不假思索。

“很贵的！”张亚丽强调。

“再贵也要请。”

张亚丽抿唇，但片刻后又恢复之前那股装模作样的冷意。她攥拳朝穆野挥了挥，扬起尾音，丝毫不掩饰她的娇蛮：“你最好是真的请，不要食言，不然我会揍你的！”

穆野禁不住乐了，声音爽朗带笑：“绝不食言。”

得到他肯定的答案，张亚丽这才慢慢弯唇。她昂起头看着天空，然后双拳握紧凑到唇边，哈了一口热气，然后又搓了搓手：“一年年的，过得可真快。”

穆野也循着她的目光望向天空：“今天 12 月 29 号，再过几天就是新的一年了。”

墨色黑沉夜，喧嚣冷冬风。

张亚丽又搓手抱怨：“好冷啊。”

“这天是真的冷。”穆野附和。他又低头，目光落在张亚丽冻红的双手上，眉头一皱，“张老师，你等我一下。”

“什么？”张亚丽还没反应过来，便看见他以极快的速度跑进了夜色里。

张亚丽有些莫名其妙，高声问：“你干什么去？”

穆野没回答。

三分钟不到，穆野又匆忙回来，他跑得上气不接下气，将一个什么东西递到张亚丽手里，还没来得及说话，里面便有个粗犷男人在高声叫着他的名字。

穆野连忙应声，又和张亚丽交代：“张老师，有人叫我，我先进去了。”

张亚丽愣了下，点头。

紧接着，他又以极快的速度穿过人群跑了进去。

等他走后，张亚丽才意识到自己手上的东西。借着一点昏暗灯光，张亚丽这才看清了——穆野塞给她的东西是一包暖贴。

所以他刚刚，是去买暖贴了？

张亚丽稍稍低头瞥了一眼手中的暖贴，唇角不受控制地慢慢弯起，然后捏了捏自己被风冻得僵硬的脸颊，强迫自己止住笑意，假装无事发生。

可一抬头，却又看到周氲和江准两人站在不远处看着自己，他们俩动作一致，表情相似，一副饶有兴味看热闹的样子。

张亚丽一拍脑门儿，气冲冲地过去兴师问罪：“你们俩可真够意思，腻歪完了也不过来叫我，让我一个人在这边吹冷风？”

“你一个人吹冷风？”周氤拆穿，“我分明看到穆警官和你一起。”

江准弯唇：“我也看到了。”

周氤看着她手里那包暖贴狡黠地笑了笑：“所以，谁吃谁的‘狗粮’还说不好呢。”

张亚丽哑口无言，索性也不狡辩了，她理直气壮：“我吃你俩的‘狗粮’吃够了不行啊？”

“好，”周氤笑着，“换我吃你们的行了吧！”

张亚丽这才转移了话题，压低声音问：“怎么样了？”

周氤摇摇头，短叹一声：“没有。”又补充，“回去吧。”

三人打了一辆出租车回家。

到家已经是晚上十点了。楼道里的声控灯坏了，周氤和江准摸着黑上楼，刚拿出钥匙开门，江准的手机便响了。

“谁打来的？”周氤一边开门一边问。

江准看着手机屏幕如实回答：“刘主任。”

周氤有些奇怪：“刘主任怎么会突然给你打电话？”

“接了才知道。”他神色冷沉，手指摁下接听键。

“喂？”江准接着电话走到窗边，看着外面浓重的夜色开口，“刘主任？”

周氤慢条斯理地换鞋，可注意力却一直在江准那边，她侧耳听着两人的电话交谈，但江准只是“嗯嗯”了几声，便挂断了电话。

周氤换完鞋，站直身体，脸色狐疑：“刘主任找你什么事？”

“没什么，”江准转过身来，将手机放到茶几上，“校庆的事。”

周氤恍然大悟，拍了下额头：“我居然忘了校庆这回事。”说着算了下日子，“还有两三天就是校庆了。”

江准“嗯”了一声：“他也是担心我忘记，打电话过来提醒我的。”

周氤凑过来抱住他，昂头问：“江教授，你的演讲稿写得怎么样了？”

“没写。”江准嘴角噙笑，“主题想好了，上去临场发挥。”

“什么主题？”

“你想知道？”

周氤忙不迭地点头。

江准凑到她耳边：“校庆那天认真点听。”

周氤不屑地“嘁”了一声：“我才不听你的演讲呢，反正学校又不是只邀请了你一个优秀毕业生，我多关注关注另一位的演讲，等到了你上台我就溜出去上厕所。”

“你敢！”江准用威胁的语气。

“我有什么不敢的？”周氤撂完狠话转身就想走，却被江准紧紧拉住手腕。

周氤没好气地笑了，问：“你干吗？我要去洗澡。”

江准挑眉，神情略显玩世不恭，冷白色灯光投射下来，他周身气息凛冽，带着浓郁的侵略意味。

突然，江准将周氤拦腰抱起。猝不及防，周氤一惊，下意识地紧紧揽住他的肩膀。

“干什么？”周氤将声音拉高，“快放我下来！”

江准倒是理直气壮，他抱着周氤走进房间：“让你知道不听话的下场。”

缠绵缱绻结束后，周氤沉沉睡去，而江准却无丝毫睡意，他披好衣服起身，转身看着周氤安静的睡颜，替她掖紧被子，拿起手机走进客厅。

他拨了穆野的电话，那边接得很快。

“江教授？”

“嗯。”江准客套着，“今晚又要忙很晚吧？”

穆野叹气：“没办法，有新案子了嘛。”

他语气顿了下，问：“江教授，这么晚，你有什么事吗？”

“有。”江准刻意压低了声音，“我想知道我的嫌疑最快什么时候能解除，我想尽快参与到此案中。”

“这个还得花些时间查证。”穆野语气为难，“虽然我心里知道这事和你无关，可队里怀疑你也是有原因的。首先，死者徐芸芸就住你家对街，我们还没发现尸体前你就已经发现她失踪，并且，这起案件和十年前那案件相似度很高啊，而你又对那起案件很上心……”

江准太阳穴发疼，他手指弯曲揉了揉：“行，我明白了。”

“那江教授，我还在忙，先不和你说了。”

“等下。”江准继续，“如果你真的相信此事和我无关，就查下今晚八点三十五分停在崧源路路口的那辆车。”

挂了电话，江准闭上眼，脑海中一一闪过刚刚在案发现场所看到的场景。

死者死前遭受长时间虐待，身上伤痕遍布，且多处伤口深可见骨，而技侦人员现场勘查并未发现血迹，说明崧源路尽头那个废弃旧屋并不是凶手实施虐待的地方，甚至有可能不是第一案发现场。

死后抛尸……

江准托腮，脸上的神情越发凝重。

一大早，周氤醒来发现身边没人。她有些奇怪，匆匆披了件外套。出房门进客厅，一眼便看见了躺在沙发上的江准，他睡眠浅，被周氤的脚步声惊醒。

“起来了？”江准很快坐正身体，捏了捏因长时间保持一个姿势而酸痛的脖颈。

周氤“嗯”了一声，又问：“怎么睡在这里？”

江准如实回答：“昨晚想事情，不小心就在沙发上睡着了。”

话音刚落，外面突然响起了敲门声，很紧急，一阵接着一阵。

“估计是亚丽。”周氤嘀咕了一句，连忙走过去。

开门的那一瞬间，她有些发蒙。

不是张亚丽，而是两个完全陌生的男人，一个身材壮硕，一个目光如炬。

很快，左边那个男人开口了，他视线里满是试探，声音也雄浑有力：“你是周氤？”

“是。”

“江准和你是什么关系？”

周氤稍怔，还没来得及回答，江准便出现在了她身后：“我是她丈夫。”

周氤心里有些不好的预感：“请问你们……”

话被打断，那人直接亮出证件。

“我们是旧马区刑侦支队的警察，周小姐、江先生，有情况需要向你们了解，麻烦你们和我们走一趟。”

寒冬凛月，黑云在无边际的天空上肆意翻涌。天气不好，昏昏暗暗，尽管亮着灯，旧马区刑侦支队里却并不显得明亮。明明还是早上，却让人有种暮色已至的感觉。

白色节能灯悬在天花板上，电路有些不稳，灯忽明忽暗了一阵最终还是恢复正常。

周氤站在旧马区刑侦队的一楼楼梯口，灯光洒下，在她脚下投射一团局促的黑影子。

江准被两人簇拥着带上楼，三人脚步沉重，与楼梯地板相触，发出沉闷的响声。

周氤看着他的背影大脑混沌一片，呼吸也有些急促，她觉得有一只无形之手正推着她的背，让她也不由自主跟着上楼。

但她走了没几级，身后有个清亮的女声提醒道："周小姐，你走错了，你要去的是询问室，在这边。"

周氤指了指那个颀长却落寞的身影："那他呢？"

女警嘴角挂着得体的笑容："他去讯问室。"

一个去询问室，一个去讯问室，两人以什么样的身份来刑侦支队已是不言而喻了。

周氤有些急了，叫了声："江准！"

声音响彻楼道，甚至能听到些回音。

江准也适时停下脚步，稍微侧头，给了个安慰的眼神："没事的。"

听到他的回答，周氤心里瞬间镇定了些。

在女警的带领下，周氤进了询问室，她唇色苍白，警觉地打量着这个不足十平方米的小房间。那名女警随后又倒了一杯水放到周氤面前的桌上，不多会儿，又进来一名男警官。

这名警官国字脸，浓眉鹰眼，身量中等，虽不强壮，但目光如刃。

"周小姐，我姓王，有些情况需要向你了解。"王警官坐下，开门见山地说道。

周氤稍微侧脸，目光有些锐利："你是想了解徐芸芸的情况，还是十年前的'9·27连环案'？"

王警官神情非常冷漠，一字一顿道："都想了解，但又不止，我们这次找你，最想了解的是你的先生——江准的情况。"

周氤皱眉，没理会他话里的意思。

"听说，你们是新婚，没错吧？"

"没错。"周氤倒显得坦然，"结婚还没一个月，算得上新婚。"

说到此处，她声调转折："但是，我先生的情况？"她眸光敛起，"他曾是你们支队的外聘专家，他的情况，你们还需要向我了解吗？"

"当然需要，"王警官掷地有声，"非你不可。"

见周氤面色有惑，王警官解释道："我们聘请他是基于他的能力以及履历，关于他的现实生活情况，我们可不了解。"

周氤耸肩："好，你们想了解他的什么情况，我知无不言。"

"但——"她语气微顿，"你们得先告知我，为什么要向我了解他的情况，又为什么，他被带去了讯问室。据我所知，只有面对嫌疑人的审讯，才会被带去讯问室。”

王警官抱臂：“他就是嫌疑人。”

周氤手指捏紧，蹙眉，用难以置信的语气：“他是嫌疑人？”

“嗯。”

“为什么？”周氤冷哼一声，“这不可能。”

“因为——”王警官的目光非常凌厉，将几张照片推到周氤面前，“你好好看看照片上的人。”

周氤狐疑地接过来，手有些颤抖。

照片像素虽不高清，但辨认身形以及人脸却完全没有难度，上面之人赫然是江准。

周氤指尖捏紧发白，将照片拿到眼前仔细端详。照片环境昏暗且眼熟，视角从上至下，拍摄地点为楼道。

周氤将之放到桌上，一眼看出：“这是楼道监控图像？”

“是。”

周氤又晃了一眼：“是我对面陈阿婆那栋的楼？37号楼的楼道监控拍下的？”

王警官点头，脸上表情看不出端倪。

“能证明什么？”

王警官往椅背上靠去：“我们调查到，一个多月前，江准曾多次出入37号楼……”

他的话没说完便被周氤急切打断：“他刚回国那段时间曾在那里租过房子。”

“对，我问过房东陈阿婆，确实如此，他租在一楼一个小隔间里，恰好那段时间，死者徐芸芸也在37号楼租房，租在四楼，不久后，徐芸芸就失踪了。”

王警官的声音铿锵有力：“据我们了解，江州大学曾经给江准提供过教职工住房，却被他拒绝了。江州那么多房子，他却偏偏租在徐芸芸楼下，这难免不让人怀疑——”

“如果是这样，我建议王警官再查查近两个月以来37号楼所有的男性租户，以及出入其中的非租户男性，因为仅凭你所说的证据，完全不能说服我。”

王警官笑了笑，自信满满：“如果只有这么点儿证据就将他列为嫌疑人，那我们警方未免也有些太不专业了。”

他眼神发冷，继续道：“远远不止。”

周氲垂眼，有些喘不上气来。

“我们还调查到徐芸芸名下号码的通话记录，记录显示，最后一通电话是实名为江准的号码拨过去的，并且徐芸芸失踪这么久，从未有人报警，而江准却是第一个发现徐芸芸失踪的人，这未免太巧合了些。”

王警官目光如炬，继续开口：“我还了解到，十年前的‘9·27连环案’，周小姐是唯一的幸存者，而你从案发地，也就是梨花巷逃出来后，才跑到建群路口看到了江准，种种原因结合起来，周小姐真的不怀疑他吗？”

周氲声音笃定：“也是他将我送到了医院，如果江准真的要杀我，何必多此一举？”

王警官伸出食指摆了摆：“为什么不杀你？很重要的一点，十年前的梨花巷没有监控，而建群路口有监控，出现并将你送到医院，基本上很难让人怀疑到他身上。”

周氲眼睫颤动，双拳紧攥，但她依旧笃定：“绝不可能会是他。”

王警官双手交握于桌前，声音沉稳：“他是你多年的邻居，如今还是你的爱人，你不相信是他，甚至包庇他，我也完全能够理解。”

“不是——”周氲深吸一口气，义正词严，“首先，我没理由包庇一个杀母仇人，甚至还选择嫁给他；其次，我并非因为他和我的亲密关系而否认是他，只是因为我对他很熟悉，如果袭击我杀害我母亲的人是他，我一眼就能认出他来，绝不可能困扰我近十年。”

“身形？”王警官冷嗤一声，“十年前的笔录，你对凶手的特征描述只有短短十几个字，其他的你都说你不记得了，现在你和我说你能通过身形认出凶手？”

他说着身体前倾：“说实话，我不太相信你的说辞。”

“的确如此。”周氲不紧不慢，“十年前那起案子发生后，我就患上了严重的创伤后应激综合征，对于这段记忆，我脑中一直是模糊的，但是我一直在尝试克服心理障碍，就在几天前，一个很平常的午后，我终于想起来了。”

她的声音很柔和，语气却很坚定。

王警官摆摆手，有些咄咄逼人：“我还是不太相信。”停顿片刻，他对他不相信周氲的原因做了说明，语气很不好，“十年的时间你都没有想起来，可偏偏在几天前想起来了？周小姐，你在和我们编故事吗？我说实话，你的说辞有些不可思议。”

“可能站在你的角度有些不可思议，但站在我的角度上并不是这样。”周氤声音平和，“当然，我想起来并不是突然灵光乍现，我之所以想起来，是因为我克服了长此以往的恐惧，我真真正正地走出了那段阴影，对于那个人，我不再有任何惧怕的感觉，因为我知道，我不是一个人在面对这一切——”

周氤低着头，声音不大却很有力度：“我的亲人、我的爱人，甚至是我死去的母亲，他们一直在帮我、爱我、保护我，所以，我也不能让他们失望，我也会爱他们，保护他们，不遗余力，尽我所能。”

王警官吁了一口气，眉头紧拧似乎在思考着什么。片刻后，他环抱双臂往椅背上靠去，终于放软了语气：“好，我相信你是真的想起来了，那么请你说说，你想起了什么？”

周氤拿起桌上的热水抿了口，杯沿口出现清晰的唇痕。她润了润嗓子，再度提起十年前她对办案人员说的那几个词。

“红伞，雨衣，怪物，面具，Q，我没记错的话，当年在医院里，侦办此案的李警官让我做笔录，我就说了这么几个词。”

王警官低头看了眼案卷，上面有她多年前的笔录，确实是这几个词，一字不差，连顺序都一模一样。但她作为唯一的目击证人加幸存者，当时能提供的就这么几个词，并且对于警方所有的问题，她一直是模棱两可的答案，这也让侦破工作变得颇为棘手。

后来，“红伞”一词被无良媒体单独摘出渲染传播，演变成令江州市人心惶惶的“雨夜红伞连环案”“红伞杀人魔”。

周氤十指相扣，看着王警官娓娓道来：“其实，这几个简单的词，是我大脑对于案发现场所见的高度概括。

“王警官不知道，很小的时候，我就发现自己很有记忆天赋，这首先体现在背课文上，通常，我的同学们可能需要反复诵读几十遍甚至几百遍才能背下来，但我不一样，我只需要一两遍。”

周氤唇角微微弯起：“当然，记忆光靠天赋是远远不够的，所以我选择进行系统的记忆训练，因为方法可以最大程度发挥我的天赋，江准和我一样。”

王警官眉毛拧起，不理会她拐这样大一个弯的含义，便问：“你想说什么？”

“我们最初接触记忆训练时，最常用到的方法就是概括记忆法。这个概括记忆法其实也不难理解，所谓概括，就是对所需要记忆材料的总结提炼，通常需要我们删繁就简，对材料进行高度浓缩，然后找出重点。”

王警官和身边女警对视一眼，一副若有所思的样子。

周氤挺直背脊。

“其实我之前完全不记得那几个词代表什么意思，毕竟就那么几个字，它们之间都没有什么联系，我甚至一度怀疑这几个词是我的臆想，但后来——”周氤加重语气，“我先生，江准，他分析指出，这几个词很大可能是我大脑在高度紧张的情况下对案发现场做出的习惯性概括。事实证明，他的分析很正确，这几个词确实就像他说的一样，是我对案发现场的习惯性概括，不仅如此，我还回忆起了很多细节。”

话说到此，周氤才终于引出正题：“凶手是男性，作案时身披一件黑色雨衣，脸上戴着面具，面具是红白色系的，上红下白，额角是镂空花瓣设计，面具形象是基于一部名为《怪物》的电影角色伊莎而制作的。”

王警官快速打断：“有照片吗？”

周氤点头，拿出手机翻出照片递过去。

在王警官神情凝重地翻看面具照片时，周氤接着说：“并且我找到了江州市卖伊莎面具的实体店，我还拜托穆警官调查过，但购买记录太久远，所以并没有什么收获。”

王警官将手机还了回去，并叮嘱：“等下你将这照片发我一份。”

“好。”

王警官提醒：“周小姐，你不要停，继续说。”

周氤轻咳一声，又开口：“Q 是对凶手形象的概括，因为他身披雨衣戴着雨衣帽，手中持刀，侧身站立时很像扑克牌里的‘Queen’，他身材匀称，身高大概比我高十厘米到二十厘米……”

王警官又问：“你多高？”

“净身高一米六一。”

她说话时，那名女警正在快速记录。

“他的手掌很粗糙，尤其是手背，像是做过很多粗活的人，并且，他惯用左手，很大可能是个左撇子，另外，他左手虎口处还有一处很深的疤痕。”

听到这里，王警官按捺不住问道：“红伞呢？”

“其实压根儿没有什么红伞，”周氤喉头干涩，咽了咽口水后继续，“所谓红伞，其实是一把血伞，是我妈出门找我时给我带的伞，只不过在她拼死保护我的过程中，被她的血染成了红色，给了我心理很大的刺激。”

周氤低头，声音有些疲惫："还有很重要的一点，我妈很有可能认识凶手。"

"你怎么知道？"

周氤解释："凶手作案时曾不小心弄掉了面具，他当时背对着我，所以我并没有看清他的脸，但是我妈妈看到了，她看到后以非常震惊的口吻说了'是你'这两个字。"

"认识？"王警官看着周氤稍显迟疑，"那你有怀疑的对象吗？"

"大范围倒是有，但是具体的怀疑对象——"周氤声音一滞，摇头说，"没有。"

"那你来说说大范围。"

"我妈的社交圈子。"

询问室里太冷，周氤的手被冻得没有知觉了，她往手上哈了口热气，继续说："其实根据那些特征能排除我妈社交圈中的一部分人。"

"比如说？"

"首先，是致一中学那些老教职工。我妈在致一中学教了近二十年书，同时，我也相当于是在致一中学长大的，因此，致一中学那些和我母亲共事过的教师，以及保安、食堂工，大部分我都认识，从身形走姿，到手部细节，没有一个能和凶手完全对上。

"然后是我家街道上那些叔叔伯伯，他们是看着我长大的，同时，我也是看着他们变老的，我对他们也很熟悉，如果凶手是他们，我没理由认不出来。所以，我将重点放在我妈熟识但我不认识的人上面，这段时间，我和我先生私下也做了一些调查，调查她的老同学或者老相好……"

"结果如何？"

周氤定眼望向王警官，神情有些苦涩："因为年代跨度太大，所以进展很不顺利。"

王警官叹气："想也如此。就我们刑侦队来说，出动好几个小组加班加点做排查工作都需要花费大量时间，你们俩的私下调查，无异于大海捞针，能有结果的可能性微乎其微。"

"没办法，再小的可能性，我也是要去试一试的。"周氤目光冷沉，"另外，我说这么多，拐弯抹角的，也是为了说明，我先生和此案没有关系。"

王警官沉吟片刻，否认了她的观点："仅仅只能说明他和'9·27连环案'没关系，徐芸芸的案子，他依旧有嫌疑……"

他的话很快被周氤打断："关于我先生在徐芸芸案上的那些疑点，我可以解释。"

王警官摸了摸下巴："你说。"

周氤低头："第一个发现徐芸芸失踪的人不是他，而是我，并且给徐芸芸打的那通电话，也是我用他的手机打的。"

楼上的讯问室昏暗肃穆，江准也正对审讯他的两名警察一一释疑。

"第一，为什么会租在 37 号楼？因为 37 号楼的一楼隔间是我当时能租到的离我太太最近的房子。

"第二，为什么我会对十年前的'9・27 连环案'那样上心？因为我太太是这起案件的受害者。

"第三，为什么我会在和徐芸芸完全不相识的情况下发现她失踪？因为我太太住她对窗，是她发现的。"

江准说完对那两名警官投去凌厉的视线："你们还有什么要问的？"

与此同时，楼下的询问室，周氤也对如何发现徐芸芸失踪这一事做了详细的说明。

王警官听后沉默了片刻，然后说："你提供的这些情况，还有徐芸芸租房内的这个神秘男性，我们会尽快去查证。"

周氤急声："那我先生？"

"他还不能完全摆脱嫌疑。"

"为什么？"周氤有些气恼，"你们根本没有直接证据证明他和此案有关！"

"当然。"王警官很坦然，"要是有直接证据能证明，现在就不是审讯而是逮捕了。"

王警官接着解释："我们既没有直接证据证明他与此案有关，也没有直接证据证明他是清白的，所以，我们现在对江教授也仅仅只是怀疑而已，是基于他与受害者这一系列的巧合所作出的合理怀疑，因为在命案中，我们不能放过任何一个可疑之人，周……"他说到此处时停顿片刻，改口，"江太太，希望你能理解。"

"好，我理解。"周氤有些无奈，又问，"他什么时候能离开这里？"

"这你不用担心，最多二十四小时，如果在此期间没有直接证据证明此案是江教授所为的话，他会被立刻释放，但现在他还必须得在这里待上一段时间。"

王警官说着又补充了一句："这是规定。"

周氤垂眸，神情有些颓丧。

王警官起身时还不忘安慰她：“江太太，没事的，别太担心。”

周氤也起身：“谢谢，我明白的。”

# Chapter 12
# 真相

12 月 30 日，早上九点。

江准回答完一系列问题后，讯问室里迎来了长时间的缄默。两名负责审讯的警官互相对视一眼，然后不约而同地望向江准，都没有再说话。

江准也大胆回视，目光坦荡而凛然。

对峙许久，这两名警察终于败下阵来。其中一位李姓警察开口说道：“江教授，我们对你的审讯工作先到这里，根据规定，你暂时可以离开了。”

江准却没有动作，直接问道：“离开这里之后呢，安排人对我进行跟踪监控？”

李警官快速点头：“对，办案程序，你都清楚的。”

“完全没有必要。”江准挺直背脊，“这么紧急的时刻，浪费人手耗在我这里完全没有必要。”

“我们也没办法，这是对没有直接证据的嫌疑人所采取的必要措施。”

江准面容冷峻：“在我身上不用浪费人手，你们大可以直接将我控制在这间讯问室里，但前提是，我希望警方能听听我对此案的分析。”

两名警官对视一眼，然后都默契地皱眉表示疑惑。

江准直接说明自己的目的：“‘9・27 案’，因为涉及我太太，所以我曾经研究过很长一段时间，对凶手行为做过非常详细的心理解析，我认为我的分析对破案会有帮助，但由于目前我被列为了嫌疑人，无法参与案件，彻底排除嫌疑，我不知道要等到什么时候，我也等不了。”

他说着又用祈求的语气：“另外，我希望警方能派人保护一下我太太，她是‘9・27 案’唯一一位幸存的受害者，凶手很有可能再次对她下手。”

李警官神色为难，他注视江准许久，最终撂下一句：“我需要去请示一下上级。”

“好，”江准的声音沙哑而疲惫，“麻烦您了。”

12 月 30 日，早上九点过五分。

楼下针对周氤的询问工作结束。

她心事重重地走出刑侦支队大厅，动作机械麻木。站在刑侦支队外的张亚丽眼尖，远远地就看到了出来的周氤。

张亚丽不管不顾，高声叫了她的名字，然后奔跑过来紧握住周氤的手。

周氤脸色极差，心里也如乱麻，一直循环想着同一个问题。明明天气寒冷，她却反常地出了一额头的汗。

张亚丽很焦躁，急于从周氤这里得到一个答案，她张嘴，也不避讳：“周氤，我都听说了，怎么会这样？怎么可能会是江准呢？周氤，周氤……”

而周氤脚步停滞，稍稍歪头，喃喃自语道：“我见过他不止一次，那天晚上，相隔十年，我和他分明对视过的，但他背着光，我只能看见一个清晰的黑影……”

周氤说得快，声音又小，导致张亚丽完全没听懂她在说什么。

张亚丽看着她苍白的脸色非常担心，高声问：“你在讲什么啊？周氤！”

周氤面无表情，一副被人勾走魂魄的模样，连视线都是涣散的，她自顾自说道：“甚至那个瞬间，他给了我一种江准的感觉，所以，我才会误以为江准住在那里，为什么？他明明不是江准，却会给我这种错觉呢？”

周氤的举动反常，吓得张亚丽出了一身的冷汗，她急得快语无伦次了，摸了摸周氤的额头。

“没发烧啊，周氤，你说什么啊，什么感觉啊？”说着张亚丽又用手在周氤眼前晃了晃，“周氤，你还认识我是谁吗？周氤，你可别吓我啊！”

周氤的眼睛黯淡无光，看着张亚丽的嘴张张合合，却听不见她的声音，也不知道她到底在说些什么。周氤看着张亚丽，脸上露出困惑的表情。

脑海深处，似乎有个声音，在有规律地响起，一下一下。

“滴答，滴答，滴答……”

她不知道自己现在在哪里，只能看到身边景物变幻，最后尽数陷入黑暗。

脑子里的滴答声越来越响，吵得周氤头痛欲裂，她转头往后看，看到了声音来源。

身后悬着一个很大的时钟，四周皆暗，只有那个钟清晰可见，和她房间墙壁上挂着的那个一模一样。

秒针还在走，周而复始，“滴答滴答”，永远都跳不出那个圆环。

而时针和分针重叠，正清楚地指着“12”。似乎是凌晨十二点。时间回到那个失眠的夜晚。

周氤握紧双拳，将头转过来，平视前方。她看见，不远处的前方有个窗户，窗边赫然站着一个清晰的、轮廓分明的黑影。

周氤脚步有些不稳，喃喃：“是你。”

她眯起眼眸，死死盯住黑影，质问：“你到底是谁？”

黑影岿然不动，墙壁挡着，周氤只能看到他的上半身。从动作看，他一只手插进裤兜，很随性的样子，似乎也正看着周氤。

周氤目光冷淡，又开口：“你杀我母亲那晚没有给我江准的感觉，为什么那天晚上你站在窗前，会给我一种是他的错觉……是哪里像呢？”

周氤自言自语，又伸手比画：“你应该没他高，比他稍胖……”

她伸手指向黑影的头顶，声音很轻：“你的发型和他的有挺大差别，你好像把头发都梳上去了，但我从没见过他头发都梳上去，这么服帖，你用了发油吗？这么讲究，你是做什么的？”

她的手指慢慢往下，目光也往下，一齐落到黑影的面部上。周氤说：“你的脸形没他的好看，他的脸线条很流畅，而你，你脸颊有点儿凸，你的颧骨应该不低吧？

“你站得很直，意气风发。”说到此处，她语气微顿，眸光敛起，“你身上的衣服很适合你，剪裁得体，显得你身躯挺拔，无形中拔高了你的气质，从肩部轮廓看，你穿的应该是……西装？”

滴答声骤停。

思绪不再堵塞，周氤弯起唇角：“我知道了！是西装！那天晚上，你站在窗前，穿着西装，和江准的穿着很像，所以给了我错觉。”

黑暗退去，耳边传来人声，视线也慢慢聚焦，周氤这才看清了面前的张亚丽。

张亚丽正不停地在她面前摆手试探，脸上的慌乱一览无余。

“周氤！你怎么了，自言自语说些什么胡话呢？周氤，你回答我啊！”

周氤揉了揉太阳穴，给了张亚丽一个安慰的眼神：“没事，我没事。”

张亚丽悬着的心这才放下，她拍着胸口：“你不知道你的状态多可怕，就像被鬼附身了一样，一副呆滞样儿，嘴里不知道念叨些什么，叫你也没反应，吓死我了。你刚刚怎么了？”

周氤松拳：“我刚刚是想事情想得太入神了。”

“想什么呢？魂儿都掉了！”张亚丽皱着眉。

“想一个困扰我很久的问题，”她说着话，脸上的表情却不再凝重，依旧自言自语，“我想通了一些，但肯定还有些细节，是被我忽视掉的。”

“啊？”张亚丽被她这些话弄得一头雾水，“周氤，我怎么听不懂啊？”

周氤没回答张亚丽的问题，反而问了别的：“亚丽，你怎么会在这里？”

“一大清早，穆野给我打电话说了这事。”

“那穆警官呢？”

张亚丽摇摇头，说：“不知道。”又连忙从兜里掏手机，“你找他有什么紧急事，要不我打个电话给他？”

“好。”

张亚丽毛毛糙糙地拨号，按错了几次，好不容易拨通了，那边却一直没人接。

她有些焦躁，念叨着：“没人接啊！”说完又拨了一遍，却依旧没人接。

再想打时却被周氤制止：“穆警官估计很忙。这样吧，亚丽，你帮我给他发一条信息，就说我提供线索，请他着重调查穿西装出入 37 号楼的所有男性。”

张亚丽忙不迭地点头，又火急火燎编辑短信。发送成功，她才稍稍喘了口气，朝周氤晃了晃手机：“发完了。”

周氤“嗯”了一声，转身看了眼刑侦支队大厅，目光锁定在楼梯处。她看了很久，最终说了两个字：“走吧。”

张亚丽忙跟上周氤的脚步。

“去哪里啊？”

“不知道，随便走走，想想事情。”

12 月 30 日，早上九点一十三分。

周氤和张亚丽路边拦了一辆出租车，没说目的地，只让司机随便开着。

周氤将头靠在车窗上，紧闭双眼，脑中一点点梳理自她回到江州市后的所有事——

自己是今年 4 月初回江州的，至今已经九个月了，之前一段时间，自己虽然被噩梦困扰，但未曾出现过那种被窥探的感觉，真正开始出现那种感觉是 12 月初开始的。

为什么 12 月初才开始暗中监视自己呢？是他 12 月才发现自己已经回来了，还是 12 月份他才回到江州呢？

12 月初，如果他想对自己下手的话，应该会有很多机会的，可为什么他只是一边在暗处窥探自己的生活，另一边对徐芸芸下手呢？

他在干什么？

凶手如果真的和母亲认识的话，那他在母亲的社交圈里扮演什么样的角色呢？

母亲对他很熟悉，似乎熟悉到一眼就能认出，可自己看到那个身影时，却只觉得陌生。这个人，很有可能从未出现在自己的生活中过，有可能出现得并不多，也可能自己并未注意到他。

这样的一个人，会属于哪一群体呢？

到这里时，周氤又想起一件事。前不久，周世兰忌日，她去祭拜时，曾在墓前看到过一束鲜花。

很新鲜的花，明显刚放下没多久。那时候她没在意，但现在想想，却太过可疑了。

周世兰死亡不是一两年，是过去了整整十年。十年，还对她的忌日这么熟悉，除了家人，周氤想不到别人了。

并且那人还专门给一个故去的人送康乃馨。

康乃馨？

康乃馨被称为母亲之花，一般来说最常送给母亲和女性长辈。

女性长辈？

周氤脑海中，凶手的身影与窗边的黑影重叠，与此同时，她心里也逐渐冒出一个答案。

学生。会不会是周世兰的学生？

周世兰执教近二十年，其间有十年都曾担任班主任，教过数以千计的学生。

出租车里闷得很，空气也不流通，张亚丽憋得难受，稍稍摇下车窗。冷风透进来，她才觉得好受些，一转头，却看到周氤正直勾勾地看着自己。

张亚丽不明所以：“困扰你很久的问题想通了？”

周氤摇头：“还没有。”

“那你看着我干什么？”

“因为……”周氤稍停片刻，“我有问题想问你。”

张亚丽爽快地回答：“好啊，你有什么问题，尽管问就行了。”

周氤往冻僵的手指尖上哈了口热气，用随意的语气道：“亚丽，你来致一比我早得多，你是几几年来的？”

“我想下。”张亚丽昂头思忖，接着说，“我 2013 年大学毕业，2014 年就去了致一，到现在已经快五年了。”

“你教过多少学生？”

“教过多少学生？”张亚丽被周氤的问题弄得有些蒙，但还是掰起手指头算了一阵，却越算越迷糊，“这哪算得清？怎么也有七八百了吧。”

“那你记得你之前的每个学生吗？”

“啊？”张亚丽没理解周氤的问题，“什么意思？”

“换句话说，如果你现在走在街上，你前几年教过的某个学生出现在你面前，你能一眼认出他来吗？”

话音落下，张亚丽几乎没有犹豫，直接摇头：“很难。”

她咬了下唇，又接着说：“周氤，你说的这种情况，我前段时间正好就遇到过。”

周氤来了兴趣：“说来听听。”

“中秋节那会儿，我在我们学校门口就遇到我三年前的学生，变化很大，长得又高又帅，他当时叫了我好几声，我才觉得他有些面熟，想了三四分钟才想起来，这还是在他是我的体育委员，我之前对他算熟悉的前提下，”她停顿后又补充，“高中的男孩儿女孩儿，一年变个样儿，毕个业又进了大学那所美容院，几年之后一眼认出真的很难，除非——”

“除非什么？”

张亚丽侃侃而谈：“除非这学生非常优秀，不管是哪方面优秀，总之一定得有特别之处，得有闪光点，要不就相反，特别顽劣！这样的学生才会让我印象深刻！不然我每年都要接触新的面孔，教这么多学生，一个班每周就上两节课，还老是被你们这些主课老师抢课，好几年不见还能让我一眼认出，真的挺难啊。”

周氤垂下眼睫，继续沉思。

张亚丽的话非常有道理。

如果凶手真是周世兰的学生，能让她一眼认出，最大可能是有特别之处，要么优秀要么顽劣，那些性格内向、成绩普通、各方面都不出众的学生，在教时都不一定能注意到，更别提毕业多年再次见面了。

但也有一个问题就是，张亚丽是体育老师，每周就上两节课，和学生相处时间很少。可周世兰不同，她是主课老师，还担任过很长一段时间的班主任，有更长的时间和学生相处，对学生的熟悉度也更高，因此，害她之人真是学生的话，那么怀疑范围也要扩大，可能是——

第一，她遇害当年的在教学生；第二，才离开她教学不久的学生；第三，或优秀或顽劣或特别的学生；第四，她担任班主任期间教过的学生。

考虑上凶手的外形，又能缩小一些范围。凶手作案时，周氲在他左手中指指腹上摸到过很深的胼胝，至少他在作案前还经常接触纸笔。

还有，凶手的手背很粗糙，那是经常做粗活留下的痕迹。

周氲视线冷沉，心里默念："曾经的学生，左撇子，家庭条件应该不会太好。"

理清这些，周氲稍稍松了口气。虽然范围依旧很大，但总归好过漫无目的的找寻。

周氲问："亚丽，档案室的钥匙现在在谁手上？"

"我不太清楚呢，可能在刘主任手上，要不就是在后勤部那个屈老师手上。"

周氲迫不及待地掏出手机："我打个电话问问。"

很快，她便拨通了刘主任的电话，得到了准确信息：钥匙在屈老师手里。

周氲忙活一通，又是找号码又是打电话，打通之后却被屈老师告知，他们一家都在外地回江州的火车上。

劳而无功。周氲疲惫地靠在椅背上，脖颈昂起，看着车顶的灯出神。

一直专注开车的司机稍微侧脸过来，大着嗓门儿提醒："美女，这都绕广场开一小时了。"

周氲这才直起背脊："师傅，开到建章路。"

张亚丽活动了下酸痛的手臂，兴致勃勃地问："你终于把问题想通了？"

周氲给了她一个肯定的笑容："是，想通了，准备回家。"

"那挺好，不过——"张亚丽语气微顿，"江准不在，你一个人在家不安全，要不这几天住我家？"

张亚丽怕周氲不答应，又赶紧补充："你上次跟我说的那个事，我越想越觉得心里发毛，毕竟你在明他在暗，得防着点儿，去我家比较安全。我的战斗力你清楚，还有我爸，虽然退伍二十多年了，但那老头儿天天锻炼，撂倒两个不是问题。"

周氲笑着说了个"好"字，又接着道："但我想先去我家拿点儿东西。"

"没问题。"张亚丽非常爽快，"拿个东西而已，我陪你去。"

二十多分钟的路程，出租车便停在了周氲家楼下。

刚下车，周氲和张亚丽便注意到对面 37 号楼下的两名警察，他们身穿警服非常显眼，应该是就徐芸芸案件来这边做排查工作的。

周氤多看了几眼，最终在张亚丽的催促下上了楼。

上楼进门关门一气呵成，周氤连鞋也没换直接进了卧室。

她蹲在床边，伸手探入床底，摸到一个硬物。那东西放置时间太长，让周氤沾了一手的灰，但她无暇顾及，双手捏住两边，将之从床底完全拖出来。

是一个纸箱，箱面用胶带封存得严严实实。

“亚丽，帮我去客厅茶几上拿下剪刀。”

“好！”张亚丽应下，转身去客厅拿了剪刀递给周氤，又半蹲下来看着纸箱疑惑发问，“这里面装的什么？”

周氤拿了剪刀麻利地划开胶带，同时回答张亚丽：“是我妈的东西。”

“小姨的东西？”张亚丽越发不解，“你找这些干吗？”

“有用。”

说完，周氤便打开了纸箱。里面是周世兰的工作用品，书本备课本之类的，一摞一摞码得整整齐齐。

看着这些东西，周氤鼻子一酸，深吸一口气缓和情绪，将最外面的书本搬出来。

张亚丽见状，也动手帮忙，同时问：“你是要找什么东西吗？”

“嗯。”周氤点头。

“什么东西？”

“照片。”

“照片？”

“对。”

将书本搬空，纸箱最底部压着很多很多照片，有周世兰的单人照，有她和周氤的合照，但更多的还是她和历届学生的——

毕业照。

穆野脚步匆忙，伸手推开了讯问室的门。

进门，他脚步停下，紧接着，那名叫作李让的警察也出现在他身后。

看到审讯椅上的江准，穆野略显激动。

听到声响，江准并未抬眼，而是冷淡地开口：“我的提议，考虑得怎么样了？”

穆野连忙点头回答：“同意了。”

声音耳熟，江准这才抬头。

穆野稍顿，又接着开口："江教授，队长已经同意了你的要求。"

说完，他打开录像，又走到江准对面，拉开椅子。

"江教授，你现在可以开始说你对此案件的分析了。"

头顶投下冷白色灯光，在江准的眼睑下方留下阴影，越发衬出他的清瘦俊朗。

江准脸上并没有什么表情，更不存在笑容。他向录像机上那个红点投去清冽的目光，然后才收回视线。

"我想先问几个问题。"

穆野点头："什么问题？"

"关于徐芸芸的问题。"江准修长白皙的手指交握于桌上，指尖很干净，"我只看了下现场，对于案件细节知之甚少，所以，我需要穆警官回答我几个案件细节问题，这样我的分析才会更准确。"

"没问题，江教授想知道什么？"

江准拉高声音："徐芸芸的死因。"

穆野惋惜地说："身上多处刀口，腰腹、大腿、后背都有，指尖被磨掉了，流血过多而亡加伤口感染，简单来说，应该属于虐待致死。"

"具体的死亡时间？"

"12 月 24 号。"

"有被性侵过吗？"

穆野如实回答："没有。"

江准静默片刻，接着问："年龄？"

"未满二十。"

"长相？"

"看过照片，很标致的女孩儿，年轻漂亮，也很有气质。"

"说下她的死前行踪。"

"10 月 27 号从宁江镇来江州工作，11 月 15 号入职云间丽人美容馆做前台客服，这期间都住在旧马区远欣路一个短租公寓里面，11 月 26 号才搬来建章路 37 号 401 室，也就是周老师家对窗。"说到此处，他稍微停顿，抬头看了江准一眼，"她也是那天失踪的。37 号楼的监控拍到她几次搬着行李上下楼，晚上十一点三十七分下楼，十一点四十五分，建章路路口监控也拍到了她的身影，此后就完全失踪了。"

江准一直平静的内心此时才生起波澜。

这说明，凶手早在 11 月 26 号就盯上周甗了，可能还更早。

江准的眼神越发阴鸷，他双拳紧握，手背上的青筋越发凸显。

他缓慢吸了一口气缓和情绪，再开口时，声音依旧冷静：“死者失踪时穿什么样的衣服？”

“衣服？”李让思考着，“棉袄和长裤。”

“什么发型？”

这个问题把两人都问住了。穆野和李让面面相觑了几秒：“这个……倒是没注意……”

说完，穆野低头匆匆去找徐芸芸失踪前的监控照片。

江准双眸冷沉深邃：“是马尾吗？”

话音刚落，穆野也正好找到了照片，他表情有些惊愕，又郑重地点头：“是。”

江准：“11 月 26 号，我没记错的话，江州全市范围内下了一夜的大暴雨。”

李让答：“没错，这场暴雨从 11 月 26 号晚上开始，持续了整整一夜。”

“如果死者真是 11 月 26 号失踪的话，我可以提供我的不在场证明。”

穆野语气急切：“你说。”

“那时候我还在晋州刑侦大队帮助处理一起案子，晋州市刑侦大队的陆冽可以为我做证。”

穆野：“行，我们会尽快去查证。”

江准缓慢点头，又将话题扯到案件上来：“11 月 26 号失踪，12 月 24 号才死亡，将近一个月的虐待？”

“从尸体情况来看，是这样。”

“崧源路那处荒废民居不是第一案发现场吧？”

“的确不是。死者伤口众多，那里若是第一案发现场必定会有大量血迹，但民居内却很干净，只有尸体身下有少量血迹，其他地方没有发现血迹，更没有血迹残留，法医组统一认为死者是死亡之后被抛尸于崧源路民居的。”

“看来凶手有个实施虐待的专门地点。”

穆野点头：“只能是这样。”

江准用非常笃定的语气：“这个地点靠近崧山。”他说着停顿，“我的嫌疑更好排除了，查下我近期行踪就会发现，这一个月以来，我去得最多的地方无非四个，家里、致一中学、江州大学和刑侦支队，没有能够实施虐待的地方，也没有实施虐待的时间。”

不等穆野说话，江准又问：“没有监控拍到凶手抛尸的身影？”

“暂时没有发现。”穆野解释，“崧源路靠近崧山，虽然这两年有些发展，但总体上还是荒凉，监控覆盖不足。”

江准“嗯”了一声。沉默片刻，他又开口：“这起案子和‘9·27连环案’大概率是同一人所为。”

穆野和李警官都表示赞同。

江准接着说：“首先，凶手雨夜出没，即使留了作案痕迹也会被雨冲刷得一干二净；其次，无人小巷动手，尽可能减少了被目击的可能；最后，躲过监控顺利带走受害者实施虐待。凶手很聪明，头脑清醒，心思缜密，有计划有手段，不留痕迹，大胆自信，沉稳冷静，除开那次失误……”

他静默片刻，视线一暗：“他作案选择特定的对象，这些受害者特征相似……”

江准说话时，穆野匆忙找了前几位受害者的照片出来比对着。

江准继续：“女性，年轻漂亮，选择特定的年龄群体，受害者中没有超过二十一岁的，几名受害者衣饰不同，长相也有差别，但很意外的一点就是几人发型上的相似，”他加重语气，“马尾。”

穆野低头端详比对几张照片，然后沉重地点头：“确实是这样。”

李警官“啧”了声：“凶手似乎对马尾女孩儿情有独钟。”

“这很可能是一个突破点。”江准沉吟片刻，“选择女性下手的连环案凶手在世界连环案中非常常见，他们往往仇视女性，具有心理障碍，渴望通过虐杀来获得内心的满足感，他应该有个不幸的童年，成长过程中没有好的生活环境，缺少正确价值观的引导。”

江准继续说：“从作案手法上，这起连环案，最值得关注的便是凶手有升级趋势的虐待性人格。

“凶手下手其实非常利落，如果是就地杀人再离开会省去很多麻烦，他却不惧麻烦甚至冒着暴露的风险，得手后将受害者进行转移实施虐待，前三位受害者都是死亡后被虐尸，而最近的这名受害者则是死前被虐待。从虐尸到虐活人，这已经不仅仅是升级了，这是虐待人格的升华。

“并且，除了第二名受害者外，其他被凶手成功掳走的受害者都没有被性侵过，且凶手很大意地在受害者身体内留下体液。”

他说着皱眉，换了个更准确的说辞：“不是大意，是故意。”

穆野若有所思：“作案时小心谨慎不留痕迹，却在第二名受害者体内留下自己的生物特征，仔细想想，的确是故意的成分居多。”

江准目光如炬：“还有，凶手展现出了很典型的标记行为，他在每个死者脖颈后都刻上‘十’字，他在昭告天下，死者是他的所有物。这个人展现出了强烈的占有欲以及控制欲，标记行为也能反映出他的心理诉求，即渴望引起别人的关注甚至崇拜。并且他的这个标记行为在十年前的案件中也呈现了一个升级趋势，标记被他刻得越来越用心，也越来越狰狞，但最近的徐芸芸案件，她脖子上的标记却潦草敷衍了起来，像是为了完成任务一般。”

穆野抱臂做沉思状：“手法生疏可以理解，毕竟相隔十年再次作案，但案件血腥度升级，残忍性升级，虐待手段升级，怎么标记行为倒没有升级？我有些想不通。”

江准：“十年前的四起案件和徐芸芸的案子应该分开来看，因为作案细节不同展现出这十年里凶手的心态转变。十年前的他既自信又自卑，这两者并不矛盾。他细致大胆，犯罪不留痕迹，智商很高，对自身才华自信，同时出现标记行为，想证明自己的能力引发社会关注，这属于地位上的自卑。

“作案手法全面升级，杀人虐尸，发泄压抑情绪，我推测十年前的他生活应该非常不顺利，或许犯罪前还出现了很大的挫折。”

江准停顿片刻又说：“杀害徐芸芸的过程中，虐待手段更加残忍，可标记行为却呈现出退化，他这时不再需要关注，或许，现在的他已经有了不错的社会地位，已经无需通过标记死者来获取关注证明自身，虐待已经成为他心中最深的诉求。

“然后，是抛尸地点的选择。前三名受害者都被抛尸于崧山内，最近的这名受害者被抛尸于崧源路，两者离得很近，凶手很大可能在崧山附近生活过很长一段时间，对那里非常熟悉，那里让他有安全感和归属感。”

依据心理分析以及周氤对凶手的回忆，江准给出了详细的侧写画像：“男性，本市人，更确切来说，是崧山区人，身形中等，身高在一米七到一米八之间，强壮，目前处于壮年，年龄处于三十岁到四十岁之间，左撇子，左手虎口有疤，2008 年的时候他生活非常不顺，家庭条件很差，之前应该做过很长一段时间的粗活来维持生计，自卑且自信，但他很聪明，作案前也一直与纸笔打交道，文化程度不低，社会地位不高，现在的他全面自信，应该有了不错的社会地位。”

说完，江准懒散地往椅背上靠去：“这几起案件中，还有一点很值得关注。”

“什么？”

“凶手为什么在第四起案件后消失十年，如今又选择继续作案。”

穆野挠了挠头，试探道："有没有可能是他对周老师的犯罪失败了，所以害怕暴露从而收手？"

江准并不赞同他的猜测："他对自己这样自信，甚至在第二起案件故意在死者体内留下痕迹，因为失败害怕暴露而收手，我觉得可能性不大。"

"江教授觉得呢？"

"我推测收手的原因有几点。第一，他生活有了转机，出现了比杀人更能发泄情绪同时获得成就感的事情。"

穆野稍微后仰："比如？"

"比如提升学业，提升地位，提升经济实力。"江准垂眼，"第二，这期间，他离开了他熟悉的江州市，离开了能给他安全感的家乡，去了一个陌生的地方，所以不得已停止作案。"

分析结束后，穆野和李让带着记录匆匆出了门，讯问室里又只剩下江准一人。

他瘫在座位上，神情疲倦。想到周氤，他心里焦躁。

然后是漫长又枯燥的等待。

12 月 30 日，晚上十点三十七分。

穆野带来了好消息，说是查明了江准在徐芸芸失踪当天的行踪，确定不在江州市。

嫌疑排除，同时，江准也被允许继续参与案件调查。

从讯问室出来，江准甚至连水都没来得及喝上一口。

穆野还带来了其他的线索，他和江准并肩行走："我们找到了徐芸芸的手机。"

江准沉声："在哪里？"

"在崧山附近一民居旁边的猪圈里，里面臭气熏天，地上铺着很多稻草，稻草里发现了少量血迹，不确定是不是徐芸芸的，已经取证送去查验了。"

"猪圈？"

"没错。"

江准想到他和周氤给徐芸芸打的最后一通电话。

他清楚地记得，那通电话是被人接通了的，并且，里面就传来了一种类似鞋子踩在干草上的声响。

穆野眉头紧拧，继续说道："猪圈里还关着一个人。是个疯子，男的，名叫黄裕盛，1984 年生人，父母很多年前因工地事故去世，跟着舅舅一家生活，早年是个小混混，曾多次被公安机关处理过，精神异常后经常出现攻击行为，所以他家人就将他关进了猪圈，一关就是这么多年。巧的是，12 月以来，他曾三次从猪圈跑出，跑出后见人就攻击。”

江准推了下眼镜，英俊的面容依旧冷沉：“疯多久了？”

“他家人说是大概是 2008 年年底疯的。”

2008 年，时间上来看太过巧合。

“具体时间呢？”

“这个不太清楚。据他家人交代，2009 年 1 月份，一直声称外出打工的黄裕盛出现在家门口，精神异常。”

“就医过吗？”

穆野摇头：“他家里人不想浪费钱，所以并没有将他送去就医。”

江准眸光敛起：“这男子现在呢？”

“目前在医院进行治疗，我们的技术人员已经提取他的血液去做 DNA 鉴定了，应该很快就能出结果。”

“嗯，对了，”江准突然驻足，“穆野，我让你查的车辆怎么样了？”

穆野一拍脑门儿：“差点儿忘说了，崧源路路口确实出现过你说的那辆车，监控也能拍到，但棘手的是，车牌是假的，压根儿没法儿往下查。”

“知道了。”江准合上眼又睁开，走到窗边，掏出手机向穆野晃了晃，“我打个电话。”

“给周老师打的？”

“嗯。”

“说到周老师，我突然想起她给我提供了一条线索，让我着重查找 37 号楼出入的西装男子。”

“西装男子？”

“嗯，技术小组目前正在调查中。”穆野说着指了指江准的手机，“江教授，你打电话吧，我回避。”

夜色阴沉，狂风阵阵。

江准在窗边驻足，很快拨通了周氤的号码，听筒里嘟声长久，随后传来忙音。

江准面上并无波澜，心里却翻江倒海。他着急地拨了第二通，这次没响多久，电话被人接通。

很快，那边传来周氤急切的询问声：“你没事吧？”

听到她的声音，江准狂躁不安的心才算平静下来。

他安慰："没事。"

"你的嫌疑？"

"已经解除了。"江准云淡风轻地回答完便开始刨根问底，"现在在哪里？在做什么？"

"在大姨家，"周氤看着书桌上摆放着的一摞照片，"在找照片。"

"什么照片？"

周氤如实道："毕业照。我觉得凶手很大可能是妈妈的学生，"她手指捏紧照片边缘的裱膜，"所以，我找到了很多毕业照，想从中找找线索。"

"怎么样？"

周氤沮丧地说："不怎么样。"

她低头，白皙的手指将一张张照片摊开，多张照片已经因为久处潮湿环境而发黄模糊。

周氤深深吸气安慰自己："不要紧，我明天去学校查档案。"

她话音刚落，穆野焦急的声音从走廊尽头传来——

"江教授，你过来一下。"

江准紧急叮嘱："我今晚回不去了，明天也不知道能不能回去，你好好在大姨家，晚上不要外出。"

周氤温柔地笑："我知道的，又不是小孩子。"

江准转头："穆野在叫我，氤氤，我先不和你说了。"

他正准备挂电话时，那边传来周氤急切的声音："等一下。"

江准将手机重新拿到耳边："我在听。"

周氤摩挲着睡衣，抿唇轻轻对他说出那句最普通最矫情的情话："我爱你。"

她声音不大，轻轻柔柔，却似野火燎原般点燃了江准。

他轻笑："说什么，我没听清。"

周氤重复："我说，我爱你。"

"信号不好，你再说一次。"

到这里周氤已经明白，他哪里是没听清，分明是借机捉弄自己。

周氤嗔怪："你明明听清了。"又补充，"得寸进尺。"

"我不是得寸进尺，"江准温柔地笑着，"我是贪得无厌。"

"不和你说了，挂电话。"周氤嘴角弧度上翘。

"好。"

挂断电话，两人都各自忙碌起来，以不一样的角度，为同一个目的。

期盼得以殊途同归，天光大白。

2018年12月31日，周一。

一大早，周氤便找到屈老师取了档案室钥匙。

钥匙虽然在手上，可她课多，忙了一上午，到午饭时间她才得空进了档案室。

档案室昏暗潮湿，空气之中甚至还晃荡着一股霉味。

周氤摁了门边的按钮，天花板上悬着的白炽灯费力地发出些光亮来。

她按照档案室书架上的编号找到2008年的学生档案区，又找到周世兰执教过的那几个班，一个个慢慢翻阅过去。

档案上有历届学生简单的个人信息、家庭信息、一张入学证件照以及三年历次大考的成绩单，查证起来难度很大，周氤看得慢，也看得仔细，看到晚上九点才将档案从2008年的看到2001年的。

张亚丽从门外探出个头，问地上正仔细翻阅档案的周氤：“晚自习都下了，周氤，我们是不是该回去了？”

周氤这才抬头，脖颈已经酸痛得近乎麻木了，她看了眼手机，果然已经很晚了。她恋恋不舍：“我还没看完。”

张亚丽有气无力：“还有多少？”

“很多。”周氤又将目光挪回到档案上。

“一时半会儿看不完，周氤，慢慢来，今天先回去睡觉，大晚上的，学校不安全。”她哄小孩儿一样，“明天再看，乖！”

周氤这才放下手中档案，起身拍打了几下灰尘：“好，明天看。”

张亚丽咂了几下嘴，摇摇头：“我突然想起，明天你估计没有时间。”

周氤皱眉：“明天周二，我的课并不多啊。”

“明天1月1号，元旦节，学校百年校庆啊！你一个班主任，哪里能腾出时间来？”

周氤一拍脑门儿：“你不说我都忘了明天是校庆。”

张亚丽揽过周氤的肩膀推着她往外走：“问题不大，后天再看一样的，这问题急不了一时。”

两人走出档案室，外面下了雨。

晚上，周氤躺在床上辗转反侧，她爬起来走到窗边，给江准拨了一通电话。

接电话时，江准正和穆野他们一起对出入37号楼的不明身份人员做统计。他声音有些哑："氤氤，我正准备给你打电话。"

"怎么了？"

江准站直身体："你向穆野提供的出入过 37 号楼的西装男子，现在结果出来了。"

周氤有些激动："什么结果？"

"只有两个人，其中一个是我，另外一个是租住在三楼的一名男子，是个房产销售员，查了他的行踪，生活非常规律，公司、租房两点一线，基本排除了他。"

她笃定道："但我很确定，他出现在 401 室时穿的是西装。"

江准沉吟："可能出现在楼道监控时，他并未穿西装，现在是冬天，随便裹个大衣便能掩人耳目。"

"也对。"

江准再问："你什么时候看到他的？"

周氤回忆着："沈熙出事当晚有一次，但我只是晃了一眼没看得太清，真正看清他大概是 12 月 12 号晚上十二点左右，那天晚上我失眠。"

"我们扩大了范围，目前正在查找出入过 37 号楼的所有男子，包括租客和身份不明者，应该很快能出结果。"

周氤手指捏着衣角："明天校庆，你是不是来不了？"

"嗯。"江准低睫，"校庆演讲我去不了，案件太忙，正是需要人手的时候，早上已经和刘主任说明了情况，他也很理解。"

"好，忙完早点儿回家。"周氤放软语气，"我很想你。"

一夜辗转。

周氤失着眠进入了 2019 年的第一天。

1 月 1 日，元旦，也是致一中学百年校庆。

清早，周氤便起了床。

她大脑一片浑噩，鼻子也有些堵塞，似乎又感冒了。

惦记着今天校庆，周氤强忍着身体不适没有请假。

洗漱完毕，她和张亚丽一起赶到学校。

周氤昨天一下午都待在档案室，晚上回去时天是黑的，全然不知道致一中学从昨天中午开始已经从上至下焕然一新，从校门到礼堂，处处张旗挂彩，看起来热闹非凡。

学校门口甚至扬起了红底黄字的大横幅。

一幅印着“欢庆致一中学百年校庆”，另一幅印着“欢迎优秀毕业校友莅临我校演讲”。

张亚丽打着哈欠：“搞得还挺隆重的。”

“是啊。”周氤说，“毕竟是百年校庆，当然要隆重点儿。”

“说起来我也算是致一的优秀校友吧，学校怎么都不邀请我演讲？”张亚丽瞥了一眼横幅。

周氤抿唇：“你每天上课讲得还不够啊？”

“那不一样，讲课是讲课，演讲是演讲，我主要是想出出优秀校友的风头，在我妈面前扬眉吐气。”张亚丽理直气壮，侧眼看她，“我听说你家江准的嫌疑解除了，他不是被邀请了吗，优秀校友啥时候来学校啊？”

“他那边很忙，应该来不了。”

张亚丽漫不经心地“哦”了一声，又兴致勃勃地问：“周氤，你知道学校邀请的另一个校友是谁吗？”

“当然知道，”周氤有气无力，“刘主任很早就和我说过了，是1999届的学长。”

“听说我们这个学长特别厉害，搞投资的，前段时间刚回国，钻石王老五……”

张亚丽双眼放光，兴奋地和周氤分享她打听到的消息。

可惜话只说到一半，就被迎面走来的刘主任打断了。

“周氤、亚丽，你俩吃饭了吗？”他红光满面，看起来心情很不错。

“没呢！”张亚丽快人快语，“刚来学校，准备去食堂吃点儿。”

刘主任笑眯眯：“快去吧，等会儿还有得忙。”

她俩点点头，抬腿刚想走，又被刘主任叫住。

刘主任双手背在身后看向周氤：“江准今天是真的来不了吗？”

“确实来不了，前几天正好发生了一起命案，他忙得不可开交，时间上又正好和校庆撞了。”周氤歉意颔首，“真是抱歉啊，刘主任。”

刘主任大度地摆摆手：“有什么抱歉的，命案毕竟是大事，来不了也正常。”

他话虽如此，面色却非常惋惜。

张亚丽见状连忙安慰：“没事刘主任，不是说我们那个徐学长今天也会来学校演讲嘛！他那么成功，有他给学生们打鸡血就足够了。”

张亚丽早饿了，不想和刘主任多周旋，说完便拉过周氤，高声道：“刘主任，我们先去吃饭了。”

“去吧。”刘主任扬扬手。

到食堂门口，周氤脚步停滞：“亚丽，你去吃吧，我就不去了。”

“干吗不吃啊？”张亚丽皱着眉，“今天可忙了，怎么也得吃点儿饭垫肚子？”

“我没胃口。”周氤说出自己的目的，“我想趁这个时间去档案室看看。”

张亚丽“哎哟”一声：“吃完饭再去看。”

“吃完饭就没时间了，我们班有节目，我得去看看情况。”

“小问题。”张亚丽蛮横地将周氤拉进教职工食堂，“大不了等下我帮你去档案室拿几本档案，学生们的表演空隙你随便看，行不行？”

终于，周氤被张亚丽说服，无奈地说：“那行。”

“快走，快走，饿死了。”张亚丽嘟囔着。

张亚丽也确实饿了，在教职工食堂里拿了好些吃的大快朵颐，周氤却没胃口，勉强喝了点儿粥果腹。

吃完早餐，周氤就得去教室，但她心里惦记着档案的事，叮嘱张亚丽：“2002 年后的档案我都看完了，你给我拿 2002 年之前的就行。”

“知道了，知道了。”

张亚丽爽快地回答，接过钥匙抬腿往档案室走去。

她开了灯，一排排档案看过去，想着周氤要 2002 年之前的档案，便没往里走，在九十年代的档案前停下，随手拿了几本就走出门去。

致一中学广播里放着万年不变的《运动员进行曲》，高亢激昂的音乐像是在催促着各班学生赶快入场。

校庆典礼马上开始，各班学生陆陆续续进了礼堂，只有周氤这边乱成一锅粥。

这次校庆典礼九班有两个节目，一个舞蹈一个钢琴独奏。

典礼就快开始了，负责钢琴弹奏的同学却迟迟没有现身。

周氤打电话过去询问家长，又得知孩子早就出了门，这个点应该已经到学校了。

她当班主任以来第一次遇到这样的状况，一时间有些手足无措。好在八班班主任陈春华有经验，他协助周氤先将学生安排入场，又指挥周氤带着班干部出去寻找。

周氤火急火燎，和班长刘妍刚走出校门，远远就看到一个推着自行车的熟悉身影，正是负责钢琴弹奏的同学无疑，她上前询问，得知他是因为骑车到半路爆胎所以来迟了。

周氤温柔地催促这名同学去换演出服，等忙完回到礼堂，典礼已经开始十多分钟了。

到礼堂门口，里面乌泱泱全是人头，坐得整整齐齐。

周氤目光左右睃着，很快，她锁定了张亚丽的位置。同时，张亚丽也朝她挥了挥手："这里。"

周氤毫不迟疑，抬腿走到张亚丽身边的空位前坐下。

"我迟到多久了？"

"没多久，校长才讲完话，等会儿刘主任还要上台发表讲话呢。"张亚丽说着戳了戳她的手臂，"你刚刚干什么去了？"

"班里有个表演的学生不见了，我出去找了下。"

张亚丽了然地点头："难怪半天不见你，找到了吗？"

"找到了。"周氤心里惦记着其他的，问，"档案呢？"

张亚丽用下巴示意了一下："你脚边呢。"

"怎么放地上？"周氤说着躬身将档案从地上捡了起来，"你拿的几几年的？"

"不知道。"张亚丽的注意力全在前排刘主任旁边的座位上，"随便拿的，应该都是你没看过的。"

周氤点了点头，将档案放到腿上看了下，1998 年、1999 年的都有。

张亚丽往前排指了指，语气兴奋："周氤，你看到了吗？"

循着张亚丽手指的方向，周氤很随意地往前瞥了一眼，只看到了一个西服背影，随后注意力又落到了档案上。

她漫不经心："什么？"

"来演讲的学长徐域国啊。"

周氤一门心思只在档案上，对这个来校演讲的优秀校友没兴趣，她一边翻开档案一边敷衍地问话："你怎么对这个学长这么上心？"

"我对他上什么心？我纯粹只是想看看传说中的'钻石王老五'长什么样子！"

她说着又饶有兴致地和周氤分享她从办公室其他老师那里听来的八卦："周氤你知道吗？这个徐域国以前家里条件特别差，差到连鞋都穿不起，但是他成绩非常好，也很有毅力，学校也给了他好多帮助，当时都以为他能去北方那两所名校呢，结果他平时成绩很逆天，一到大考就掉链子……"

周氤垂首翻档案，同时"嗯嗯"了几声来应付张亚丽。

她一页一页翻过去，明明知道仅凭档案信息和大头证件照很难认出凶手，但她还是信念坚定。

紧接着，舞台上传来刘主任澎湃高昂的嗓音：“让我们欢迎 1999 届的优秀学子徐域国先生上台演讲。”

刘主任说完下台，随后，前排有个座位空了，一个挺拔的身影脚步坚定地往台上走去。

台下的周氤专注于档案，她指尖划动，翻了下一页。

“上台了！上台了！周氤，你快看！”张亚丽扯着周氤的衣袖。

终于，周氤耐不住张亚丽的热情，随意抬头瞥了一眼。

只一眼，她便觉得寒意从脚底生出，顺着血液循环蔓延至五脏六腑，最后直冲头顶。

她有些窒息，看着那人一步一步慢慢走上舞台，走姿眼熟。

他走到舞台正中央，灯光投射下来，在他脸上氤出不真实的影子。

他西装革履，意气风发，头发往后梳得一丝不苟。

终于，他停下脚步，转过身来。

他不帅也不丑，长相普通，颧骨有些突出，身材挺拔，中等身形，身高在一米七五上下，剪裁得体的西装衬出他完美的肩型。

蓦地，他嘴角勾起，目光望向周氤，脸上浮现出一抹笑容。

此时此刻，周氤不受控制开始手脚冰冷肩膀颤抖，她直勾勾地盯着台上的人，眼睛都不眨一下。

那人在台前站定，从周氤的角度上看，他是侧着的，他双手撑在讲台上，低沉又有些沙哑的声音响起。

“学弟学妹们好，我是你们 1999 届的学长徐域国……”

在周氤眼中，他的身影与对窗那人的身影重合，再接着，又与凶手的身影重合。

那一瞬间，他好像正穿着雨衣，帽檐拉到头上，朝周氤侧身站着，手持尖刀，脸戴面具，下巴滴水，双眸里带着高深莫测的阴狠。

周氤只觉得有一条黏腻的毒蛇顺着后背爬了上来，它冰冰凉凉又带着腥臭，在她后背蜿蜒而上直至慢慢缠绕上她的喉咙。

周氤呼吸不得。

她脸色苍白，满头冷汗，手脚几乎都不受控制了，但她强忍着，努力着，让自己镇定下来。

而自始至终，他都面带微笑目视前方，他开口，低沉的嗓音随着话筒散播到礼堂的每一个角落。

“很开心回到江州，回到我的母校致一中学，感谢学校和师长的栽培，如果没有致一的话，可能就不会有今天的我。”

他声音停顿，台下掌声雷动。

徐堿国微笑着侃侃而谈：“今天我站在这里，以优秀校友的身份回来，并不想和你们说那些有关于成功的假话空话套话！没有意义，对你们也不会有任何帮助和启发，我反倒想真诚地和你们聊一聊天，聊一聊我不堪的曾经，聊一聊灰暗的过往，向你们揭开我丑陋滴血的伤疤，所以，我将今天的演讲命名为《摒弃过往，展望未来》。”

他又停顿片刻，然后身体前倾，靠近话筒，笑了，笑得诡异，然后撂下轻飘飘的几个字：“不瞒大家，我杀过人。”

话一出口，全场哗然，只有周氤面无表情。看着台上之人，她手指捏紧，死死咬住牙控制情绪。

“我杀了过去那个胆小的自己。”他微笑着继续，“曾经的我是一个非常懦弱的人，任何人都可以欺辱我，最喜欢欺辱我的一个人就是我曾经的发小。他其实比我矮得多，但他在我面前总是高人一等、颐指气使，而我始终不敢反抗，我想，这可能和我的家庭有关。我出生在一个很贫穷的家庭，特别穷，穷到什么地步？吃口饭都需要别人施舍。我的父亲是一个酒鬼，他赚了钱就去喝酒，喝完酒就会打我。我的母亲，我从来没有见过她，我刚出生她就抛下了我，我只有她的一张照片。”

说到这里，他眯起眼，似乎在回忆着什么：“她很漂亮很年轻，扎着马尾，面带微笑，这是我对她唯一的印象。有时候我会想，如果她不抛下我，或者选择带我一起走，我的生活会不会好过一些？但是，她没有选择这样做，她孑然一身离开了家，也离开了我，让我坠入无际的深渊。

“从很小的时候，我就开始学着赚钱了。七八岁时我去路上捡石头，去山里捡蘑菇，去垃圾桶里翻瓶子，到十岁时，我得到了一份正式工作，送奶工。我每天早上四点半起床，骑着一辆破破烂烂的自行车，穿梭在江州市的街头巷尾里。对江州市的每一寸土地，我都烂熟于心，这份工作，我一直做到十六岁。奶厂倒闭后，我只能去工地做苦力维持生活，工地真的非常辛苦，加上我年纪小，那些做工的都很喜欢欺负我，为了学费，我只能忍着，一直忍着，直到我上了高中，来到了致一。致一中学免除了我的学杂费，让我的生活不再困难，我感谢知一中学。另外，在这里，我还要郑重感谢一个人，我的已故恩师周世兰老师，高中三年，她作为我的班主任，真的给了我特别多的帮助，我永远怀念她……”

周氲呼吸急促，低头在几本档案中翻翻找找，找到周世兰执教的1999届三班档案，颤抖着翻了几页，上面赫然有徐域国的名字。

翻找的同时，徐域国还在说话，他依旧笑着，笑得有些刻意。

“同学们，无论过去是多么晦暗肮脏，但请你们相信，未来一定是光明盛大的……”

周氲将下嘴唇咬出血痕，她目不转睛，盯着舞台上的徐域国，直到张亚丽撞了撞她的手肘：“周氲，你手机响半天了，赶紧接一下。”

周氲像个行尸走肉一般动作机械地摁下接听键，她没有看来电之人是谁，也没有说话，只是将手机凑到耳边，静静看着台上。

随后，手机听筒里传来熟悉的声音，她记得这个声音，是穆野的。

穆野语气急切地说道：“周老师，十年前的凶手可能找到了，现在在医院呢，你马上来一趟。”

周氲先是一怔，然后是错愕，最后是震惊。

她喉头干涩：“你说什么？”

穆野解释：“我们抓了一个人，他的DNA检测结果和十年前第二位受害者体内残留物的DNA吻合，你马上来一趟进行辨认。”

周氲看着台上正口若悬河的人，喃喃着：“这怎么可能呢？”

“周氲，你怎么了？怎么出一脑门儿的汗啊，很热吗？”张亚丽一脸担忧。

周氲神情呆滞。看着台上之人，她咽了下口水，很快回答：“我没事。”

她将手机拿在耳边，另一只手将额头上的细汗擦净。

电话那头的穆野还在说话，他声音迫切：“周老师，你在听吗？你回话啊！”

“我马上到。”周氲很快回答。

听到她的话，张亚丽一脸疑惑，压低声音连连发问：“发生了什么？谁给你来的电话？你要去哪里啊？”

很快，周氲冷静下来，她回答张亚丽：“穆野给我来的电话，让我现在过去一趟。”

她不等张亚丽说话，又继续开口：“亚丽，拜托你一件事。”

“什么事？”张亚丽不明所以。

周氲看向舞台，那人已经讲话完毕。

她视线变冷："我要你帮我盯住他。"

"他？"张亚丽伸手指了指，"你说的是徐域国？"

"嗯。"

两人相处多年，只是看见周氤的严肃表情，张亚丽就已经明白了事情的严重性。

她没有多问，反而安慰周氤："你去吧，这里有我，我会帮你看住的。"

周氤颔首，然后起身往外走去。

外面冷风飕飕，夹杂着细雨丝，拼了命往周氤脖颈里灌。

但她感受不到冷，这样的严寒天，她却出了一身的汗。

周氤依据穆野提供的地址很快打车到了医院，在病房里，她看见了江准，也见到了穆野口中那个疑似凶手的人。

是个瘦骨嶙峋的中年男人，宽额稀眉，双目无神，颧骨尖高，面部凹陷，并且他身量矮小，看上去只比周氤高一点点。

周氤喘着粗气一直摇头："不是他，不是他……"

穆野拧起浓眉："周老师，你再好好看看？他叫黄裕盛，是崧山区人，DNA 检测结果和第二名受害者体内的生物信息完全吻合。"

"不是他，"周氤语气急切，"我很确定，那天晚上袭击我杀害我母亲的人不是他。"

说着，她脑海中浮出另外一个身影来。

周氤走上前，问病床上那个早已精神失常的男子："你认识我吗？"

男子茫然着，看着她傻乐。

周氤又问："你认识徐域国吗？"

男子却突然瞪大双眼，紧接着疯狂捶击床铺。

他已经疯了，却对这个名字如此敏感。

兜里手机响了，周氤没犹豫，直接接起来。

是张亚丽打过来的，她刻意压低声音，很急切："周氤，我可是给你打听到了嗷！那个徐域国很快就要走了，下午的飞机，他现在还在学校，你赶紧的吧。"

周氤放下手机，深吸两口气让自己保持冷静。她对穆野说："我知道是谁了，今天，我见过他，他现在在致一中学。"

穆野惊讶："你见过他了？"说着他放下手机，"刚刚接到技术小组消息，在 37 号楼附近监控发现疑似嫌疑人的身影，我通知一下队里，你等下和我们一同过去。"

“来不及了，我先过去。”周氤思忖片刻，“穆警官，我可能还需要你帮我一个忙。”

“什么忙？”穆野问。

“等会儿，我会给你打一个电话，记得录音。”

“好。”

江准适时开口：“我和你一起去。”

“不要，你出现他会警觉的。”

“那我送你过去。”

周氤点头：“我想先去办公室拿一样东西。”

“什么东西？”

周氤视线变冷：“一件很重要的东西。”

致一中学大门旁边的文具店前站着两个人，一男一女。江准目视前方：“利用他的自信。”

周氤回答：“我明白的。”

一辆黑色车辆驶来，停在校门口。

不久后，徐域国在几个校领导的簇拥下出了校门。

一群人又是握手又是寒暄忙了十几分钟。

寒暄完毕，几个校领导心满意足地回了学校，与此同时，徐域国的司机正在下车为他开车门。

车门拉开，徐域国正准备抬腿，身后有个柔和的女声响起。

“徐先生，留步。”

徐域国脚步一滞，转过身来。

看到来人，他脸上浮现出一抹意味深长的笑容。

“给我签个名吧。”

周氤脸上是得体的笑容，眼底却藏着冷意。她递上纸笔：“刚刚听了您的演讲，对您的过往经历很钦佩，不介意给我签个名吧？”

徐域国长长地“哦”了一声，伸出手来接纸笔。他的双手很宽厚很大，手背粗糙，指节大而分明，虎口的伤疤还在，手腕上青筋盘扎，似乎处处都在彰显着，他是一个非常有力气的男人。

徐域国左手拿笔右手拿纸，签下了一个名字，字迹龙飞凤舞。

周氤目光阴沉，静静看着这一切。

很快，签名结束，徐域国将纸笔递了回去。

周氲怀里还抱着一个礼盒，她稍微弯唇，那双好看的杏核眼死死盯住徐域国：“徐先生，您有时间和我聊聊吗？”

徐域国脸上笑意更深，却摇头：“我下午的飞机，马上就要回美国了，这次回去可能不会再来这里了，现在赶时间，没时间和你聊天，抱歉。”

“不会耽误您太长时间的，我只需要三分钟，可以吗？”周氲很坚持。

徐域国似乎是来了兴趣，他洒脱地扬手将车门关上，回了句：“可以，就三分钟。”

他又给司机递了个手势，司机会意，听话地上车等候。

徐域国：“你要和我聊什么？”

周氲微笑：“和您聊之前，我想先向您自我介绍一下。我叫周氲，今年二十七岁，是您2005级的学妹，现在是致一中学的教师，您可能不认识我，但您一定认识我妈妈，”她加重语气，“她叫周世兰，是您高一到高三时的班主任，您在刚刚的演讲中也提到过她的。”

“你是周老师的女儿。”徐域国脸上没有出现半点儿惊诧的神情，反倒是双臂环抱饶有兴致，用探究的视线将周氲从上至下打量了一番，“你不用自我介绍，我认识你。”

周氲眼神变冷，但依旧维持笑容：“哦？我一个普通人，徐先生怎么可能认识我？”

“你那时年纪小，可能忘记了，我记得高二的时候，我去周老师办公室送班费，看到你在她办公桌上吃糖，当时你才……”他伸出手比画了个高度，“齐我肩膀。对了，你很爱笑，说话声音很甜，你还给了我一颗糖，绿色包装纸，薄荷味的。又甜又涩，很提神，我从来没吃过那么好吃的糖。”

周氲轻声道：“徐先生记得可真清楚，我竟然全都忘了。”

“那是，我记性一向很好。”他说完抬手看了下手表，“和学妹聊天很愉快，但是不巧，三分钟到了，我该走了。”

徐域国转身拉开车门。

“等等。”周氲递上手里的礼盒，“小小礼物，不成敬意，还希望学长可以收下。”

徐域国低头轻笑一声：“还送什么礼物？”

周氲语速轻快：“因为我知道，看了这个礼物，学长可能会和我多聊一段时间。”

徐域国转过身来接下，视线与周氲的交汇，侧着脸说：“这可不一定。”

致一中学门口，行人来来往往，他们两人很显眼，惹得路人侧头看来。

上车，徐域国并未立刻让司机开走，他摇下车窗，垂眼看了下手上的礼盒，好奇地问："这里面装的是什么？"

周氤狡黠地眨眼："您打开看看就知道了。"

他轻呵一声，用调侃的语气："学妹不会送我什么定时炸弹吧。"

"呵，"周氤哂笑，"我怎么有那个胆子？"

徐域国斜睨着周氤，目光里透着兴致。他慢条斯理地打开礼盒。

精美包装裹着的同样是一个精致物件，一个上红下白镂空雕花的面具。

看到面具，徐域国突然笑了，这次不是藏着掖着的假笑，而是开怀畅快放肆的笑容。他笑得弓背，笑得嘴角僵硬，笑得面部狰狞，笑得前排司机频频后望，甚至，笑出了眼泪。

他伸手将面具从礼盒中拿出来，慢慢抬高手臂将面具放到脸上，他侧脸，然后直视周氤，就像十年前那个雨夜一样。

很快，他便将面具拿了下来。

"我很喜欢你的这个礼物。"他说，"很巧，我也有一个一模一样的。"

周氤笑容淡淡："不巧，我专门买来送给您的。"

这时，她才撕下自己假笑的伪装，咬牙道："你戴着面具来，理所应当也要戴着面具走，不是吗？"

徐域国轻嗤，后又看着周氤，似乎有些意外："你怎么知道的？"

"刚刚你走上舞台，我认出你了。"

"可是你没见过我的脸？"他用了疑问句，很明显，他显然不确定这个答案了。

"当然没有，要是我见过你的脸，我还能让你舒服愉快地度过十年好光阴吗？"她用最温柔的语气，话家常般和徐域国说着这些话，"可是我牢牢记住了你的走姿，你的身形，你的眼神，你的下颌弧度。很庆幸，现在的你没有发福，没有暴瘦，你还很年轻，你的身材维持得非常完美，所以，我才能只一眼就认出你来。"

徐域国表情依旧轻松，摇头："真是意外呢。"

"意外什么？"周氤轻启红唇，"你以为一切都在你的掌控中，你可以摒弃过去，展望你光明盛大的未来吗？可惜了……"

"不可惜，我的未来依旧光明盛大。"他很有自信。

"我有两个问题想问你。"周氤开口。

徐域国没有回答，也没有拒绝。他双臂环抱，一副运筹帷幄的模样。

周氤自顾自问出口："你说我母亲是你的恩师，那天晚上，你为什么不放过她？”

短暂的沉默过后，徐域国低叹一声，眼里流露出怜惜的意味：“如果她不出来阻拦，可能现在，就是她来和我说这些话了。”

“我明白了。”周氤敛起眸光，“还有一个问题，你之前一直在暗中窥探我，应该有很多机会向我下手的，但你没有，为什么？”

“对你下手？”徐域国脸色轻蔑，“你有资格吗？”

他转过头正视前方：“拿镜子照照自己吧，你不年轻也不鲜活，即使皮囊保持得不错，但披散头发、死气沉沉，我对你没有兴趣，倒是……”

徐域国话锋一转：“看着你手足无措、痛哭流涕比杀了你有趣多了。”

周氤低低笑了：“你太自信了，你告诉我这么多，就不怕我向警方说明？”

徐域国也笑，笑得有些狰狞：“现在的我确实不如以前了，但我还没有蠢到那个地步，你一直都在套我的话，你当然会和警方说的，不过他们现在应该分身乏术，因为你给我准备了礼物，我也给他们准备了礼物，这礼物，我准备了整整十年，现在才派上用场，等他们查到我身上，我已经去向另一片乐土了，让你失望了。”

“我不失望，美利坚确实是很多人的乐土，但绝对不是学长的乐土。”周氤抿唇，往后退了好几步，“你说的礼物，是黄裕盛吗？他是你演讲中的那个发小？”

徐域国没有承认也没有否认。

“不回答我也没关系，我已经猜到了，你和我说了这么多，真的太自信了，自信是你的优点。”

周氤微笑：“你抓紧时间，从这里到机场，一共是四十分钟，现在是十一点四十五分，你下午的飞机，还有很多时间。”

听到这话，他更加气定神闲，直言道：“我不急，和学妹聊天真的非常有趣，比起其他人的虚与委蛇，我更喜欢学妹的直爽，其实我已经很久没这么畅快过了，没赶上也不要紧。”

他停顿片刻，又幽幽开口：“凭你一家之言，警方就会定我的罪吗？没有证据啊！”

“当然不会，但你还在这里，就有时间慢慢找。诚然，你做得很完美，占尽了天时地利，暴雨天出没，熟悉江州的大街小巷，你知道哪里有监控哪里是监控死角。但是现在，一切都不同了，你离开了太久，你不知道，江州市的发展日新月异，这十年里发生了翻天覆地的变化，你真的觉得你这次做得万无一失吗？真的不会有任何监控拍下你的身影吗？”

周氤说完，徐域国稍稍皱了下眉，很显然，他也不确定了。

“暴雨天确实可以冲刷掉一切，但是它冲刷不掉房子里的痕迹，一个月的时间，她的皮屑、掉发，还有血迹，你怎么清理都应该都会有疏漏的吧。”

周氤说完，长叹了一口气：“你现在应该很想离开，但是抱歉，你没有机会了。”

她话音刚落，车门便被人从外打开。

王警官神情冷漠，李让直接拿出手铐将徐域国铐上并告知：“我们是旧马区刑侦支队的刑警，麻烦徐先生和我们走一趟。”

徐域国没有反抗，视线越过王警官和李让看向不远处的周氤。

她依然微笑着，举起一部手机，侧身站立，冷眼相视。

那一瞬间，仿佛回到了十年前那个雨夜，只不过，角色互换。

手机屏幕显示正在通话，通话人的备注是穆警官。

她身边站着一个男人，用阴鸷的目光看着他。

这男人他不陌生，他曾多次听说江准的大名，也多次在周氤身边见过江准。

周氤声音沉缓道：“我不只是在套你的话，我还在拖延时间，自信是你的优点，但同时，也非常致命，让你失望了，学长。”

徐域国下车，勾唇道：“学妹，你没有让我失望，你处处给我惊喜，我现在真的很后悔，”他稍微思忖整理措辞，“后悔没有早点儿发现，你并不是死气沉沉的。”

“让他发现了。”徐域国留给周氤最后一句话，然后被押解着上了后面的警车。

车门关上，车辆行驶，车影渐行渐远。

周氤终于支撑不住，踉跄一下差点儿摔倒，浑身上下的力气都像被什么东西抽干了一样，好在江准稳稳地接住了她。

周氤将浑身重量都托付在江准身上，她靠在他温暖坚实的胸膛里，终于得以放声大哭。

“江准，我没有胆怯，没有害怕，没有露馅儿，我成功了，过了这么多年，我终于做到了。”

她说话声很轻，被寒风吹得细碎，但江准还是听到了。

江准将下巴搁在周氤头顶，声音温柔、眼眶湿润：“你做到了，我们氤氤真的很厉害。”

他加深这个拥抱，想将身上的温度都渡给她。

毫无保留。

他们的这个冬天漫长又寒冷，好在，新年来临，春天，应该也不远了吧。

面对审讯，徐域国一直保持沉默，通过比对，警方确认监控中疑似嫌疑人的身影正是他，同时，警方在他位于崧山区的独栋别墅一厘米一厘米地搜寻，发现了微不可察的毛发，同时经血迹测试证实，那里便是杀害徐芸芸的地方。

证据确凿，无论他开不开口，其实都已经不重要了。

案子三月开庭，周氤一个人去的，结果她很满意，徐域国也没有上诉。

出来时，外面阳光明媚，刺得周氤睁不开眼。

法院台阶下，江准正在等她。

他背对着她站着，颀长挺拔，稍稍昂头看着天空。

周氤狡黠地笑了笑，轻手轻脚来到他身后，坏点子刚萌芽，江准却适时转过身来。

周氤："你怎么知道是我？"

"脚步声。"

"你刚刚站在这里在想什么？"周氤转了话题。

"在想……"江准拖长尾音，然后看着周氤。

三月份，春暖花开，天空蔚蓝。

天气渐渐热了起来，周氤的头发长了很多，她没认真打理，让其松散地搭在后肩。

她眯着眼，脸孔白净未施粉黛，温柔似水。

她外面穿了件黑色毛呢外套，里面的毛衣有些紧身，衬出她微微隆起的小腹。

"想孩子的名字。"江准如实回答。

周氤笑着："想到了吗？"

"想到了。"

"叫什么？"

江准抬头看着天空："和你姓，叫周蔚。"

"会不会太简单了？"

"那你觉得应该叫什么好？"

"我想想。"

她挽起江准的手臂，两人一同慢慢地朝前走去。

晚饭过后，江准坐在沙发上看书，而周氤则枕着他的腿躺在沙发上刷手机。

也没什么大事，无非是看看微博，刷刷新闻。

周氤手指划动飞快，但没多久，她就困了。

周氤放下手机闭上眼，突发奇想：“江准，我们来比赛吧。”

“比什么？”

“比速记。”

江准勾唇：“你不是我的对手。”

“呵！”周氤轻嗤一声，面露轻蔑，“你才不是我的对手！那年的比赛，你还是我的手下败将，忘了？”

江准修长的手指动了动，他翻到下一页，眼底笑意更深：“没忘。”

周氤翻了个身，环住他的腰，嘟囔了一句：“记得就好，我得时时刻刻提醒你。”

困意涌来，她的意识越来越模糊。

江准是在看书，却一个字都没看进去。

他将目光从铅字上挪开一些，视线深邃，开始回忆起来。

那年比赛复盘时，他和周氤背对而立戴着耳机，谁也看不见谁，谁也听不见谁。

他有条不紊地说着正确答案，到最后一个时，他脑海中闪出正确答案红桃 A。

但他想起后台周氤对他说的话，她说：“要是你输了，毕业后就做我男朋友吧。”

千钧一发之际，他换了答案，说出“红桃 K”来。

江准放下书，无奈地笑了。

这场比赛。

周氤以为是他输了。

实际上，是他赢了。

赢得彻底。

## Extra 01
# 青梅竹马

很小的时候，周氤就知道了自己是个没父亲的小孩儿。

她早慧，也很敏感。

尽管她长得乖巧可爱，尽管她在学习上展现出了超常天赋，可这些并未让她在同龄小孩儿中变得受欢迎，相反，“没有父亲”这点似乎成为她身上耻辱的烙印，无论走到哪里都摆脱不掉。

她想融入女孩儿堆，她想和她们一起跳绳跳房子过家家，但往往她一来，女孩儿们便聚在一起咬着耳朵说悄悄话。

说是说的悄悄话，但声音大，周氤全听了去，她们说：“我们不要同她玩哦，她没有爸爸的。”

小孩儿分不清美丑好赖真假是非，“没有爸爸”这件事在他们眼里罪无可赦，似乎意味着她是残缺的，不完整的，肮脏的，罪恶的。

尽管这些和她并没有什么关系。

周氤想融入男孩儿堆，她想和他们一起扇画片玩弹珠，男孩儿们对她没有爸爸这件事没那么在意，但他们更在意她的性别，他们有自己的小团体小圈子，对于和女孩儿的接触非常敏感，谁要是和周氤多说了一句话，他们往往会一起耻笑着，说“× × 和周氤要结婚喽”。

似乎在他们眼里，婚姻是一件非常羞耻的事情。

那时，张亚丽一家还随军生活在另一个城市，两人只能在寒暑假见面，所以直到六岁，周氤的身边都没有除了张亚丽以外的其他朋友。

周氤只好独来独往，她喜欢看书，喜欢奇妙的符号，喜欢自言自语。

她不是一个文静的小孩儿，相反，她非常活泼，没人和她玩她也能沉浸在自己的世界里，和自己聊一天。

她表面上对于“父亲”这个角色满不在乎，可在心里又是非常羡慕有爸爸的小孩儿的。

周氤有时候会坐在楼道台阶上，看着街道上玩耍的女孩儿们，到黄昏时，她们的父亲下班回家，她们就会冲过去，她们的父亲往往会将她们举起来，举得高高的，嘴里喊着她们的乳名，大部分是叠字，普通的字叠起来念，即使是从粗犷沙哑的嗓音中迸出来，似乎都会变得柔情动听。

可惜，她没有父亲，也没有乳名，即使是周世兰叫她，也只是一声干巴巴的“周氤”。

有一次，邻居婆婆叫了她一句“氤氤”，她觉得非常好听，她反反复复将这两个字念了很多遍，那一天，她非常开心。

但除此，再不会有另外的人这么叫她了。

七岁时，隔壁搬来一对年轻夫妇，男的英俊儒雅，女的美丽时髦，两人站在一起非常登对，还带着一个清秀好看的男孩儿。

可登对是表面，吵嚷打骂才是他们的婚姻。

在这个婚姻围城里，他们俩不遗余力做着让对方厌恶的事情，闹着最大的动静，用最污秽肮脏的字眼辱骂对方，有时候，还会一起将怒火转移到他们那个恨的累赘上。

一开始，周氤心里隐隐有些得意，她觉得有爸爸的家庭也没什么了不起的，还不是天天吵架！

但很快，这种得意的想法便消失殆尽了。

因为她发现，隔壁那个男孩儿和她是一类人，他们同样没有朋友没有美满的家庭，甚至，他比她更惨更孤独。

他喜欢坐在楼道里，也喜欢看书，看些其他小孩儿看不懂但周氤很感兴趣的书。

但他不像周氤一样喜欢说话，任何时候，他都是安静的、沉默的，低着头不发一言。

周氤尝试着接近他，过程并不容易，但她很有耐心。

她从别人口中知道了他的名字，于是坐在他的身边饶有兴趣问：“江准，你看的什么？”

江准头也不抬，懒得理会。她很自来熟地躬下身子伸长脖子去看他手上那本书的封面。

“《相对论》。”她念出声来。

她喜欢看书，也看了非常多的书，但这本书她没看过，字合在一起她都认识，但其中意思她却不理解。

“这是讲什么的书？”

她耐心极好，刨根问底。江准只是冷冷地瞥了她一眼，然后翻了下一页。

连吃两次瘪，周氤也没生气，她凑近了些，顺着江准的视线看过去，然后轻轻念出了声：“狭义相对论原理，一切物理定律在所有惯性参考系中都是平等的，没有一个惯性系具有优越地位，不存在绝对静止的参考系，从而否定了以太说和绝对空间。”

她才七岁，却认识很多字。

周氤才念完，江准便猛地合上了书。

他并没有因为一个新伙伴的到来而欣喜，相反，他觉得周氤这个不速之客污染了他目前人生中的最后一片净土。

江准不悦，他起身走下楼梯，然后开门进了屋，留下周氤一个人坐在楼道台阶上叽叽喳喳。

第二天，年轻夫妇又开始了争吵，这次动静更大了，他们将门大开，摔桌子砸柜子，邻居们都上楼来，有人来劝架有人来看热闹。

周氤小心翼翼地拉开门，透过门缝，她看到隔壁门口围满了人。

她走出来，将门关上，从人群中挤过去，目光搜寻着江准的身影。

一抬头，她赫然发现一个黑色的衣角。

她欢欣雀跃地跑到上一层的楼道，到他面前停下来。

江准这次没拿书，他安静地坐在那里面无表情，好似楼下的一切吵嚷都与他无关一样。

周氤敛起脸上的笑容，在江准身边坐下，手臂和他的相触。

许是感觉到了陌生的触碰，江准冷着脸往里面挪了些。

“吃糖吗？”周氤问他。

江准眼睛清冷无光，并不理会她的搭讪。

“很甜的。”

她拿出一颗绿色包装的糖在他面前晃了晃：“青苹果味的。”

江准皱起眉，似乎是觉得她比楼下的吵架声还聒噪。

周氤撕开包装纸，往他面前晃了晃。

劣质的色素水果糖。

他下意识地伸手一推，那颗糖从包装纸里弹出来，然后掉落在地，发出清脆刺耳的响声。

他以为周氤会生气，会大哭，但她没有。

她起身下了几级楼梯，躬身捡起糖，然后在江准略显错愕的表情中绽开笑颜：“听说有个‘五秒法则’，要是东西掉地上不到五秒就能吃，我想试试——”

周氤对着糖吹了一口气，然后就要往嘴里塞。

“不可以。”江准这时才对周氤说了第一句话，“‘五秒法则’是错的，人的速度不可能快过细菌……”

来不及了，糖已经被周氤塞进了嘴里。

但她依旧笑着：“是，但我在书上看到，说糖分高的东西抗菌性很强，细菌不会喜欢这么甜的糖果。”

周氤说完似发现了更不得了的事，她又跑到江准身边坐下：“你跟我说话啦。”

她笑着，混着甜腻果糖味的气息萦绕在江准鼻尖。

下面的争吵声更大了，男的声响，女的声尖，互相咒骂的话语不堪入耳。

周氤连忙伸手捂住江准的耳朵。

她的声音轻轻柔柔：“他们很吵，你别听哦。”

江准愣住了，他没有反抗，侧过脸来看周氤，她的眼睛亮亮的。

她明明比他们更吵，他却并不讨厌。很奇怪。

很快，楼下的争吵随着男人的摔门出走而终结，看热闹的人群散去，下面恢复了寂静。

“我带你去一个好玩的地方。”这时，周氤才将手从他的耳朵上拿开。

江准本来没有兴趣的，但是周氤很热情，她主动拉着他的手。

顶楼有铁门，上面挂着锁，但没套实，周氤轻而易举便打开了。

她用手抵着门，朝江准挥手：“进来啊。”

江准脚步略微有些迟疑，但最终，还是跟着进去了。

顶楼很大很宽敞，头顶是广袤的天空，此时正是黄昏时刻，天边云霞弥漫。

很好看。

周氤很兴奋地向江准介绍：“这里是我的秘密基地，我无聊的时候会上来玩，不过妈妈不准我来这里玩，她怕我不小心掉下去摔死，我都是偷偷上来的。”

她说完，看向江准：“现在你也知道了这个地方，它是我们俩的秘密基地了。”

江准依旧面无表情，但他的心情却莫名好了很多。

“这里晚上还能看到星星，运气好的话，还能看到流星哦。”

周氤说个不停：“看到流星的话，就可以许愿了。”

听到这话，江准突然有了说话的冲动，他想告诉周氤“流星只是宇宙的固体尘粒进入地球大气层与之摩擦燃烧产生的光迹，它对许愿这事没有任何帮助”，但他的话并没有机会说出口，因为下一秒周氤又开了口，她声音脆脆的：“我知道这是用来骗小孩儿的，不过有个期盼总是好的。”

江准没有反驳，他虽然嘴上没说，但心里赞同她的观点。

不管怎样，有个期盼总是好的。

周氤非常欣喜江准来到她孤单的世界，她和他分享她爱吃的糖，给他展示她的秘密基地，叽叽喳喳地和他说话，尽管江准性格很冷淡，她说一百句江准也不见得回她一句。

但周氤仍然非常开心。

晚上，周氤洗完澡躺在床上，闭上眼睛，脑子里回忆这一整天发生的事情，觉得分外满足。

长到这么大，终于有了一个真正的朋友。

明天还要去找江准玩。

周氤想。

没几天，江准便转学到了周氤的学校，和她一个班。

上课前，年轻温柔的女老师在讲台上问：“谁要和新同学一起坐？”

周氤将手举得高高的：“老师，我！”

除了她，也没别人了。

老师笑着应允。

周氤自告奋勇，主动陪江准领了新书。

她很高兴，一路上不停地和江准说着话，给他介绍学校和老师同学们的情况，但江准兴致缺缺，只“嗯嗯”了几声算是回应。

与此同时，年轻夫妻的围城战况升级，战火也越烧越烈。

男人开始毫不避讳带着他的“温柔小意”出入家中，女的也不甘示弱，整天在夜场流连忘返，而他们的孩子，早已被他俩忘到九霄云外去了。

周氤已经不止一次看到江准啃冷面包了。

在楼道里，在家门口，在路上。

除了学校提供的一顿中餐外，周氤就没看见他吃除冷面包以外的其他东西。

放学的路上，江准照例从书包里拿出一块面包。

父母已经连续一个星期没回家了，也没给他留钱，江准便用剩下钱的买了一堆面包充饥。

他娴熟地撕开包装，才啃了一口，面包便被人从旁边抢了过去。

抢他面包的是一只白皙纤细的小手，江准压根儿不用抬眼，便知道来人是谁。

“江准，你的面包看起来很好吃，可以给我吃吗？”周氤笑眯眯的，眼睛亮如星辰。

几天接触下来，江准对周氤已经没那样大的敌意了，他冷淡回答：“并不好吃。”

“真的吗？我想试试。”她说着往缺口处啃下去，“很好吃，我可以吃完吗？”

“随便你。”江准脚步不停。

周氤跟在他身侧走着，几口便吃完了小面包。

面包太干，她没带水，费了些力气才将之咽下去。

江准走得快，她稍不留神便落后了一大截儿。

周氤深吸一口气，快跑几步跟上他的步伐，然后拉过他的手腕，却被他无情地甩开。

他清秀的小脸皱着：“你干吗？”

周氤没生气，她依旧笑着，笑容很阳光。

“你请我吃好吃的，我也请你吃好吃的吧。”

“不用了。”江准毫不犹豫地拒绝了她的好意。

“一定要请！”周氤坚持。

周氤的字典里似乎没有“放弃”这个词语，她再一次拉住了江准。

这次没敢拉手，只拉了他的衣角。

“你相信我，很好吃的，我请你吃。”周氤尝试性拉着他走了两步。

江准的潜意识告诉他应该拒绝，可他看着周氤红扑扑的笑脸，突然就妥协了。

他脚步往周氤的方向挪了下。

这是一个妥协信号。

周氤见状，这才敢拉着他的手往前走。

她故意将步子跨得大大的，昂首挺胸，拉着江准的手扬得老高。

夕阳余晖将两人的身影拉得很长很长。

周氤将他带去了致一中学的教职工食堂。

还没到下课时间，教职工食堂里空荡荡的，只有一个大叔在忙碌。

打饭台高，周氤身高不够，因此，她不得不用手攀着边缘踮起脚，慢腾腾地往窗口里递上一张饭票。

她还未出声，那大叔就已经看到窗口下露出的那双眼睛，他笑着问："周氤，你今天这么早就来吃饭啦？"

"是啊！"周氤声音嘹亮，"张伯伯，今天吃的什么菜？"

"红烧排骨、茄子豆角、土豆丝和鸡蛋羹。"

"都是我喜欢吃的。"周氤心情雀跃，回头指着江准，"张伯伯，我今天带了朋友来吃饭，你要多给我一些。"

"好，给你一大份！"

打饭的大叔很喜欢周氤，拿着打菜的勺和她比画着，然后打好了饭菜亲自给他们送到了桌上。

两人相对而坐。

饭是热的，菜也很香，江准已经很久没有吃过一顿饱饭，他不再矜持，狼吞虎咽的。

对面的周氤眼睛弯弯地看着他。

第二天，周氤如法炮制，抢了他的小面包又请他吃饭。

第三天依旧如此。

再后来，江准轻车熟路主动跟着周氤去蹭吃的。

而周氤，也终于不用再吃江准那些难吃的小面包。

两人越来越熟，天天一起上学一起放学一起吃饭，虽然江准冷淡如常，但周氤却不减热情。

接着，同龄小孩儿里开始流传起他俩的"风言风语"来。

每当周氤和江准出现在一起时，总会引来那些男孩儿的耻笑，他们将之围住，尖叫着怪笑着做鬼脸。

"周氤和江准要结婚喽！"

"结婚喽！"

很快，这种耻笑蔓延到女孩儿圈子里。

她们不像男孩儿一样当面去耻笑，但她们会站在角落指指点点咬着耳朵说悄悄话。

那个时候，小男孩儿小女孩儿之间有着严重的性别界限，男孩儿女孩儿同了桌都要画三八线表明"老死不相往来"的立场，而周氤、江准这样男生女生玩在一起的，简直是小孩儿中的"大忌"。

一开始，周氤对这些流言满不在乎，别人耻笑她，她还乐呵呵的。

周氤觉得长大后要是真的和江准结婚也挺好的，他肯定不会像她那个有名无实的父亲一样狠心将她抛弃的。

周氤抱着这样的观点兴冲冲去问江准以后要不要和她结婚，却得到了江准否定的答案。

“我不会结婚的。”

“为什么，人不是都要结婚吗？”

“不是。”江准声音清冷，“婚姻是选择不是必需。”

他说的话一向有哲理，而周氤也领会得非常快：“所以，人是可以不结婚的？”

“嗯，不想结婚便可以不结。”

“你为什么不想结？”

“结婚有什么好的？”江准冷着神色，“结了婚只有无尽的争吵打骂。”

“可是和我结婚不会啊。”她很认真地怂恿，“你要是和我结婚，我肯定不会和你打架的，你还会有一个和我一样可爱的女儿，你下班回家她就会朝你飞奔过去，你可以将她举起来，举得高高的，我会给她取一个非常好听的小名，你可以喊她的小名。”

她说完又郑重其事地询问了一遍：“江准，你要不要考虑一下？”

江准盯着周氤如水潋滟的眼睛，唇角漾起些弧度。

但他没说话。

他不说话，周氤以为他不乐意，她很失望地跳下台阶往家的方向走去。

自此之后，周氤对于流言的态度就变了。

她但凡听到有人说“周氤和江准长大后要结婚”的话就会立刻变成一只“斗鸡”开始反击。反击过后，周氤还会昂着头红着脸强调：“我不会和江准结婚的！”

与此同时，周氤似乎也被班里那些女孩儿同化了，下午，她学着她们用涂改液在两人课桌中间画了一条又长又白的三八线，并不再主动和江准讲话了。

上课的时候，江准看着那条三八线皱了皱眉。

视线又落到身边的周氤身上，她正襟危坐盯着黑板认真听讲。

放学后，周氤也不和他一起回家了。

她收拾好书包早早就走了，江准跟在她身后，看着她形单影只的背影心烦意乱。

他不知所措。

他尝试和周氤说话，但周氤却置之不理。

第三天，江准终于逮住了机会。

夜晚，在楼道里，周氤拿钥匙开门前，江准沉闷幽怨的声音在她身后响起。

“你真的不和我结婚吗？”

后来的周氤压根儿不记得自己那时说了些什么，也不记得在那个楼道里具体发生了什么事，她只记得江准和自己说了好多的话，比他一个月说的话还要多。

然后，两人莫名其妙地和好了。

第二天早上，周氤早早起床，背着个很大的书包站在江准家门口。

等他打开门，就看到了一张分外明媚的笑脸。

生活回到正轨，日子不徐不疾，而关于两人的“风言风语”也随着时间慢慢淡了。

十月份时，年轻夫妻在这场战斗中精疲力竭，选择停止折磨彼此，用两个绿色本本将他俩的爱情潦草收场。

而这个累赘，他们两个人都不想要。

男人和女人毫不吝啬地展示自己的“踢球”功力，将江准你踢我我踢你，最后，江准的外公威严发声：“孩子跟我，你俩不用管了。”

男人和女人都如释重负，前尘往事被他俩抛诸脑后，各自奔赴美好人生。

江准的外公是个矍铄的老头儿，满身学问威严庄重，年轻时曾是个不小的领导，忙碌一生，退休之后只觉得浑身疲惫，便去了乡下养鱼种菜。

他早年丧妻，中年丧子，因惦念亡妻而终生未再娶，独自将女儿养大。

江准的长相结合了父母的优点，但性格却和他俩半点儿边都搭不上，他更像外公，不管是行为性格还是说话处事。

为了方便照顾，外公从乡下搬到了城里，而江准，也终于不再孤苦无依。

周氤和江准的角色也由此互换。

原本是江准天天跟着周氤去蹭饭吃，外公一来，则变成周氤跟着江准蹭饭吃。

那年，周世兰担当班主任，忙得不可开交，因此，江准的外公便担负起了照顾两个孩子的职责。

两家也因此越来越熟。

年底时，姨父因伤荣退，张亚丽也转学回了江州市，和周氲、江准一个班。

张亚丽刚转过来的时候，肤色黑加说不好普通话让她被班里男生们嘲笑了好一阵，但她可不是什么任人拿捏的软柿子，但凡有人笑话她，张亚丽便带着周氲去揍人，两人分工协作，一个薅衣领一个挥拳头，打完就跑，配合极佳。

但，也有失手的时候。

一次揍人恰好遇上了那男孩儿的“援军”，周氲跑得慢被当场逮住，张亚丽虽然战斗力强，但她寡不敌众只好慌张逃窜去搬救兵。

救兵除了江准也没别人。

那时江准正坐在楼道里看书，听出脚步声不是周氲的便没有理会，面无表情地翻了下一页，却不想下一秒听见了张亚丽上气不接的声音：“江准，出事了，周氲被他们逮住了。”

江准敛眉，语调冷静地问了句：“在哪里？”

张亚丽喘着气：“学校旁边那个小巷子里，就是……”

她还在说着话，只觉得一阵风从身边经过，再细看时，江准已经跑得没影了，她也顾不上喘气了，转身又往楼下跑。

在张亚丽眼里，江准一向文质彬彬、弱不禁风，可那天的江准却让她大开眼界。

她目睹了江准是如何在明知寡不敌众的情况下“擒贼先擒王”，发疯似的逮住为首的将之压在身下打得吱哇乱哭，然后将周氲从那几个小孩儿手中救下来的。

人是救下了，江准也负了伤，外公因为他打架一事勃然大怒，罚他晚上不许吃饭并跪在家门口反省错误。

楼道昏暗。

周氲小心翼翼开了门，只开了一条缝，然后压低声音喊：“江准。”

江准没抬头。

“你饿吗？”

还不等江准回答，周氲便蹑手蹑脚地端了一碗面条出来。

“你还没吃晚饭吧。”

“我不饿。”江准看了一眼周氲家的门，“你快回去，别被周阿姨发现了。”

周氲心里愧疚，端着那碗面条半天没动。

“你生我的气了？”

江准抿抿唇，脸色冷沉，没说话。

周氤知道他生气了，心里越发过意不去，她垂下头，咬紧嘴唇。

“对不起，我今天跑慢了。”

她委屈地道歉。

江准无奈：“我不是气这个。”

周氤更加委屈了：“对不起，我今天害你受伤还害你受罚了。”

“不是。”

周氤低着头：“我给下了面条，你要吃吗？”

江准缓和了脸色，叹气：“算了，端过来吧。”

听到他这句话，周氤一扫颓丧，回了个“好”字，然后蹲在他身边递上那碗面条。

江准拿起筷子吃了一口。

极其难吃。

盐放多了，面条也是夹生的。

他眉头微蹙，轻声问：“你怎么煮的？”

“我学妈妈那样煮的。”她满脸期待地问，“好吃吗？”

江准点头，很违心，但他吃完了这碗难吃的面条，汤都没剩一口。

然后，江准将碗筷递给周氤：“放回去吧。”

周氤接了过去，然后又蹑手蹑脚进了门。

不到五分钟，她又出来了，轻言细语地说：“江准，外公不在，你坐一会儿吧，我帮你望风。”

江准却回：“没事。”

周氤眉眼弯弯：“那我陪你。”

“不用。”

江准的制止晚了一步，话未落音，周氤已经在他身边跪下了。

周氤细皮嫩肉的，跪了没十分钟就有些受不住了，但她强忍着陪江准一起。

江准看她强撑的表情轻声说道：“我腿麻了，我们去坐会儿吧。”

周氤欣然应允，两人互相搀扶着在楼梯上坐下了。

两人依偎着。

周氤问：“你脸上的伤口疼吗？”

“不疼。”

周氤又问：“你胳膊上的伤口疼吗？”

黑暗中，江准嘴唇微勾，但语调依旧如常：“不疼。”

“那你腿上的伤口呢？”

“也不疼。”

时间有些晚了，天色暗沉，楼道里更是伸手不见五指。

周氲有些困了，她说话越来越迟钝，身体逐渐变得无力，眼皮子也在上下打架。

江准自然也感受到了她的困意，于是开口问：“周氲，你困了？”

周氲回了个软绵绵的“嗯”字，头慢慢往旁边靠去。

然后，江准便感觉到肩膀上落了个什么东西，温温热热的，毛茸茸的。

她细碎的头发丝落在江准脖颈里，痒痒的，她的呼吸声近在咫尺，清晰可闻。

一切都是那样美好生动。

江准想起周氲不理他的那天晚上，也是在楼道里，他问她：“你真的不和我结婚吗？”

小周氲愣住了，歪着头，一时间不知道如何回答。

江准继续：“你要是和我结婚的话，我们会有一个和你一样可爱的女儿，我下班回家她就会朝我飞奔过来，我可以将她举起来，把她举得高高的，你会给她取一个非常好听的小名，我可以喊她的小名。你真的不想和我结婚吗？”

虽然这是她曾经的提议，但从江准嘴里说出来，感觉还是很不错的样子。

江准又问：“你要不要考虑一下？”

周氲摆起架子来：“那我考虑一下哦。”

“你要考虑多久？”

“我明天早上再告诉你。”周氲眼睛亮晶晶的，“如果明天早上我朝你笑了的话，就说明我答应了你哦。”

“那好。”

周氲压抑住声调里的雀跃：“江准，我们明天见。”

“明天见。”

张亚丽性格直爽，转学来不久便在女孩儿堆里混得风生水起。

周氲作为她的表妹，也终于成功融入进去。

有了新伙伴之后，周氲的生活骤然忙碌了起来。

她不再有多余时间分给江准，因为女孩儿们的课余生活丰富多彩，她会被拽去扔沙包踢毽子跳房子……

玩这些游戏都是曾经的周氤梦寐以求的。

一开始，她和她的新朋友们玩得很起劲，完全将江准抛在脑后。

她在街道上玩耍时，江准便和以前的周氤一样孤单地坐在台阶上，手里拿着一本书，他好像是在看书，却又什么都看不进去。

周氤已经交到了新的朋友，但江准还是孤单一个人。

男孩儿们不接纳江准进入他们的圈子，江准也完全对他们的弹珠画片游戏不感兴趣，他更喜欢一个人安静地待着，或者和周氤待着。

他对所有人紧闭心门，只对周氤一人毫无保留大门敞开。

周氤偶尔开个小差离开一下，他便会一个人默默难受很久。

他是个过分内敛的人，从不会轻易表露情绪，即使他很希望周氤能关注关注自己。

可周氤却在这方面迟钝得可怜，很久之后，她才后知后觉自己那时候冷落了江准。

和新伙伴疯玩两个星期后，周氤突然对这些游戏腻味了。

她觉得没啥意思。

并且，周氤的新伙伴们也不太乐意和她玩了。

因为她的思维太过跳脱，总是讲些莫名其妙的话。

夕阳西下，街道中央，女孩儿们正聚在一起热火朝天地掷沙包。

一旁的台阶上，江准则像往常一样拿了一本书坐着看，他才看了没两页，书本上突然落下一片阴影。

他还没来得及抬眼，便察觉到有什么人在他身边坐下了。

江准垂眸，面上波澜不惊，嘴上也冷声冷气的：“你不玩了？”

“不玩了。”

“为什么？”

“没意思。”

周氤朝他笑了笑：“我说话她们都听不懂，还是和你玩比较有意思。”

说完，她凑过来兴致勃勃地发问：“江准，你看的什么？”

江准没说话，但很配合地翻开封面给她看。

周氤看完了然说道：“这本啊，我那天在你书架上瞄了几眼，你看的第几页？”

江准如实回答：“第三页，经典力学……”

他未说完，周氤突然开口接话：“经典力学，又称古典力学或牛顿力学，是力学的一种，以三条牛顿运动定律作为基础，在宏观世界的低速状态下研究物体运动的有效方法，经典力学分为静力学、运动学、动力学，”她停顿了下，“括弧，描述物体受力作用下的运动，括回来。”

周氤只看了一遍，并不懂这段话的意思，却将之牢牢记了下来，一字不差。

江准唇边浮出笑意：“还有呢？”

“别急，下面的还没看呢。让我看看。”

周氤说着又凑过来将下面那段文字快速浏览了一遍，然后看向别处复述：“虽然是英国科学家牛顿最早用数学描述把这些定律固定下来，但实际早在几百年前，另一位科学家伽利略就从实验里……”

她话没讲完，突然想到了什么，说：“江准，我们来比赛吧。”

江准早就习惯了她这样跳脱的思维，他回：“比什么？”

“我们就比谁能更快将这一页一字不漏地记下来怎么样？”

周氤怕江准不和她比赛，又开口激他：“你肯定没我快。”

“不一定。”

“就这么比赛没意思，不然我们赌点儿什么吧？”周氤兴致盎然地提议道。

“赌什么？”

周氤抬头望着天空思索着，同时嘴里喃喃自语：“那我们要赌点儿什么好呢？”

江准看着她秀气的侧脸，语气轻松：“我看你，你想赌什么就赌什么。”

突然，周氤想到了，她脸上露出坏笑。

“要是你输了，你就帮我把今天的作业做了。”

江准轻嗤：“可以。”

江准问：“要是你输了呢？”

“同样，我也给你把今天的作业做了。”

江准皱皱眉，似乎对这个赌注不太满意，但他犹豫了下，看见周氤期待的眼神还是同意了。

“好吧。”

周氤兴高采烈，伸手摘下自己的儿童电子表，将之调到计时状态。

“计时的，用三分钟来记怎么样？”

“行。”

她指着江准手里的书：“放地上，谁都不许动。”

江准抿抿唇，将书放在两人中间。

周氤又说：“你不能偷看，要我说开始才能开始。”

江准挑眉同意。

周氤紧张地咽了下口水，摁下电子表计时按钮的同时快声说了一句“开始”。

然后两人猛地凑下去，头抵着头，快速浏览书上的文字。

两人的记忆速度都非常快，但江准明显逊色一筹，他的记忆有细微错漏，不像周氤能复述得一字不差。

自然，周氤是这场比赛的赢家。

而江准也愿赌服输，帮她做完了所有的作业，做的时候怕老师看出端倪，还非常细心地模仿了一下周氤的字迹。

七岁以来，周氤和江准的身高都相当，甚至从远看，周氤的身高还要比江准稍高那么一丢丢。

好像是从小学毕业的那个暑假开始，和周氤有着旗鼓相当身高的江准像一根春天里的小竹笋一样疯狂拔高，他穿着白 T 恤和黑中裤，比她高了大半个头，露出瘦弱的手臂和纤长的小腿，居高临下地看着她，精致的眼睛总喜欢微微眯起。

而周氤则不得不踮起脚加艰难昂头才能勉强对上他的视线。

那一年，周氤、江准、张亚丽一起升入了初中。

进入初中后，原本低调的江准突然变得受欢迎起来。

他眉眼越发深邃，轮廓也凌厉起来，出色的外表身高加名列前茅的成绩让他变得熠熠生辉。

有女孩儿开始偷看他议论他，有些大胆的会堵在他教室门口，或叫他出去说话，或让人递上一封写满爱意的信。

但他一概置之不理。

可周氤就没这么幸运了。

诚然，她成绩依旧出色，但这一年的周氤进入了青春期——

她开始发育。

起先是猝不及防的初潮把她吓得惊慌失措，然后是胸口的频繁胀痛让她叫苦不迭，接着胸部慢慢隆起，她羞耻于这些变化，开始低头弓起背来。

尽管这样，同龄男孩儿依旧会向她投来探究好奇的目光，这些都令周氤烦郁不已。

与此同时，周氤原本光滑细腻的皮肤上开始冒出几颗烦人的青春痘来，一颗颗红彤彤水润润，盘踞在脸颊中央，让周氤的美丽大打折扣。

一向自信的周氤逐渐自卑起来，她不再喜欢和江准走在一起，因为两人走在一起，她会遭受无数的指点与白眼。

江准性格敏感，自然也察觉到了周氤的这些变化。

周氤拼了命地想远离江准，江准却偏偏不让她如愿。

早上上学，他会选择在周氤关门的那一瞬间打开门，然后看着她下楼的背影撂下一句冷冰冰的："一起走。"

往往这时，周氤便不得不停下脚步转过身来，然后看着江准慢条斯理关门下楼直至和她并肩。

不仅如此，江准还会看着周氤微微弓起的背脊皱眉，然后拍了拍她的背，用长辈的口吻来说教她："不要弓着背。"

吓得周氤一激灵，连忙挺直了背脊。

晚上放学，江准也针对周氤铃响就跑的举动想了对策，他会在下课铃响前拉住周氤的书包让她没法儿跑掉，然后稍抬眼睑面无表情地对她说："外公让我请你去家里吃饭，他今天做了一桌你爱吃的。"

——勾动周氤的馋虫，让她乖乖坐回椅子上等着自己收拾书本，然后和自己一起回家。

这样的情况持续了一年多的时间。

初二下学期时，周氤的胸口逐渐感受不到胀痛了，同时她脸上的青春痘也慢慢消失了。

她的眉目变得柔和，美丽在她身上明显地展露了出来。

周氤克服自卑的心理，很快，她也像江准一样变得受欢迎。

也是这年，周氤在记忆上的天赋越发显著，她缠着江准和她一起去接受记忆训练，两人几乎是形影不离。

初三时，江准外公的身体状态每日愈下，终于，在一个浓雾弥漫的深秋早晨，他安静地离开了这个世界。

外公的头发已经花白了，他躺在床上双目紧闭脸色灰白。

周氤俯在他的床边哭着喊"外公"，不管她哭得多大声，外公也什么都听不到了。

江准面上很平静，非常平静。

他看上去很坦然地接受了外公的死亡，但原本少话的他却由此变得更加沉默寡言。

江准的外公死后，他唯一的女儿，叛逆的女儿，不孝的女儿，消失七年的女儿——

江准的亲生母亲终于露面了。

她美丽不减，气质不减，大衣长裙高跟鞋，棕色的长鬈发，还是那样明媚好看，甚至比七年前更有韵味。

看到江准时，她眼眶明显红了，人也显得不知所措。

女人像以前一样喊着他的名字，声音却有些颤抖："江准，我是你妈妈，你还记得我吗？"

那时，江准就站在周氤身边，他并未理会自己的母亲，只是冷淡地瞥了她一眼，然后紧紧握住了周氤的手腕。

尽管那位美丽女士拼了命地想拉近与江准的关系，可江准始终同她保持距离。

江准的外公死前安排好了一切，他将所有的财产都放到了江准名下，自己提前联系了火葬场，还写了一封遗信。信非常长，写了很多的话，有写他与亡妻之间的爱情，有写他对亡子的亏欠，有写他对江准的期望与交代，有写他对周世兰的恳切嘱托，甚至对周氤，他都留了一段话。

但对他最宠爱的女儿，老爷子却只字未提。

可能是失望她中途退学，也可能是恼怒她未婚先孕，还可能是责怪她抛弃孩子，总之，老爷子的遗信里没有给江准的母亲留半个字。

他孑然一身来，也孑然一身走了。

葬礼根据他的遗愿一切从简，骨灰撒进冰冷的江水里。

撒骨灰时，周氤全程陪在江准身边。

小船晃荡，江水粼粼，江准摊开手，细白的骨灰随风飘远。

那么大的一个人，烧成灰，竟然只剩下这么一个小小的坛子。

窄窄的坛口，手伸进去都费力，但是来来回回掏个几次，这个人在这个世界上的最后一点痕迹就都不复存在了。

撒完骨灰，两人从小船上下来。

周氤往前走，江准却突然停下了脚步。

他转过身，看着水天一色的江面稍稍愣神。

而此时，周氤也察觉到江准没有跟上来。

她转过身来朝江准伸出手，轻轻说道："我们走吧，不要打扰了外公休息。"

江准稍怔，他盯着那只好看的白皙的手，然后毫不犹豫快走几步紧握上去。

两人并肩，这时的江准已经高出周氤太多了。

他们十指交缠，快步往家的方向走去。

就像小时候一样。

日光投射下来，将两人的身影拉长。

外公死后，江准的母亲搬回了老房子。

她嘴里说得很好听，说自己是回来照顾江准的，可一个月时间里，她能在家里待上两天就已经算是奇迹了。

江准也压根儿懒得理会她，他很少与她说话，偶尔不得已要交流时，他也只是用简单的几个语气词来应付。

两人在一个屋檐下，竟然比陌生人还不如。

初中升高中这个暑假，周氤过得非常充实。

她和江准接受了高强度的记忆训练，与此同时，两人的训练成绩也越来越好。

从周氤、江准初二开始就对他俩进行记忆训练的陈老师提议两人去参加比赛，这个陈老师始终持有这样一个观点：紧张刺激的比赛氛围能最大程度开发学生们的记忆潜能。

当然，他不只是提议，还自作主张给两人报了名。

也就是在那个暑假，周氤和江准第一次参加了全国中学生记忆大赛，以个人名义，通过了初试复试，又一路过关斩将挺进前十名。

但这也是他俩那年的最好成绩。由于准备不足加人外有人，周氤和江准很默契地一同倒在了“十进五”的比赛上。

周氤非常不服气。

她开始不分场合不分时间拉着江准做记忆训练，江准面上冷漠，但都一一配合。

九月份，两人又一同升入江州市学生都梦寐以求的名校致一中学。

两人每天一起上学一起吃饭，放学后一起做作业一起做记忆训练。

进入高中，周氤和江准在陈老师的鼓励下继续参加比赛。

这次是以学校名义参加，先是市赛，然后是省赛，最后打到全国赛。

两人通力合作，共同击败了一个个强敌，最终到了决赛场上，只剩了他们两人。

最好的队友，同时也是最佳的对手。

周氤觉得这个机会千载难逢，于是在决赛开始前的后台，她非常蛮横地勾住江准的脖颈，让他动弹不得。

周氤昂首挺胸，语气也极度嚣张：“江准，我们来打个赌吧。”

江准面色如常：“赌约是什么？”

“要是你输了，等毕业后，就做我男朋友吧。”

江准眸光敛起，认真地盯着周氤的眼睛。

他压抑着嗓音：“你开玩笑的吗？”

周氤轻嗤：“怎么可能？”她说着补充，“我非常认真。”

江准唇角有笑意，微不可察。

见江准久不回应，周氤有些急了，她激他：“怎么，你不敢答应？你怕了！”

江准垂下眼眸，非常认真地回了一个字。

“好。”

周氤有些错愕：“你说什么？”

“我说，”他加重语气，“我答应你。”

听到这话，周氤也笑了。

她叮嘱江准：“那我们可说好的，你不能反悔啊。”

他轻轻“嗯”了一声。

周氤得意扬扬。

赢江准，她有绝对的把握。

在记忆方面，周氤从不胆怯。

她对自己的记忆能力非常自信，并且，陈老师在给他俩做比赛训练时，十次里她赢了六次。

而最后的结果，也如她所愿。

同样是在后台，赢下比赛后，周氤得意扬扬地对江准说：“愿赌服输，我现在拿到了你未来女友的通行证，你可不能反悔哦。”

江准也显得颇为无奈，他点头：“嗯。”

一切都是那样自然且顺理成章。

只是周氤从未细想过，为什么他们俩的这个赌注，只有她提出江准输后怎么样，江准却没有提出他赢了要怎么样。

因为只有江准清楚，从周氤提出这个赌注之后，他就再也没有想过赢。

比赛过后，周氤约江准：“去个地方吧。”

“什么地方？”

“江边，我们去看看外公吧，我想他了。”

江准哑着声音：“好的。”

两人转了两趟公交车才来到江边。

码头的风很大，飘荡着一股鱼腥味，大江中间有运沙船来来往往。阴天，江面一片雾蒙蒙的。

周氤和江准坐在码头边眺望对岸。

“江准，”周氤突然开口叫他，然后问，“外公离开多久了。”

江准看着脚下奔流不止的混浊江水：“两三年了。”

“原来已经这么久了。”周氤语气有些哀伤，“时间过得真快。”

“是，时间真的过得很快。”江准附和着她，有些失神。

两人在江边坐了整整一天，看着江水，偶尔说说话。

傍晚时，周氤有些累了，她将头靠在江准的肩膀上，嘴里嘟囔着：“我眯五分钟，你等下把我叫醒。”

江准“嗯”了一声，侧过脸来看着周氤。

她轻轻闭着眼，有细密的睫毛垂下，在她眼眶之下投出阴影来。

江准忍不住畅想他和周氤的以后。

应该会一帆风顺的吧。

会顺利进周氤梦想中的大学，会一起毕业，一起决定未来的路要怎么走。

会结婚的吧，会有女儿的吧，会一起度过余生的吧。

会的。

江准嘴角漾出淡淡的笑意。

他坚信，一定会的。

太阳慢慢西斜，江边也逐渐冷了起来。

周氤醒来时，四周昏暗，身边的江准也睡着了。

她起了坏心思，小心翼翼伸出手指将江准的鼻尖推起来，推出猪鼻子的形状，然后不受控制笑出声来。

江准自然也被她的笑声给吵醒了。

他蹙蹙眉，将周氤的头扳回到自己肩膀上。

“别动。”

周氤睁大双眼提醒：“江准，已经很晚了。”

确实很晚了，不只是天色昏暗了，就连码头边的灯塔都亮了起来，在黑夜中尤为显眼。

“我知道。”

“我们不回家吗？”
“等一下。”
“等多久？”
“没多久。”
“没多久是多久？”
“很快。”
…………

两人将这些没营养的话翻来覆去说了整整一个小时，却又乐在其中。

离开时，周氤还回头看了一眼，她在心里对沉眠于这片冰冷江水的老人说——

外公，您放心吧，我一定会好好照顾江准的。

磨蹭太久的后果是，两人差点儿没赶上最后一趟公交车。

周氤和江准拉着手，沿着公路狂奔，终于在公交车到达前到了车站。

车停稳，周氤先上了车，江准紧随其后，然后，他往箱子里投下了两个硬币。

公交车很空，除了司机和他俩，没其他人了。

两人在后面找了个并排的座位坐下。

周氤喜欢坐窗边，江准自然而然坐在外面。

车开得很快，周氤没了困意，正喋喋不休地和江准说着话。

她话很多，一点芝麻绿豆的事能说上好半天，江准也从不觉得厌烦，每次都耐心地听她说。

话说到一半，周氤突然想到什么，转过头来对江准说：“我们俩好像没有对彼此的昵称。”

江准太阳穴有些疼：“什么昵称？”

“就是属于我们独特的称呼啊。得想一个，”周氤低着头冥思苦想了一阵，“不如你叫我‘氤氤’吧。”

“不要。”江准拒绝得很干脆。

“为什么？”周氤有些委屈。

她一直苦恼于自己没有小名这件事，并且又是真的觉得叠字很温柔很好听。

江准淡淡抛下两个字：“肉麻。”

“哪有！”周氤怂恿，“你叫一下。”

“不叫。”

“真不叫？”

“不叫。”

周氤哼了一声，气到了：“不叫就不叫，你以后会后悔的。”

江准无奈地笑了：“我为什么会后悔？”

他不以为意。

那个时候的他死都不会想到，周氤竟然一语成谶。

后来的江准真的后悔了。

非常非常后悔。

# Extra 02
# 春天来了

元旦过后的第四个星期，致一中学终于迎来了期末考试。

作为班主任，周氤自然非常忙碌，连续两天的监考和阅卷下来，她身心俱疲。

期末考试一结束，周氤就陷入了长长的睡眠中。

江州市的冬季湿冷刺骨，周氤又极怕冷，江准便购置了长长的烤火桌代替了茶几，还换了一张又长又软的新沙发。

这几日里，江州大学放了寒假，旧马区刑侦支队也很久没有新案子，江准空闲下来，每天陪着周氤在家烤火。

外面是阴沉寒风，室内却温暖如春。

周氤将江准的大腿作为枕头，慵懒地趴在软绵的沙发上睡觉。

而江准则并无困意，他用少部分时间来看书，大部分时间都在看周氤睡觉。

旁边的烤火桌里散发着橘黄色的火光，在周氤安静的睡颜上晃荡跳跃，一切都是这么惬意。

看得累时，江准会靠在沙发靠垫上小憩一会儿。

他会做梦，也会做噩梦。

有一次，江准梦到自己早上醒来的场景——

他还未睁眼便下意识伸手去抱身边的周氤，却抱了个空，旁边也半点儿暖意都没有。

他骤然睁眼，然后慌张起身开始寻找，他喊了好几声“氤氤”，回应他的只有空荡飘扬的回音。

他打开衣柜，原本里面被放得满满当当，全是周氤的大衣长裙帽子围巾，现在统统不翼而飞。他又去了浴室，洗脸台前的瓶瓶罐罐也全都消失不见了。

他开始尝试寻找周氤在这里生活过的痕迹，可惜什么都找不到。

枕头上没有她掉落的长发，茶几上没有她的备课本，梳妆台上没有她的化妆品，冰箱第一层原本放着她爱吃的草莓芒果，现在也全都不见了。

他着急了，没了理智，穿着睡衣光着脚就推开了家门。

外面是异国他乡的街道，街上来往的都是金发碧眼的外国人面孔。

他脸上的慌乱一览无遗。

他跌跌撞撞，扒开一个个人，发疯似的在街上寻找。

却怎么也找不到。

…………

江准是惊醒的，他醒来的时候，背上有冷汗渗出。

腿上传来沉重的感觉，她的头还枕在自己腿上——意识到这一点，江准的心这才恢复平静。

他太害怕了，害怕再次失去周氤。

江准垂眸，伸出修长的手指，低下头来轻轻拨开她脸上的碎发。

烤火桌下面散发出炽热的光，周氤感觉有些热了。

她太困了，压根儿醒不过来，嘟囔着翻了个身，在江准怀中找了个舒适的姿势再次沉沉睡去。

睡得昏天黑地。

下午时，外面传来叩门声，周氤这才被吵醒。

江准起身去开了门，门口站着怒气冲冲的张亚丽。她直接冲进门来兴师问罪："周氤，我给了打了八百个电话，你一个都不接。"

周氤打着哈欠："你给我打了电话？"

"不然呢？"

周氤一脸茫然地起身来找手机，嘴里嘀咕着："我手机呢？"

没两秒，江准便去卧室将她的手机拿了出来："你手机放在房间充电。"

周氤接过来看了下手机屏幕，上面显示有二十多个未接电话。

周氤很没底气地解释："手机调成振动了，放在卧室没听到。"

张亚丽瘪瘪嘴，接受了她的说辞，凑到烤火桌旁边烘火边说："周氤，你去收拾收拾，洗个脸化个妆然后出门陪我逛街。"

周氤头昏沉着："我困。"

"你还困？"张亚丽高声控诉，"前天找你你说困，昨天找你你说困，今天找你你还说困！"

她一副恨铁不成钢的神色："周氤，年纪轻轻的，你就成了蛀虫！不，你比蛀虫还不如，虫都知道躬几下背，你连躬都不知道躬！”

“我是真的困。”周氤嘟囔着，又躺了下去。

她也不知道自己近段时间怎么了，爱睡觉是一方面，另一方面则是做什么事都提不起劲儿，就连躺着都累。

“我不管，你今天必须得陪我出门逛街，必须！你不去我把你扛去！”

张亚丽说话的时候，江准已经去厨房给她泡了一杯茶放到了桌上。

周氤有气无力地“哎”了一声，又问：“你有什么紧急事非要我陪你去逛街的吗？”

张亚丽目光狡黠：“有！”

周氤瞬间来了精神，从沙发上爬起来，兴致满满地问：“什么紧急事？”

见张亚丽抿唇不说话，周氤瞬间了然，她长长地“哦”了一声：“是不是穆警官？”

张亚丽含糊其词：“算吧。”

“你们要去约会？”周氤大胆猜测。

“不是！”张亚丽否认得非常果断，然后却支支吾吾，“他为了感谢我，明天请我吃日料。”

“那你是要我陪你出门……”

“买衣服。”

周氤立刻从沙发上爬起来，嘴里念叨着：“等我一下，很快就能出门。”

她先去卧室换了衣服，又去浴室洗了把脸然后匆匆忙忙去换了鞋子。

出门前，江准细心地给她围好了围巾，然后叮嘱：“慢点儿走，不要跑不要急，过马路要看着车。”

周氤敷衍道：“知道了，知道了，又不是小孩儿了。”

她提起包，挽着张亚丽出了门。

江准看着她冒冒失失的背影叹了口气。

年关将近，外面处处张灯结彩，一股春节的喜庆气息。

外面风大，将周氤鬓边的碎发吹得飞扬起来。

“对了，周氤，忘了和你说，我妈让你和江准今年来我家吃年夜饭。”张亚丽开口说道。

周氤欣然应允：“好啊。”

周氤掰着手指头算了下，她已经有五年没吃过年夜饭了。

以往的除夕春节，周氤一人待在外乡，都是随便吃点儿东西应付过去的。

周氤回忆起曾经，悄悄松了口气。

那些晦暗的日子，终究是过去了。

天气虽冷，但街上人多，挤得那叫一个水泄不通。

周氤和张亚丽目的明确，出了门便直奔商场。

两人才逛了四五家店，周氤就累了，她是腿脚疼腰背也酸，赖在商场的休息椅上不肯走了。

张亚丽看着如此弱不禁风的周氤连连叹气："周氤，你怎么这么废啊？才走几步路你就喊累，你这样真的不行！"

张亚丽忧心忡忡后又开始为她的身体健康出谋划策："不然你寒假这段时间跟着我爸起床晨跑？保证你不出两星期就生龙活虎。"

周氤摆手："你可饶了我吧，躺着都累，你还让我早上起床跑步？我可起不来。"

张亚丽看着周氤的颓态暗下思忖："周氤，我记得你前段时间不是这样啊。"

"我也不知道，从期末考试之后我就特别容易累，还贪睡。"周氤也对此感到奇怪。

张亚丽眼皮子一跳，骤然想到了什么，然后惊呼："周氤，你该不会怀孕了吧？"

"怀孕？"周氤有些不敢置信，"不会吧！"

"肯定是这样！"张亚丽非常笃定，"你替班的那个王秀渠王老师之前怀孕也是这样，嗜睡怕累，说是整天都觉得昏昏沉沉的，对了，她比你还严重，她还恶心反胃。"

"是这样吗？"周氤迷迷糊糊。

张亚丽一拍手掌乐了："我要当姨妈了！"

她说着低头找手机："我得赶紧给我妈打电话，她知道了肯定要开心得上天。"

周氤脑子里一团糨糊，连忙制止了张亚丽。

"你等等！"周氤心里没谱儿，"你先别说，还没确定呢，别让大姨空欢喜一场。"

"对对对！"张亚丽又将手机塞回兜里。

她的兴奋激动溢于言表，当即决定街不逛了，衣服不买了，立刻将周氤送回家。

回家的路上，周氤脑子都是蒙的。

她开门回家，看到江准蹲在桌边包桌角。

他听到开门声，连忙起了身。

“不是逛街吗，怎么这么快就回来了？”

周氤一时间不知道怎么说，只回了句：“亚丽不想买了。”

她进了门看到地上的棉花和碎布料问：“你在做什么？”

江准眼睛深邃，并未立刻回答她。

周氤却喜悦地跳到他怀里，昂起头，脸上是温温柔柔的笑容：“我有个好消息要告诉你。”

“什么好消息？”

“你可能，也许，应该，很有可能要当爸爸了。”

周氤说完紧盯着江准，却没从他脸上看到什么特别的表情来。

他只是无奈地笑了下，然后伸手摸了摸周氤的发顶。

没看到自己期待中的反应，周氤有些生气，她抱怨：“你看起来一点也不高兴。”

“不是。”江准否认得很迅速，“我很高兴。”

“瞎说，我在你脸上看不到一点吃惊的表情，”周氤皱眉，“你是不是不想要这个孩子？”

“不是，我不吃惊是因为早就发现了。”

“什么？”周氤从生气转为吃惊，“你早就发现了？”

“你上次生理期是什么时候？”

周氤垂眸思忖，想了一阵才试探性说道：“好像是 11 月底。”

她说着揉了揉太阳穴：“前段时间期末考试太忙，我已经完全忘记这回事了。”

“迟钝。”江准抿唇。

周氤又生气了：“你发现了也不跟我说？”

江准无可奈何：“我是想看看你什么时候能发现。”

他说着指了指地上的杂物，嗓音喑哑：“来不及等你发现，我就已经沉不住气了。”

第二天，周氤难得没有贪睡，和江准一起来到医院检查。

挂号拿本，然后两人一起在妇科诊室外等待。

很快，年轻护士叫了她的名字。

"周氤，3号诊室。"

周氤应声："来了。"

她没经历过，内心忐忑的同时不知所措，求救似的看了一眼江准，江准给了她一个安慰的眼神。

周氤的心这才安定下来。

她起身，缓步往诊室走去。

进门，女医生冲她温柔地笑了笑："身体哪里不舒服？"

周氤也笑了笑："医生，我好像怀孕了。"

"检查过吗？"

周氤摇头，如实回答："没有，就是出现了早孕症状，嗜睡困顿，并且，生理期也很久没来过了。"

"有恶心呕吐的反应吗？"

"还没有。"

"没测过？"

"没……没有……"

她脸上的紧张一览无遗。

女医生见多识广，问道："新婚吧？"

周氤"嗯"了声。

"新婚没经验是正常的，不用紧张。"女医生出声安慰，然后拿起笔写了起来，"先抽个血做下检测，检查下HCG值，就能知道你是不是怀孕了。"

周氤点点头，拿着诊单走出门，在江准的陪同下抽完血做完检查，结果下午便出来了。

周氤确实怀孕了。

看到结果的一瞬间，周氤有一瞬间的错愕，然后挽着江准的手，声音有些抖："恭喜你呀，你真的要当爸爸了。"

江准笑容温柔，抚摸周氤的长发："也恭喜你，你要当妈妈了。"

周氤觉得有些不可思议，她摸了摸自己的肚子，难以想象里面正孕育着一个属于她和江准的小生命。

做完检查，两人慢悠悠地从医院散步回家。

到家门口时还不到下午四点。

江准拿出钥匙正准备开门，周氤突然想起家里没米了，她开口提议："我们去超市买点儿米和生活用品。"

"好。"江准说着又将钥匙塞了回去。

超市并不太远，两人只用走五六分钟便到了。

他们推着超市购物车在里面停停走走，顺便说话。

周氤问江准："你觉得这个孩子是男孩儿还是女孩儿？"

"女孩儿。"江准很笃定，"我们很多年前就说过要一个女儿的。"

周氤已经想不太起来了，她面露疑惑："很多年前，我们有讨论过这件事吗？"

"有。"

"什么时候？"

"七岁的时候。"

周氤哑然失笑："那么小懂什么？"

江准挑眉："我也不知道。"

他说着语气坚定："但一定会是个和你一样可爱的女儿。"

周氤笑容恬淡："你怎么那么肯定，也有一半的概率是儿子啊。"

江准揽住周氤的腰："不，我们的孩子一定会听妈妈的话，所以一定是个女孩儿。"

"但愿如此。"周氤眸中有憧憬的神色。

从超市出来时，天色已经暗沉下来。

冷风肆虐。

江准一只手提着购物袋，另一只手拉紧周氤的手，两人脚步缓缓，一起往家的方向走去。

到楼下水果店时，周氤眼馋店中橱窗里的草莓。

个儿很大，水灵灵红彤彤，被店员摆放得整整齐齐，勾出周氤的馋虫。

她指了指："我想吃草莓。"

江准回了个"好"字，说着就往店里走，却被周氤拉住："你在门口等我，我自己进去挑。"

江准挑眉："怕我挑的不合你意？"

"不是，"周氤唇角扬起弧度，"我是觉得自己挑的比较甜而已。"她说着将江准往外推，"你等着我，等我挑完你再来付钱。"

江准沉声："好。"

他看周氤清丽的背影看得入迷，晃神间，肩膀突然被人从后面碰了碰。

江准狐疑地转过身。

他身后站着一个西装革履的男人。

这个男人不年轻了，岁月在他脸上留下明显的痕迹，他身体微微有些发福，虽然有保养过，但也能看出苍老感，尤其是一双眼睛，微微陷了进去，让他尽显颓态。

他看着江准，面上有些愧疚的神色，但是很淡，不仔细看压根儿看不出来。

这个男人江准其实很眼熟，对方的脸部轮廓和他几乎一致。

江准这才认出，眼前的人是他多年未见的父亲。

或许不能称作父亲，因为在江准眼中，他压根儿配不上这两个字。

江准冷漠地瞥了他一眼，然后挪开目光。

很快，中年男人笑着开了口："小准，你不记得我了？"

江准稍稍后退，神色疏离。他不想和这个所谓的父亲多做纠缠，说话时，目光也是透过玻璃门看向店中的周氤。

"这位先生，你找我有什么事吗？"

中年男人的目光也落到周氤的身上，他语气探究："你们俩结婚了？"

江准没回答。

中年男人继续问："告诉爸爸是什么时候的事？"

江准稍抬眼睑："这些和你并没有什么关系。"

"小准，我的生意做得不错……"

他话未讲完便被江准打断："和我并无关系。"

中年男人叹了口气，开始絮絮叨叨起来："小准，爸爸知道你恨我，当初和你妈妈分开，真的不能怪我，那时候我生意失败，和你妈妈又天天吵得不可开交，要不是这样，我们当初也不会从别墅搬出来，搬到那个破二手房里。"

江准深深吸气，声音冷沉："我这辈子最庆幸的，就是你生意失败带着我们从别墅搬到那个破二手房里。"

如果不是因为这个的话，他也压根儿不可能会遇到周氤。

"你还在恨我？"

江准轻嗤："没有。"

中年男人苦口婆心起来："小准，我们是家人。"

江准看着眼前这个中年男人目光冰冷："你不是我的家人，你对我来说只是一个陌生人。"他说着目光落到周氤身上，"我的家人只有一个。"

"小准，这么多年，我一直在赚钱，赚了很多的钱，如果你答应的话，爸爸可以……"

“我不需要你的钱，”江准脸上看不出任何情绪，“我有钱，能让我的家庭生活得非常好。”

中年男人低头叹气，看起来很失望。

水果店里，周氤已经挑完了草莓，举起那一大袋草莓兴奋地朝江准挥了挥。

江准朝她抿唇笑了笑。

然后，他将视线在中年男人身上落了下，嗓音清冷：“江先生，我现在的生活非常幸福，不需要你的钱也不需要你的补偿，希望你像黎女士一样，在我眼前消失，永远都不要再来打扰我的生活。”

他说完冷哼一声，丝毫没有停留，推开了玻璃门。

面对周氤时，江准冷沉的神色缓和下来。

他接过周氤手中的草莓走到收银台前，对年轻爱笑的店员说：“结账。”

店员先将草莓称重，然后说出价格：“一共两百零八元，给您抹个零头，两百块。”

周氤皱眉嘟囔：“这么贵啊。”

“这是进口的，价格是有些贵，但是比起普通草莓个头更大汁水更多也更甜。”店员耐心地解释。

周氤听到价格有些犹豫，她拉了拉江准的衣袖：“好贵，要不……”

江准却爽快地付了钱。

出了门，周氤嘴里还一直念叨着贵，江准安慰她：“不贵，你爱吃就行。”

走了几步，周氤突然开口问道：“刚刚挑草莓时，我看到你和一个人在说话，说了挺长时间的，那人是谁啊？”

江准语气平淡：“不认识，问路的。”

他说着拉紧周氤的手，对她说了两个字。

“回家。”

周氤也回他：“好，回家。”

外面寒风呼啸，处处冷得要死，只有家里才是最温暖的。

大年夜。

家家户户都热热闹闹，周世梅家也不例外。

夫妻俩从下午两点就开始做年夜饭，等周氤和江准到的时候，精致菜肴已经摆了整整一桌。

但周世梅依旧在厨房里忙活。

江准将礼品放在桌上，周氤则直接进了厨房。

周世梅用筷子夹了一块肉给周氤："周氤，尝尝咸淡。"

周氤张嘴咀嚼："咸淡刚好。"

她咽下去后又补充："有点儿辣。"

周世梅一听这话连忙放下筷子，殷切地询问："周氤，你现在能吃辣的吗？"

"能啊，"周氤笑着，"我就馋这口辣的。"

说话时，张亚丽穿着厚睡衣走进来。

"你俩背着我吃什么好吃的呢？"

周世梅也夹了一块肉塞进张亚丽的嘴里，没好气："就这个好吃的。"

张亚丽吃得直喘气："妈，你放那么多辣椒干吗，辣死我了。"

周世梅看着辣得满脸通红的张亚丽，疑惑道："有那么辣吗？"她说着也夹了一块放进自己嘴里。

"确实挺辣。"

她说着将菜盛到盘子里，又递给张亚丽："端桌上去。"

"哦。"

张亚丽端着菜刚走到门口，周世梅又不满地吩咐道："一整天都躺床上，赶紧把睡衣给我换了，像什么样子！"

"这有什么的？"张亚丽不以为意，"都是自己家里人。"

"我邀请了小穆来家里吃年夜饭。"

"啊？"张亚丽一惊，"你邀请他干吗？"

"吃年夜饭啊。"周世梅颇为理直气壮。

"他又不是我们家里人。"

"这有什么的？并且人家上次请你吃饭，你理所应当要请回去。"

张亚丽"哦"了一声。

周世梅："还不赶紧换衣服去，让人家看到你这副邋遢样子，你怎么好意思？"

张亚丽嘟囔："他又不会介意。"

周世梅眼一瞪，张亚丽立刻㞞了："行行行，马上去。"

她说着将菜端桌上，悻悻走去了房间。

周氤在一旁抿着唇笑。

客厅里，张父正向江准倾情介绍他养的鱼，江准也颇有兴趣。

没几分钟，张亚丽换完衣服出门来，门铃突然响了。

她连忙去开，门口毫不意外站着的就是穆野。

他咧开嘴，脸上是阳光的笑容。

“我不是最后一个到的吧？”

张亚丽“喊”了一声：“不好意思，你就是最后一个，等会儿罚酒。”

“还有惩罚啊？”穆野笑着走进来。

“那当然了，谁让你最后一个到！”张亚丽弯唇。

“小穆来啦！”周世梅笑着，“还有个青菜，一会儿就吃饭。”

穆野进门，理所应当加入了张父和江准的看鱼小队。

张亚丽暗暗向周氤吐槽：“真不知道那几条臭鱼有什么好看的！”

青菜炒完上桌，看鱼小队也及时停止了活动。

几人围桌而坐。

席间，周世梅问周氤和江准：“你俩婚礼是怎么安排的？”

张亚丽提醒：“对啊，周氤，你俩办婚礼吗？再过段时间，你穿婚纱可就没那么好看了。”

江准和周氤对视一眼，然后回答：“我和氤氤商量过了，婚礼春天办，办个简单的。”

周世梅稍稍皱眉：“请哪些人？”

江准语气稍顿：“请些亲戚朋友，我们俩朋友都不多，亲人，氤氤这边只剩了大姨你们一家，而我这边的亲人，只有氤氤一个。”

“江准，你不打算邀请你父母吗？”

“不了，”江准微笑着，“没有必要。”

周世梅叹了口气，低头扒饭：“也是。”

张亚丽连忙转移话题：“越长大，这个年过得就越无聊，一点都没有小时候那种氛围了。”

周世梅不认同：“过年就是一家团聚，还要什么氛围？”

张亚丽：“哪里不需要？小时候多快乐啊。”

周氤接话：“是啊，我记得小时候我们俩最喜欢玩焰火了。”

“对对对。”张亚丽一说这个就兴奋，“那时小姨不让我俩玩，我俩偷偷买着玩，然后让江准望风。”

周氤提议：“不然等会儿吃完饭，我们一起下去放焰火怎么样？”

江准第一个赞成：“我觉得很好。”

张亚丽也点头：“去！好多年没玩过了。”

她说着看向穆野：“你去吗？”

“当然。”

吃完年夜饭，几个年轻人兴冲冲下了楼。

到旁边小卖部里买了几盒焰火棒，张亚丽把人都聚一起，像小时候那样一人分了一盒。

拆开，点燃，伴随着刺啦声，无数星火汇聚。

穆野走到张亚丽面前：“亚丽，我们来玩游戏吧。”

张亚丽：“玩什么游戏？”

“我画你猜，我用焰火棒写字，你来猜猜我写的什么字。”

张亚丽来了兴趣：“好啊。”

穆野笑容灿烂，举着焰火棒慢悠悠比画起来。

字很好猜，张亚丽脱口而出：“我。”

“嗯，还有。”

穆野笑着，又写下一个字。

张亚丽唇边的笑容却慢慢滞住，她轻轻说出声：“喜……”

“还有。”穆野将剩下的两个字都比画出来。

“欢你……”

张亚丽怔怔看着穆野，火光映照着他的脸，衬得他的笑容更加温柔。

他嗓音沙沙哑哑的，郑重其事地说了四个字：

“我喜欢你。”

不远处，周氤和江准看着他们俩，脸上是狡黠的笑容。

江准和周氤的婚礼办得很简单。明媚的春天，摇晃的阳光，白色的桌椅和点缀着粉色玫瑰的现场。

宾客也不多，周世梅夫妻、张亚丽和穆野、周氤的同事和江准的几个朋友，加起来不超过三十个。人很少，但祝福却是满满的。

周氤怀孕三月有余，却依旧清瘦不显怀，她穿着洁白婚纱款款而来，眉梢眼角都是温柔笑意。她和那个所谓的父亲早已失去了联系，婚礼的时候，姨父代替了父亲的位置，牵着她走过两边的宾客和地毯边的花束，将周氤交到那个清隽带笑、西装凛然的男人手上。

司仪妙语连珠，宾客笑声满满，很快便是交换戒指的环节。西方婚礼中，“戒指”是很重要的物品。“交换戒指”这个举动也被视为约束与永恒，戴戒指也有讲究，说是要戴在左手的第三指上，据说是因为人的这根手指与心相连。

当然，这个“据说”准不准确，周氤并没有心思去考证。她只是看着眼前这个男人，久久打量他，看得久了，眼前也出现了幻影。周氤觉得江准的身形似乎一直在变，从清秀的小男孩儿开始飞速变幻，慢慢长高长大，慢慢变得挺拔俊逸，直到和眼前之人完全重合。

时光历久弥新，可年少时的悸动好像还一直未曾改变过。她觉得自己就是左手的第三根手指，而江准是那颗不停跳动的心脏。

戒指被江准从盒中取出，又缓缓戴在周氤的手指上。

她笑着，也将另一枚戒指戴到江准的手上。

亲吻时，她听到司仪的声音——

“让我们祝福这对新人，祝他们永浴爱河，幸福美满。百年，永远。”

# Extra 03
# 甜蜜日常

（一）喃喃

照顾一个小孩儿是非常不容易的事，照顾周蔚则是不容易中的不容易。

周蔚小名“喃喃”，三岁时，脑子里已经有了非常多稀奇古怪的问题，很多问题直接将周氤问住了。

“妈妈，为什么鸟长翅膀，而人却长手呢？”

周氤：“因为鸟要在天上飞，而人不需要。”

“为什么是鸟在天上飞，不是人在天上飞呢？”

“因为物种不同，鸟在天上飞，鱼在水里游，人在地面走，每个物种进化，一定都会适应它生存发展的需要，要是无法适应可能就灭绝了哟。”

喃喃想了一阵：“妈妈，我明白了。”

周氤松了一口气，替她穿好鞋子：“明白就好。等会儿到了幼儿园要好好喝水好好吃饭，尊敬老师友爱同学，不可以给老师添麻烦。”

“我知道了妈妈，我在学校可乖了。”

周氤抿抿唇。

刚出门，喃喃的小脑袋里又冒出了新的问题：“妈妈，为什么我们可以看到这么多种颜色，红的绿的黄的紫的？”

这周氤哪知道啊，她赶紧掏出手机借助百度。

“因为，因为，哦，因为我们的眼睛有一层薄薄的膜，叫作视网膜，视网膜感受光，我们看到的颜色其实就是光刺激眼球所产生的视觉感受。”

喃喃大大的眼睛里透着迷茫，很显然，她并没有听懂周氤的意思：“妈妈，颜色不就是颜色吗？为什么是视觉感受？”

“因为……因为……”因为她也不知道。

周氤思索了下，决定将这种伤脑筋的事甩出去：“因为妈妈不研究这个，要不然你问爸爸吧，他研究范围广，可能会知道。”

“哦。”喃喃若有所思地点点头。

晚上江淮归家，女儿光着脚丫“哒哒哒”跑过去扑到他腿上：“爸爸！”

江淮凛冽的神情变得柔和，他看了眼在厨房忙碌的周氤，放下公文包弯下腰将喃喃抱起来。小女孩儿用额头蹭着江淮的脸颊：“爸爸，我有问题想要问你。”

“嗯？什么问题？”

“为什么人能看到红色绿色黄色这些颜色？妈妈说是因为视网膜感受到光，颜色是光刺激眼球产生的视觉感受。”

江淮想了下，颔首：“妈妈说得没错。”

“可喃喃不明白，颜色是颜色，为什么说看到颜色是视觉感受呢？”

江淮微微蹙眉，脑子转了一阵，他一只手抱着喃喃，另一只手取了桌上花瓶中的红玫瑰。

“这是什么颜色？”

喃喃的声音脆生生的：“老红色。”

江淮走到窗边，将玫瑰放到夕阳底下：“现在是什么颜色？”

“鲜红色。”

“好。”江淮又抱着她去了卧室，窗帘拉上，光线昏暗，“现在是什么颜色？”

“好像变得黑乎乎了。”

“你现在理解了吗？光线不同，人看到的颜色也会不同。”

喃喃很兴奋：“我明白了！”

她从江淮怀中跳下来，兴高采烈地跑到厨房：“妈妈，我明白了，妈妈真厉害。”

江淮倚靠门边，和微笑着的周氤交换了下眼神。

他故作疑惑：“喃喃，这明明是爸爸给你解答的，怎么变成妈妈真厉害了？”

喃喃转过身振振有词地说：“因为是妈妈让我问的爸爸，所以是妈妈厉害。”

江淮无奈地笑了笑。

嗯，听起来好像并没有什么问题。

一大清早，张亚丽就敲响了周氤家的门，不过没人应。

她又敲了几下，听到里面拖拽椅子的声音，张亚丽试探性地问了声：“喃喃，是你在家吗？”

隔了十几秒钟，门很快打开，一个可爱的圆滚滚的脑袋探出来，眼睛忽闪忽闪的：“亚丽阿姨。”

张亚丽喜笑颜开，一把将小周蔚拥在怀里：“小喃喃，快给我亲亲，亚丽阿姨可想你了。”

喃喃蹭入张亚丽怀里：“喃喃也好想亚丽阿姨。”

张亚丽将她抱起来走进屋内：“你爸爸妈妈呢？”

“爸爸妈妈都出门了。”

“就你一个人在家啊？”

喃喃重重点头，指了指茶几上散落的蜡笔和画纸：“我一个人在那里画画。”

张亚丽扶了扶额角：“你妈心咋这么大呢？敢放你一个人在家，这多危险啊！等她回来，亚丽阿姨可要狠狠批评她一顿。”

喃喃靠在张亚丽的肩膀上，轻轻蹭着替周氤求情：“亚丽阿姨你不要批评我妈妈，我爸爸去外地出差了，我妈妈要上课还要照顾我，她太忙了啦。

“妈妈出门前给我放了零食和水，我饿了会吃渴了会喝，妈妈教我的我都有记在心里，不会去窗边玩也不会跑出去玩，外面有人敲门也不能开，刚刚我是听到亚丽阿姨的声音才开门的，亚丽阿姨，你不要批评我妈妈好不好？”

张亚丽听着这奶声奶气的撒娇声心都要化了，连忙出声哄道：“好好好，看在喃喃这么听话的份儿上，亚丽阿姨就暂且放过她了……”

张亚丽的话还没落音，一阵急促的脚步声从楼道传来，紧接着周氤冲进来，脸色急切道：“喃喃？”

进了门，看到喃喃被张亚丽好好抱在怀里，周氤的心才终于安稳落了下去。

周氤喘着粗气惊魂未定，伸手将门关上，她和张亚丽解释着：“刚刚在楼下看到门开着，我还以为喃喃跑出去了……”

喃喃忙开口：“妈妈我没有，我很听话的。”

“对。”张亚丽轻轻点了点喃喃柔嫩的脸颊，“喃喃可听话了，不给陌生人开门，是听到亚丽阿姨的声音了才开门的对不对？”

喃喃重重点头：“对。”

张亚丽看着喃喃红扑扑的脸蛋，一本正经点头的小模样，没忍住又亲一口："喃喃怎么这么可爱呢？"

她说着转头看周氤："女儿真好，我以后也想生女儿。"

周氤将包挂上轻叹一口气："可爱是可爱，就是养起来也真麻烦，要操心的事情非常多还要解决她的各种问题。"

张亚丽想了想，回忆起自己从小到大闯的那些祸事头就隐隐作痛："说得也是啊，要是生到我自己这样的，天天惹祸，我得多头疼啊，不行不行，缓几年再考虑吧。"

不过张亚丽一看到沙发旁专心致志绘画的喃喃，内心又开始动摇："我应该没那么运气差吧？"

她说着又将问题抛给周氤："周氤，你说呢？"

周氤笑了笑："不要问我，随自己的心吧，如果你和穆警官已经做好了迎接一个孩子的准备，就顺其自然。"她看向张亚丽，"在我家里吃个晚饭吧。"

张亚丽忙不迭地点头："好，我就是来蹭饭的。"

周氤笑了笑，回了句"我就知道"，然后转身进了厨房忙碌。

张亚丽的注意力又被喃喃吸引了，她坐到旁边看着画纸上红的球蓝的球，好奇地发问："喃喃，你这是画的什么呀？"

"太阳系。"

"啊？"

喃喃很有耐心地给她解释："亚丽阿姨，这个是地球，是我们人类生活的地方，这个是太阳，是给地球提供光照的地方，这个是月球……"

她介绍到这里，脑子里冒出了新的问题，抬起头，眼睛里是求知若渴的湛亮："亚丽阿姨，为什么月球不能给地球提供光照呢？"

张亚丽"哈哈"两声："宝贝，这个亚丽阿姨哪知道啊？地理、物理这些知识，阿姨全还给老师了，不如你问问我篮球乒乓球羽毛球好不好？这个阿姨很在行！"

三岁的周蔚有很多问题，但同时，她也有了很多开心的事。

她开心妈妈会很温柔地叫她的小名"喃喃"，开心爸爸会给她答疑解惑，开心亚丽阿姨会抱着她去逛超市，然后穆野姨父会给她买一大包零食。

她最喜欢黄昏，日落时分。

妈妈会去幼儿园接她，会牵着她的手慢悠悠走到街上。过往邻居会和她打招呼，她也会笑眯眯地回应他们。

如果这时爸爸正好下班出现在前面的话，他就会蹲下身，向她张开手，然后温柔唤着“喃喃”。然后她就挣开妈妈的手，兴高采烈地朝他跑过去，扑到他怀里。

爸爸会把她举起来，举得高高的，让她坐在他左手手臂上。而他的右手也不会空着，他会紧紧牵住妈妈的手，和妈妈一起踩着夕阳走回家。

（二）研究对象

恋爱满一年，穆野迫不及待想要向张亚丽求婚。

但是他没有经验，于是谦虚地向有经验的江准请教：“江教授，你当初是怎么把周老师娶回家的，跟我讲讲呗。”

江准抿了一口茶，非常认真地回忆了一下：“我跟她说，我们结婚吧。”

等了一会儿，穆野见江准没有继续说下去，不可置信地发问：“就说了这句话，没了？”

“有。”

穆野急得推了推江准的手肘：“江教授，我就知道没那么简单，别卖关子了，快跟我说说。”

“然后，她考虑了一晚上，同意了。”

穆野惊讶地扬起眉毛：“没有鲜花、跪地和戒指？”

江准摇摇头：“没有。”

穆野惊诧得眉毛扬得更高：“周老师考虑一晚就答应了？”

江准点头：“嗯。”

“这么简单快捷？”

江准摇摇头，默而不语。

哪里简单快捷?

漫长的十年岁月，周氲的封闭逃避，等她答案的那一晚，江准辗转反侧数秒度过，只觉得无比煎熬无比缓慢，慢得连吐气都是奢侈。

江准突然抬头：“求婚的正确流程应该是什么？”

“怎么的也得有戒指有花吧。”

戒指他倒是准备过，花……完全没想到。

穆野叹了口气：“算了，江教授，你的求婚经验等同于没有，我请教别人去。”

他准备走前又想到了什么：“江教授，我发现周老师脾气还是太好了点儿，要是我向亚丽求婚什么都没有，就说一句‘我们结婚吧’，她能把我身上两百零六块骨头拆了喂狗吃。”

江淮看着穆野离去的背影若有所思。

几日后，江淮网购的快递送到了家，一大清早周氤就看到江淮在阳台忙活，她探出个头：“在做什么？”

“做研究。”

周氤看着花盆、土和几根秧苗，疑惑发问：“做研究，你需要研究这个吗？”

江淮撒谎撒得脸不红心不跳：“拓宽下研究方向。”

周氤“哦”了一声：“从犯罪心理到植物栽培，江教授，你的研究方向跨越挺大的啊。”

“学无止境。”

周氤赞同地点头：“说得也对，那我不打扰你了。”

翌日起床，阳台上的花盆已经没了踪影，周氤好奇地问：“你的研究对象呢？”

“移植到我办公室门前的土地上了，那里空间更大，日照也更充足。”

“也是，阳台空间还是局促了些。”

周氤没放心上。

此后的两个月时间，江淮日日悉心浇水施肥，秧苗愈来愈高，茎秆也愈来愈粗，开枝散叶，含苞吐蕊。

待到盛放之日，江暄将之剪下包成花束带回了家。

晚上，周氤洗完澡坐在梳妆台前擦润肤乳。周氤感觉有些渴了，回头叫了声江淮：“帮我带杯水过来。”

江淮来了，给她带了水，还捧了一束盛放的玫瑰递给她。

大部分女孩儿还是喜欢花的，周氤也不例外。

看到花，她口也不渴了，拿过玫瑰，抿抿唇道：“今天什么日子，突然送我花。”

“不是突然。”江淮拿起水杯递到周氤唇边喂她喝了一口水，“这是我送你的求婚玫瑰。”

“求婚玫瑰？”周氤疑惑，“我们不是已经结婚了吗？”

“是，但求婚的时候没送，所以现在补上。”

周氤笑出声，毫不吝啬她对花的赞美：“这玫瑰好漂亮，花瓣层层叠叠，颜色也好独特，莹白中带了丝蓝紫色，是什么品种？”

“这是学校植物学陈教授新研发的品种，取名‘氤蓝’。”

周氤欣赏了一会儿，然后找了个花瓶将之插上，摆弄的时候突然想到什么："这个不会就是你前阵子在阳台种的研究对象吧？"

江准语气愉悦："嗯。"

周氤调侃他："江教授啊江教授，还说什么拓宽研究方向，学无止境，这么快不研究了？"

江准突然欺身上来，他稍微用力，撷取住她的腰将她抱到床边："不研究了，换了研究对象。"

"……什么？"

"好香啊。"江准炙热的吻了落下来，带着克制的低喘，"现在只想要研究你……"

（三）被套路了

婚后的某个周日，周氤不用上课，她收拾江准之前的东西时，从里面翻出一本他小时候的相册。

周氤来了兴趣，大扫除也不继续了，拿着相册坐到沙发上翻看起来。

江准下班回家，看着沙发上的周氤捧着什么看得入迷，他不禁好奇地问："在做什么？"

周氤见他回来，忙招呼他过来："一起看。"

江准绕到沙发后面，身体压上柔软的沙发靠垫，将下巴轻轻搁在周氤肩膀上，鼻尖萦绕着她身上清新的淡香。

"看什么？"

"你小时候的相册。"

相册很旧了，但里面详实地记录了江准的成长过程。

第一张应该是江准刚出生，张着大嘴，哭得眼睛缝都没了。

"好丑啊。"周氤毫不客气地吐槽，"你刚出生的时候怎么又丑又老。"

江准轻哼一声："小孩儿刚出生不都是这样？"

"哪有，我小时候就长得很好看啊，大眼睛高鼻梁，不过长大就没小时候那么好看了。"她说着偏头搂住江准的脖子，看着他直挺的鼻梁和优越的下颌线，另一只手抬起他的下巴，"你到底是吃了什么才会从这个丑样子长成这张脸的，老实交代！"

江准的眉轻挑一下："吃了什么你还不清楚吗？我不是基本都被你投喂着长大的吗？"

周氤拿相册抵着下巴想了一下："好像也是啊。"

毕竟江准小时候天天饿得可怜巴巴，吃了上顿没下顿，要不是周氤投喂，能不能长大还说不好。

“所以你现在长这么好看，都是我的功劳。”她理直气壮。

江准笑笑：“周老师，你还真会给自己邀功。”

周氤可不管，像小时候那样胡搅蛮缠起来，她搂着江准的脖子：“江教授，你要说，都是你的功劳。”

江准无奈地瞥着她，薄唇紧抿就是不肯开口。周氤可急了，下意识拿出了以前惯用的一招：“说不说？不说我亲你了。”

以前江准最怕这招，每次想要他妥协时，周氤就会昂起头，傲娇地威胁他，自以为将他牢牢拿捏。

可谁知婚后的江准完全不吃这套。他盯着周氤柔软胭红的唇，嗓音低沉：“不用，我自己来。”说着宽厚手掌突然覆着她的后脑勺吻了下去。

周氤后面还有话，但此时此刻都说不出口了，话语揉碎在这个炙热的吻里，化作轻微的喘息。

他很快离开她的唇，周氤原本以为江准只是蜻蜓点水，却没承想是另外一种方式的一发不可收拾。

他揉着周氤柔顺的发，撞入她温柔如水的眼睛里。

有一下没一下地轻啄上去，像调情，又像对周氤威胁的动作反击。

好几次离开的瞬间，周氤都想开口说话，却不想他再度吻上来。

虽然不是唇齿纠缠的深吻，可这种有一下没一下的感觉也非常磨人，没几分钟，周氤身体的自然反应已经软了腰身，好在江准手疾眼快，及时扶住了她。

好半天后江准终于停止，周氤靠在他的手肘上深深喘气。听到他愉悦的一声调笑，周氤愤愤地扫眼上去：“你怎么不按套路出牌？”

毕竟以前他可不是这样的。

“是你太按套路出牌了，以前是地下恋情，被人知道会给你带来麻烦，可现在我们已经结婚了，合情合理合法合规，江太太，下次可要记牢，这招早就不管用了。”

（四）送温暖

降温来得猝不及防。

不过是下午无聊躺沙发上打个盹儿的工夫，外面已经乌云密布寒风阵阵了。

周氤搓着手臂上冒出的鸡皮疙瘩，忙起身去关窗，刚拉好窗帘，又想起今早江准出门穿得很单薄。

这么冷的天，冻感冒就不好了。

周氤想到这个，忙抬腿走向卧室。

打开衣柜门，手指从左点到右，拿了件深色厚风衣放到床上。

她细心叠好放进纸袋中，又给自己套了件厚外套，一只脚踏出门，想着现在降温等下可能就下雨，她又折返回去拿了把雨伞才出门。

到路口，周氤打了个车："师傅，去江州大学。"

"江州大学哪个校区啊？"

"明城校区。"

得了目的地，司机师傅也没再废话，车疾驰起来。

到校门口，周氤付钱下车往学校里走，可走着走着感觉不对劲儿。

怎么路和江准上次带她来时不一样了。

她脚步停下往后看看，这才发现端倪。原来上次她从正门进来的，而这个司机师傅则直接停在了后门，难怪感觉路不一样了。

周氤揉了揉太阳穴，掏出手机给江准打了个电话，没人接，应该在上课。

她继续往前走，想着反正校区就这么大，多找找，总能找到的。

这一找就找了二十分钟，直到听到一个声音。

"这不是小江的太太吗？"

周氤忙往声源地望过去，发现说话之人是上次见过面的陈教授，他头发花白，怀里抱着几本书，非常和蔼可亲。

她小跑几步过去："陈教授。是，我是周氤，是江准的太太，没想到您还记得我。"

"来找小江？"

"对，降温了，我来给他送件衣服。"

"怎么不过去？刚刚一直见你在这边打转。"

"学校太大，我一时忘记怎么走的，所以刚刚一直在找。"周氤很不好意思地笑。

"原来是这样，我带你过去吧。"

周氤连忙道谢："麻烦您了陈教授。"

"麻烦什么，举手之劳嘛。"陈教授的笑声很爽朗，一路上还问了周氤不少问题。

"小江太太是做什么工作的？"

"我是老师，高中老师。"

"高中老师应该不轻松。"

"对，平时很忙，不过我是教高一，倒还算轻松。"

"小周你教什么科目？"

"数学。"

"数学挺好。"

有了陈教授的帮助，周氤很快找到了江准的办公室，才刚到门口便遇上下课回来的江准。

见到周氤，他面容不再清冷，眼角眉梢都带着欣悦："怎么突然过来了？"问完才看到周氤身边的人，言语变得恭敬起来，"陈教授。"

周氤递上纸袋刚准备开口，谁知陈教授抢先一步说道："降温了，特地来给你送衣服，小江啊，你可娶到个好太太喽。"

江准接过周氤手里的纸袋，又顺理成章地握紧了她的手。

"是。"

陈教授双手背在身后，看了看这对小年轻夫妻，笑语中又带了些调侃意味："不过我可要批评你，刚刚我在实验楼那边看到小周一直在打转，一问才知道是迷了路，办公室的路怎么能不带太太走熟呢？"

江准错愕了几秒，侧脸又看到周氤嗔怪的表情，认错态度极好："是，我的问题，一定改正。"

陈教授"哈哈"笑了两声："能认识到问题就好，行，我就不多在这里叨扰了。"

"慢走。"

送走陈教授，江准拉着周氤进了办公室。门关上，他将周氤抵在门上，眼神温柔得像要溢出水来。

"来找我怎么都不说一声，嗯？"

周氤扬了扬手机，语带怨气："你还好意思说，我给你打过电话的，没人接。"

江准掏出手机看了眼，果然有个周氤的未接来电。

"刚刚在讲课，手机静音了，没听到。等会儿回去，带你走一趟学校，下次你再来就不会迷路了。"

两人靠得近，彼此呼吸都清晰可闻。

"好了——"周氤嗔他，伸手推他也推不动，"我知道了，快去把衣服穿上，不冷吗？"

短短几小时气温骤降十几摄氏度，他就穿了件简单的衬衣，不冷才怪。

江准深深吸了口气，英俊的面容里满是迷恋："不冷，看见你就热了。"

细细密密的吻落下来，连带着周氤也热了。

（五）真心话

年节一过就到了周氤的生日，这也是两人结婚以来，周氤过的第一个生日。

下午四点，外面响起敲门声，周氤急匆匆打开门，然后"砰"的一声响，金光闪闪的碎纸片落了周氤一声。

"Surprise！"张亚丽神情兴奋，放完礼花筒给了周氤一个熊抱，"生日快乐宝贝！"

周氤愉快地笑："谢谢姐姐。"

穆野也递上一个大蛋糕："生日快乐啊周老师。"

"谢谢穆警官。"她说着忙侧开身，"别站门口了，冷得很，快进来吧。"

张亚丽急吼吼地冲进去："好香啊，什么这么香？"

她说着往厨房门口探进个头，只见江准身系围裙正在做大餐，温润居家的模样让张亚丽连连点头称赞："真不错啊江准，做饭居然这么香，居家好男人。"

她转过头，瞪了穆野一眼："穆野，你看看人家，学着点儿。"

穆野对外凶悍，但面对张亚丽时脾气非常好，忙走到张亚丽身边给她捏肩："老婆大人，我最近也在非常努力地学做饭了，等会儿我就去江教授那里偷个师，等回家做给你吃。"

张亚丽抿起唇，从桌上果盘里捻了颗葡萄塞进穆野嘴里："真听话，奖励你的。"

穆野像一只大狗狗，张亚丽一夸他就乐，要是有尾巴，指不定已经摇起来了。

"老婆大人给的葡萄怎么会这么甜呢，还想吃一颗。"

张亚丽对这招也受用得很，她微微昂头神情傲娇："再赏你一颗。"

穆野张嘴咬住："谢谢老婆。"

"好了，你去厨房帮忙吧。"

"遵命，我去看看江教授做什么好吃的，香得我五迷三道的。"穆野说着神采飞扬进了厨房。

周氤坐在沙发上看着两人的腻歪劲儿偷笑，被张亚丽逮了个正着。

张亚丽扯着嗓门儿："周氤你你你……你笑什么？"

"没笑什么。"

周氤虽然嘴上说着没笑什么，却将身体凑过来，撒着娇说："老婆大人，我也想吃葡萄。"

张亚丽佯装生气，扑过来挠周氤的痒："好啊你，敢笑话我。之前我天天吃你和江准的'狗粮'，现在风水轮流转，你就得吃我的！"

"好好好，我知道了知道了，我吃我吃……"周氤最怕痒，边笑边求饶，"我错了，我错了……"

张亚丽这才放过她，又从果盘里捻了一颗葡萄，在周氤眼前晃了两圈："张嘴。"

周氤听话地张嘴，谁知下一秒张亚丽往自己嘴里一扔："就不给你吃，让你老公喂你去。"

"小气鬼。不行，你就得喂我。"

"我不。"张亚丽说着转头看向厨房，故意说，"江准，出来管管你老婆啊，一直缠着我喂她葡萄，讨厌死了，自己的老婆自己喂。"

江准探出个头："怎么了？"

周氤摆摆手："没事没事，我和亚丽开玩笑呢。"

江准眼含笑意并未说些什么，再次进了厨房。

生日宴很丰盛，吃饱喝足之后，张亚丽见时间还早，于是提议道："咱几个来玩游戏吧。"

"玩什么？"

"喝点儿酒，玩真心话大冒险。"

周氤嗤她："俗不俗套？还玩真心话大冒险。"

"越俗套越好玩嘛，来不来？"她威胁的眼神扫向众人。

唯穆野最捧场："来！玩！"

周氤和江准则显得勉强："行，玩吧。"

四人在席地而坐，张亚丽又开口："我们这在家里也没什么可冒险的，就直接真心话吧，成年人的真心话，尺度大点儿的，同不同意？"

周氤："我能说不同意吗？"

张亚丽嘴一撇，蛮横地说："不行。全票通过，玩！"

她从周氤家厨房拿了一个汤匙："条件有限，就用这个当道具吧，转到谁就是谁。"

“行！”

“要是不说真话，未来的一年都倒霉。”

“好。”

张亚丽将汤匙摆在桌上，神秘兮兮地扫了其余几人：“开始了啊。”

她手指用力，汤匙在桌上快速旋转起来，几圈之后速度渐渐变慢，直到定格。

张亚丽坏笑着指了指江准：“啧啧啧，江准啊，你可终于落我手里了，今天，我就得帮周氤好好盘问一下，看你那些年守没守好男德！”

江准双臂环抱，抿着唇一副“请随便”的神情：“问什么？”

“快问快答，不准犹豫。”张亚丽眸光锐利，“你在美国有没有过其他人？”

“没有。”

“心里一直只有周氤一个？”

“嗯。”

“有没有别的女人投怀送抱过？”

“有。”

“嗯？”张亚丽乘胜追击，“那你一点都没动摇过？”

“没有。”

“她叫什么名字？”

“不知道，好几个，没记。”

问答结束，张亚丽“嘶”了一声：“行，再来一局。”

汤匙再动，这次转到了周氤。

张亚丽又坏笑两声：“你们小两口终究都逃不过我的魔掌啊！周氤，我可问了啊。”

“嗯，好。”

“我这次问得可就比较刺激了啊。”

周氤皱皱眉：“你要问什么？”

“你们第一次是什么时候？”

周氤下意识和江准对视了一眼，脸有些红，犹犹豫豫着，说了一个很模糊的时间点：“婚后。”

“你们以前难道就没有？”

“没有。”周氤否认得很快，怕张亚丽再问，她拿起汤匙抢过主动权，“好了，我都回答了，该我转了。”

张亚丽悻悻："行行行，你转你转。"

周氤俏皮地眨眨眼，汤匙再转，这次转到了穆野。

穆野摊摊手，一副生杀予夺的样子："来吧周老师，我扛得住。"

张亚丽威胁般地咳嗽一声："好好回答啊。"

周氤绞尽脑汁地想了一通："亚丽是你的第几任女朋友？"

"第一任。"

"你之前有过心动女孩儿吗？"

"有……过……"穆野小心翼翼地看了张亚丽一眼，连忙解释，"不过那都是读书时候的事了，我也早就没感觉了。"

他握紧张亚丽的手："老婆，你得相信我。"

张亚丽倒显得很无所谓："没事，都心动过，我念书的时候也就心动过那么十一二个吧，多大点儿事。"

穆野：……白紧张了。

张亚丽"嗐"了一声："周氤你问的什么鬼问题，一点挑战性都没有，让你老公转。江准，快快，别耽误时间。"

江准慢条斯理地拿过汤匙，手下用力，汤匙骨碌碌地在张亚丽面前停住了。

行，一轮下来，四人都没跑。

张亚丽拍拍胸脯："来吧。"

江准实在不知道能问张亚丽啥，于是将这个问话权交给周氤，周氤也没客气，将张亚丽问自己的问题反问了她一遍。

张亚丽摸了摸下巴："我想想啊，就是在一起的当天晚上，我俩喝得太多了，就自然而然亲起来了，然后我果断扒了他衣服，第一次用的姿势是……唔唔唔……"

后面的话没讲完，被穆野快速伸过来的手捂住了嘴，他看着江准和周氤不好意思地笑了笑，轻声细语哄着："老婆，这后面的事咱就、就别往外说了，我害羞……"

几轮游戏下来，酒也喝了不少，四人都醉意上了心头，张亚丽大着舌头："今天玩得、玩得尽兴，继续继续，我去拿酒。"

她说着起身来，没站稳，好在穆野手疾眼快地扶住了她："周老师、江教授，亚丽喝多了，我先带她回去了。"

"行，你们路上小心。"

送走穆野和张亚丽，两人收拾了家里的卫生。

周氤先进去洗了个澡，出来后直接瘫软在沙发里，神清气爽。

很快，江准也洗完澡来坐到了沙发上，周氤自然而然地枕在他的腿上。

唇边传来冰凉的触感，周氤下意识张嘴，一个圆形物体瞬间滚落进来，她刚想出声询问是什么，下一秒，江准的吻落了下来，猝不及防。

“唔……”

唇齿交缠间，脆弱的圆形物体在嘴里炸开来，酸甜的汁水在舌尖徜徉，好半天，这个带着葡萄甜味的吻才结束，江准的唇离开她的，转到了她耳边。

他嗓音低低哑哑的，语气很愉悦，带着种蛊惑人心的感觉：“下次想吃葡萄不要找姐姐，要找老公喂。”

（六）度蜜月

刚结婚不久，张亚丽就张罗着要去度蜜月，她瘫在沙发上翻旅游杂志。

“欧洲美洲东南亚韩国日本新加坡，这些地方我都想去。”

周世梅一边叠衣服一边嗤她：“还欧洲美洲东南亚，你咋不去非洲呢？就知道乱花钱！”

张亚丽一拍大腿：“好啊好啊，非洲好啊，可以去看野生狮子。”她看向一旁的周氤，“你俩结婚这么久还没度过蜜月吧，带上喃喃一起，咱去非洲看野生大狮子，听说那狮子可凶猛了。”

话音刚落，一件衣服飞来砸到张亚丽脸上。

“净作怪。那非洲那么远，那么危险，你一个人去就算了，还敢让周氤带喃喃看狮子，信不信我先把你扔动物园喂狮子？”

张亚丽甩开脸上的衣服，笑着说：“周氤，我就开个玩笑，看把我妈气得，哈哈哈！”

周世梅瞪她一眼：“你天天就知道气我。”

“谁让你整天念叨我。”张亚丽嘟囔着，又看向一旁，眼神里充满期待，“周氤，咱们四个一起去度蜜月呗。”

周氤倒是没有异议：“好啊，去哪里？”

“去哪儿都成啊，欧洲美洲都玩一遍呗，反正就快放寒假了。”

周氤抿唇笑了笑：“我们仨是都有寒暑假，时间也长，不过你得考虑一下穆警官啊，他假期可不多。”

“是啊。”张亚丽这才意识到，“他的假期，去欧洲美洲好像都不现实。”

“所以，别挑太远的地儿，就国内游吧。”

张亚丽郑重点了点头：“我得好好计划计划。”

接下来的一周，张亚丽和周氤都在计划着这场旅行，挑挑选选终于确定了旅游地点——滇南。

张父也对这个蜜月地点给予了极高的评价：“滇南好啊，热带风情，民族文化，风景秀丽，河山壮美……”

周世梅：“行，你们好好去玩，喃喃就交给我，我可想这小宝贝了。”

准备妥当时，一场突如其来的疫情打乱了这一切。

航班停飞，道路封闭，家家户户隔离在家无法外出，自然，四人的集体蜜月之旅也就此泡汤。

熬了一个月，疫情终于缓解，张亚丽嚷嚷着要出门玩：“都要憋坏了，我不管，国外去不了，省外去不成，市内总可以吧，这春天到了，咱几个找个公园野餐吧。”

周氤也憋坏了，自然欣悦同意。

选了个周末，周氤和张亚丽、江准都没课，穆野休假，几人开车到郊外野餐。

野餐布铺好，食物和酒水摆上，微风轻拂春光普照，说说笑笑生气打闹，一切都是那么和谐美好。

其实蜜月也不一定要去外地，爱的人在身边，不管在哪儿都是蜜月。